KB215399

중국고전소설사의 이해

중국고전소설사의 이해

張國風 지음

이등연 · 정영호 편역

전남대학교출판부

중국문학사 전개 과정에서 '소설'은 시가·산문·희곡 등 다른 어떤 장르 갈래보다 복잡한 양상을 띠고 전개되었다. 이는 소설이라는 갈래는 다른 세 장르에서는 별로 논의될 필요도 없는 원초적이고 본질적인 문제들, 예컨대 소설의 개념, 범주, 기원 등을 새삼스럽게 따져야 한다는 데서 기인한다. 한대漢代 이래 유가사상을 정통으로 삼은 봉건사회에서 소설은 전통 지식인의 배척과 경시를 받았기에 장르 형성이 상대적으로 더디었고, 그 범주 또한 고급 글쓰기에서 벗어난 일체의 자질구레한 언술과 기록을 두루 포괄하는 잡박雜駁한 형태였다. 그러나 '서사'의 힘은 거친 박토에서도 부단히 씨를 뿌리고 뿌리내리고 잎을 피워내며 다양한 숲을 이뤄 나갔고, 명·청시대에 이르러서는 최고의 번영을 맞는다.

이처럼 소설이 정통문단에서 경시되면서도 잡초처럼 생명력을 잃지 않고 크게 흥성하면서 일부 문인들이 자신의 필기筆記 저작이나 소설작품 서발序跋, 평점評點을 통해 소설의 여러 문학적 특징에 대한 논의를 전개하기도 했지만, 본격적인 소설사는 근대 신문학 운동에 와서야 구체적으로 마련될 수 있었다. 5·4 문화운동의 열기 속에서 1924년에 출간된 루쉰魯迅의 「중국소설사략中國小說史略」은 이러한 본격적인 소설사의 출발이자 이후 소설사의 전범典範으로 평가되는 대표적 성과였다. 그 이후로 통사체 소설사는 물론, 문언소설사나 백화소설사, 공안소설사나 인정소설사 등 각종 갈래별 소설사들이 계속 출간되어 이미 수십 종을 넘었지만, 기본 서술 형식이나 시각은 대부분 루쉰의 「중국소설사략」을 '전범'으로 삼되 후대의 연구 결과를 일부 반영하면서 저자의 시각을 보충한 것이라 해도 과언이 아니다. 특히 소설이라는 장르의 정의와 범주, 기원 문제는 아직도 충분하고 객관적인 결론을 얻지 못한 채 계속 논의가 필요한 실정이다. 그렇기 때문에 앞으로 마련할 소설사는 기존 논의의 핵심과 성과를 종합하여 객관적 합의를 도출해내고, 나아가 이를 바탕으로 보다 바람직한 연구 방향을 제시해야 할 이중의 책임을 지지 않으면 안된다. 우리는 이러한 문제의식을 안은 채 소설사를 연구하고 있지만, 논의범주의 복잡함과 몇 가지 현실 여건 때문에 이와 같은 '새로운' 소설사를 마련해보고자 하는 기획은 여전히 쉽지 않은 실정이다.

이 책은 그 동안 대학에서 고전소설을 강의할 때 썼던 원서 교재를 우리말로 번역한 것이다. 새로운 소설사 작업이 아직 이루어지지 못한 상황에서 강의할 때 이 교재를 선택한 가장 중요한 동기는 이 소설사가 간명한 서술 방식을 통해 전체 윤곽을 비교적 선명하게 드러내면서도 주요 작품의 특징을 압축적으로 제시하고 있다는 점 때문이었다. 기존 연구성과의 다양한 반영이나 저자의 독자적 시각 마련이라는 측면에서 보자면 이보다 좀 더 나은 소설사가 없지 않은 것도 아니지만, 대학 교재로서는 이 책의 간략한 내용과 시각이 그런대로 적절하기에 번역, 출간하게 된 것이다.

이 책을 출간하면서 원서에는 없었지만 각 시기마다 대표적 작품을 역자가 한 두 개씩 선별해 주석한 원문 자료를 각 장 말미에 첨부했다. 총 7종 정도로 제한된 작품이지만 각 시기 소설의 언어와 구성 등 기본 특징을 직접 비교하고 감상하는 데 도움을 주고자 하는 취지에서 마련한 작업이다. 우선은 강의를 위해 이 책을 번역, 출간하지만 앞으로 우리 스스로 새롭고 튼실한 소설사를 직접 쓰는 작업이 더 구체적으로 진행될 수 있기를 희망하고 다짐해본다.

2011년　2월

역자

〖金甁梅〗明 崇禎年間
(約 1635年) 刻本

〖水滸葉子〗明 崇禎年間
(約 1640年) 刻本

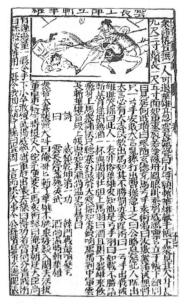

〖全像三國志傳〗明 崇禎年間(約 1640年) 刻本

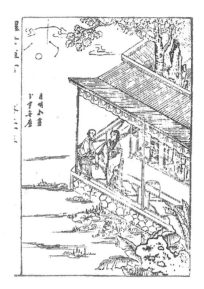

〖醒世恒言〗明 天啓7年(1627年) 刻本

〖大宋宣和遺事〗明 崇禎年間(約 1635年) 刻本

차례

제1장

소설의
기원과
출발

1. 소설 개념의 역사적 변천

소설이란 말에 담긴 뜻은 긴 역사적 변천 과정을 거쳤다. 어원의
각도에서 고찰할 때 '소설'이란 단어가 가장 일찍 보이는 곳은 「장자
莊子・외물外物」편의 "飾小說以干縣令, 其於大達亦遠矣."라는 대목이
다. '干'은 '구한다求'는 뜻이고, '縣'은 '懸'과 통해 '높다'는 뜻이며,
'令'은 명성・명예를 말한다. 그 의미는 "부스러기와 같은 작은 말(소
설)을 꾸며 고명高名이나 명예名譽를 구하자는 것은 대도와는 또한 먼
짓이다."는 뜻이다. 장자가 말한 이른바 '소설'은 오늘날 말하는 소설
과 매우 거리가 있다.

또한 「논어論語・자장子張」편에서 말한 '小道'[1], 「순자荀子・정명正
名」편에서 말한 '小家珍說'[2]과 같은 표현도 장자가 말한 '소설'과 그
의미가 비슷하며, 다 같이 대도에 부합되지 않는 하찮은 부스러기 말
을 두루 가리키는 말이었다.

---

1) 『論語・子張』: "子夏曰: 雖小道, 必有可觀者焉, 致遠恐泥. 是以君子弗爲
也."(역주)
2) 『荀子・正名』: "故智者論道而已矣, 小家珍說之所願皆衰矣."(역주)

동한에 이르러 환담桓譚의 「신론新論」에서는 "소설가는 부스러기 같은 작은 말들을 모아 가까운 데서 비유를 취해 단서短書를 짓는다. (그 이야기엔) 몸을 수양하고 집안을 다스리는 데 볼만한 말이 있다. 若其小說家, 合叢殘小語, 近取譬喩, 以作短書, 治身理家, 有可觀之辭."고 지적했다. 여기에 이르러 '소설'은 문체의 한 갈래가 되었고, 이러한 문체에 뛰어난 사람을 '소설가'라 했던 것이다. 반고班固의 「한서漢書・예문지藝文志」 '제자략諸子略'에서는 십가十家를 열거하면서 소설가를 제일 끝자리에 두었다. 아울러 반고는 소설 15편의 이름을 열거하고 간단한 주석을 달았다.3) 편명과 간단한 주석을 통해 볼 때 반고가 말하는 소설은 자부子部와 사부史部의 중간쯤에 위치한다. 즉, 자부에 가깝지만 제자서만큼 심각하지 않고, 사부에 가깝지만 또한 사서가 갖춰야 할 정확성이 없기 때문이다.

반고 이후로 '소설'은 이제 하나의 문체 명칭으로 간주되었지만, 그 가리키는 범위는 조금씩 확대되어 나갔다. 그리하여 소설은 점차 '잡된 책雜纂'의 대명사가 되었다. 당대 유지기劉知幾의 「사통史通」에서는 '편기소설偏記小說'을 편기偏記・소록小錄・일사逸事・쇄언瑣言・군서郡書・가사家史・별전別傳・잡기雜記・지리서地理書・도읍부都邑簿 등 열 가지로 구분했고, 명대 호응린胡應麟은 「소실산방필총少室山房筆叢」에서 '소설'을 지괴志怪・전기傳奇・잡록雜錄・취담聚談・변정辨訂・잠규箴規 등 여섯 가지로 분류했다.4) 청대 「사고전서四庫全書」에서는 소설가를 잡사雜事・이문異聞・쇄기瑣記 등 세 갈래로 나누었다.5)

---

3) 반고 「한서漢書・예문지藝文志」 '제자략諸子略'의 관련 내용은 이 책의 부록 논문 「중국소설의 개념과 기원」, 312–314쪽을 참고하기 바란다.

4) 호응린 「소실산방필총少室山房筆叢」의 관련 내용은 이 책의 부록 논문 「중국소설의 개념과 기원」, 317–320쪽을 참고하기 바란다.

송·원 이래로 '소설'이란 말에 대한 이해는 '잡된 책'이란 시각 외에, 이와 병행하되 어긋나지 않는 또 다른 시각이 있게 되었다. 송대 설화說話[6]예술의 흥성에 따라 '소설'은 설화예술 가운데 가장 영향력 있던 항목이 되었다. 이 항목이 가장 흡인력을 지녔기 때문에 '소설'은 점차 설화예술의 여러 갈래를 두루 총괄하여 가리키는 데 쓰였고, 더 나아가 설화예술에서 생산된 백화소설을 총괄하여 가리키는 데 쓰였다.

백화소설과 문언소설은 각기 스스로의 역사적 발전과정이 있었지만, 소설로서의 문학적 본질 면에서는 또한 일치한다. 옛사람들은 이 점을 채 인식하지 못한 탓에 두 가지를 하나로 아우르는 명칭을 마련하지 않았다.[7] 청말에 이르러서야 외국의 소설이 앞 다투어 번역되어 오래된 나라 중국에 쏟아져 들어오면서 캉여우웨이康有爲·량치차오梁啓超와 같은 정치가와 사상가들이 소설에 관한 전문적 논설을 써냈는데, 그들이 말하는 '소설'은 이미 명확한 문학개념이었다. 국내·외 소설의 양방향 전개과정을 통해 마침내 현대적 소설 관념이 형성되었던 것이다.

2. 조숙한 시가, 대기만성한 소설

중국에서 시가는 비교적 이른 시기에 등장하여 기록되고 발전해나

---

5) 「사고전서四庫全書」의 관련 내용은 이 책의 부록 논문 「중국소설의 개념과 기원」 328 - 329쪽을 참고하기 바란다.

6) '話'는 '고사'를 뜻하고, '說話'는 '고사를 이야기한다'는 뜻으로, 오늘날의 '설서說書'와 비슷하다. 자세한 것은 이 책 '송원 화본' 부분을 볼 것.(원주)

7) 이점에 관해서는 이 책의 부록 논문 「중국소설의 개념과 기원」 320 - 323쪽을 참고하기 바란다.

가기 시작했다. 「시경詩經」과 「초사楚辭」의 성취에 대해 후세 사람들은 찬탄해 마지않았고, 당대唐代에 이르러 시가는 훌륭한 작가와 작품이 쏟아져 나와 그 수는 이루 헤아리기 어려울 정도였다. 그러나 소설은 문학사의 흐름 속에서 더딘 걸음으로 진행되다가 명·청시기에 이르러서야 비로소 활짝 만개할 수 있었다. 물론 당대의 소설 전기傳奇에 와서 이미 상당한 성과를 보여주긴 했지만, 그것은 결국 소설의 한 지류인 문언文言단편소설에 한정되는 것이었다.

시가는 일찍부터 성숙했기에 다른 예술과 교류하면서 서로 영향을 주고받기보다는 서정抒情이라는 자체적 성격을 이어나갔을 따름이었다. 그러나 대기만성한 소설은 시가·산문·희곡 등 다른 문학갈래에서 지속적으로 영양분을 섭취해 스스로의 조직을 튼튼히 길러냄으로써 시가와는 비교할 수 없을 정도로 다양한 양상을 이룩할 수 있었다. 고대소설의 발전과 흥성이 이처럼 상당히 후대에 와서야 이루어지긴 했지만 그 근원을 찾을 때는 오히려 아득한 상고 시대까지 거슬러 올라가 탐색해봐야 한다.

3. 먼 근원, 긴 흐름

1. 원시의 낭만적 격정, 상고 신화

(1) 신화의 기원

상고시대는 생산 수준이 매우 낮았고, 당시 인류문화는 그야말로 공백기였다. 그러나 인류가 태어날 때부터 지닌 지적 욕구와 호기심은 오히려 부단히 대자연과 인간세상의 신비를 탐색하게 만들었다. 누가 인간 세계를 창조했을까? 누가 해와 달과 별들을 창조했을까?

왜 태양은 매일 동쪽에서 떠올라 서쪽으로 지는가? 왜 달은 기울었다가도 다시 차오를까? 어째서 바닷물은 불어났다가 다시 밀려나갈까? 어째서 꽃들은 졌다가 다시 피어날까? 꿈은 도대체 왜 꾸는 것일까? 사람이 죽고 난 후 과연 영혼이 존재하는 걸까? …… 이 수많은 의문들은 상고시대 인간의 영혼을 고뇌하게 만들었고, 그 고통 속에서 그들은 지혜를 늘릴 수 있었다. 당시 인류는 아직 과학지식을 활용할 수 있는 단계가 아니었고, 본보기로 삼을 만한 선조들의 경험도 없었다. 그들은 심지어 인간과 동물의 본질적 구별조차도 불가능했다. 하지만 그렇기에 그들에게는 아무런 구속도 없는 대담한 상상력이 넘쳐났다. 당시 인류는 누구라도 태어나면서부터 [논리보다는] 형상形象을 통해 사유思惟를 진행했기에 그들의 사유는 생동하는 형상과 치열한 열정으로 가득했다. 그들의 마음속에서 세상의 모든 것들은 생명, 의지, 애증을 지닌 것이었고, 일체의 자연 현상은 다 신의 뜻에 따른 것이라 믿었다. 신은 언제 어느 때라도, 어느 곳에서도 존재하는 것이었고, 아득한 우주에서 일체를 안배하는 대상이었다. 후세사람이 보기에는 지극히 방대하고 복잡하기 짝이 없는 문제들일지라도 그들은 '모든 만물마다 영혼을 지니고 있다萬物有靈'는 황금열쇠로 가볍게 해결해냈다. 그리하여 모든 것은 무의식 중에 인격화·형상화·예술화되었다. 이 과정을 통해 상고시대 인류는 천만 갈래로 변화하는 자연 현상을 해석하려고 시도했을 뿐만 아니라, 대자연과 벌인 지극히 힘들고 어려웠던 투쟁을 토대로 신격화된 영웅형상을 창조해냈다. 자연의 힘에 대한 경외와 숭배는 자연신을 만들어냈고, 영웅에 대한 공경과 숭배는 영웅신을 만들어냈다. 전자에 속하는 것으로 '우뢰와 번개 신雷公電母'·'비와 바람의 신雨師風伯'과 같은 것이 있고, 후자의 예로는 '태양을 쏜 후예后羿射日'·'하늘을 땜질한 여와女媧補天'가 있다. 이처럼 자연신과 영웅신에 관한 전설은 바로 신화의 주체를 이룬다. 신화의 기원에 대해 우리는 바로 이렇게 이해할 수 있는 것이다.

(2) 유명한 신화

중국 고대신화는 주로 「산해경山海經」·「회남자淮南子」·「열자列子」·「초사楚辭·천문天問」 등 고대 전적에 보존되어 있다. 이들 고대 전적 중에서도 「산해경」이 신화 자료를 가장 많이 보존하고 있고, 또한 신화의 원시적 면모를 가장 잘 드러내준다.

「산해경」은 전체 18편, 원문 3만 여 자 정도이다. 과거에 일부 사람들이 우禹와 익益이 지은 것이라 했지만, 이 관점은 믿을 수가 없다. 현대 학자 대부분은 「산해경」이 한 시대 한 사람이 쓴 게 아니라 대략 전국시대에 만들어져 진·한 시대에 다시 증보된 것으로 본다. 「산해경」은 고대 신화를 기록하였을 뿐만 아니라 고대의 지리·물산·종교·민속까지 두루 언급한 까닭에 여러 방면으로 학술적 가치가 있다.

하늘을 땜질한 여와女媧補天

상고시대에 무서운 재난이 한 차례 발생했던 적이 있었다. 하늘이 무너지고 땅이 꺼지고 홍수가 범람하면서 사나운 불길이 타올랐고, 사납고 흉포한 짐승들이 숲에서 뛰쳐나와 인간을 위협하며 해를 끼쳤다. 이 때 여와가 오색의 돌을 제련해 구멍 난 하늘을 메우고, 큰 거북이의 다리를 잘라 하늘을 떠받드는 기둥으로 삼아 무너진 하늘을 새로 지탱하게 했다. 또한 온갖 못된 짓을 하는 흑룡을 죽여 그 일대 백성을 구하고, 갈대를 태워 만든 재로 홍수를 막았다. 여와가 이렇게 거대한 재난을 수습하자 대지는 다시 왕성한 생기를 회복했다.

이 고사는 서한西漢의 「회남자淮南子」에 보인다.[8] 「회남자」는 회남왕淮南王 유안劉安과 그의 문객들이 편찬한 잡가서로, 그 안에는 고대 신화가 다수 보존되어 있다. '여와가 하늘을 땜질한 이야기'는 고대 신화 가운데 가장 아름답고 특출한 작품이다. 이 이야기는 자연을 정복했던 상고시대 인류의 위대한 기백과 낙관 정신을 곡절있게 표현해냈다. 그런데 여와는 이처럼 재난을 극복해 인류를 구한 영웅인 동시에 인간을 창조해낸 인류의 시조로 서술되기도 한다. 동한東漢시대 「풍속통의風俗通義」란 책의 기록에 의하면, 천지가 개벽될 당시 본디 인류가 없었는데 여와가 황토로 진흙인간을 둥글게 빚어냈다 한다. 이 진흙인간들은 땅에 떨어지자 생명을 얻어 깡충깡충 활발하게 뛰어다녔다. 여와는 이런 자신의 작품을 보며 그들의 미숙한 동작을 감상하는 동안 마음속에 창조의 희열이 가득 차올랐다. 그래서 그녀는 하나씩하나씩 계속 더 빚어냈지만, 결국 이 일이 힘들어지자 곧 밧줄같이 생긴 것을 진흙탕 속에 넣고 가볍게 휘두르면서 뽑아내 보았다. 뜻밖에도 그렇게 대강 휘저으며 뽑아낸 흙탕물 한 방울 한 방울이 모두 '사람'으로 변하는 것이었다. 이것이 바로 여와가 인간을 창조해냈다는 신화다.

해를 쏘아 떨어트린 후예后羿射日

「회남자淮南子·본경훈本經訓」의 기록에 의하면[9] 요 임금 때 하늘에

---

8) 원문 : 往古之時, 四極廢, 九州裂, 天不兼覆, 地不周載. 火爁焱而不滅, 水浩洋而不息. 猛獸食顓民, 鷙鳥攫老弱. 于是女媧煉五色石以補蒼天, 斷鰲足以立四極, 殺黑龍以濟冀州, 積蘆灰以止淫水. 蒼天補, 四極正, 淫水涸, 冀州平, 狡蟲死, 顓民生.(「淮南子·覽冥訓」)(역주)

9) 원문 : 逮至堯之時, 十日幷出, 焦禾稼, 殺草木, 而民無所食. 猰貐、鑿齒、九嬰、大風、封豨、脩蛇, 皆爲民害. 堯乃使羿誅鑿齒于疇華之野, 殺九嬰

열 개의 태양이 나타났다 한다. 태양은 본래 생명의 원천이지만 열 개의 태양이 동시에 공중에 떠오르자 강물이 고갈되고 경작지가 갈라지면서 농작물이 다 말라죽는 등, 과다한 태양빛은 모든 것을 굽고 태워버려서 지구상의 일체 생명이 멸종될 지경에 처했다. 그러자 천제天帝는 예羿라는 신을 파견하여 그로 하여금 이 같은 난리를 피우는 태양을 처리하도록 하였다. 후예는 활시위를 당기고 정신을 모으더니 단숨에 아홉 개의 태양을 쏘아 떨어트렸다. 이에 지구상의 기후가 정상을 되찾았고, 후예가 다시 독사와 맹수를 쏘아 죽이자 백성들은 비로소 안정된 생활을 꾸려갈 수 있게 되었다. 이처럼 후예는 민중을 위해 해를 제거한 영웅이다.

'열 개 태양이 동시에 나타났다十日幷出'는 것은 바로 상고시대에 있었던 큰 가뭄의 투영일 것이고, 후예가 해를 쏘아 맞히는 장관은 다름 아닌 가뭄을 막으려는 투쟁의 예술적 상징인 셈이다. 이 이야기는 이처럼 규모가 매우 웅장하며, 거칠고 원시적인, 격렬하고 분방한 상상력과 낭만적인 열정으로 가득 차있다.

곤과 우의 치수鯀禹治水

「곤과 우의 치수」 신화는 「산해경・해내경海內經」에 실려 있다.[10] 전하는 바에 의하면 요임금 때 한차례 큰 홍수가 발생하여 12년 동안이나 지속되었다. 홍수는 마을을 통째로 삼키고 인류가 고생하며 쌓아온 모든 성과들을 쓸어 없앴다. 이러한 광경을 보고 매우 안타까웠

于凶水之上, 繳大風于青邱之澤, 上射十日而下殺猰貐, 斷脩蛇于洞庭, 禽封豨于桑林. 萬民皆喜, 置堯以爲天子.(『淮南子・本經訓』(역주)

10) 원문 : 洪水滔天, 鯀竊帝之息壤以堙洪水, 不待帝命. 帝令祝融殺鯀于羽郊. 鯀復生禹, 帝乃命禹卒布土以定九州.(「山海經・海內經」)(역주)

던 하늘의 신 곤은 그 홍수를 다스리기 위해 '불어나는 흙息壤'이라는 특별한 흙을 천상에서 몰래 훔쳐왔다. '불어나는 흙'은 자체적으로 끊임없이 불어나는 능력이 있으니 이것으로 홍수를 막는다면 더 할 나위 없는 것이었다. 곤이 큰 공을 이루었던 바로 그 때 천제天帝가 이 일을 알게 되었다. 곤이 감히 '불어나는 흙'을 훔쳐 인간세상에 가지고 간 것은 하늘을 무시하는 대역무도한 행위였기에 천제는 크게 진노하여 곧장 영을 내려 그를 우산羽山에서 사형에 처하고, 나머지 '불어나는 흙'을 모두 몰수하였다.

오래지 않아 홍수가 다시 일어나 사람들을 괴롭혔다. 곤이 죽은 후 그의 아들 우가 이 일을 이어받았는데, 우는 부친이 홍수를 막았던 방법을 쓰지 않고 용문龍門을 파고 구하九河의 물꼬를 터서 홍수를 동쪽으로 흘러 바다로 들어가게 했다. 우는 한결같은 마음으로 물을 다스리느라 서른 살이 될 때까지도 결혼하지 못했다. 후에 그는 도산塗山씨와 결혼했지만, 결혼한 지 얼마 안 되어 치수하러 곧장 다시 집을 떠나갔다. 그렇게 10년간 치수하면서 그는 집앞을 세 번이나 지나갔지만 집안에 들어서지 않았다 한다. 전하는 바에 의하면 우는 곰으로 변해서 산을 일구었고, 또한 용을 부려 치수를 돕게 할 수도 있었다 한다. 우의 영도 아래 백성들은 마침내 전에 없이 거대했던 홍수를 제압했던 것이다.

이처럼 곤은 중국에서 '불을 훔친 신'이라 할 수 있다. 그에 관한 이야기는 그리스 신화에서 인류를 위해 불을 훔쳤던 프로메테우스 고사와 비슷한데, 둘 다 민중을 위해 헌신한 영웅이기 때문이다. 곤의 아들 우는 한층 평민적 색채를 띠고 있으며, 그 형상에는 대자연과 투쟁한 초기 인류의 경험과 지혜, 미덕과 이상이 응결되어 있다.

정위의 바다 메우기精衛填海

전하는 바로는 염제炎帝에게 여와女娃라는 딸이 하나 있었다고 한다. 한번은 여와가 동해에 놀러갔다가 풍랑에 휩쓸려 큰 바다로 밀려가 익사하고 말았다. 여와가 죽은 후, 그녀의 혼은 정위精衛라는 한 마리 새로 변했다. 그녀는 동해의 물을 다시는 마시지 않겠다고 맹세하고 그 큰 바다를 메워 복수하겠다는 뜻을 세웠다. 그리하여 그녀는 매일 서산에서 돌이나 나뭇가지를 물어다가 파도가 용솟음치는 그 바다에 던져 넣었다. 사람들은 이 때문에 그녀를 '뜻있는 새志鳥'·'맹세한 새誓鳥'·'억울한 새冤鳥' 등으로 불렀고, 그녀가 본래 염제의 딸이었기 때문에 '제왕의 딸 새帝女雀'라고도 했다. 여와의 비참한 운명은 동정심을 불러일으키며, 죽고 나서도 끝내 복수하려는 그녀의 불요불굴의 굳센 의지에 우리는 탄복하고 감동하게 된다. 이 신화는 「산해경·북해경北海經」에 보인다.[11]

해를 쫓아간 과보夸父逐日

과보는 명계冥界의 신 후토后土의 후예로, 거인이었다. 그는 북방 황야의 성도成都 재천산載天山 위에 사는데, 귀에는 누런 뱀 두 마리를 걸고 손에도 누런 뱀 두 마리를 쥐고 다녔다. 과보는 큰 걸음을 내딛어 타는 듯한 붉은 태양을 뒤쫓아 갔는데, 태양이 산 너머로 떨어지는 우곡禺谷에서 마침내 태양을 따라잡았다. 그러나 바로 이 때 그는 갈증을 견딜 수가 없어 곧장 달려 나가 황하黃河와 위하渭河의 물을 다 마셔버렸다. 그리고 나서도 그는 여전히 갈증을 참을 수 없어 다

---

11) 원문 : 發鳩之山, 其上多柘木, 有鳥焉, 其狀如烏, 文首, 白喙, 赤足, 名曰精衛, 其鳴自詨. 是炎帝之少女, 名曰女娃. 女娃游於東海, 溺而不返, 故爲精衛. 銜西山之木石, 以堙東海.(「山海經·北山經」)(역주)

시 북방의 큰 호수를 향해 달려갔지만 그곳까지 다 가지 못한 채 목이 말라 죽고 말았다. 과보가 죽을 때 지팡이를 버리자 이 지팡이는 갑자기 푸른 나뭇잎에 과실이 주렁주렁한 복숭아 숲으로 변했다. 과보가 해를 쫓아갔다는 이 신화는 「산해경」의 「해외북경海外北經」과 「대황북경大荒北經」에 보이는데[12], 대자연과 실력을 겨뤄보고자 했던 상고시대 인류의 기백과 정신을 잘 반영하고 있다.

달로 날아간 항아 嫦娥奔月

이 고사의 최초 기록은 전국시대 초에 만들어진 「귀장歸藏」이란 책에 보인다 하는데, 이 책은 이미 없어지고 전하지 않는다. 한나라 초 「회남자淮南子·남명훈覽冥訓」과 양梁나라 유협劉勰의 「문심조룡文心雕龍·제자諸子」·「문선文選·월부月賦」(李善의 注) 등에 예가 서왕모에게 불사약을 부탁하는 내용이 나오기 시작한다. 「초학기初學記」 권일卷一 속 「회남자」를 인용한 대목에서는 항아가 달로 달아난 후에 두꺼비로 변했다는 기록이 있다. 동한 장형張衡의 「영헌靈憲」이라는 글에서도 항아가 달로 달아난 신화에 대해 비교적 소상히 소개하고 있다.[13] 예가 서왕모에게 불사약을 부탁해 가져왔는데 예의 아내 항아姮娥(또는 嫦娥)가 이를 훔쳐 먹고 월궁으로 날아가버렸다. 항아는 약을 먹기 전 미리 유황有黃이라는 무당에게 점을 치게 했다 한다. 유황이 점을 친 후 항아에게 "점괘 결과가 매우 길하다. 그대는 홀로 서쪽으로 가게 될 터인데 두려워할 것이 없으며, 앞으로 전도가 밝으리라."고

---

12) 원문 : 夸父與日逐走, 入日. 渴, 欲得飲, 飲于河·渭, 河·渭不足, 北飲大澤. 未至, 道渴而死. 棄其杖, 化爲鄧林.(「山海經·海外北經」)(역주)

13) 원문 : 羿請不死之藥於西王母, 姮娥竊之以奔月. 將往, 枚筮之於有黃. 有黃占之, 曰 : '吉. 翩翩歸妹, 獨將西行, 逢无晦芒, 毋驚毋恐, 後且大昌.' 姮娥遂托身於月, 是爲蟾蜍.(張衡「靈憲」 :「繹史」 卷13 인용)(역주)

말했다. 항아는 무당의 말을 듣고 망설일 것도 없이 단호하게 불사약을 삼키고 월궁으로 날아가 버렸던 것이다. 그러나 월궁에 도착하자마자 그녀는 생각지도 않게 두꺼비로 변하고 말았다 한다. 이 신화는 후세에 장기적인 유전 과정 중에서 약을 훔치는 내용이 약화되고 두꺼비로 변한 대목은 차츰 사라져서 항아는 결국 순결하고 아름다운 여신의 형상으로 변해갔다.

(3) 신화의 변천과 영향

신화는 후대 소설에 흡수된 후 그 최초의 면모를 유지할 수 없게 되었다. 여기서 우리는 잠시 서왕모西王母 신화의 변천과정을 통해 신화의 변화, 신화가 소설에 소화·흡수될 때의 몇 가지 법칙을 설명해 보고자 한다. 「산해경」에서 서왕모는 "그 모습은 인간 같지만 표범의 꼬리에 호랑이의 이를 가졌으며, 휘파람을 잘 불고, 흐트러진 머리에는 장신구를 달았다.其狀如人, 豹尾虎齒, 善嘯, 蓬髮戴勝."고 했다. 서왕모는 이처럼 삼 할은 사람 같고 칠 할은 요괴 같아서 무섭기 짝이 없는 형상이며, 이 묘사만으로는 서왕모의 성별조차 단정할 길이 없다. 전국시대 사람이 쓴 「목천자전穆天子傳」에서 서왕모는 위엄 있는 인간의 군주의 모습이다.[14] 반고의 이름에 기탁한 「한무제내전漢武帝內傳」에 오면, 서왕모는 "나이는 30살 정도, 크지도 작지도 않은 적당한 모습과 타고난 자태는 온화함이 깃들어 있고, 용모는 세상에서 다시 찾을

---

14) 원문 : 癸亥, 至於西王母之邦. 吉日甲子, 天子賓於西王母. 乃執白圭玄璧以見西王母, 好獻錦組百純, □組三百純, 西王母再拜受之. 乙丑, 天子觴西王母於瑤池之上. 西王母爲天子謠曰: "白雲在天, 丘陵自出, 道里悠遠, 山川間之, 將子無死, 尙能復來." 天子答之曰: "予歸東土, 和治諸夏, 萬民平均, 吾顧見汝, 比及三年, 將復而野."……天子遂驅升於弇山, 而樹之槐, 眉曰西王母之山.(「穆天子傳」)(역주)

수 없는^{年三十許, 修短得中, 天姿掩藹, 容顔絶世}" 미인이다. 그녀의 복식과 모습은 이미 완전히 인간세상 왕후王后 모습인 것이다.

거의 모든 신화는 긴 변천 과정을 겪었다. 신화는 무지한 상고시대에 생겨났기에 그 안에는 분명 허황된 요소가 다수 들어있었다. 후대 사람들은 이렇게 허황하게 보이는 요소가 들어갔던 연유를 이해하지 못한 채 오로지 이치에 맞지 않고 윤리에 어긋나는 불가사의한 것이라고 여겼기에 그런 부분을 삭제하고 정정하거나 보충하고 수식을 가했다. 그렇게 여러 세대를 거쳐가며 삭제와 첨가가 진행되면서 본래 유치하고 허황되었던, 원시적이고 소박했던 신화는 차츰 복잡하고 아름답고 이치에 맞는 쪽으로 변화되었으나, 동시에 거칠고 호방한 원시적 풍격과 면모는 오히려 상실되고 말았다. 도덕적 교훈, 인생의 철리, 인정 세파가 조금씩 신화 속으로 스며들면서 신화는 '역사'로 전환되었다. 오늘날 우리가 익히 알고 있는 황제·항아·견우와 직녀 등 여러 신화는 모두 역사화·윤리화라는 기나긴 과정을 겪은 후의 모습이다. 중국 고대 신화 자료가 대부분 그 원시적인 면모를 잃은 상태인 까닭은 바로 여기에 있는 것이다.

상고 신화에 포함된 기괴한 상상과 과장된 풍격은 후세의 시가·산문·소설, 그리고 희곡 등 여러 문학 갈래에 깊고 지대한 영향을 끼쳤다. 위진남북조 지괴志怪소설과 당대의 전기傳奇에서부터 명·청대의 신마神魔소설에 이르기까지, 동진 간보干寶의「수신기搜神記」에서 명·청대의「서유기西遊記」·「봉신연의封神演義」·「요재지이聊齋志異」·「경화연鏡花緣」에 이르기까지 신화의 영향 맥락은 매우 뚜렷하다.

2. 풍자소설의 기원

춘추전국시대에는 초야에 묻혀 있는 선비들이 기탄없이 논의하고 백가들이 서로 다투어 논쟁하였다. 여러 갈래 정치·학술 유파마다 모두들 전력을 다해 자신들의 사상이란 무기를 다듬었다. 이런 과정에서 사유방식 측면에서는 서로 비교하여 연상하거나 추론하는 방식이 커다란 발전을 이루었다. 변론의 수요, 이치 전달의 필요성, 비교하는 사유 방식 등의 발전은 우언寓言의 번영을 촉진하였다. 「맹자孟子」·「장자莊子」·「한비자韓非子」·「여씨춘추呂氏春秋」·「전국책戰國策」 등 전적에는 생동적이고 멋진 우언이 많이 들어있다. 서한 유향劉向이 편찬한 「설원說苑」·「신서新序」와 진晉나라 사람이 열어구列御寇의 이름을 빌어 저술한 「열자列子」 속에는 선진 우언 고사가 일부 수록되어 있다. 「맹자」 속의 우언은 주로 논적論敵에 대한 풍자에 쓰여 대응성이 강하고, 논의와 매우 긴밀하게 결합되고 있다. 「장자」의 우언은 낭만적인 색채로 가득하고 철리적 의미가 풍부하며, 해학적인 조소 가운데 초탈한 인생 태도를 구현한다. 「한비자」의 우언은 글이 날카롭고 풍자에 힘이 있으며, 이치를 설명하고자 하는 성격이 강하다.

선진의 우언은 생동적인 형상과 교묘한 구상을 통해 모순을 적절히 포착해 조소와 풍자를 가한다. 예컨대, 「신서新序」 속의 「용을 좋아한다는 엽공葉公好龍」 우언15)은 엽공이란 인물로 하나의 전형을 개괄해냈는데, 후세에는 이를 어떤 사물이나 일을 표면적으로는 좋아한다고 하나 실제로는 결코 좋아하지 않는 현상을 비유하는 데 써왔다. 「전국책」 중의 「수레의 끌채는 남쪽으로, 바퀴는 북쪽으로南轅北轍」

---

15) 원문 : 葉公子高好龍, 居室雕文以象龍. 天龍聞而下之, 窺頸於牖, 拖尾於窓. 葉公見之, 棄而還走, 失其魂魄. 是葉公非好龍也, 好夫似龍而非龍者也."(申子「신서新序」『玉函山房輯逸書』本)

우언16)은 실천과 희망이 배치된 채 나아가는 사람이나 사건을 날카롭게 조소한다. 「맹자」 가운데 「모를 뽑아 성장을 돕기揠苗助長」 우언17)의 본래 취지는 호연지기의 배양은 나날이 축적되는 도덕적 수양을 통해서만 가능함을 설명하는 데에 있었지만, 후세 사람들은 이 우언을 통해 일을 할 때 필히 객관적 법칙을 중시해야 하지 그저 주관적 열정만 믿고 무모하게 해서는 안 된다는 것을 깨닫는다. 「한비자」 속의 「나무 그루터기에서 토끼 기다리기守株待兎」18)우언의 본래 취지는 '선왕의 정치로 당대의 백성을 다스리고자 하는' 복고파를 풍자하는 데 있었다. 그러나 후세 사람들은 나무 그루터기에서 토끼 기다리는 이 송나라 사람으로부터 협소하고 한정된 경험만을 고수한 채 변통을 모르는 사람에 대한 풍자를 맛본다.

우언 고사는 이치를 설명하고자 하는 필요성 때문에 대개 허구적이다. 우언은 인간의 사상과 성격, 언행을 동물에 부여할 수도 있다. 「전국책」 속의 「호랑이 앞세워 위세부리는 여우狐假虎威」19)가 그 좋은 예이다. 우언은 비록 짧지만, 가장 이른 시기 서사문학으로서 사

---

16) 원문 : 今者臣來, 見人於大行, 方北面而持其駕, 告臣曰 : "我欲之楚." 臣曰 : "君之楚, 將奚爲北面?" 曰 : "吾良馬." 臣曰 : "馬雖良, 此非楚之路也." 曰 : "吾用多." 臣曰 : "用雖多, 此非楚之路也." 曰 : "吾御者善." 此數者愈善, 而離楚愈遠耳.(『戰國策·魏策四』)(역주)

17) 원문 : 宋人有閔其苗之不長而揠之者, 芒芒然歸, 謂其人曰 : "今日病矣! 予助苗長矣!" 其子趨而往視之, 苗則枯矣.(『孟子·公孫丑上』)(역주)

18) 원문 : 宋人有耕田者, 田中有株, 兎走, 觸株折頸而死. 因釋其耒而守株, 冀復得兎. 兎不可復得而身爲宋國笑. 今欲以先王之治, 治當世之民, 皆守株之類也.(『韓非子·五蠹』)(역주)

19) 원문 : 虎求百獸而食之, 得狐. 狐曰 : "子无敢食我也! 天帝使我長百獸. 今子食我, 是逆天帝之命也! 子以我爲不信, 吾爲子先行, 子隨我後, 觀百獸之見我而不敢走乎?" 虎以爲然, 故遂與之行. 獸見之皆走. 虎不知獸畏己而走也, 以爲畏狐也.(『戰國策·楚策一』)(역주)

건 서술, 인물 묘사, 줄거리의 허구화 등 여러 측면에서 이미 소설로서의 기본 요소를 갖추고 있었다. 이와 같이 우언은 후세의 풍자소설에 매우 큰 계시를 제공했던 점에서 풍자소설의 기원이 된다.

3. 얽히고 설킨 연계

(1) 본보기로서의 역사

중국 역대 통치자들은 모두가 사학史學을 크게 중시했고 일찍부터 역사를 귀감으로 삼아야 하는 이치를 이해하였는데, 이른바 "은나라의 본보기는 머지않다네. 하나라 바로 다음 세상이라네.殷鑒不遠, 在夏後之世"라는 표현이 이를 잘 말해준다. 그들은 역사저작 속에서 통치의 경험과 교훈을 얻는 데 노력했고, 일반 문인학자의 경우에도 「사기史記」와 「한서漢書」는 필독서였다. 오늘날의 시각에서 볼 때 사학과 문학의 경계는 분명하다. 즉, 사학은 확고부동한 사실을 요구하고 허구이거나 상상이어서는 안 된다. 반면 문학은 오히려 허구나 상상과 분리될 수 없다. 그러나 사학과 문학은 일찍이 하나로 융합되어 있다가긴 역사과정을 거친 뒤에야 분화되기 시작했다. 선진·양한 시기에는이러한 양자의 분화가 아직 완성되지 않은 상태여서 사학과 문학의경계나 구별이 후대처럼 뚜렷하거나 엄격하지 못했다. 선진·양한의역사산문 중에서는 문학적 색채가 짙은 부분이나 상상적 요소가 온전히 배척되지 아니한 대목을 자주 발견할 수 있다.

(2) 「좌전左傳」

「좌전」은 편년체編年體 사서이다. 전하기로는 노魯나라 사관 좌구명左丘明이 지은 것이라 하는데, 어떤 이는 전국 초 혹은 약간 후대 사람이 편찬한 것이라고도 한다. 서한 사람들은 이를 「좌씨춘추」라 했고, 동한의 반고班固는 「좌씨춘추전」이라 했으며, 후대 사람들은 「좌전」이라 줄여 불렀다. 그렇다면 어째서 좌구명의 책과 「춘추」가 같이 연결되었는가? 또한 어째서 '전'이라 부르는가? 「춘추」는 공자가 지은 경전이고, 경전을 밝혀 서술한 책을 '전'이라 하는데, 사람들은 좌구명의 책이 「춘추」의 뜻을 밝혀 서술한 것이라 여겨 「좌씨춘추전」이라 불렀던 것이다.

「좌전」은 전쟁 묘사에 뛰어나서 예로부터 사람들에게서 널리 칭송되어 왔다. 특히 전쟁 승패 원인을 강조하고 중시해서 전체적 묘사가 이 점과 긴밀히 연결되고 있다. 작자가 보기에 전쟁은 쌍방의 정치, 경제, 군사 등 제 방면 실력을 전면적으로 겨루는 일이다. 「좌전」의 전쟁 묘사는 인물의 주관적, 능동적 역할과 교전하는 쌍방의 정신상태 등의 대비를 돌출시키는데, 특히 쌍방 사령관이 전쟁을 이끌어나가는 능력을 중시한다. 아울러 전쟁 중의 우세와 열세, 주동과 피동의 상호 전환에 대한 묘사에 능숙하고, 약한 편이 강한 편을 이기는 상황, 전쟁 과정 중의 예견 등을 즐겨 서술한다. 전쟁의 수법과 특징을 묘사할 때의 이러한 서사기교는 후세의 역사소설, 특히 전쟁을 묘사한 역사소설에 큰 영향을 주었다. 「삼국연의」의 전쟁 묘사는 바로 「좌전」·「사기」와 같은 역사저작에서 도움을 받았던 것이 그 좋은 예이다.

(3) 「전국책戰國策」

「전국책」은 나라별로 나눠 편찬한 고대 사료 총집이다. 이 책은 결코 한 사람 손에서 나온 것이 아니며, 아마 전국 혹은 진·한시기 사람이 각국의 사료를 수집하여 편찬해 만들었을 것이다. 서한시기에 유향劉向이 이를 정리해 나라에 따라 순서를 매기고 33편으로 편집한 후 「전국책」이라 이름지었다. 「전국책」은 주로 전국시대의 지모가 뛰어난 신하와 책략가들의 변론을 기술했는데, 그 중에는 생생하게 사건을 서술하고 인물을 그려낸 문장이 적지 않다. 예를 들어 「전국책·조책趙策」 속의 「촉용의 조태후 설득觸龍說趙太后」 부분20)은 자못 소설의 맛을 느끼게 한다. 작자는 가뿐하고 세밀한 필치로, 대국大局을 두루 살피고 인정을 세밀히 파악한 후 변죽을 울려가며 상대방을 유도하는 데 빼어난 이 늙은 충신의 형상을 생동감 넘치게 그려낸

---

20) 원문 : 趙太后新用事, 秦急攻之, 趙氏求救于齊. 齊曰:"必以長安君爲質, 兵乃出." 太后不肯, 大臣强諫;太后明謂左右:"有復言令長安君爲質者, 老婦必唾其面." 左師觸龍言願見太后, 太后盛氣而揖之. 入而徐趨, 至而自謝, 曰:"老臣病足, 曾不能疾走, 不得見久矣. 竊自恕, 而恐太后玉體之有所隙也;故願望見太后." 太后曰:"老婦恃輦而行." 曰:"日食飮得無衰乎?"曰:"恃粥耳." 曰:"老臣今者殊不欲食, 乃自强步, 日三四里, 少益嗜食, 和于身也." 太后曰:"老婦不能." 太后之色稍解. 左師公曰:"老臣賤息舒祺, 最少, 不肖, 而臣衰, 竊愛憐之, 願令得補黑衣之數, 以衛王宮. 沒死以聞." 太后曰:"敬諾. 年幾何矣?"對曰:"十五歲矣. 雖少, 願及未塡溝壑而托之." 太后曰:"丈夫亦愛憐其少子乎?"對曰:"甚于婦人." 太后笑曰:"婦人異甚." 對曰:"老臣竊以爲媼之愛燕后, 賢于長安君." 曰:"君過矣! 不若長安君之甚." 左師公曰:"父母之愛子, 則爲之計深遠. 媼之送燕后也, 持其踵, 爲之泣, 念悲其遠也;亦哀之矣! 已行, 非弗思也;祭祀必祝之, 祝曰:'必勿使反.' 豈非計久長, 有子孫相繼爲王也哉?"太后曰:"然." 左師公曰:"今三世以前, 至于趙之爲趙, 趙主之子孫侯者, 其繼有在者乎?"曰:"無有." 曰:"微獨趙, 諸侯有在者乎?"曰:"老婦不聞也." "此其近者禍及身, 遠者及其子孫. 豈人主之子孫, 則必不善哉?位尊而無功, 奉厚而無勞, 而挾重器多也. 今媼尊長安君之位, 而封之以膏腴之地, 多予之重器, 而不及今令有功于國. 一旦山陵崩, 長安君何以自托于趙? 老臣以媼爲長安君計短也, 故以爲其愛不若燕后." 太后曰:"諾. 恣君之所使之." 于是爲長安君約車百乘, 質于齊, 齊兵乃出. 子義聞之曰:"人主之子也, 骨肉之親也, 猶不能恃無功之尊, 無勞之奉, 而守金玉之重也, 而況人臣乎?"(『戰國策·趙策』)(역주)

다. 다시 「전국책·연책燕策」 중 「진왕을 암살하려는 형가荊軻刺秦王」 대목에서는 역수易水에서의 송별을 그릴 때, 분위기 조성이 매우 성공적이다. "바람 횡횡 부는데 역수는 차가와라. 장사는 떠나간 후 다시는 돌아오지 않으리! 風蕭蕭兮易水寒, 壯士一去兮不復返"하는 부분21)은 심금을 울리는 천고의 절창이 되었다. 형가와 같이 용감·의연하고 결단력 있으며 죽음을 하찮게 여기는 영웅의 형상은 이렇게 농도 짙게 그려낸 비극적 분위기 속에서 창조되었던 것이다.

(4) 「사기史記」

「사기」가 후세 소설에 제공한 계시와 영향은 「좌전」이나 「전국책」과 비교할 수 없을 만큼 심원하다. 「사기」는 한 몸으로 두 임무를 담당했다. 즉, 사학가들은 「사기」를 「24사二十四史」의 첫머리로 여기고, 문학가들은 이를 전기문학의 원천이라 여긴다. 사마천司馬遷은 전력을 다해 "하늘과 인간의 관계를 탐구하고, 고금의 변화를 통찰하는究天人之際, 通古今之變" 사학의 대작을 써냈던 것이다. 그러나 그는 자신의 이름이 문학의 기념비에 새겨질 줄은 미처 생각지 못했을 것이다. 루쉰

---

21) 관련 문장이 길어 일부 원문만 인용한다. : 於是太子預求天下之利匕首, 得趙人徐夫人之匕首, 取之百金, 使工以藥淬之. 以試人, 血濡縷, 人無不立死者. 乃爲裝遣荊軻. 燕國有勇士秦舞陽, 年十二, 殺人, 人不敢與忤視. 乃令秦舞陽爲副. 荊軻有所待, 欲與俱, 其人居遠未來, 而爲留待. 頃之未發, 太子遲之. 疑其有改悔, 乃復請之曰 : "日以盡矣, 荊卿豈無意哉? 丹請先遣秦武陽!" 荊軻怒, 叱太子曰 : "今日往而不反者, 豎子也! 今提一匕首入不測之强秦, 仆所以留者, 待吾客與俱. 今太子遲之, 請辭決矣!" 遂發. 太子及賓客知其事者, 皆白衣冠以送之. 至易水上, 旣祖, 取道. 高漸離擊筑, 荊軻和而歌, 爲變徵之聲, 士皆垂淚涕泣. 又前而爲歌曰 : "風蕭蕭兮易水寒, 壯士一去兮不復還!" 復爲慷慨羽聲, 士皆瞋目, 髮盡上指冠. 於是荊軻遂就車而去, 終已不顧.(『戰國策·燕策』)(역주)

魯迅은 「사기」를 "역사가의 절창, 운 없는 이소史家之絶唱, 無韻之離騷"라고 칭찬한 바 있는데, 이는 「사기」의 역사적 가치와 문학적 가치를 동시에 파악해 높이 찬양한 말이다. 사마천이 창조해낸 기전체紀傳體는 유명한 역사인물을 중심에 두고 역사 투쟁이라는 광활한 화면을 배경으로 하여 인물의 평생 행적과 운명의 흥망성쇠를 실마리로 삼되, 여기에 고사성과 희극성이 풍부한 세부적이고 자잘한 이야기를 골라 분위기를 조성하고 형용해내면서 개성화된 인물의 언어를 운용한다. 이러한 특징은 소설에서의 인물묘사 특징과 여지없이 일치한다. 사마천은 언제나 자신의 애증과 포폄을 냉정한 객관, 감정을 내보이지 않는 묘사 가운데에 녹여내어 그 형상 자체에서 의미와 의도가 드러나도록 하고 있는데, 이러한 사가의 필법은 후세 소설가들의 창작에 시사하는 바가 매우 컸다. 중국 고대소설이 인물의 운명에 대해 관심을 기울인 것, 인물 일생의 시작과 끝을 아우르는 완전한 처리, 줄거리에 대한 깊은 중시, 제3인칭의 서사방식 사용, 한 명의 주인공을 줄곧 놓치지 않은 채 집중적이고 온전한 형상을 추구하는 방식, 생활을 횡단면으로 절단해 그리는 경우가 매우 적은 것 등등의 여러 특징들은 모두 기전체 역사저작의 잠재적 영향과 깊은 관계가 있다. 「사기」의 진보된 사상과 웅장한 기백, 세밀한 묘사와 생동적 문자는 세대를 이어가며 우수한 학자와 문인을 배양해냈고, 수많은 소설가와 희곡 작가에게 영향을 주었다.

서한 유향劉向의 「설원說苑」과 「신서新書」, 동한 조엽趙曄의 「오월춘추吳越春秋」, 원강袁康의 「월절서越絶書」 등 또한 필법이 정사正史 중의 전기와 유사하고 서사 또한 역사적 사실을 근거로 삼았다. 그러나 상상과 허구 성분이 비교적 크기에 자못 소설적 의미가 있어 후세의 소설, 특히 역사에서 제재를 취한 소설에 모범을 제공하였다.

4. 신도神道의 실체와 명사의 풍류,
지괴志怪소설 · 지인志人소설

1. 간보干寶의 「수신기搜神記」

위진남북조 시대는 정국이 혼란하고 천하가 어지러웠으며, 왕조의
교체가 유달리 빈번한 시기였다. 통치자들이 마구잡이로 인명을 살상
하는 바람에 지배층의 대다수 성원들은 득실을 좇아 마냥 전전해야
했고, 이렇듯 생사가 수시로 교차하는 상황 속에서 그들의 심리적 긴
장과 억압은 극심한 공허감과 무기력을 불러일으켰다. 그리하여 마음
가는 대로 방탕하게 살아가면서도 수치심이 없었고, 하고 싶은 일만
맘껏 즐기면서 취생몽사에 빠졌다. 당시의 위태로운 정국은 많은 문
인들 사이에서 정치와 현실을 도피하고 멀리하는 은일隱逸 풍조를 불
러왔다. 어떤 이들은 종일 한담하며 세상일에 아랑곳하지 않으면서
오히려 이것을 고상한 것으로 여겼고, 어떤 이들은 구속에 얽매이지
않고 방탕한 채 술에 취해 미친 척함으로써 마음속의 정치적 고민을
감추고자 했다. 또한 어떤 이들은 전원에 은거하면서 세상과 다투지
않고 시끄러운 속세를 떠나 유유자적한 삶을 추구했고, 어떤 이들은
불문佛門에 들어가 재계하고 불교를 신봉하면서 정신적 의탁을 구하
기도 했다. 또 어떤 이들은 불로장생의 약을 구해 장수하기를 기원했
는데, 이 또한 현실을 회피하는 한 방편이었다. 이처럼 그들은 갖가지
방법을 동원하여 정치와 일정한 거리를 유지함으로써 자신을 보호하
고자 했다. 이로써 사회적으로는 미신을 추종하고 기이한 것을 칭송
하며 귀신을 내세우는 분위기가 팽배했는데, 그 결과 온갖 괴기한 것
을 소재로 삼는 지괴소설이 출현하였다.

西王母者乃九靈大妙龜山金母也號太靈九光龜
蓋金母乃吾西華之至妙洞陰之根毎在昔道
氣凝寂湛體無為將欲啟助玄功生化萬物先以
東華至真之氣化而生木公焉木公生於碧海之
上乘靈之氣隱和之氣化而生於東方亦號曰東
王公焉又以西華至妙之氣化而生金母
生華於伊川厥姓緱民而生飛翔以主
於柳之中分大遇醇精之氣結而滋形
公共理二氣而養育天地陶鈞萬物矣衆形與順之本

西王母　七月十八日生

〖新刊出像增補搜神記六卷〗 明　萬曆元年(1573年)　唐氏富春堂刊本

　　지괴소설의 제재는 신화·종교고사·민간전설·역사현실 중의 기이한 사람과 사건, 여러 가지 지리·박물 전설 등에서 나왔다. 지괴소설의 작자는 서진西晉 무제武帝 시기의 중서령中書令이던 장화張華(「박물지博物志」)와 같은 귀족이나 대신들, 혹은 동진東晉의 간보(「수신기搜神記」)와 같은 사학가가 있었고, 왕가王嘉(「습유기拾遺記」)와 같은 도사가 있었으며, 명성 높은 수학자 조충지祖沖之(「술이기述異記」)와 같은 인물도 있었다. 이처럼 지괴소설 작자는 각기 다른 계층 출신으로 서로 다른 교양과 인생 경력을 지니고 있었으므로 지괴소설의 사상경향은 상당히 복잡하다. 이들이 쓴 소설은 인과응보를 널리 선전하거나 불상佛像의 영험함을 칭송하였고, 혹은 부패한 관료 정치를 비판하거나 진실한 사랑을 구가하였으며, 기묘한 풍물을 묘사하는 데 치중하기도 하였다.

위진남북조 시대는 지괴·지인 소설의 황금 시기라 말할 수 있는데, 간보의 「수신기」가 그 중 가장 뛰어난 작품이다. 간보는 자가 영승升이며 신채(新蔡, 지금의 하남성河南省 신채) 사람이다. 그는 동진의 유명한 사학가로 일찍이 저작랑著作郎이라는 직책에서 국사를 통괄했고, 후에는 태수太守·산기상시散騎常侍 등 관직을 역임하였다. 저서로 「진기晋紀」 20권이 있는데 '훌륭한 역사良史'로 평가된다. 간보는 "본성이 음양의 술수를 좋아하여性好陰陽術數" 귀신을 실제 있는 것으로 여겼다. 「수신기」의 원본은 이미 유실되었고, 현재 통용되는 20권본 「수신기」는 후대사람들이 「법원주림法苑珠林」·「태평광기太平廣記」 등 당·송의 유서類書에서 집록하여 재구성해 만든 것이다. 「수신기」 중의 일부 제재는 민간에서 나온 것도 있는데, 작자는 기이한 것이면 두루 기록한다는 태도를 지니고 있었으므로 신령한 감응, 요사한 징조, 꿈을 점치는 일, 괴물의 술수나 장난 같은 고사들이 대부분이다. 하지만 이외에도 내용이 건전하고 생동적인 고사도 적지 않다.

한빙의 아내韓憑妻

「수신기」 제11권에 수록된 매우 감동적인 작품이다. 송宋 강왕康王이 한빙韓憑의 아내 하何 씨의 미색을 탐내어 마침내 한빙을 붙잡아다가 별로 힘든 부역을 시키고 하 씨는 자신이 차지했다. 하 씨는 남몰래 사람을 시켜 남편에게 편지를 보냈는데, 시구詩句로 사랑을 위해 죽고자 하는 결심을 암시했다. 한빙은 편지를 본 후 오래지 않아 자살하였고, 하 씨 역시 소식을 들은 후 높은 곳에서 뛰어내려 죽었다. 그녀는 죽기 전 유언을 남겨 한빙과 같은 무덤에 장사지내 줄 것을 간구하였다. 송 강왕은 이것을 알게 된 후 부끄럽고 분한 나머지 고의로 그들을 양편으로 갈라 장사지내게 했다. 그러나 뜻밖에도 두 사람의 무덤에서는 하룻밤 사이 상사相思의 나무 두 그루가 자라나서 "아래로는 뿌리가 서로 얽히고 위로는 가지가 만났고根交于下, 枝錯于上", 원앙 한 쌍이 그 나무 위에 서식하면서 "아침저녁으로 떠나지 않고 목 놓아 슬프게 울어대는데, 그 소리가 사람을 감동시켰다.晨夕不去, 交頸悲鳴, 音聲感人" 사람들은 이 원앙 한 쌍이 다름 아닌 한빙 부부의 혼령이라고들 했다.

이기李寄

이 작품은 「수신기」 제19권에 보인다. 동월東越 민閩 지방 산간지대에서 거대한 이무기가 늘 마을사람들에게 해를 입혔다. 관리는 무당의 말만 믿고 마을의 소녀를 강제로 이무기에게 바치게 했는데, 여러 해 동안 죄 없는 소녀 아홉 명이 이무기의 먹이가 되고 말았다. 이때 이기라는 소녀가 예리한 칼과 음식을 마련한 후 사냥개와 함께 산속에 들어가 용감하게 이 거대한 이무기를 단번에 죽여 마을의 오래된 화근을 제거한다. 전체 문장의 구성이 완전하고, 용감하고 과단성 있으면서도 민첩한 소녀의 형상 역시 상당히 선명하여 지괴 가운데 뛰어난 작품으로 평가된다.

세 왕의 무덤三王墓

이 작품은 당시 널리 전래되었던 복수에 관한 고사이다. 유향의 「열사전列士傳」·「태평어람太平御覽」 제364권에 인용된 「오월춘추」의 일부 문장, 조비曹조의 「열이전列異傳」, 간보의 「수신기」 등에 두루 기재되어 있는데, 그 중 「수신기」에 서술된 것이 가장 상세하고 생동적이다. 이야기의 줄거리는 대략 다음과 같다.

간장막야干將莫邪가 초왕을 위해 자검·웅검 한 쌍을 주조하였는데, 삼 년을 고생한 끝에 겨우 완성하였다. 그는 초왕이 분명 검을 너무 늦게 만들어낸 자신을 해칠 것임을 직감하고, 당시 임신 중이던 아내에게 웅검을 감춰두었다가 후에 아들을 낳으면 성인이 되기를 기다려 아버지를 위해 원수를 갚게 하도록 당부하였다. 초왕은 과연 막야를 죽였다. 막야의 유복자 적비赤比는 장성한 후 아버지가 참혹하게 살해당한 연유를 알게 되었고, 곧 웅검을 찾아내고 복수의 기회를 노렸다. 초왕은 이 소문을 접한 후 전국에 상을 내걸고 적비를 체포하도록 명령한다. 적비는 산중을 유랑하다 한 협객을 만났고, 협객은 만약 적비가 머리와 검을 건네준다면 그를 대신해 복수해주겠다고 말한다. 적비는 전혀 망설임 없이 즉시 스스로 목을 베어 "두 손으로 머리와 검을 받쳐 들고 그에게 바쳤다.兩手捧頭及劍奉之" 협객은 적비의 머리와 검을 초왕에게 바쳤고, 초왕은 크게 기뻐한다. 협객이 초왕에게 적비의 머리를 큰 가마솥에 넣어 삶도록 권한 후 초왕이 그 앞에 나아가 살필 때 협객은 그 틈을 타서 왕의 목을 베어 죽이고 자신 또한 스스로 목을 베었다. 세 덩이 머리가 가마솥에서 함께 삶아지면서 구분할 방도가 없었으므로 초나라 사람들은 할 수 없이 세 사람을 함께 장사 지냈고, 그곳을 '세 왕의 무덤'이라 불렀다 한다.

이 이야기의 문장은 길지 않지만 파란이 연이어 일어나면서 독자의 심금을 울린다. 초왕의 잔학함과 어리석음, 적비의 목숨을 건 복수, 협객의 담력과 식견, 지혜와 용기, 자신을 드러내지 않는 모습 등은 선명한 인상을 남긴다.

동해의 효부東海孝婦

이 고사는 「수신기」 제11권에 보인다. 한나라 때 동해에 주청周靑

이라는 효부가 있었다. 그녀의 시어머니는 며느리에게 고생만 시키는 것이 마음에 걸려 스스로 목매달아 죽었다. 이에 시누이가 주청이 시어머니를 목매달아 죽였다고 모함하였고, 관부에서는 곧 주청을 체포하였다. 너무 가혹한 고문에 못이겨 주청은 결국 자신이 죽였다고 거짓 자백을 하고 만다. 형이 집행되기 전 주청은, 만약 자신이 정말로 죄가 있다면 목의 피가 아래로 흐를 것이고, 죄가 없다면 목의 피가 거꾸로 솟구쳐 흐를 것이라고 서원誓願하였다. 형이 집행된 후 과연 목의 피는 거꾸로 흘러 사형장 깃대 끝으로 솟구쳤으며, 그 지방에는 삼 년 동안이나 큰 가뭄이 들었다 한다. 이 고사는 무고한 사람을 함부로 죽이는 우둔한 관리의 죄행을 엄중하게 고발한 것으로, 원대 관한경關漢卿의 유명한 잡극 「두아의 원한竇娥冤」은 분명 이 고사를 토대로 삼은 것이다.

송정백宋定伯

이 고사는 조비曹조의 「열이전列異傳」에 처음 보이는데, 제목은 「종정백宗定伯」으로 되어 있다. 후에 다시 「수신기」에 수록되면서 제16권에 편입되었고, 제목을 「송정백」이라 하였다. 사람이 귀신을 희롱한 이야기로, 줄거리는 이러하다. 남양의 송정백이 밤길을 가다 귀신을 만났는데, 자신도 귀신이라고 거짓말로 속인다. 몇 리를 함께 간 후, 귀신은 걷기가 너무 피곤하니 교대로 업고 가자고 건의한다. 귀신이 정백을 업고 가더니 너무 무겁다고 하며 정백의 신분을 의심하자, 그는 "내가 방금 죽어서 무거울 따름이요.我新死, 故重耳"라고 해명하며 교묘하게 속인다. 강을 건널 때 귀신은 아무 소리도 나지 않았지만 송정백 쪽은 물소리가 찰랑찰랑하고 울려 거듭 귀신의 의심을 샀다. 송정백은 다시 "죽은 지 얼마 되지 않아 강을 건너는 것이 습관이 되지 않았다.新死不習渡水"고 속인다. 송정백은 길에서 귀신과 한담할 때 대화 가운데서 귀신이 사람의 침을 무서워한다는 약점을 알아낸다. 완시宛市에 도착할 즈음 송정백이 귀신을 높이 들어올리자 귀신은 질겁하여 소리를 질러댔지만, 그는 아랑곳하지 않은 채 완시에 도착하여 귀신을 땅에 내던진다. 그러자 귀신은 곧 양으로 변했고, 송정백은 침을 뱉어 양이 다시 변할 수 없도록 만든 다음 그 귀신을 팔아 1,500냥을 얻었다 한다.

전체 이야기가 해학적인 가벼운 희극의 분위기가 넘치고 귀신에 대한 인간의 우월감이 이어진다. 송정백이 자신의 지혜를 확신하면서 요괴를 마음대로 가지고 노는데, 민간문학의 특색이 뚜렷하다.

2. 「유명록幽明錄」

풍부한 내용, 우아하고 아름다운 문필 면에서 보자면 남조 유의경劉義慶의 「유명록」은 간보의 「수신기」에 뒤지지 않는다. 유의경은 팽성(彭城, 지금의 강소성江蘇省 서주徐州) 사람이며, 유송劉宋 왕조의 왕족으로 임천왕臨川王 봉작을 계승하였고, 일찍이 형주자사荊州刺史·남연주자사南兗州刺史를 지냈다. 유의경은 문학을 좋아하여 사전史傳에서는 그의 문장을 "충분히 종실의 본보기로 삼을만하다.足爲宗室之表"고 상찬하였다. 「유명록」 원서는 이미 없어졌고, 루쉰魯迅의 「고소설구침古小說鉤沉」에 잔존 문장 265편이 수집되어 있는데, 가장 완전한 집본이다. 「유명록」은 진대晉代에서 송대에 이르는 시기의 진기한 견문과 사건들을 다수 기록하였는데, 생활의 분위기가 농후한데다가 제재의 선택도 광범위하고 풍부하다.

유신과 완조劉晨阮肇

육조 지괴는 대부분 화려하지 않고 질박하며, 과장이나 허식이 적고 시작과 결말이 연결되는 경우도 많지 않아 소설예술 면에서 아직 초보 단계에 있다고 할 수 있다. 그러나 육조 지괴 가운데 일부 뛰어난 작품은 읽는 재미가 풍부하여, 이를 통해 고대소설이 초보 단계에서 성숙 단계로, 자각적이지 못한 상태에서 자각 상태로 넘어가는 과도기적 흔적을 살펴 볼 수 있다. 「유명록」 중의 「유신과 완조」는 그 대표적인 작품이다. 이 소설의 내용은 인간과 신선이 서로 사랑하는 이야기로서, 유신과 완조는 깊은 산에서 길을 잃고 우연히 선녀들을 만나 두 쌍 모두 좋은 인연을 맺게 된다. 이것은 분명 문인의 윤색을 거친 민간전설이다. 이야기는 기묘한 풍광이 장관을 이루는 천태산天台山에서 발생하는데, 이러한 산천의 신비스러운 분위기는 애정고사의 낭만적 색채를 증폭시킨다. 또한 심리적 측면에서도 독자들로 하여금 소설 중의 기이한 줄거리를 한층 쉽게 받아들이게 만든다. 주인공의 시선에 따라 작자는 "기이한 바위와 아득한 시냇물, 끝 간 데 없는 길에서 칡넝쿨과 등나무를 부여잡고 올라 겨우 도달하였다.絶巖邃澗, 永無登路. 攀援藤葛, 乃得至上"라는 짧은 몇 글자를 통해 천태산의 험준한 환경을 묘사해냈다. 이렇게 인적이 드문 깊은 산에서 홀연 "용모가 매우 뛰어난資質妙絶" 두 여성이 나타난다. 유신과 완조는 그들과 전혀 모르는 사이였으나, 여인들은 오히려 "유 오라버니! 완 오라버니! 劉阮二郎" 하고 곧장 그들의 성씨를 부른다. 두 여인은 두 불청객의 이름을 알고 있을 뿐만 아니라 그들이 깊은 산 속에서 길을 잃은 과정에 대해서도 손바닥 안처럼 환히 알고 있다. 유신과 완조는 여인들이 곧장 자신의 성씨를 부르는 것을 듣자 "오래 사귄 친구를 만난 것처럼 기뻐하였다.如似有舊, 乃相見忻喜” 길을 잃고 헤매다 막다른 순간에 갑자기 이처럼 열정적이고 대담하면서도 아리따운 여성들을 만났으니 그저 기쁜 감정이 놀라거나 의심스런 마음을 압도해버린 것이다. 그러나 상황은 필경 미심쩍은 노릇이었다. 그런 까닭에 “술에 얼큰하게 취해 즐거운 순간에도酒酣作樂” 유신과 완조는 여전히 “즐거움과 두려움이 교차하였다.忻怖交幷” 최후에 신혼의 잔치에 이르러서야 그런 의심과 두려움이 점차 사라졌고, 그저 “맑고 부드러운 말소리가 근심을 잊게 한다.言聲淸婉, 令人忘懷”고만 느끼게 되었다. 허나 도원이 비록 좋기는 하지만 결국은 오래 머물 수 있는 땅이 아닌지라 다시 고향을 그리워 하는 괴로운 심정이 들어 그곳을 떠나온다. 막상 고향으로 돌아와 보 니 “친척과 친구들은 세상을 떠났고 마을의 집들은 변하여 예전과 같 지 않았으며 아는 사람이라고는 없었다. 칠대 손이라는 이에게 물으 니, 조상 가운데 산에 들어간 후 길을 잃어 돌아오지 않은 분이 있다 고 전해 들었다고 했다.親舊零落, 邑屋改異, 無復相識. 問訊得七世孫, 傳聞上世入 山, 未不得歸’ ‘칠대 손’의 이 말은 “산중에서는 겨우 칠일이었지만 바 깥세상은 이미 천년山中方七日, 世上已千年”이라는 허망한 느낌이 진해 서 이 애정고사 전체를 담담한 애상의 색채로 물들인다. 이는 분명 그 시대가 투영된 측면일 것이다.

작품은 전체 줄거리가 완정하고, 낭만적인 상상 속에 생활의 숨결 이 충만하며, 난세를 살아가는 사람들의 건강한 애정에 대한 소망이 잘 구현되어 있다. 줄거리는 초현실적인 것이나 주인공의 심리 반응 은 오히려 현실적이다. 작자는 주인공의 심리상태에 대해 정확하고 세심하게 파악하였고, 이런 심리상태는 독자들의 생활경험과 서로 부 합되기 때문에 별 거부감 없이 받아들이게 된다. 이 이야기는 후대에 큰 영향력을 발휘하여 시인들은 자주 전고로 인용하였고, 후세 소설가와 희곡작가들은 이를 소재로 삼아 적지 않은 작품을 남겼다. 청대 포송령蒲松齡의 「요재지이聊齋志異」 중 「편편翩翩」 편을 통해서도 '유신과 완조' 고사의 영향이 줄곧 이어져왔음을 살필 수 있다.

호분 파는 여인賣胡粉女子

육조 지괴는 대부분 인간과 신 또는 귀신 사이의 사랑을 소재로 삼았는데, 「유명록」 중의 「호분 파는 여인」은 의외로 낭만주의적 상상을 통해 평범한 청춘남녀의 사랑을 서술하였다. 이야기의 줄거리는 대강 이러하다. 어느 부잣집 자제가 호분 파는 여인을 마음에 품게 된다. 예교의 속박 때문이었는지 아니면 두 집안의 문벌 차이 때문이었는지 부잣집 아들은 부모님께 말씀 드리거나 매파에게 부탁하지 못하고 자신의 독특한 방식으로 애모의 감정을 표현한다. 다름 아닌 "분을 산다는 명목 아래 날마다 시장에 가서 분을 하나 사고는 돌아서는 것이었다.乃托買粉, 日往市, 得粉便去" 시간이 흐르자 호분 파는 여인은 날마다 분을 사가는 이 '고객'에게 의혹이 생겼고, 이에 부잣집 아들은 사실대로 고백한다. 여인은 부잣집 아들의 지극한 사랑에 감동되어 몸을 허락하기로 한다. 그러나 기쁨 뒤엔 슬픔이 따라오는 법, 부잣집 아들은 사랑을 나누다가 갑자기 숨이 멎어버렸고, 분을 파는 여인은 당황하여 어찌할 바를 모르고 그 자리를 빠져나간다. 그리하여 줄거리는 급전환된다. 부잣집 아들의 부모는 집안에 백 포가 넘는 호분이 있는 것을 실마리로 분을 파는 여자를 찾아낸다. 분 파는 여자는 자신과 부잣집 아들이 서로 사랑하게 된 과정을 솔직하게 설명했지만 부잣집 아들의 부모는 이를 믿지 않고 관부에 고발을 한다. 분을 파는 여인은 시체 곁에서 간절하게 외친다. "불행히 운명을 달리했지만 죽은 혼이라도 영기가 있다면 더 무슨 여한이 있겠는지요!

不幸致死, 若死魂有靈, 復何恨哉" 그러자 놀랍게도 부잣집 아들이 다시 살아나 "당시 정황을 구체적으로 설명하고, 두 사람은 부부의 연을 맺고 자손이 번성했다.其說情狀, 遂爲夫婦, 子孫繁茂"

이야기 전반부에서 작자는 호분을 사가는 줄거리를 통해 사랑에 빠져버린 부잣집 아들의 행동을 중점적으로 그려낸다. 그러나 분을 파는 여인은 그 속내를 모르는지라 피동적인 위치에 머물러 있고, 그녀의 생각이나 성격은 여전히 모호하다. 그러나 이야기의 후반부에서는 줄거리의 굴곡이 심해지고 빠르게 전개되면서 분을 파는 여인이 중심이 된다. 그녀는 결코 책임을 회피하려 들지 않으며, 중죄를 뒤집어쓸 수도 있는 상황에서도 그저 솔직하게 자신과 부잣집 아들의 관계를 인정한다. 그녀는 사랑하는 사람의 불행한 죽음에 대해 매우 슬퍼하면서, 짧았지만 소중한 감정을 위해 죽게 되더라도 여한이 없음을 드러낸다. 이 대목에 이르러 호분 파는 여인의 진지한 사랑은 부잣집 아들보다 더욱 힘 있는 형상을 이루는 것이다.

방금 죽은 귀신新死鬼

육조의 지괴 가운데 귀신 이야기는 대단히 많지만, 그들의 사상 경향은 매우 다르고 예술적인 면에서도 일률적으로 논하기 어렵다. 「유명록」 중의 「방금 죽은 귀신」은 매우 재미난 귀신 이야기이다. 고사는 새 귀신이 오래된 귀신을 만나 어떻게 하면 인간을 속여서 요기할 수 있는가를 가르쳐 달라는 데서 시작한다. 오래된 귀신은 그에게 요사스런 술수를 가르쳐주며 그렇게만 하면 "인간들이 몹시 무서워하면서 분명 음식을 내놓으리라.人必大怖, 當與饗食"고 하였다. 새 귀신이 어느 불교 신도의 집으로 가서 그 집안에 놓여있는 맷돌을 돌려 놀라게 하려 했지만, 집주인은 아이들에게 "부처님께서 우리 집이 가난한 것을 가련히 여겨 귀신으로 하여금 맷돌을 밀어 우릴 돕도록 하시는구나.佛可憐我家貧窮, 讓鬼來幇我們推磨"라고 말하면서 맷돌에 보리를 연신 넣어 찧는다. 새 귀신은 온 종일 고생하였으나 힘만 들었지 소득이 없어 풀이 죽은 채 돌아가서 오래된 귀신에게 한 바탕 호된 욕을 퍼붓는다. 오래된 귀신은 '내일 다시 가면 반드시 수확이 있을 것'이라고 한다. 이튿날 새 귀신이 다른 집을 찾아갔는데, 그 집은 도교를 믿는 집이었다. 귀신은 다시 곡식 찧는 절구로 가서 마찬가지로 시도했으나 또 하루를 허탕 쳤을 뿐 끝내 얻은 게 없었다. 새 귀신은 너무 화가 나서 오래된 귀신이 자신을 놀린다고 여기며 다시 한 바탕 욕을 해댄다. 이에 오래된 귀신은 그 두 집은 부처와 도교를 섬기는 까닭에 "마음을 움직이기 어려웠던 것이니情自難動" 이번에 평범한 집을 찾아가면 분명 뜻한 바를 이룰 것이라고 알려준다. 새 귀신은 과연 평범한 집을 찾아 흰 개 한 마리를 안고 공중에서 걸어다니는 술수를 피운다. 그 집 식구들은 너무 놀라 즉시 점쟁이를 불러 점을 치는데, 필히 개를 죽이고 과일·술·밥 등을 갖춰 제사를 지내야만 한다는 점괘가 나온다. 그리하여 새 귀신은 비로소 한 끼 배불리 먹을 수 있게 된다. 그 뒤로도 그는 늘 이런 변괴를 부려 배를 채웠으니, 이 모두가 오래된 귀신이 가르쳐 준 것이었다.

작자는 야유하는 필치로 겁 많고 나약한 새 귀신을 묘사했다. 예컨대, 그가 처음으로 인간을 두렵게 만드는 변괴를 부려 먹을 것을 구하려 했지만 끝내 성공하지 못한 채 온 종일 헛수고만 하는 장면은 우스꽝스러움을 자아낸다. 작자는 인간의 생각이나 성격을 귀신에게 부여하면서도 변괴를 부릴 수 있는 귀신의 특징을 남겨두어 해학과 유머, 사실과 허구를 통해 변괴를 부리지만 두렵지 않고, 귀신이지만 인간적 정취가 넘치는 상황으로 묘사해냈다. 작자의 본의는 요괴가 불교와 도교를 두려워함을 표현하려 했지만, 독자가 느끼는 것은 오히려 새 귀신의 우스꽝스러운 면이다.

후세 소설과 비교할 때 지괴는 소설의 초보적 형식이라 할 수밖에 없다. 지괴는 대부분 구성이 온전하지 못한 형식인데다가 인물의 성격 묘사는 더 말할 필요가 없기 때문이다. 지괴의 작자들은 결코 의식적으로 창작을 해낸 것이 아니라 기괴한 인물과 사건을 '사실로 삼아' 기록하고자 했을 뿐이다. 이처럼 지괴는 문학적 허구성이 부족하긴 하지만 후세 소설에 수많은 소재와 풍부한 상상력을 제공하였다. 당 나라 사람들의 소설인 전기는 직접적으로 지괴의 전통을 계승해 기괴한 인간과 사건에 대한 깊은 관심을 표현해냈다. 당 초기의 전기「오래된 거울 이야기古鏡記」・「강총 백원전을 보충해 쓴 이야기補江總白猿傳」 등은 지괴에서 전기로 넘어가는 과도기적 흔적을 남기고 있다. 당대 이후로도 지괴라는 체재의 창작은 결코 중단된 적이 없다. 송 홍매洪邁의 「이견지夷堅志」, 청 기윤紀昀의 「열미초당필기閱微草堂筆記」, 포송령의 「요재지이」 중 일부 작품은 모두 지괴에 속한다. 포송령은 「요재지이」 자서自序에서 "재주는 간보와 같지 못하지만 귀신 이야기 수집을 매우 즐겼고, 정서는 황주[22]와 비슷해 귀신 이야기 듣기를 좋아했다.才非干寶, 雅愛搜神; 情類黃州, 喜人談鬼"고 밝혔다. 포송령의 「수신기」에 대한 애호와 숭배, 지괴가 그에게 준 계시 등을 충분히 가늠해볼 수 있는 대목이다.

[22) 소식蘇軾을 가리킨다. 소식이 황주에 유배되었을 때 오는 손님으로 하여금 소화笑話 한 마디씩 하게 했고, 못할 경우 귀신 이야기라도 들려주도록 했다 한다.(원주)

3. 유의경劉義慶의 「세설신어世說新語」

한漢 왕조는 향리에서의 평가와 선정選定을 중시하여 인재를 선발할 때 추천식 제도를 채용하였다. 한말의 곽태郭泰는 인륜의 귀감이라는 칭송을 받았고, 허소許邵는 이른바 "여남에서 매월 초에 행했던 인물 품평汝南月旦評"을 맡았다고 했는데, 이처럼 사회적으로 인물을 품평하는 풍조가 이미 형성되어 있었다. 위진 시기에는 청담淸談을 숭상하면서 언사言辭와 행동거지, 풍모와 아량을 따지고 추구하였다. 인물품평과 상호간의 상찬은 갈수록 유행하였고, 일단 품평에서 좋은 평가를 얻으면 몸값이 배로 올랐다. 이러한 일을 기록해 만든 책이 세상에 유행되었는데, 배계裵啓의 「어림語林」, 곽징지郭澄之의 「곽자郭子」, 유의경의 「세설신어」가 바로 그러한 책들이다. 이들이 이른바 지인志人소설, 혹은 일사軼事소설이며, 유의경이 편찬한 「세설신어」는 그 대표적 작품이다.

남조의 송 문제文帝 때 임천왕 유의경은 문인들을 초청하여 「어림」·「곽자」 등 책을 바탕으로 삼아 「세설신어」를 편찬하였는데, 언어·문학·식감識鑑·품조品藻 등 36갈래로 나누어 한말에서 동진에 이르는 명사들의 언사 및 일화를 모아 수록하였다. 양 무제武帝 때 유준劉峻이 여기에 주석을 달면서 400여 종의 서적을 인용하고 대량의 사료史料를 보충하였는데, 여기서 인용한 고적은 이미 대부분 전하지 않는 것들이어서 유 씨의 주석은 후인들에게 귀한 자료가 되었다. 「세설신어」는 당시 가문을 따지고 표방을 중시하는, 부화浮華를 숭상하고 청담을 애호하는, 마음껏 즐기면서 세상일은 던져버리는 명사들의 풍류를 생동적으로 묘사하였다. 당시 명사들은 이른바 '아량을 중시하여 마음을 깊이 감추고 드러내지 않아야, 즉 기쁨이나 분노를 얼굴에 드러내지 않아야 했다. 「세설신어」「아량」편은 이처럼 도량이 아주 넓은 명사들을 특별히 거론하고 있다. 예컨대, 여러 막료들이 둘러싸고 구경하는 가운데 바둑을 두던 고옹顧雍은 느닷없이 아들을 잃었다는 흉보凶報를 접하지만, 변함없는 얼굴로 계속 바둑을 둔다. 그러면서 손가락으로는 손바닥을 죽어라고 꼬집는 바람에 흘러내린 피로 앉은자리가 벌겋게 물들었다. 명사 혜강嵇康의 경우, 형이 집행될 때 "변함없는 모습으로 거문고를 찾아 「광릉산」 곡을 연주하였다.神氣 不變, 索琴彈之, 奏廣陵散" 다른 예로, 사안謝安이 다른 사람과 한참 바둑을 두고 있는데, 문득 비수淝水 전선의 지휘관인 조카 사현謝玄이 인편에 편지 한 통을 보내왔다. 사안은 편지를 다 보고 나더니 아무렇지 않게 돌아서서 계속 바둑을 두었다. 이에 손님들이 초조해져서 물었다. "편지에 전선의 상황이 어떻다고 쓰여 있습니까?" 사안은 담담하게 대답했다. "그 아이가 크게 승전하였다 하오."

명사는 또한 사고가 민첩하고 응대가 호탕, 예리하며 언사는 심오하여 깊은 맛이 있어야 한다. 「세설신어」는 이러한 명사들의 대화와 응대를 많이 담고 있다. 예컨대, 유량庾亮이 주백인周伯仁을 방문하였을 때, 주백인이 유량에게 물었다. "그대는 무슨 좋은 일이 있어서 이처럼 살이 올랐소?" 유량이 주백인에게 반문하였다. "당신은 또 무슨 걱정거리가 있었기에 이리 살이 내렸소?" 주백인이 대답했다. "내 무슨 걱정거리가 있겠소이까? 그저 나날이 맑아지고 상쾌해져 몸의 더러운 찌꺼기가 조금씩 줄어드는 걸 느낄 따름이라오." 지첨摯瞻의 경우, 그는 일찍이 4개 군의 태수와 대장군호조참군大將軍戶曹參軍을 지낸 적이 있었고, 후에 다시 수군내사隨軍內史가 되었는데, 당시 나이가 29세밖에 되지 않았다. 왕돈王敦이 그에게 물었다. "그대는 채 서른도 안 되어 이미 큰 벼슬에 올랐으니 너무 이른 게 아니오?" 지첨은 "저를 장군이신 당신과 비교하자면 물론 좀 빠른 편이지요. 하지만 열두 살에 이미 상경上卿에 올랐던 감라甘羅에 비할 때 전 너무 늦은 것입니다."고 대답했다.

「세설신어」는 당시 상류사회 생활도 폭 넓게 묘사하였다. 「문학편」에는 조식이 지은 칠보시 "본디 한 뿌리에서 났건만, 어찌 그리 심하게 볶는고?本是同根生, 相煎何太急"가 실려 있다. 「지나친 사치汰侈」 편에서 석숭石崇이 손님을 초대하여 잔치를 베푸는 광경은 석숭과 왕돈의 잔인함을 깊이 각인시켜준다.

「세설신어」의 언어는 간결하고 함축적이며 말투 그대로여서 매우 생동적이며, 결코 중대한 사건이나 유명한 사람의 일생도 아니다. 오히려 일상생활에서 따낸 작은 편린들과 사소한 광경일 따름으로, 두세 마디 말을 빌어 인물이나 줄거리의 미묘하면서도 생동적인 점을 포착해 적당히 윤색하되 과장하지는 않는다. 그러면서도 인물의 사상, 성격의 어떤 한 측면을 돌출시켜 재현해내는 것이다. 예컨대, 「성냄과 조급함忿狷」 편에서 왕남전王藍田이 달걀을 먹는 이야기가 있는데 그 묘사가 참으로 생동적이다. "왕남전은 성격이 급했다. 언젠가 달걀을 먹으려고 젓가락으로 찔렀으나 잘 안 찔렸다. 그러자 버럭 성질을 부리며 달걀을 들어 땅에 내던져버렸다. 달걀이 바닥에서 계속 떼구루루 구르자 바닥으로 내려와서는 기어코 나막신 굽으로 밟아댔다. 그것도 맘대로 안 밟히자 화가 머리끝까지 치솟아 손으로 집어 들더니만 입안에 넣고는 깨물어 터트린 뒤 곧장 뱉어냈다." 조급하기 짝이 없어 생각할 겨를도 없는 일련의 동작은 왕남전의 급한 성질을 그대로 부각시키고 있다.

바로 이런 면에서 명대 호응린은 「소실산방필총」에서 "그 언어를 읽으면 진晉나라 사람의 용모와 기운이 생동적인 그대로이며, 또한 간략하면서도 심오하여 지극히 무궁한 경지로 나아간다."고 했던 것이다. 오늘날 우리가 상용하는 성어, 예를 들어 '난형난제難兄難弟'(우열을 가리기 어려움)·'돌돌괴사咄咄怪事'(뜻밖의 일에 경악함)·'습인아혜拾人牙慧'(남의 생각을 도용함)·'일왕정심一往情深'(정이 갈수록 깊어감) 등은 모두 「세설신어」에서 나왔다.

　「세설신어」가 후세에 끼친 영향은 모방작이 끊이지 않을 만큼 지대하였다. 「신당서」「예문지」잡가류에는 왕방경王方慶의 「속세설신서續世說新書」가 수록되어 있고, 송대에는 왕당王讜의 「당어림唐語林」과 공평중孔平中의 「속세설續世說」이 나왔다. 명대 또한 하량준何良俊의 「하씨어림何氏語林」과 이소문李紹文의 「명세설신어明世說新語」가 있다. 청대에는 오숙공吳肅公의 「명어림明語林」과 이청李淸의 「여세설女世說」, 안종교顏從喬의 「승세설僧世說」, 왕탁王晫의 「금세설今世說」등이 있다. 심지어 민국 시기에 이르러서도 역종기易宗夔의 「신세설신어新世說新語」가 나와 전대를 이을 정도였다.

三王墓

楚干將莫邪爲楚王作劍[1], 三年乃成. 王怒, 欲殺之. 劍有雌雄. 其妻重身當産[2]. 夫語妻曰:"吾爲王作劍, 三年乃成, 王怒, 往必殺我. 汝若生子是男, 大, 告之曰:'出戶望南山, 松生石上, 劍在其背.'" 於是卽將雌劍, 往見楚王. 王大怒, 使相[3]之:"劍有二, 一雄一雌, 雌來, 雄不來." 王怒, 卽殺之.

莫邪子名赤比[4], 後壯[5], 乃問其母曰:"吾父所在?" 母曰:"汝父爲楚王作劍, 三年乃成, 王怒, 殺之. 去時囑我:'語汝子: 出戶望南山, 松生石上, 劍在其背.'" 於是子出戶南望, 不見有山, 但睹堂前松柱下石低[6]之上. 卽以斧破其背, 得劍, 日夜思欲報楚王.

王夢見一兒, 眉間廣尺[7], 言:"欲報讎." 王卽購[8]之千金. 兒

---

1) 干將莫邪(야 yé) : 옛날 유명한 검 만드는 匠人. 姓은 干將, 이름은 莫邪. 일설에는 干將은 남편이고 莫邪는 부인이라고도 전한다.

2) 重(중 chóng)身 : 임신했다는 뜻. 當産 : 해산할 날이 임박하다.

3) 相 : 살펴보다. 조사하다.

4) 赤比 : 魯迅의 『古小說鉤沈』에 집록된 『列異傳』에는 '赤鼻'라고 되어 있다. 또한 아래 문장의 "王夢見一兒, 眉間廣尺."이라는 구절을 보면 '尺比'라고 해야 타당할 듯하며, '赤比', '尺比', '赤鼻'는 음이 서로 비슷하여 와전됐을 가능성이 있다.

5) 壯 : 장성하다.

6) 石低 : '低'는 '砥(지 dǐ)'로 써야 하며, '石砥'는 건축의 주춧돌.

7) 眉間廣尺 : 눈썹 사이가 한 자 넓이나 되다.

8) 購 : 현상금을 걸다.

聞之, 亡⁹⁾去, 入山行歌¹⁰⁾. 客有逢者, 謂: "子年少, 何哭之甚悲耶?" 曰: "吾干將莫邪子也, 楚王殺吾父, 吾欲報之." 客曰: "聞王購子頭千金, 將子頭與劍來, 爲子報之." 兒曰: "幸甚!" 卽自刎, 兩手捧頭及劍奉之, 立僵¹¹⁾. 客曰: "不負¹²⁾子也." 於是尸乃仆¹³⁾.

客持頭往見楚王, 王大喜. 客曰: "此乃勇士頭也, 當於湯鑊¹⁴⁾煮之." 王如其言. 煮頭三日三夕, 不爛. 頭踔出¹⁵⁾湯中, 瞋目¹⁶⁾大怒. 客曰: "此兒頭不爛, 願王自往臨視之, 是必爛也." 王卽臨之. 客以劍擬¹⁷⁾王, 王頭隨墮湯中, 客亦自擬己頭, 頭復墮湯中. 三首俱爛, 不可識別, 乃分其湯肉葬之, 故通名 '三王墓'. 今在汝南北宜春縣界¹⁸⁾.(『搜神記‧卷十一』)

---

9) 亡 : 도망가다.

10) 行歌 : 다니면서 노래하다.

11) 立僵(강 jiāng) : 뻣뻣하게 서다.

12) 負 : 배반하다. 저버리다.

13) 仆(부 pū) : 앞으로 고꾸라지다. 쓰러지다.

14) 湯鑊(확 huò) : 끓는 솥. '湯'은 끓는 물, '鑊'은 다리 없는 큰 솥.

15) 踔(탁 chuō)出 : 뛰어 오르다. 불쑥 솟구치다.

16) 瞋(지 zhì)目 : '瞋'는 '瞋(진 chēn)'의 오자로 보이며, 瞋目은 '눈을 부라리다'는 뜻.

17) 擬 : (칼로) 베다, 내리치다.

18) 汝南 : 郡名. 지금의 河南省 上蔡縣 서남부. 北宜春縣은 지금의 河南省 汝南縣 서남부에 있으며, 前漢 때에는 '宜春'이라 했다가 後漢 때 '北宜春'으로 개명했다.

賣胡粉女子

有人家甚富, 止有一男, 寵恣過常. 游市, 見一女子美麗, 賣胡粉[1], 愛之, 無由[2]自達, 乃托買粉, 日往市, 得粉便去, 初無言. 積漸久, 女深疑之. 明日復來, 問曰: "君買此粉, 將欲何施?" 答曰: "意相愛樂, 不敢自達, 然恒欲相見, 故假此以觀姿耳." 女悵然有感, 遂相許以私, 剋[3]以明夕.

其夜, 安寢堂屋, 以俟女來, 薄暮果到. 男不勝其悅, 把臂曰: "宿願始伸於此!" 歡踊遂死. 女惶懼, 不知所以, 因遁去, 明還粉店. 至食時, 父母怪男不起, 往視, 已死矣. 當就殯斂, 發篋笥[4]中, 見百餘裹[5]胡粉, 大小一積. 其母曰: "殺吾兒者, 必此粉也." 入市遍買胡粉, 次此女, 比之手迹[6]如先, 遂執問女曰: "何殺吾兒?" 女聞嗚咽, 具從實陳. 父母不信, 遂以訴官. 女曰: "妾豈復吝死, 乞一臨屍盡哀." 縣令許焉. 徑往撫之慟哭, 曰: "不幸致此, 若死魂而靈, 復何恨哉!" 男豁然[7]更生, 具說情狀. 遂爲夫婦, 子孫繁茂. (『幽明錄』)

---

1) 胡紛 : 화장에 쓰이는 분가루.
2) 由 : 방도. 길.
3) 剋(극 kè) : '剋期'의 뜻. 날을 정하다. 약속하다.
4) 篋笥(협사 qiè sì) : 대나무로 만든 상자.
5) 裹(과 guǒ) : 꾸러미.
6) 手迹 : (분을 포장하는) 솜씨.
7) 豁(활 huò)然 : 문득, 갑자기.

世說新語

豫章太守顧邵[1], 是雍[2]之子. 邵在郡卒, 雍盛集僚屬自圍碁.
外啓信至而無兒書, 雖神氣不變而心了其故, 以爪掐掌, 血流沾褥.
賓客旣散, 方歎曰: "已無延陵之高, 豈可有喪明之責![3]" 於是豁情
散哀, 顔色自若. (「雅量」)

嵇中散[4]臨刑東市[5], 神氣不變, 索琴彈之, 奏廣陵散[6], 終曰:
"袁孝尼[7]嘗請學此散, 吾靳固不與廣陵散, 於今絶矣!" 太學生三千
人上書請以爲師, 不許, 文王[8]亦尋悔焉. (「雅量」)

---

1) 顧邵 : 자는 孝則(?-217), 三國시대 吳郡(지금의 江蘇 蘇州) 사람. 27세에
   豫章太守가 되었다.
2) 雍 : 顧雍(168-243), 자는 元歎, 三國시대 吳郡 사람. 정치가.
3) 延陵之高, 喪明之責 :『禮記』「檀弓」에 보이는 내용. 앞 대목은 延陵의 季
   子가 齊나라에 갔다 오다가 그의 큰 아들이 죽자 장례를 치렀는데, 공자가
   그 장례에 가서 절차를 보고 '예에 합당하다'고 칭찬했다는 내용이다. 뒷부분
   은 子夏가 아들을 잃고 비통한 나머지 失明하자, 조문 온 曾子가 그의 지난
   잘못을 거론함에 자하가 자책했다는 내용이다.
4) 嵇中散 : 嵇康(223-262), 자 叔夜. 三國시대 魏나라 文學家, 思想家, 音
   樂家. 魏晉 玄學의 대표인물 중의 한 사람이며, '竹林七賢'중의 하나. 음악
   에 뛰어나 세상에서 嵇中散이라 지칭한다.
5) 東市 : 洛陽城 동쪽에 있었던 牛馬市.
6) 廣陵散 : 琴曲의 명칭. '散'은 곡조를 의미함.
7) 袁孝尼 : 袁準. 자 孝尼, 陳郡 扶樂사람. 魏나라 郎中令 渙의 넷째아들로
   후에 晉에 들어가 給事中이 되었다.
8) 文王 : 西晉 太祖 文皇帝 司馬昭(211-265), 자 子上, 河內溫(지금의 河南
   溫縣) 사람. 三國 시대 曹魏의 權臣이었다가 西晉 王朝 수립의 토대를 마
   련했다. 아들 司馬炎이 稱帝한 후 그를 文皇帝로 追尊하였다.

文帝[9]嘗令東阿王[10]七步中作詩, 不成者行大法. 應聲便爲詩曰: "煮豆持作羹, 漉菽[11]以爲汁. 其在釜下燃, 豆在釜中泣. 本自同根生, 相煎何太急?" 帝深有慚色. (「文學」)

　　石崇[12]每要客燕集[13], 常令美人行酒[14]. 客飲酒不盡者, 使黃門[15]交斬美人. 王丞相與大將軍[16]嘗共詣崇. 丞相素不能飲, 輒自勉彊, 至於沈醉. 每至大將軍, 固[17]不飲, 以觀其變. 已斬三人, 顏色如故, 尚不肯飲. 丞相讓之[18], 大將軍曰: "自殺伊家人[19], 何預卿事[20]?" (「汰侈」)

---

9) 文帝 : 曹丕(187-226), 자 子桓, 三國시대 저명한 政治家이자 文學家이며 魏朝의 開國皇帝. 曹操의 長子.

10) 東阿王 : 曹植(192-232), 자 子建, 沛國 譙(지금의 安徽省 亳州市) 사람. 삼국시대 저명한 문학가로 '建安文學'의 대표적 인물. 魏武帝 曹操의 아들, 魏 文帝 曹丕의 동생이다.

11) 漉菽(녹숙 lù shū) : 漉은 거르다, 菽은 콩의 별칭.

12) 石崇 : 자는 季倫(249-300), 靑州(지금의 山東省 益都) 사람. 散騎郎과 荊州刺史 등을 지내면서 상인의 재물을 강탈해 당대 최고 갑부가 되었고, 貴戚 王愷 등과 富를 다투었다. 나중에 趙王 司馬倫에게 살해되었다.

13) 要客 : 손님을 초청하다. ‖ 燕集 : 연회를 열다. '燕'은 '宴'과 통한다.

14) 行酒 : 술을 따르다. 술을 권하다.

15) 黃門 : 시종이나 호위병.

16) 王丞相 : 王導(276-339), 자는 茂弘, 臨沂(지금의 山東省 臨沂縣) 사람. 東晉 때 丞相을 지냈다. 大將軍 : 王敦(266-324)을 말함. 王導의 堂兄으로, 자는 處仲, 일찍이 征南大將軍을 지냈다.

17) 固 : 한사코.

18) 讓之 : 질책하다.

19) 伊家人 : 자기네 집 사람. '伊'는 '彼', '他'와 통함.

20) 何預卿事 : 당신의 일과 무슨 상관인가? '預'는 '與'와 통하며 '관여하다' '상관하다'의 뜻. '卿'은 그대.

王藍田性急²¹⁾. 嘗食鷄子²²⁾, 以箸刺之不得, 便大怒, 擧以擲地. 鷄子于地圓轉未止, 仍下地以屐齒蹍之²³⁾, 又不得, 瞋²⁴⁾甚, 復于地取內²⁵⁾口中, 囓破²⁶⁾卽吐之. 王右軍²⁷⁾聞而大笑曰: "使安期²⁸⁾有此性, 猶當無一豪可論²⁹⁾, 況藍田邪!" (「忿狷」)

---

21) 王藍田 : 王述을 말함. 자는 懷祖, 散騎常侍·尙書令을 지냄. 藍田侯를 습봉했기 때문에 王藍田이라 부른다.

22) 鷄子 : 달걀.

23) 屐(극 jī)齒 : 나막신의 굽. ‖ 蹍(연 niǎn, 전 zhǎn) : 밟다.

24) 瞋(진 chēn) : 성내다.

25) 內(납 nà) : '納'과 통함. 집어넣다.

26) 囓(설 niè)破 : 깨물다.

27) 王右軍 : 王羲之(303 또는 321-361 또는 379)를 말함. 晉代의 저명한 서예가로 일찍이 右軍將軍을 지냈기 때문에 王右軍이라 부른다.

28) 使 : 설령. ‖ 安期 : 王承을 말함. 자는 安期이며 王述의 부친. 西晉 때 藍田縣侯를 하사받고 東海太守를 지냈으며, 동진 때에는 元帝의 從事中郞을 지냈다. 성품이 담담하고 욕심이 적었으며 청렴하여 당시에 명망이 있었다.

29) 無一豪可論 : '豪'는 '毫'와 통함. 조금도 언급할 가치가 없다. 魏晉 시대의 名士들은 조용하고 느긋한 풍격을 중시하여 성급한 사람을 좋게 보지 않았다.

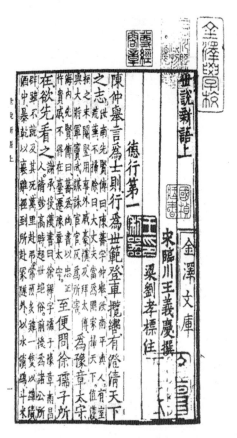

宋 刻本 『世說新語』

I. 당대 문단의 진기한 꽃, 전기

당 전기는 당대의 문언 단편소설로서, 그 내용이 대부분 기이한 사람이나 괴이한 사건奇人異事과 연관되기에 후세 사람들이 '당 전기'라 부르게 되었다. 이러한 당 전기는 지괴의 기초 위에서 발전한 것이다. 전기는 당 왕조 중기에 흥성하였고, 지괴는 위진남북조시기에 성행했다. 즉, 지괴는 동요되고 불안한 시대 속에서 번성한 반면, 전기는 중국 봉건사회 최고 전성기에 탄생한 것이다. 지괴는 기이한 것을 수집하여 괴이하거나 신령스러운 것을 펼쳐냈는데, 당 전기 역시 문장을 기이하게 꾸민다는 점에서는 비슷했지만 결코 현실을 벗어나거나 황당하여 사리에 어긋나는 내용은 없었다. 지괴의 작가들은 기이한 일을 '사실'로 여겼기 때문에 의식을 가지고 문예 창작을 한 게 아니었던 반면, 전기 작가들은 '의식적으로 소설을 창작하였기에有意爲小說' 허구적으로 구성하고 고심하며 글을 지었다. 지괴가 소설의 모형이라면 전기는 이미 진정한 의미의 문언 단편소설이라 할 수 있다. 지괴의 문자는 질박한데 비해 전기의 문자는 비교적 화려한 편이다. 지괴는 편폭이 짧은 반면, 전기는 편폭이 길고 그 완정한 이야기 속에 생활에 대한 작자의 경험과 인생관이 녹아들어 있다. 당 왕조는 시가가 성행했던 시대로서 당 전기 작자의 대부분이 시인이었다. 이는 당 전기의 언어가 화려하고 서정적 색채가 농후한 현상, 정서가 구성지고 함축적이며 줄거리가 낭만적인 것과 결코 무관하지 않다. 이런 점에서 루쉰魯迅은 당 전기에 대해 "신선·사람·귀신·요물을 모두 마음대로 부릴 수 있었다. 문필은 섬세하고 곡절이 있어서 간결하고 예스러운 것을 숭상하는 사람들에게는 책망의 대상이 되었다. 서술된 내용 또한 그저 단편적인 얘깃거리에 그친 게 아니라 시작과 결말, 변화와 곡절을 두루 갖추었다고 볼 수 있다. 게다가 작자는 고의로 그 일이 허구임을 드러냄으로써, 자신의 풍부한 상상력을 보여주고자 했다."[1]고 지적했다.

2. 저명한 당 전기

1. 「곽소옥전霍小玉傳」

장방蔣防의 「곽소옥전」은 애정 비극을 묘사한 당 전기의 명작으로, 명대 호응린胡應麟은 이를 "당나라 사람 작품 중 가장 훌륭하고 감동적인 전기"라고 칭찬하였다.(「少室山房筆叢」) 장방은 자가 자미子微 (어떤 판본에는 자징子徵이라 함)이고, 의흥(義興, 지금의 강소성 의흥宜興) 사람이다. 이신李紳에게 높이 평가되어 우습유右拾遺·우보궐충한

---

1) 루쉰, 「차개정잡문2집·육조소설과 당대 전기문은 어떻게 구별되는가? 且介亭雜文二集·六朝小說和唐代傳奇文有怎樣的區別?」: 神仙人鬼妖物, 都可以隨便驅使; 文筆是精細, 曲折的, 至於被崇尚簡古者所詬病; 所敘的事, 也大抵具有首尾和波瀾, 不止一點斷片的談柄; 而且作者往往故意顯示著這事跡的虛構, 以見他想象的才能了.(원주)

림학사右補闕充翰林學士・사봉원외랑司封員外郎・지제고知制誥 등을 역임
하였다. 후에 이봉길李逢吉에게 배척을 당하여 정주자사汀州刺史로 폄
적되었고, 연주자사連州刺史와 원주자사袁州刺史를 지낸 후 대화大和 연
간에 생을 마감하였다. 명대 희극의 대가 탕현조湯顯祖는 일찍이 「곽
소옥전」을 「자소기紫簫記」로 개편하였고, 나중에 다시 「자차기紫釵記」
로 개편하였다.

소설의 줄거리는 대강 이러하다. 진사 이익李益과 장안의 기녀 곽소
옥은 서로 사랑하여 영원히 함께 하자고 맹세하였다. 그러나 훗날 관
리가 된 이익은 다른 명문가의 규수를 맞아들이고 소옥을 저버린다.
소옥이 그리움으로 병이 깊어지자 누런 적삼을 입은 호걸黃衫豪士이
이익을 강제로 그녀에게 데려와 만나게 한다. 소옥은 겨우 몸을 일으
켜 그가 정리를 저버린 것을 비난하면서 한을 품고 죽어간다. 그녀는
죽어서 악귀가 되어 이익 부부가 서로 의심하여 집안이 하루도 편할
날이 없게 만든다.

이러한 곽소옥의 비극은 심각한 사회적 의의를 지니고 있다. 비극
의 표면적인 원인은 의리를 저버린 이익의 박정함이지만, 사실 내면
적인 원인은 봉건 혼인제도와 문벌제도라고 할 수 있다. 당시 사회는
줄곧 가족의 정치적・경제적 이익을 최우선에 두고 남녀 쌍방의 바램
이나 감정은 대수롭지 않게 여겼다. 곽소옥은 이성적으로는 두 사람
의 신분 차이로 인해 혼인이 어렵다는 것을 알았고, 이익이 출세하면
자신을 저버리고 굳은 맹세마저 빈말이 될 거라고 짐작하였지만 이익
을 향한 사랑의 감정을 포기할 수 없었다. 이 때문에 소옥은 이익에
게 자신과 함께 8년간만 살아주기를 간청하면서 8년이 지나면 다른
지체 높은 가문에 장가들어도 좋다고 하였다. 그러나 순진하게도 사
랑에 빠져버린 소옥은 이익이 집으로 돌아가자마자 부모님의 압력에

못 이겨 공명과 출세를 위해 명문가 규수를 맞아들일 것이라곤 생각지도 못했다. 소설에서 이익에 대한 묘사는 매우 세심하면서도 연결 또한 자연스럽다. 이익이 처음에 곽소옥을 사랑하게 된 연유는 그녀의 미모를 탐해서였지만, 서로 정이 깊어지면서 진실한 감정이 전혀 없었던 것은 아니었다. 이익이 정리情理를 저버리고 새로이 노씨盧氏를 맞아들인 것은 그의 성격이 냉혹하고 이기적이며 비겁하고 나약하여 자신의 앞날을 고려한 측면도 있지만, 가정의 압력이라는 객관적인 원인이 크게 작용하였다. 소옥이 죽은 후 이익이 상복을 입고 밤낮으로 운 것을 볼 때, 그가 결코 옛정을 완전히 저버린 것은 아니었음을 알 수 있다. 이러한 인물묘사는 서로 잘 상응되어 비극의 근본 원인에 대한 독자들의 인식을 심화시키는 데 도움을 준다. 이 전기 작품은 '사랑에 깊이 빠진 여자와 이를 배반하는 남자痴心女子負心漢'를 모티브로 하면서 후세의 소설과 희곡에서 자주 보이는 '대단원大團圓'이란 상투적인 수법을 쓰지 않고 오히려 무정한 비극으로 결말지었다.

2. 「앵앵전鶯鶯傳」

당 전기 중에서 후세 희곡에 가장 큰 영향을 미친 작품은 역시 원진元稹의 「앵앵전」이다. 원진은 자가 미지微之이고, 별호는 위명威明이며 낙양(洛陽, 하남성河南省의 고도古都) 사람이다. 어려서는 가난하였으나 정원 연간에 명경과明經科에 합격하여 서판발췌書判撥萃에 올랐고, 감찰어사를 역임하다가 권세가와 환관의 미움을 사서 배척당했다. 그 후 환관들에게 의지하여 동중서문하평장사同中書平章事까지 이르렀고, 무창군절도사武昌軍節度使로 재직하던 중 갑자기 세상을 떠났다.

소설의 내용은 대강 이러하다. 포주蒲州 군사들이 난동을 일으키자

장생張生이 친구의 도움으로 최 씨 모녀를 비호하였는데, 이에 감격한 최 씨가 잔치를 열고 장생을 환대한다. 이 잔치에서 앵앵을 알게 된 장생은 몇 번의 우여곡절 끝에 앵앵의 시녀 홍낭紅娘의 도움으로 그녀와 은밀한 사랑에 빠진다. 그러나 오래지 않아 과거 응시를 위해 상경한 장생은 앵앵을 저버리고, 앵앵 역시 다른 남자에게 시집을 간다. 마지막 부분에서 장생은 최 씨 집 앞을 지나다가 오누이 신분으로라도 한 번 만나보기를 청하나 앵앵은 완강하게 거절한다.

이 소설은 남녀 주인공에 대한 묘사가 뛰어나다. 앵앵은 단아하고 차분하면서도 요염하지만, 엄격한 어머니의 보호와 예교의 속박 때문에 감히 애정에 대한 갈망을 드러내지 못한다. 자신의 애정과 행복을 쟁취해가는 과정 속에서도 그녀는 몹시 조심스럽고도 신중하다. 그녀는 어머니 앞에서 본심을 드러내지 못할 뿐만 아니라 가까이에서 시중드는 여종 홍낭에게 조차도 경계를 늦추지 않는다. 이처럼 그녀는 차분하고 조신하게 행동하지만 내면세계는 의외로 열정이 넘친다. 일편단심 뜨거운 애정을 갈망하여 왔으면서도 막상 그 애정이 눈앞에 다가왔을 때 그녀는 선뜻 받아들이지 못한다. 하지만 결국에는 망설임과 부끄러움을 뛰어넘고 연인의 품에 안긴다. 그럼에도 불구하고 홍낭의 도움 없이는 독립적으로 애정을 쟁취할 수 없는 그녀로서는 버림을 당하고도 별 도리가 없어 고통스럽기만 하다. 장생의 형상 또한 성공적으로 묘사된다. 장생은 재능 있는 청년으로 운명처럼 앵앵을 만나 사랑을 불태웠지만, 이해득실 앞에서는 결국 애초의 애정을 묻어버리고 만다. 사랑에 빠졌을 때는 장생 역시 열정적이고 낭만적인 행동을 보였지만, 그러나 결국엔 장난삼아 여자를 즐기고 마음대로 농락하는 면이 드러난다. 그는 앵앵을 버리고도 오히려 '요망스럽기 짝이 없는 여자妖人尤物'라고 앵앵을 헐뜯는데, 그의 냉혹하고 이기적인 심사가 그대로 드러나는 대목이다. 작자는 여자를 농락한 후 버리는 이 결말을 오히려 긍정적으로 여기며 장생의 선택을 칭찬하는데, 이는 이 작품이 지닌 가장 큰 사상적 결함이라고 할 수 있다.

비록 결말은 남자가 여자를 농락한 후 버려버리는 식이라 해도 작품은 사실 어느 정도 평등하면서도 자주적인 연애를 서술해나간다. 그들은 양쪽 가문이나 빈부 차이를 뛰어넘은 채 부모님의 뜻에 따르기보다는 상대방의 용모·인품·재능에 끌려 사랑하게 된다. 이러한 자유연애는 그저 '부모의 명령'과 '중매쟁이의 말'만 따르던 당시 젊은 남녀들에게 강한 흡인력을 발휘하게 된다. 비록 유능한 남자와 아름다운 여자, 즉 재자가인才子佳人식의 결합이긴 하지만 이는 권세·집안·금전 등이 결합된 혼인에 비하면 이미 크나큰 진보라 할 수 있을 것이다.

「앵앵전」에서 장생의 원형은 작자 자신으로, 원진은 자신이 결혼하기 전 끝내 이루지 못했던 첫사랑의 경험을 근거로 이 소설을 창작하였다. 천인커陳寅恪 선생의 고증에 의하면, 앵앵은 귀족 신분의 대갓집 규수가 아니라 곽소옥처럼 귀족 가문에 위탁된 기녀이거나 가난한 집안 출신이라고 한다. 따라서 장생이 대갓집 규수가 아닌 앵앵을 버리고 다른 여인을 맞이하였더라도 당시 상류사회에서는 충분히 용납되는 상황이었다. 당시 상류사회에서는 "결혼을 할 때 명문가의 규수를 맞아들이지 못하거나 벼슬을 하더라도 명망을 얻지 못하면 모두 사회의 멸시를 받았다."[2] 원진이 「앵앵전」을 지어 거리낌 없이 그 일을 서술할 수 있었던 까닭도 바로 여기에 있는 것이다.

---

2) 천인커陳寅恪, 「원백시전증고·'앵앵전'을 읽고元白詩箋證稿·讀"鶯鶯傳"」 : 凡婚而不娶名家女, 與仕而不由淸望官, 具爲社會所不齒.(원주)

3. 「이와전李娃傳」

백행간白行簡의 「이와전」은 당 전기 중 또 한 편의 뛰어난 애정 소설이다. 백행간은 자가 지퇴知退이고, 화주華州 하규(下邽, 지금의 섬서陝西 위남渭南 동북)사람이며, 백거이白居易의 동생이다. 정원貞元 말 진사에 합격하여, 좌습유左拾遺·사문원외랑司門員外郎·주객랑主客郎 등을 역임했다. 「구당서舊唐書」 본전에서는 그를 "문장 속에 형 백거이의 기풍이 서려 있고 특히 사부辭賦에 뛰어나 문인들이 모범으로 삼았다. 文筆有兄風, 辭賦尤稱精密, 文士皆師法之"고 칭찬하였다. 소설의 내용은 대강 이러하다.

형양공滎陽公의 공자公子가 장안의 명기 이와李娃와 서로 사랑하게 되었다. 공자가 돈을 물 쓰듯 하여 채 일 년도 되지 않아 바닥이 드러나자 기생어미와 이와는 계략을 짜서 공자를 내쳐버린다. 곤궁해진 공자는 하는 수 없이 장의사의 일꾼으로 전락한다. 그는 만가를 부르며 쓰라린 마음을 달랬는데, 그 노래가 얼마나 구슬펐던지 장안에서는 따를 자가 없었다. 마침 형양공이 상경하였을 때 거리로 나갔던 하인이 공자를 발견하고는 집으로 모셔갔지만, 형양공은 가문을 더럽혔다며 초죽음이 되도록 공자를 두들겨 패서 내쫓아 버린다. 이렇게 거리에 내팽개쳐져 사경을 헤매는 공자를 뜻밖에도 이와가 발견한다. 이와는 의젓한 옛 모습은 오간데 없이 눈보라 속에서 겨우 숨을 헐떡이고 있는 공자를 알아보고는 몹시 슬퍼하며 과거를 후회한다. 그녀는 자신의 죄를 갚고자 방을 세내어 공자와 함께 살아간다. 이와의 정성어린 보살핌 속에 공자는 점차 건강을 회복해 가고, 이와의 격려와 독촉으로 학문에 매진하게 된다. 마침내 공자가 공명을 얻고 이름을 떨치자 현저한 가문 차이를 인식한 이와는 이제 헤어지기를 요구하는데, 공자는 차마 그녀와 헤어질 수 없었다. 마침내 형양공은 공자와 부자 관계를 회복하고 이와를 며느리로 받아들인다. 공자는 관운이 순조로워 거듭 높은 지위에 오르고 이와 또한 견국부인沂國夫人에 봉해진다.

이처럼 이와와 형양공자는 기녀와 선비라는 신분 차이가 있는 연인 사이다. 재능 있는 남자와 아름다운 여자가 서로 사랑하는 요인 속에는 금전과 미색을 주고받는 요소가 담겨 있다. 이와가 진실한 감정을 가졌다 할지라도 결국은 기녀였기에 기생어미와 합작하여 재산을 탕진하고 가진 것 없는 공자를 교묘하게 떼어버린 것이다. 그러나 훗날 부귀가 찾아왔을 때는 오히려 자신의 처지를 인정하고 물러남으로써 기녀의 냉정함과 영리함을 드러내었다. 공자의 비참한 처지는 그녀의 동정심을 일깨워 연인에 대한 정상적인 감정을 회복하게 만들었으며, 이해득실을 떠나 곤경에 빠져 의지할 곳 없는 공자를 구제하게 만들었다. 그러나 이와는 자신과 공자 사이에 가로놓인 가문의 격차를 현실로 받아들여 관원의 부인이 되려는 환상을 품지 않았고, 곽소옥처럼 단순하게 8년간만 부부생활을 하자는 등의 그 어떤 요구도 하지 않았다. 감정 면에서도 그녀는 곽소옥을 뛰어넘었으며, 이성과 감정을 동시에 중요시한 성격이었다. 이와는 공자가 당시 지식인들의 '정도正道'를 걷는 것을 도왔고, 스스로 봉건 가문에 '공헌'을 함으로써 마침내 봉건 가장의 인정과 찬사를 이끌어냈다. 결말은 사상 면에서 작자의 타협 심리를 반영했는데, 즉 가인佳人이 재자才子로 하여금 "과거 시험 합격자 명단에 이름이 올라가도록金榜題名" 도왔을 때에야 비로소 봉건 가장은 그들의 '동방화촉'에 동의한다는 것이다.

이 소설의 줄거리는 매우 복잡하게 얽히면서도 억지스럽게 지어낸 듯한 병폐가 없고, 뜻밖의 일이 벌어지면서도 사리에 어긋남이 없다.

공자는 총명하고 영민하긴 하지만 세상 경험이 없고 물정에 어두웠으므로 남에게 속아 버림을 당하는 큰 전환점을 맞이한다. 공자가 곤경에 처하면 꼭 누군가가 거두어들이며, 그런 후에는 다시 근심이 생겨나고 병이 난다. 병이 위중해진 다음에는 오히려 안정적으로 변하는데, 그 과정에는 여관 주인의 연민과 장의사들의 동정도 포함된다. 장의사 노래 시합이라는 절묘한 삽입곡은 긴장감 속에서도 이완작용을 일으키며, 노래 시합 과정 자체도 흥미진진하게 서술되고 있다. 공자가 곤궁에 빠져 장의사가 되었을 때는 비록 지위는 비천했으나 평안하게 지낼 수 있었다. 그러나 생각지도 않은 형양공의 매질로 공자는 목숨까지 위태로운 상황이 된다. 이는 공자 운명의 두 번째 전환점이며, 그 후 이와가 공자를 거두어들이는 것이 공자 운명의 세 번째 전환점이다. 운명이 이처럼 공자를 높이 들어 올렸다가 땅바닥으로 내동이쳤다가 하니, 독자의 마음 역시 주인공의 운명에 따라 부침을 거듭하게 된다. 소설은 세부 묘사를 통해 인물의 성격을 그려내는 데 노력을 기울였다. 공자가 이와를 처음 만났을 때 "말을 세워놓은 것도 잊은 채 갈 길을 멈추고 오래도록 배회하면서不覺停驂久之, 徘徊不能去" 시간을 끌어 이와를 한 번이라도 더 보려고 "일부러 채찍을 땅에 떨어뜨려 하인을 시켜 그것을 가져오도록 했다.乃詐墜鞭于地, 候其從者取之" 이 대목은 그의 임기응변의 태도를 표현하면서 그가 방탕하고 몰염치한 보통의 부잣집 자제들과는 차이가 있음을 드러내준다. 공자가 문을 두드리며 그녀를 한 번 만나보기를 청했을 때, 시녀는 공자의 물음("여기가 누구의 저택이오?此誰之第")에는 대답도 하지 않고 다급하게 바로 뛰어 들어가 이와에게 "예전의 공자입니다!前時遺策郎也"라고 알리는데, 시녀의 놀라고 기뻐하는 모습은 바로 이와가 아직도 공자를 잊지 못한 채 내내 기다리고 있었던 심리상태를 표현해낸 것이다. 이와는 "뼈가 앙상하고 부스럼투성이의 거의 사람 모습이 아닌枯瘠疥歷, 殆非人狀" 공자를 본 후 "다가가 그의 목을 끌어안으며 수놓은 저고리로 감싸 안고 서쪽 사랑채로 향하면서, 목이 메도록 통곡하며 '그대가 하루아침에 이 모양이 된 것은 모두 제 죄입니다.'라고 말했다.前抱其頸, 以繡襦擁而歸於西廂. 失聲長慟曰: '令子一朝及此, 我之罪也.'" 이와의 이러한 일련의 언행은 희비의 엇갈림 속에서 후회하고 원망하면서 스스로를 책망하는 격동적인 심정을 생동감 있게 표현해내고 있는 것이다.

4. 「이혼기離魂記」

육조 지괴는 대략적인 줄거리를 대충 펼쳐놓은 면이 있긴 하지만, 줄거리의 설계와 기이한 상상력 면에서는 의외로 후세 소설에 많은 계시를 주었다. 당나라 사람 진현우陳玄祐의 「이혼기」는 바로 「유명록幽明錄·방아龐阿」·「영괴록靈怪錄·정생鄭生」과 같은 지괴의 영향 아래 등장한 작품이다.

「이혼기」의 줄거리는 비교적 단순하다. 장일張鎰은 일찍이 딸 천랑倩娘을 생질인 왕주王宙와 맺어주기로 허락한 바 있었고, 천랑과 왕주 두 사람 또한 이미 오래 전부터 서로를 연모해온 사이였다. 그러나 훗날 장일이 약속을 어기고 천랑을 다른 사람에게 시집보내려 하자 이를 알게 된 천랑은 병이 나서 눕고, 왕주 역시 분노하여 상경한다는 핑계를 대고 사천으로 떠나버린다. 왕주가 길을 가고 있는데 '천랑'이 몰래 도망 나와 진심을 토로하자 그는 뜻밖의 상황에 너무 기뻤고, 결국 천랑과 함께 사천으로 도망친다. 그곳에서 두 사람은 5년 동안 두 아이를 낳고 살았는데, 천랑이 새삼 부모님을 그리워하자 다시 옛집으로 돌아간다. 고향에 도착하여 천랑은 배에 남아 있고 왕주가 먼저 집에 돌아가 연유를 아뢰자 소식을 들은 장일은 매우 놀라며 기이하게 여긴다. 왜냐하면 딸 천랑은 사실 병으로 줄곧 집에 누워 있었기 때문이다. 왕주와 함께 사천에 갔던 것은 알고 보니 천랑의 영혼이었으며, 마침내 두 천랑은 합쳐져 하나가 된다.

영혼이 육신을 벗어나는離魂 고사는 이전에도 있었다. 「유명록·방아」는 한 여자가 부인이 있는 남자를 사랑하여 그녀의 영혼이 늘 그 사람을 찾아간다는 내용이다. 「영괴록·정생」은 이미 저 세상 사람이 된 노부인이 외손녀를 정생에게 시집보내기 위해 먼저 외손녀의 영혼이 사람이 되도록 한 후 정생과 부부로 맺어주는 고사로, 후에 외손녀가 친정에 돌아오자 "두 여자가 홀연히 합쳐져서 마침내 한 몸이 된다.兩女忽合, 遂爲一體" 이 두 편의 지괴 속에는 모두 영혼이 육신을 벗어나는 줄거리가 있긴 하지만 이를 깊이 있게 다루지는 못했으며 사회적인 내용들을 포함한 것도 아니다. 또한 사건 전개 과정에서 인물의 개성이 제대로 부각되지 않고 있을 뿐 아니라 줄거리도 엉성하여 이들을 이어 출현한 작품인 「이혼기」와는 비교가 되지 못한다. 무엇보다도 「이혼기」에는 적극적인 주제가 있다. 작품은 청년 남녀의 자유연애에 대한 열정, 자주적 혼인을 쟁취하려는 그들의 행동을 부각시킨다. 이 소설의 전문은 오백 자 정도 밖에 되지 않지만, 작자는 길지 않은 이야기 속에서도 많은 기복과 변화를 배치하여 섬세하게 묘사함으로써 독자들을 끌어들인다. 장일의 변심으로 천랑과 왕주의 결합이 아무런 희망도 없게 되었을 때, 뜻밖에도 천랑이 사랑의 도피를 선택하게 된다. 그들이 사천으로 도망 나와 함께 살게 되었기에 소원은 이미 이루어진 것 같은데 다시 천랑이 부모님을 그리워하며 집에 돌아가 만나 뵙고 싶어 한다. 집에서 몰래 도망쳐 나와 외지에서 아이를 낳고 5년 동안이나 살면서 소식을 끊었던 딸이 과연 어떻게 다시 양친과 마주할 것인지, 독자들은 자연히 염려하게 된다. 그러나 천랑의 옛집에 들어간 왕주는 5년 동안 함께 생활했던 천랑이 뜻밖에도 사실은 그녀의 혼이었음을 알게 된다. 짧은 편폭 속에 이렇게 여러 가지 우여곡절을 담아낸 구성의 절묘함에 우리는 탄복하지 않을 수가 없다. 왕주가 대문에 들어서기 전까지만 해도 독자들은 천랑의 실체에 대해 아무 것도 몰랐고, 줄거리 자체로만 보아서는 전혀 이상할 게 없는 진행이었지만 일단 진상이 밝혀지자 이전의 평범했던 묘사들 속에 사실은 평범하지 않은 뜻이 숨어 있었음을 드러낸다. 마침내 낭만주의적인 결말 부분은 순식간에 전편의 비밀을 환히 밝혀 드러내고, 천랑의 형상과 소설의 주제는 '영혼 이탈'이라는 줄거리 속에서 함께 승화를 이룬다. 지성이면 감천이라 했으니, 뼈에 사무친 그리움은 놀랍게도 영혼을 인간의 몸으로 변화시키고 불가능한 일을 현실로 만들었으니 애정의 힘이란 얼마나 큰 것인가! 이렇듯 「이혼기」의 구성은 매우 짜임새가 있다. 천랑이 사랑을 위해 집에서 도망쳐 나와 왕주를 따라 갔던 싯점에 작자는 결코 천랑이 사람인지 귀신인지 누설하지 않았고, 끝에 가서야 "천랑이 병이 나서 수 년 째 규방에 있다倩娘病在閨中數年"는 장일의 말을 통해 마침내 관건적인 사실을 밝힘으로써 일의 진상을 드러낸다. 결말은 두 명의 천랑이 하나로 합해지는 것으로 매듭짓는데, "그 의상이 같이 겹쳐졌다其衣裳皆重之"는 것은 작자의 절묘한 필치라 할 수 있다. '혼'은 사람과 결합했으나 의상은 또한 겹쳐져야 하는 법이다. 옷 두 벌이 그냥 한 벌로 되었다면 이는 물론 초현실적인 상상이겠지만, '혼'은 형체가 없어 뭘 입을 필요가 없는 일인지라 '그 의상이 같이 겹쳐졌다'는 말은 결국 '사리'에 맞는 일이 되는 것이다.

5. 「규염객전蚪髥客傳」

「규염객전」은 당대 호협豪俠소설의 대표작품으로, 전하는 바에 의하면 두광정杜光庭이 삭제하거나 수정을 한 바 있다고 하나 원작자는 고증할 수 없다. 줄거리는 동요되고 불안했던 수나라 말년을 배경으로 하며, 이정李靖·홍불紅拂·규염객이라는 세 인물의 비중이 거의 비슷하여 후세사람들은 이를 '난세의 세 협객風塵三俠'이라고 불렀다. 이 소설의 구성은 매우 특이하여 어떤 한 사람의 운명을 다룬 것도 아니고, 그렇다고 어떤 하나의 사건을 서술한 것 또한 아니다. 작자는 생활의 한 단면을 잘라 들어가 부차적 인물인 양소楊素로부터 이야기를 시작하여, 이 양소를 중심으로 이정과 홍불을 함께 엮어냈으며, 다시 이정과 홍불이 함께 도주하는 과정에서 신비한 규염객을 끌어들인다. 이러한 구성은 사전史傳문학의 표준형식을 벗어나는 것으로 일부 현대소설과 비슷하다. 여관에서 세 협객이 만나는 장면은 이 고사의 절정부분인데도, 작자는 의외로 이를 힘들이지 않고 술술 풀어나가듯 묘사하였다. 규염객이 대문을 들어서더니 이름도 밝히지 않은 채 비스듬히 누워 머리를 빗고 있는 홍불을 계속 쳐다본다. 이정은 이런 규염객의 무례한 행동에 몹시 화가 치솟지만 드러내지 않고 한동안 지켜보기만 하는데, 그 이유는 이정 스스로가 추격을 당하는 신세이므로 조심하지 않을 수 없기 때문이다. 홍불은 이처럼 갑자기 발생한 복잡한 상황에 직면하고서도 조금도 당황하지 않고 오히려 이정에게 경솔히 행동하지 말라고 몰래 손짓을 하면서, 한편으로는 이 무례한 손님을 관찰하며 응대할 방법을 생각한다. 그녀는 조용히 머리를 빗으며 교묘하게 규염객에게 말을 걸기 시작하는데, 결국 같은 성씨를 핑계 삼아 신분이 의심스러운 그 손님과 오누이 관계를 맺기에 이른다. 이제 차츰 긴장된 분위기가 누그러지기 시작하고, 이정과 규염객 사이의 경계심 역시 홍불의 중재로 차츰 사라지게 된다. 세 사람은 둘러앉아 술을 대작하다가 나중에는 지기가 될 것을 결의하는데, 소설은 이 부분에 이르러 서술의 중심을 이정과 홍불로부터 규염객에게로 옮겨간다. 규염객은 본래 왕이 되고자 하는 뜻을 품었던 차에 태원太原에 범상치 않은 기운이 있다는 소문을 듣고 일부러 찾아왔다가, 이세민李世民을 두 차례 만난 후 이세민에게서 '하늘의 기운이 양양함'을 감지하고 굴복한다. 그는 이세민이야말로 시대가 요구하는 '천명을 받은 천자'임을 인정하면서 자신의 포부를 접고 해외로 가서 다른 일을 도모하고자 한다. 그러면서 떠나기 전에 이정에게 그의 모든 재산을 넘겨주고 자신의 살아온 내력과 포부, 앞으로의 방향과 계획 등을 솔직하게 털어놓는다. 그 후, 정관貞觀 10년(서기 636년)에 규염객은 민중들을 이끌고 부여국扶余國을 점령하여 왕이 된다.

이정은 출신은 빈천하나 기개와 도량이 비범하고 가슴에 품은 포부 또한 남다르다. 그는 권세가를 만날 때에도 거만하거나 비굴하지 않는데, 양소에게 면전에서 "응당 호걸 거두는 일을 마음에 담아야 하는데 거만하게 앉아서 온 손님을 맞아서는 안 된다須以修羅豪傑爲心, 不宜踞見賓客"고 질책한다. 또 홍불이 갑자기 나타나자 이정은 그녀에게 "양사공이 수도에서 권세를 부리는데 어떠하오?楊司空權重京師, 如何"라고 마음을 떠보고자 묻는데, 그의 일 처리가 신중하면서도 주도면밀하다는 것을 짐작할 수 있다. 그들이 문에 들어섰을 때 규염객의 자태가 분명 예의에 어긋났음에도 이정은 조용히 그 움직임을 살필 뿐 어떤 대응도 하지 않는데, 이는 기쁨과 노여움을 얼굴에 드러내지 않은 채 신중하게 일을 처리하면서도 동시에 과감하고 단호한 면을 갖춘 영웅의 모습이라 할 수 있다.

홍불은 매우 독특한 여성이다. 그녀 자신은 부유한 처지에 있으면서도 오히려 지위가 빈천한 이정을 좋아한 반면, 대단한 권세와 사치를 누리는 사공司空 양소는 살아있는 송장 즉 '거의 반송장'처럼 간주한다. 그녀는 놀랍게도 남장을 하고 한밤중에 몰래 이정을 찾아가 그에게 자신을 맡겼고, 양소가 그렇게 도망쳐 나온 자신을 결코 추적하지 않을 것임을 단정할 수 있는 인물이다. 또한 여관 안에서의 장면에서도 그녀의 총명함과 민첩함, 침착성과 대담함, 강한 임기응변의 능력이 여실히 드러난다.

규염객은 소설 속에서 느닷없이 출현하는데, 그의 이러한 출현은 순식간에 분위기를 긴장시키는 효과를 가져 온다. 규염객이 해외로 가기 전까지 독자들은 그의 신분과 의중에 대해 시종 모호하게 느낄 수밖에 없다. 이는 작자가 고의로 규염객에게 신비한 색채를 입혀 놓은 까닭이다. 결말에 와서야 독자들은 그의 진짜 면모를 분명히 알 수 있게 되고, 그리하여 이전의 각종 신비하고 기괴했던 행동들을 하나하나 이해하게 되며, 그의 호탕함과 대범함, 시대의 흐름을 잘 파악하는 성품까지도 알 수 있게 된다.

6. 「남가태수전南柯太守傳」

당대의 저명한 전기 작가 이공좌李公佐의 작품이다. 이공좌는 자가 전몽顓蒙이고 농서(隴西, 지금의 감숙성甘肅省 농서)사람으로, 생졸 연대는 확실치 않다. 주로 정원貞元·원화元和 연간에 활동했으며 진사에 급제하여 강서종사江西從事를 지냈다. 이 작품 외에도 「사소아전謝小娥傳」·「고악독경古岳瀆經」·「노강풍온전盧江馮媼傳」 등 세 편의 전기 작품이 전한다. 남가태수전의 내용은 순우분淳于汾이 대괴안국大槐安國

에서 겪은 남가일몽南柯一夢을 통해 재주나 덕이 없이도 처가 덕으로 높은 지위에 오른 관료를 풍자하면서, 희로애락과 흥망성쇠는 반복되는지라 인생은 결국 꿈과 같고 부귀 또한 수시로 변한다는 이치를 말하고 있다. 순우분은 술을 좋아하는 자유분방한 재력가로 자잘한 구속에 얽매이지 않았으며 호걸들과도 친분이 잦았다. 일찍이 군대에 나가 비장裨將을 지낸 적이 있었으나 술로 인해 상사에게 거슬려 쫓겨난다. 작자는 그에게 풍자적 태도를 취하고 있긴 하지만, 그렇다고 지나친 감정 묘사는 드러내지 않는다. 순우분은 어느 날 비몽사몽간 꿈속에서 누군가에게 이끌리는 듯 큰 홰나무 아래 개미굴로 들어가게 된다. 놀랍게도 그 안에는 또 다른 세계가 있었다. 그곳에서 그는 왕의 부마가 되고, 공주의 추천으로 남가태수南柯太守 자리까지 오르게 된다. 순우분은 금과 옥, 비단, 수레와 말, 하인과 첩, 아리따운 아내, 권세, 명성 등 평범한 사람이 평소 꿈도 꾸기 어려운 모든 쾌락을 두루 누린다. 자녀들 또한 그의 후광으로 "아들은 문벌의 자제로서 관직을 수여 받고, 딸은 왕족과 혼인을 한다.男以門蔭授官, 女亦聘於王族" 그러나 아내인 공주가 운명을 달리하자 하루아침에 그의 지위가 흔들리기 시작하여 질시를 받고 비방도 날로 심해진다. 순우분은 결국 국왕의 총애를 잃고 국경 밖으로 추방을 당해 다시 인간세상으로 돌아오게 된다. 그제야 그는 비로소 대괴안국이 사실은 오래된 홰나무 아래의 개미굴에 지나지 않았음을, 그가 누린 20년간의 부귀영화는 결국 일장춘몽一場春夢이었음을 깨닫게 된다.

고소설 가운데 특히 지괴와 전기에서는 꿈을 묘사한 작품이 적지 않은데, 그 원인은 여러 가지가 있다. 이전 사람들은 과학지식이 부족하여 꿈을 꾸게 되는 원인이나 원리를 달리 해석할 방법이 없었으므로 그들로서는 꿈을 꾼다는 것 자체가 일종의 신비한 현상이었다. 꿈속의 사물은 항상 초현실적이기도 하지만 한편으론 현실과 모종의 관계를 유지하고 있다. 꿈속에서의 풍부한 환상과 상상력, 외부세계에 존재하는 구속으로부터의 탈피 등은 작가에게 현실에서는 발생할 수 없는 줄거리나 인물들을 설정해 마음껏 상상의 나래를 펼치면서 창작할 수 있게끔 한다. 꿈속의 모습은 비현실적이지만, 그러한 꿈과 환상을 통해 반영해낸 소망은 오히려 비현실적인 게 아니다. 몽환의 형식은 현실의 인생 비환悲歡을 그대로 반영해낼 뿐 아니라, 어쩌면 더욱 선명하게 그려낼 수 있었던 것이다. 사람들은 오래전부터 인생이 꿈과 같고 부귀가 무상하다는 생각들을 해왔지만, 당 이공좌의 「남가태수전」과 심기제沈旣濟의 「침중기枕中記」에 이르러서야 비로소 생동적이고 풍부한 이야기로 꾸며졌으며, '남가일몽南柯一夢'이나 '황량미몽黃粱美夢' 등이 보편적인 성어가 되었다. 중국 소설사에서 꿈에 관한 작품은 많으나 「남가태수전」처럼 성공한 작품은 의외로 적다. 작자는 순우분의 꿈속에 풍부하고 심각한 사회적 내용을 담아 엮어냈는데, 꿈속의 '대괴안국'은 사실상 봉건왕조의 축소판이다. 대괴안국에서 처갓집 덕을 보려는 세태, 관리사회 내부의 아귀다툼, 정치의 험악함 등은 인간 세상의 그것과 조금도 다를 바 없다. 작자는 꿈속에서는 진실과 환상 사이의 허와 실을 분별하기 힘들다는 특징을 이용해 모든 것이 어우러진 몽환적 예술 경지를 창조해냈던 것이다.

고대 소설가들은 주제나 인물의 성격을 두드러지게 하기 위해 배경을 물감 번지듯 교묘히 배치하여 거꾸로 주요 대상을 두드러지게 만드는 '선염渲染' 방식을 사용하였다. 「남가태수전」에서 작자는 순우분이 데릴사위가 되고 남가태수가 될 때의 떠들썩한 축하 장면을 집중적으로 묘사하여 그 호화로운 상황을 극도로 부각시켰다. 소설의 결말에서는 권세를 잃은 이후의 쓸쓸하고 위축된 모습을 섬세한 필치

로 묘사하였다. 이처럼 전후의 극명한 상호 대비를 통해 부귀공명을
부정하였고, 부귀에만 골몰하며 명리를 쫓는 무리들을 풍자하였다.

7. 「장한가전長恨歌傳」

원화元和(서기 806-820년) 연간에 진홍陳鴻, 왕질부王質夫, 백거이白居
易가 장안에서 만나 지난 천보天寶 연간의 일을 이야기하다가 감개와
탄식을 금치 못했다. 이에 백거이가 장편 서사시 「장한가長恨歌」를 썼
고, 진홍은 전기소설 「장한가전」을 지었다. 진홍은 자가 대량大亮이고,
정원貞元·원화 연간 사람으로, 일찍이 상서주객낭중尙書主客郎中을 역
임하였다. 사학에 뛰어나 「대통기大統記」 30권을 편찬하였으며, 전기
소설로는 「장한가전」 외에 「동성노부전東城老父傳」이 전한다. 다만 「동
성노부전」에 영천潁川의 진홍 조부가 가창賈昌에게 개원開元의 난리를
평정한 일에 대해 물어본 것이 기술되어 있고, 문장 속 네 곳에서도
'진홍의 조부'라 스스로 칭하고 있으며, 「전당문全唐文」에 진홍의 조부
의 글이 수록되어 있는 것 등에 근거해 오늘날 일부 연구자들은 「동
성노부전」이 진홍의 조부 작품이라고 여기는 경우도 있다.

소설의 내용은 대강 이러하다. 줄곧 태평을 구가하던 당 개원開元
시기, 현종玄宗은 가무와 여색을 탐닉하며 특히 양귀비를 지극히 총애
하였다. 양귀비의 숙부와 형제들까지 모두 귀족이 되었고, 자매들은
국부인國夫人에 봉해져서 그들의 부귀는 왕공王公·대인大人과 다름없
었다. 그러나 천보 말에 안사安史의 난이 일어나 양귀비를 처벌하겠다
는 기치를 내세웠다. 현종은 당황하여 촉으로 도망하다 마외馬嵬에 이
르렀는데, 육군六軍이 동요하며 출발하지 않고 양씨 남매를 처형할 것
을 요구했다. 현종은 어쩔 수 없이 군사들의 요구대로 귀비를 죽였지

만 반란이 평정되어 수도로 돌아온 후로 오로지 양귀비만을 그리워하였다. 이에 사천四川에서 온 도사에게 어명을 내려 양귀비의 영혼을 찾게 했고, 마침내 선산仙山에서 그녀를 찾아냈다. 임무를 띠고 갔던 사신은 예전에 현종이 하사했던 칠보금비녀와 칠석날에 했던 비밀의 맹세를 증거로 제시했다. 사신의 말을 들은 후 현종은 더욱 상심에 빠져 얼마 되지 않아 세상을 떠나고 말았다.

이 전기소설은 역사적 사실과 민간 전설을 근간으로 하여 쓴 것이다. 작자는 현종이 가무와 여색에만 탐닉한 채 간신을 등용한 것에 대해서는 비교적 은근한 비판의 어조를 취했으나, 현종이 아들 수왕壽王의 저택에서 양귀비를 뺏어온 일에 대해서는 거리낌 없는 어조로 서술하였다. 그러나 결말 부분의 비평에서는 다시 '여인이 화근女人禍水論'이라는 틀에 박힌 말로 매듭지었다. 작가는 현종과 양귀비간의 사랑을 애써 부각시키며 찬미와 동정으로 일관하였는데, 이런 식의 묘사는 분명 현종과 양귀비의 모습을 미화시킨 것이며 여색이 나라를 그르친다는 결말 문장과는 모순되는 것이다. 그러나 현종과 양귀비의 연정에 대한 칭송은 건전한 애정에 대한 민중의 이상을 기탁한 것이며, 성당盛唐 성세에 대한 사람들의 그리움과 안타까움을 담아낸 것이라 하겠다. 현종과 양귀비의 이야기는 당시 문인들 사이에서 크게 유행하던 창작 제재였다. 이 소재를 다룬 많은 작품들은 저마다 각기 다른 사상을 반영하고 있는데, 진홍의 「장한가전」은 그 한 예에 불과하다. 이런 상황은 후세 사람들이 이 전기를 근거로 개작한 일련의 희극 작품에까지 줄곧 영향을 주게 된다.

현종과 양귀비의 고사는 사람을 감동시키는 아주 비극적인 색채를 띠고 있다. 가슴에 깊이 새긴 채 죽어서도 변치 않는 그 지극한 사랑은 분명 동정심을 불러일으키지만, 마외에서의 영원한 이별은 결국

주인공 스스로가 조성한 비극일 따름이다. 두 주인공의 특수한 신분은 그들의 애정과 거대한 시대 비극을 이어주는 연결고리가 되며, 애정 배경으로서의 시대 비극은 한층 더 독자를 감동시키는 요소로 작용한다.

진홍의 「장한가전」과 백거이의 「장한가」는 상호 보완을 이루며 후세의 시문·소설·희곡 속에서 불후의 소재가 되었다. 송宋 악사樂史는 「명황잡록明皇雜錄」·「개천전신기開天傳信記」·「안록산사적安祿山事迹」·「유양잡조酉陽雜俎」와 진홍의 「장한가전」 등을 토대로 「양태진외전楊太眞外傳」 2권을 창작하였는데, 현종과 양귀비 고사와 관련된 전설이나 일화가 거의 망라되어 있다. 강창 예술 방면에서는 원元나라 왕백성王伯成이 지은 제궁조諸宮調 「천보유사天寶遺事」에서 현종과 양귀비 고사를 묘사하였다. 희곡 방면에서도 작품이 매우 많은데, 가장 영향력 있는 것으로는 원 백박白樸의 잡극 「당 명황 시절 가을밤 오동나무 빗소리唐明皇秋夜梧桐雨」와 청 홍승洪昇의 전기 「장생전長生殿」 등이 있다.

8. 「유의전柳毅傳」

이 고사는 송대 이방李昉 등이 편찬한 「태평광기」에 보이며, 작자 이조위李朝威의 생애는 분명하지 않다. 작품 내용은 당대 의봉儀鳳 (676-678) 연간에 과거에 낙방한 서생 유의가 경양涇陽 땅을 지나다가 자태는 고우나 얼굴에 수심이 가득한 양치기 여인을 만나면서부터 시작된다. 유의는 수심의 연유를 묻다가 그 여인이 사실은 동정용군洞庭龍君의 딸이며 부모의 명에 따라 경천용왕涇川龍王의 둘째 아들에게 시집왔는데, 남편과 시어머니의 학대로 길가에서 양을 치고 있다는 사실을 알게 된다. 유의는 의분이 일어 용녀를 도와 부친 동정용군에게 편지 전하는 일을 자처한다. 온갖 어려움을 헤치고 용궁에 도착한 유의는 동정용왕을 만나 용녀의 처참한 상황을 전한다. 상심한 용왕은 눈물을 떨구며 슬픔에 잠기고, 사나우면서도 용감한 성격인 용녀의 숙부 전당군錢塘君은 조카가 학대당하고 있다는 소식을 듣고는 바로 경양으로 날아가 경천의 둘째 아들을 해치우고 조카를 구해온다. 또한 전당군은 유의에게 사의를 표하고 그의 사람됨을 높이 평가하면서 막무가내로 용녀와 맺어주려 한다. 하지만 유의는 원래 편지를 전하면서 달리 사사로운 의도가 없었을 뿐더러 위압적인 전당군의 태도가 싫어 완강히 거절하고 떠난다. 그러나 떠나올 때가 되어서는 자신을 사모하는 용녀의 마음을 눈치 채고 마음이 편치 않다. 집으로 돌아온 후 유의는 두 차례나 상처喪妻한 끝에 세 번째로 노씨盧氏 성의 여인을 맞이했는데, 알고 보니 그 여인은 바로 동정의 용녀였다. 마침내 유의와 용녀는 동정선궁으로 옮겨가 불로장생한다.

유의와 용녀의 슬픔과 기쁨, 만남과 이별이 우여곡절을 거치며 다채롭게 묘사되었다. 편지를 전해준 후 용녀가 구출되고 성대하게 열린 용궁의 연회 장면 속 떠들썩한 웃음소리와 함께 이야기가 끝을 맺는 듯 했다. 그러나 예상치 않은 전당군의 강압적인 혼인 요청과 유의의 완강한 거절로 다시 파란이 일어난다. 유의가 혼인을 거절하고 떠난 이후 용녀와의 결합은 더 이상 희망이 없는 듯하지만, 유의가 두 번씩이나 상처한 후 결국 노 씨로 변한 용녀와 결합하게 된 것은 쉽게 예상할 수 없었던 일이다. 유의가 노 씨를 맞아들인 후에도 작자는 여전히 바로 진상을 밝히지 않는다. 노 씨가 용녀와 매우 흡사하다고 느낀 유의가 당시 동정洞庭에 편지를 전해 준 얘기를 꺼내보는데, 노 씨는 오히려 인간 세상에 그 같은 일은 있을 수 없다며 잘라 말한다. 아들을 낳고 한 달이 지나서야 노 씨는 비로소 유의에게 자신이 바로 그 동정용녀임을 밝힌다. 이 고사에서 유의의 의협적인 행동은 그의 어질고 강직하며 의를 위해서는 분연히 일어서는 성격을 충분히 드러내었고, 그가 혼인을 거절한 것 역시 어려운 사람을 도와 주려 했던 애초의 마음과 강자 앞에서도 두려워하지 않는 기질을 잘 드러낸다. 또한 용녀의 처지는 봉건사회 부녀자들의 지위가 얼마나 비천하고 굴욕적인지를 반영한다. 용녀가 유의와 혼인하고자 한 것은 은혜를 갚고자 하는 의도가 다분하다는 점에서 결국 작품의 시대적 한계성을 드러내고 있다. 작품 속에서는 전당군에 대한 묘사 부분이 매우 성공적인데, 그가 등장하는 부분부터 생동감이 넘친다. "말이 끝나기도 전에 갑자기 큰 소리가 나더니 하늘이 무너지고 땅이 갈라지고 궁전이 심하게 흔들리면서 구름과 연기가 솟아올랐다. 그러자 붉은 용이 홀연히 나타났다. 길이가 천 척이 넘었고, 번갯불 같은 눈, 피를 토하는 듯한 혀, 붉은 비늘과 불꽃같은 수염, 목에는 금사슬을 걸고 그 사슬에는 옥기둥이 둘둘 감겨있고 셀 수도 없는 천둥 번개가 그 몸을 둘러싸고 눈과 비와 우박이 동시에 쏟아져 내리는데, 이내 창공을 가르며 날아가는 것이었다.語未畢, 而大聲忽發, 天拆地裂, 宮殿擺簸, 雲煙沸湧. 俄有赤龍長千餘尺, 電目血舌, 朱鱗火鬣, 項掣金鎖, 鎖牽玉柱. 千雷萬霆, 激繞其身, 霰雪雨雹, 一時皆下. 乃擘青天而飛去." 그가 이처럼 크게 분노한 것은 오로지 "강직한 성품을 누를 길 없이剛腸激發" 조카를 구하려는 마음이 간절했기 때문이며, 유의를 본 후에는 오히려 "예를 다해 대접하였고盡禮相接", 또한 방금 전에 "궁궐을 소란스럽게 만들고 손님을 제대로 모시지 못한 것驚擾宮中, 復忤賓客"에 대해 사의를 표한다. 또한 유의로부터 이치에 맞는 엄숙한 말로 한 차례 질책을 당한 후에는 "말을 함부로 하면서 고명하신 분께 멋대로 행동했음詞述疎狂, 唐突高明"을 스스로 시인한 후 "다시 환영 연회를 열어 전과 같이 즐거워하였다.復歡宴, 其樂如舊" 이처럼 전당군의 용맹하면서도 거칠며, 솔직하고도 시원스런 성격은 첨예한 갈등 속에서 희극성이 풍부한 장면, 호쾌한 필치로 남김 없이 묘사되었다.

「유의전」의 영향은 지대하여 원대 상중현尙仲賢의 잡극 「유의가 편지를 전하다柳毅傳書」, 명대 황설중黃說仲의 전기 「용소기龍簫記」, 청대 이어李漁의 「신중루蜃中樓」 등은 모두 이 작품을 원본으로 삼았고, 근대에 와서도 이를 경극京劇이나 월극越劇으로 된 「용녀목양龍女牧羊」으로 개편한 바 있다. 더구나 시문과 소설 중에서 전고로 사용된 예는 헤아릴 수조차 없다.

9. 「상중원해湘中怨解」

작자 심아지沈亞之는 자가 하현下賢이고 오흥(吳興, 지금의 절강浙江 호주湖州)사람이며, 원화 10년(서기 815년)에 진사가 되었다. 이 작품은 그의 「심하현문집沈下賢文集」 권2에 보인다. 소설은 정생鄭生이 우연히 고아 소녀를 만나 동정심이 사랑의 감정으로 발전하여 시를 읊고 어울리면서 수 년 동안 서로 의지하며 살아가는 이야기이다. 고아 소녀는 본래 상중湘中 교궁蛟宮에서 살았는데 모종의 사건에 연루되어 인간 세상에 귀양 오게 되었고, 훗날 유배 기간이 끝나자 정생의 곁을 떠나기를 원하면서 진상을 토로한다. 이별하는 두 사람은 연연해하며 차마 헤어지질 못한다. 10여 년이 지난 뒤, 정생이 악양루岳陽樓에 올라 옛정을 그리워하며 슬퍼하자 그 정성에 감동되었는지 고아 소녀가 멀리 뱃머리 위에 나타나 구슬피 노래하고 춤을 추면서 "슬픔과 원망의 표정을 드러냈는데含顰慘怨", 갑자기 "성난 파도가 밀려와 그녀는 결국 사라졌다.風濤崩怒, 竟失所在"

　이 이야기는 인간과 신의 사랑을 몽롱하고 신비롭고 감상적이면서
도 아름답게 묘사하여 시와 같은 낭만적인 색채가 가득하다. 작자는
소설 속에 사회적 내용을 담아내고자 하려는 의도는 없이 그저 시적
분위기만을 추구하고자 했다. 그러면서도 소설이라는 특징에 주목하
여 상녀湘女의 신분에 대해 여러 곳에서 암시를 하였다. 예컨대 그녀
와 정생의 첫 번째 만남이 낙교洛橋 다리 아래에서였고, 그녀가 즐
겨 암송하던 것은 「구가九歌」·「초혼招魂」·「구변九辯」 등과 같은 상
수湘水와 밀접한 관련이 있는 시가들이었으며, 그녀가 내놓은 "엷은
비단 한 자락을 내어다 팔았는데 호인이 천금을 주고 샀다.出輕繒一端,
與賣, 胡人酬之千金"는 대목 등이 그러하다. 또한 상녀와 정생의 즐거운
만남과 슬픈 이별 역시 처음과 끝이 분명하게 연결되며 처리되었다는
점에 구성상의 특징이 있다. 송대의 잡극 「정생이 아름다운 용녀를
만나다鄭生遇龍女薄媚」는 이 고사를 부연하여 만든 것이다.

10. 「두자춘전杜子春傳」

　이 작품은 「현괴록玄怪錄」 권1에 보이는데, 「현괴록」은 당 우승유牛
僧孺의 전기소설집이다. 그는 자가 사암思黯이며, 안정 순고(安定鶉觚,
지금의 감숙甘肅 영대靈臺) 사람이다. 정원貞元 연간에 진사가 되어 목
종穆宗 때 관직이 호부시랑동평장사戶部侍郎同平章事에 이르렀고, 경종敬
宗 때는 무창군절도사武昌軍節度使로 나간 후 문종文宗 때 조정으로 돌
아와 병부상서동평장사兵部尚書同平章事를 지냈으며, 우이牛李 당쟁 때는
우파牛派의 영수였다.

　이야기의 줄거리는 대강 이러하다. 두자춘이 하는 일 없이 빈둥거

리며 가산을 탕진하니 친척과 친구들 모두 그를 꺼려하게 되었다. 문득 장안의 한 노인이 나타나 두 차례에 걸쳐 큰돈으로 그를 도왔지만, 그는 여전히 돈을 물 쓰듯 다 탕진해버렸다. 마지막으로 노인이 삼천만 냥을 내어 그를 도와주자, 두자춘은 마침내 가업을 다시 일으킨 다음 약속대로 화산華山 운대봉雲臺峰으로 떠난다. 원래 도사였던 노인은 두자춘에게 약 화로를 지키게 하고 어떤 상황을 만나더라도 절대 말을 해서는 안 된다고 경고하였다. 도사가 떠난 후 대장군, 독사, 맹수, 천둥과 번개, 비바람과 불기둥이 차례로 다가와 위협을 하지만, "두자춘은 단정히 앉아 조금도 신경을 쓰지 않았다.子春端坐不顧" 대장군이 다시 찾아와 두자춘의 면전에서 그의 부인에게 가혹한 형벌을 가하니 부인이 그를 "저주하고 욕을 해 대었으나且呪且罵" "두자춘은 끝내 요동함이 없었다.春終不顧" 장군이 두자춘을 베어 죽이고 지옥으로 떨어뜨려 온갖 가혹한 형벌을 겪게 하지만, 그는 "마음속으로 도사의 말을 생각하면서 다 참을 수 있다는 듯 끝내 신음소리를 내지 않았다.心念道士之言, 亦似可忍, 竟不呻吟" 그러자 염라대왕이 자춘을 여자의 몸으로 태어나게 했는데, "입에서 소리를 내지 않아 그 집안사람들이 모두 벙어리로 알았다.而口無聲, 其家目爲啞女" 성장하여 시집을 가서 남자아이 하나를 낳았는데, 남편이 아이도 말하지 못하는 것에 몹시 화가 나서 아이를 내던져 죽게 하자 "자춘은 마음에 자식에 대한 사랑이 끓어올라 문득 이제까지의 약속을 다 잊어버리고子春愛生於心, 忽忘其約" 자기도 모르게 그만 소리를 지르고 만다. "그녀의 '악'하는 소리가 채 그치기도 전에 몸은 종전의 그 자리에 앉아 있었고噫聲未息, 身坐故處", 약 화로는 부서져버린 상태였다. 도사는 그가 막 성공하려는 순간에 실패한 것을 탓하면서 선재仙才를 얻기 어려움을 탄식하였다. 자춘이 집에 돌아온 후 부끄러움과 후회가 교차하여 다시 찾아가

보았으나 마침내 "한탄하며 돌아왔다.嘆恨而歸"

이 고사는 인도의 열사지烈士池 전설에서 비롯되었고, 「대당서역기大唐西域記」 권7에 보인다. 인도의 전설 속에서는 '사랑이 곧 마귀愛魔'임을 설명하려는 취지를 담고 있다. 「두자춘전」 역시 이 취지를 계승하였으나, 이를 도교 고사로 개편하였다. 결말 부분의 "우리들 마음속의 기쁨, 분노, 슬픔, 두려움, 미움, 욕심은 모두 잊을 수 있으나, 오직 없애지 못하는 바는 사랑뿐이다.吾子之心, 喜怒愛懼惡欲, 皆能忘也; 所未臻者, 愛而已"라는 도사의 한 마디는 실로 전체 문장 가운데 화룡점정에 해당하는 말이다. 작자의 의도는 세속의 애욕이야말로 수도의 가장 큰 장애임을 설명하는 데 있었으나, 소설의 객관적 묘사는 오히려 사람 사이의 사랑이 출가의 도를 이긴다는 점을 확인시켜 준다. 이처럼 이 소설을 통해 우리는 인도의 불교 고사가 중국화 되어 가는 과정을 볼 수 있다. 「두자춘전」은 '열사지' 전설의 주요한 줄거리를 보존하고 있으나 열사지가 약화로로 변모되었고, 인물 역시 중국의 도사와 방탕아로 바뀌었다. 줄거리가 더욱 곡절 있게 변화되면서 갖가지 시험에 대한 묘사도 한층 더 상세해졌으며, 부모와 자식 간의 사랑이 부부간의 사랑을 초월한 것은 유가 윤리관념의 구현이라 할 수 있다. 「두자춘전」은 후대의 소설과 희곡에 지대한 영향을 미쳤는데, 설어사薛漁思의 「하동기河東記·소동현蕭洞玄」, 배형裵鉶의 「전기傳奇·위자동韋自東」 등은 이 작품에서 계시를 받은 것이 분명하다. 「성세항언醒世恒言」에서는 이 이야기를 화본소설 「두자춘이 장안에 세 번 들어가다杜子春三入長安」로 개편하여 권37에 수록하였고, 청나라 사람 호개지胡介祉의 전기 「광릉선廣陵仙」, 악단岳端의 전기 「양주몽揚州夢」 역시 이를 원본으로 한 것이다.

3. 당 전기의 영향

당 전기의 출현은 중국 고대 문언단편소설의 성숙을 상징하는 것으로, 전기는 송 이후 문언단편소설의 주요형식이 되었다. 전기는 지괴소설志怪小說의 상상력을 받아들이고 사전문학史傳文學의 사건 서술과 인물 형상 기교를 전범으로 삼았다. 그리하여 인물의 형상이 선명하고 줄거리에 곡절이 있으며, 서정적 분위기가 농후하면서도 언어가 간결하고 화려한 예술적 특징을 지닌다.

당 전기는 후대의 소설과 희곡에 큰 영향을 미쳐 저명한 당 전기 작품들이 후대의 백화단편소설 작가와 희곡 작가들에 의해 이식되고 개편되었다. 진홍陳鴻의 전기「장한가전長恨歌傳」내용은 안사의 난 전후 당명황唐明皇과 양옥환楊玉環 사이의 즐거운 만남과 슬픈 이별 이야기이다. 후대에는 바로 이 전기소설과 백거이의「장한가」를 이용해 개편한 희곡작품들이 다수 생겨났다. 원대에는 왕백성王伯成이 강창講唱문학의 한 유파인 제궁조로「천보유사天寶遺事」를 창작하였고, 백박白樸은 잡극「오동우梧桐雨」를 썼다. 청대 홍승의「장생전」에 와서 이 소재를 이용한 작품 중의 최고봉에 올랐다.

명대의 저명한 희곡 작가 탕현조湯顯祖는 당 전기 중의「곽소옥선霍小玉傳」・「남가태수전南柯太守傳」・「침중기沈中記」등을「자차기紫釵記」・「남가기南柯記」・「한단기邯鄲記」로 개편했는데, 이 세 작품들과 그의 가장 대표적인 작품「모란정牡丹亭」을 합쳐 흔히 '옥명당사몽玉茗堂四夢' 혹은 '임천사몽臨川四夢'이라 부른다. 진현우陳玄祐의「이혼기離魂記」는 원나라 사람 정광조鄭光祖에 의해 잡극「천녀이혼倩女離魂」으로 개편되었다. 원진元稹의「앵앵전」또한 후대에 적지 않은 희곡 작품들로 이어졌는데, 그중 가장 유명한 것은 원대 왕실보王實甫의 잡극「서상기西廂記」이다.

鶯鶯傳

唐貞元[1]中, 有張生[2]者, 性溫茂[3], 美風容, 內秉堅孤[4], 非禮
不可入. 或朋從游宴, 擾雜其間, 他人皆洶洶拳拳[5], 若將不及[6];
張生容順[7]而已, 終不能亂. 以是年二十三, 未嘗近女色. 知者詰[8]
之. 謝[9]而言曰: "登徒子[10]非好色者, 是有凶行. 余眞好色者, 而適
不我値[11]. 何以言之? 大凡物之尤者[12], 未嘗不留連[13]於心, 是知

---

1) 貞元 : 唐 德宗 李适의 연호(785-805).
2) 張生 : 장씨 성을 가진 젊은이. '生'은 젊은 남자에 대한 호칭. 참고로 宋代
   王楙의『野客叢書』권29에서는 "張君瑞"라고 했으며, 金代 董解元의『西
   廂記諸宮調』와 元代 王實甫의『西廂記』에서는 "姓張, 名珙, 字君瑞, 西雒
   人也."라고 했다.
3) 性溫茂 : 성품이 온화하고 훌륭하다.
4) 堅孤 : 의지가 견고하여 時流에 휩쓸리지 않다.
5) 洶洶(흉 xiōng) 拳拳(권 quán) : 계속해서 시끄럽게 떠드는 모양.
6) 若將不及 : 마치 자신이 남에게 미치지 못할세라 앞서서 하다.
7) 容順 : 조용하고 다소곳하다.
8) 詰(힐 jié) : 캐묻다. 따져 묻다.
9) 謝 : 변명하다.
10) 登徒子 : 戰國시대 楚나라의 大夫 登徒子가 楚王에게 宋玉이 女色을 좋
    아하므로 그와 함께 후궁을 출입해서는 안 된다고 말하자, 송옥은 등도자는
    아내가 매우 못생겼는데도 그녀와 자식을 다섯이나 낳았으므로 그야말로 好
    色漢이라고 공박했다고 한다.『文選』권19 宋玉의「登徒子好色賦」에 보이
    며, 이 때문에 후대에 등도자를 호색한의 代稱으로 쓴다.
11) 適不我値 : 다만 나는 (美色을) 만나지 못했다.
12) 尤者 : 몹시 아름다운 사람이나 사물. 재색이 빼어난 여자를 '尤物'이라고
    표현한다.

其非忘情者也." 詰者識之.

無幾何[14], 張生遊於蒲[15]. 蒲之東十餘里, 有僧舍曰普救寺[16], 張生寓焉. 適有崔氏孀婦[17], 將歸長安, 路出於蒲, 亦止茲寺. 崔氏婦, 鄭女也. 張出於鄭, 緒其親[18], 乃異派之從母[19].

是歲, 渾瑊薨[20]於蒲. 有中人丁文雅[21], 不善於軍, 軍人因喪而擾, 大掠蒲人. 崔氏之家, 財産甚厚, 多奴僕, 旅寓惶駭[22], 不知所托. 先是, 張與蒲將之黨有善, 請吏護之, 遂不及於難. 十餘日, 廉使杜確將天子命以總戎節[23], 令於軍, 軍由是戢[24]. 鄭厚張之德甚[25], 因飾饌以命張[26], 中堂宴之. 復謂張曰: "姨之孤嫠未亡[27],

---

13) 留連 : 차마 떠나지 못하다. 여기서는 '간직하다'의 뜻.

14) 無幾何 : 얼마 지나지 않아.

15) 蒲(포 pú) : 蒲州. 지금의 山西省 永濟縣.

16) 普救寺 : 당시 蒲州에 있던 유명한 사찰.

17) 適 : 그때 마침. ‖ 崔氏孀婦 : 최 씨 집안의 과부. 최 씨 성을 가진 과부라는 뜻이 아니다.

18) 緒其親 : 친척 관계를 따지다.

19) 異派之從母 : 계파가 다른 이모. '從母'는 이모.

20) 渾瑊(감 jiān) : 唐代의 장군으로 본명은 進(736-799). 西域 鐵勒九族의 渾部人으로 일찍이 郭子儀의 副將이 되었으며 代宗·德宗 때 여러 번 戰功을 세웠다. ‖ 薨(훙 hōng) : 옛날 제후나 고관이 죽었을 때 쓰는 말.

21) 中人 : 宦官. 中官이라고도 한다. 中唐 이후로 자주 환관을 군대 감독관으로 삼았다. ‖ 丁文雅 : 당시 渾瑊의 군대를 감독하던 환관 이름.

22) 惶駭(황해 huáng hài) : 당황하고 두려워하다.

23) 廉使 : 廉訪使. 觀察使. 唐代 安史의 亂 후 節度使가 없는 지역에 관찰사를 파견하여 軍政을 다스리게 했다. ‖ 杜確(확 què) : 唐代 장군. 자세한 생평은 미상. ‖ 總戎節 : 軍政을 주관하다. '戎節'은 군대의 政務.

24) 戢(집 jí) : 그치다. 수습되다.

25) 厚張之德甚 : 張生의 은덕에 깊이 감사하다.

26) 命張 : 장생을 초청하다.

27) 孤嫠(리 lí) : 과부. ‖ 未亡 : 未亡人. 과부 자신을 일컫는 말.

提攜幼稚. 不幸屬師徒大潰[28], 實不保其身. 弱子幼女, 猶君之生. 豈可比常恩哉! 今俾[29]以仁兄禮奉見, 冀所以報恩也." 命其子曰歡郎, 年十餘歲, 容甚溫美. 次命女: "出拜爾[30]兄, 爾兄活爾." 久之, 辭疾[31]. 鄭怒曰: "張兄保爾之命, 不然, 爾且擄矣. 能復遠嫌[32]乎?" 久之, 乃至. 常服睟容[33], 不加新飾, 垂鬟接黛[34], 雙臉銷紅[35]而已. 顏色艷異, 光輝動人. 張驚, 爲之禮. 因坐鄭旁, 以鄭之抑而見[36]也, 凝睇怨絶[37], 若不勝其體者. 問其年紀. 鄭曰: "今天子甲子歲[38]之七月, 終於貞元庚辰[39], 生年十七矣." 張生稍以詞導之, 不對. 終席而罷. 張自是惑之, 願致其情, 無由得也.

崔之婢曰紅娘. 生私爲之禮者數四[40], 乘間遂道其衷. 婢果驚沮[41], 腆然[42]而奔. 張生悔之. 翼日[43], 婢復至. 張生乃羞而謝之,

---

28) 屬(촉 zhǔ) : 만나다. 마주치다. ‖ 師徒 : 군대 무리. ‖ 大潰(괴 kuì) : 大亂. 큰 난동.

29) 俾(비 bǐ) : ‘使’와 같음. ……으로 하여금.

30) 爾 : 너. 이인칭 대명사.

31) 辭疾 : 병을 핑계 대다.

32) 遠嫌(혐 xián) : 멀리하고 싫어하다.

33) 睟(수 suì)容 : 온화하고 윤택한 얼굴. ‘睟’는 ‘함치르르하다’, ‘윤택하다’의 뜻.

34) 垂鬟(환 huán)接黛(대 dài) : 쪽진 머리가 흘러 내려 눈썹에 닿다. ‘鬟’은 ‘쪽진 머리’, ‘黛’는 ‘눈썹 그리는 먹’으로 보통 눈썹의 代稱으로 쓰인다.

35) 銷(소 xiāo)紅 : 붉은 연지도 지워지다.

36) 抑而見 : 억지로 만나 보게 하다.

37) 凝睇(제 dì)怨絶 : 물끄러미 곁눈질 하면서 매우 원망스러워 하다.

38) 今天子 : 唐 德宗 李适을 말함. ‖ 甲子歲 : 興元 원년, 즉 784년.

39) 貞元庚辰 : 貞元 16년, 즉 800년.

40) 爲之禮 : 紅娘에게 선물을 주었다는 뜻. ‖ 數四 : 서너 번. 여러 차례.

41) 驚沮(저 jǔ) : 몹시 놀라다.

42) 腆(전 tiǎn)然 : 부끄러워하는 모양.

43) 翼日 : 다음 날. ‘翌日’과 같음.

不復云所求矣. 婢因謂張曰: "郞之言, 所不敢言, 亦不敢泄. 然而崔之姻族, 君所詳也. 何不因其德而求娶焉?" 張曰: "余始自孩提[44], 性不苟合. 或時紈綺間居[45], 曾莫流盼[46]. 不爲當年, 終有所蔽[47]. 昨日一席間, 幾不自持. 數日來, 行忘止, 食忘飽, 恐不能逾旦暮[48]. 若因媒氏而娶, 納采問名[49], 則三數月間, 索我於枯魚之肆[50]矣. 爾其謂我何?" 婢曰: "崔之貞愼自保, 雖所尊不可以非語犯之, 下人之謀, 固難入矣. 然而善屬文[51], 往往沈吟章句, 怨慕[52]者久之. 君試爲喩情詩以亂之[53]. 不然, 則無由也." 張大喜, 立綴春詞[54]二首以授之. 是夕, 紅娘復至, 持綵牋[55]以授張, 曰:

---

44) 孩提 : 어릴 때.

45) 紈(환 wán)綺(기 qǐ)間居 : 여자들 사이에 거하다. '紈'은 '희고 고운 비단', '綺'는 '무늬 놓은 비단'으로, 여기서는 '여자'의 代稱으로 쓰였다.

46) 流盼(반 pàn) : 눈길을 주다. '盼'은 '돌아보다', '흘겨보다'의 뜻.

47) 終有所蔽 : 끝내 (여자에게) 미혹당하다.

48) 不能逾旦暮 : 아침과 저녁을 넘길 수 없다. 잠시라도 견딜 수 없다는 뜻.

49) 納采問名 : 옛날 혼인할 때의 六禮[納采·問名·納吉·納徵·請期·親迎] 가운데 두 가지. '納采'는 남자 쪽에서 여자 쪽에 보내는 예물, '問名'은 여자 쪽의 성명·생년월일을 물어서 혼례의 길일을 잡는 것을 말한다.

50) 索我於枯魚之肆矣 : 나를 건어물 가게에서나 찾게 될 것이다. 그 때쯤 되면 나는 이미 죽어 있을 것이라는 뜻. 옛날 莊子가 길을 가다가 수레바퀴 자국 속의 붕어를 만났는데 한됫박 물만 떠다가 자신을 살려 달라고 했다. 그가 吳·越의 왕에게 유세한 다음 西江의 물을 끌어와서 살려 주겠다고 말하자, 붕어가 그렇다면 나를 건어물 가게에서 찾는 게 낫겠다고 했다는 우언 고사가 『莊子·外物篇』에 보인다.

51) 善屬(촉 zhǔ)文 : 문장을 짓는 일에 뛰어나다.

52) 怨慕 : 원망하고 흠모하다. 즉 자신의 짝을 만나지 못한 것을 원망하고 남의 행복한 만남을 흠모한다는 말.

53) 喩情詩 : 애정을 건네는 시   ‖ 亂之 : 마음을 동요시키다.

54) 立綴(철 zhuì)春詞二首 : '立'은 곧장, '綴'은 문장을 짓다. 참고로, 『元氏長慶集』에 실려 있는 「古艶詩」의 注에 "一作春詞"라고 되어 있는데, 그 내용

"崔所命也." 題其篇曰「明月三五[56]也」. 其詞曰: 待月西廂[57]下,
迎風戶半開. 拂牆花影動[58], 疑是玉人[59]來. 張亦微喩其旨.

　　是夕, 歲二月旬有四日[60]矣. 崔之東有杏花一株, 攀援可踰.
旣望[61]之夕, 張因梯其樹而踰焉. 達於西廂, 則戶半開矣. 紅娘寢
於牀, 生因驚之. 紅娘駭曰: "郞何以至?" 張因紿[62]之曰: "崔氏之
牋召我也. 爾爲我告之." 無幾, 紅娘復來, 連曰: "至矣! 至矣!" 張
生且喜且駭, 必謂獲濟[63]. 及崔至, 則端服嚴容[64], 大數張[65]曰:
"兄之恩, 活我之家, 厚矣. 是以慈母以弱子幼女見託. 奈何因不
令[66]之婢, 致淫逸之詞? 始以護人之亂爲義, 而終掠亂[67]以求之.
是以亂易亂, 其去幾何[68]? 誠欲寢[69]其詞, 則保人之姦, 不義; 明

　　은 다음과 같다: "春來頻到宋家東, 垂袖開懷待好風. 鶯藏柳暗無人語,
惟有牆花滿樹紅."

55) 綵牋(전 jiān) : 채색 비단에 쓴 편지.

56) 明月 : 밝은 달. 보름 달. ‖ 三五 : 즉 음력 15일.

57) 待月西廂(상xiāng) : '廂'은 행랑채. 참고로 元代 王實甫가 이 전기소설을
　　토대로 쓴 雜劇 『西廂記』의 전체 명칭이 『崔鶯鶯待月西廂記』이다.

58) 拂牆花影動 : 이 구절의 주어는 '바람'인데 생략되었다.

59) 玉人 : '儀容이 훌륭한 사람'을 말하는데, 여기서는 '님'의 뜻.

60) 旬有四日 : 음력 14일. '旬'은 10일, '有'는 '又'의 뜻.

61) 旣望 : 보름 다음날. 여기서는 '이미 보름이 되다'는 의미로 새기는 게 더
　　자연스럽겠다. '望'은 음력 15일.

62) 紿(태 dài) : 속이다. 기만하다.

63) 必謂獲濟 : 틀림없이 일이 성공했다고 생각하다. '謂'는 여기서는 '생각하다'
　　의 뜻.

64) 端服嚴容 : 옷차림이 단정하고 몸가짐이 근엄하다.

65) 大數張 : 장생의 잘못을 일일이 열거하며 질책하다. '數'는 '數罪'의 뜻으로
　　남의 잘못을 열거하면서 꾸짖는 것을 말함.

66) 不令 : (품행이나 예의가) 좋지 못하다.

67) 掠亂 : 어지러운 틈을 타다.

68) 其去幾何 : 그 차이가 얼마나 되겠는가?

之於母, 則背人之惠, 不祥; 將寄於婢僕, 又懼不得發其眞誠. 是用託短章, 願自陳啓, 猶懼兄之見難[70]. 是用鄙靡[71]之詞, 以求其必至. 非禮之動, 能不媿[72]心? 特願以禮自持, 毋及於亂!" 言畢, 翻然而逝. 張自失者久之. 復踰而出, 於是絶望.

　　數夕, 張生臨軒獨寢, 忽有人覺之. 驚駭而起, 則紅娘斂衾攜枕而至, 撫張曰: "至矣! 至矣! 睡何爲哉?" 並枕重衾[73]而去. 張生拭目危坐[74]久之, 猶疑夢寐, 然而修謹以俟. 俄而紅娘捧崔氏而至. 至, 則嬌羞融冶[75], 力不能運支體, 曩時端莊, 不復同矣. 是夕, 旬有八日也. 斜月晶瑩, 幽輝半牀. 張生飄飄然, 且疑神仙之徒, 不謂從人間至矣. 有頃[76], 寺鐘鳴, 天將曉. 紅娘促去. 崔氏嬌啼宛轉[77], 紅娘又捧之而去, 終夕無一言. 張生辨色[78]而興, 自疑曰: "豈其夢邪?" 及明, 覩妝在臂, 香在衣, 淚光熒熒然[79], 猶瑩於茵席而已. 是後又十餘日, 杳不復知. 張生賦「會眞詩」三十韻[80], 未

---

69) 寢 : 여기서는 '숨기다', '공개하지 않다'의 뜻.

70) 見難 : 난처해하다. 거북해하다.

71) 鄙靡(미 mǐ) : 비루하고 음란하다.

72) 媿(괴 kuì) : '愧'와 같음. 부끄럽다.

73) 並枕重(중 chóng)衾 : 베개를 나란히 놓고 이불을 포개 놓다. 즉 이부자리를 깔다.

74) 危坐 : 곧추 앉다. 똑바로 앉다.

75) 嬌羞融冶(야 yě) : 교태스럽고 수줍은 자태가 매우 곱다.

76) 有頃 : 잠시 시간이 흐른 뒤에.

77) 嬌啼(제 tí)宛轉 : 애교스럽게 울먹이며 누워 뒤척이다. 떠나기 싫다는 뜻.

78) 辨色 : 날이 새는 것을 보다.

79) 熒熒(형 yíng)然 : 희미하게 반짝이는 모양.

80) 賦 : 짓다. ‖ 會眞 : 신선을 만나다. '眞'은 眞人, 즉 신선을 말함. 여기서는 鶯鶯을 가리킴. 『唐代叢書』에는 이 작품의 제목이 『會眞記』로 되어 있다. ‖ 三十韻 : 60句로 이루어진 律詩.

畢, 而紅娘適至, 因授之, 以貽崔氏. 自是復容之. 朝隱而出, 暮
隱而入, 同安[81]於曩所謂西廂者, 幾一月矣. 張生常詰鄭氏之情.
則曰: "我不可奈何矣." 因欲就成之[82].

無何, 張生將之長安, 先以情諭之. 崔氏宛無難詞, 然而愁怨
之容動人矣. 將行之再夕[83], 不復可見, 而張生遂西下[84]. 數月,
復游於蒲, 會於崔氏者又累月. 崔氏甚工刀札[85], 善屬文. 求索再
三, 終不可見. 往往張生自以文挑, 亦不甚覩覽. 大略崔之出人者,
藝必窮極, 而貌若不知; 言則敏辯, 而寡於酬對. 待張之意甚厚,
然未嘗以詞繼之[86]. 時愁艶幽邃[87], 恒若不識; 喜慍之容, 亦罕形
見[88]. 異時獨夜操琴, 愁弄悽惻[89], 張竊聽之, 求之, 則終不復鼓[90]
矣. 以是愈惑之.

張生俄以文調及期[91], 又當西去. 當去之夕, 不復自言其情,
愁歎於崔氏之側. 崔已陰知將訣矣, 恭貌怡聲, 徐謂張曰: "始亂
之, 終棄之, 固其宜矣, 愚[92]不敢恨. 必也君亂之, 君終之, 君之惠

---

81) 安 : 머물다. 안주하다.
82) 欲就成之 : 곧장 혼인을 성사시키려고 하다.
83) 再夕 : 이틀 전 밤.
84) 西下 : 서쪽으로 내려가다. 수도 長安은 蒲州의 서쪽에 있음.
85) 工刀札(찰 zhá) : 서예에 뛰어나다. '刀'는 칼, '札'은 木簡이나 竹簡을 말
    하는데, 여기서는 '글씨를 쓰다'는 뜻.
86) 以詞繼之 : 말로써 잇다. 즉 말로 표현하다.
87) 愁艶 : 사랑의 근심. ‖ 幽邃(수 suì) : 아득히 깊다. 深遠하다.
88) 形見(현 xiàn) : 드러내다.
89) 愁弄悽惻(측 cè) : 근심에 젖은 곡조가 처량하고 측은하다. '弄'은 '곡조'.
90) 鼓 : 연주하다.
91) 文調及期 : 과거시험 볼 날짜가 다가오다.
92) 愚 : 앵앵 자신의 謙稱.

也, 則沒身之誓[93], 其有終矣[94], 又何必深感於此行? 然而君旣不懌[95], 無以奉寧[96]. 君常謂我善鼓琴, 向時[97]羞顔, 所不能及. 今且往矣, 旣君此誠[98]." 因命拂琴[99], 鼓「霓裳羽衣序」[100]. 不數聲, 哀音怨亂, 不復知其是曲也. 左右皆歔欷[101]. 崔亦遽止之, 投琴, 泣下流連, 趨歸鄭所, 遂不復至. 明旦而張行.

明年, 文戰不勝[102], 張遂止於京. 因貽書於崔, 以廣其意[103]. 崔氏緘報之詞, 組載於此, 曰: "捧覽來問, 撫愛過深. 兒女之情, 悲喜交集. 兼惠花勝一合[104], 口脂[105]五寸, 致燿首膏脣[106]之飾. 雖荷殊恩, 誰復爲容[107]? 覩物增懷, 但積悲歎耳. 伏承使於京中就

---

93) 沒身之誓 : 종신토록 변치 않을 서약. 죽음을 두고 한 맹세.

94) 其有終矣 : 그 맹세가 죽을 때까지 간다. '終'은 '終身'의 뜻.

95) 懌(역 yì) : 기뻐하다. 좋아하다.

96) 奉寧 : 삼가 위로하다. 위안을 드리다. '奉'은 상투적으로 쓰는 존대어.

97) 向時 : '曩時'와 같음. 지난 날.

98) 旣君此誠 : 당신의 이러한 소원을 이루어 드리겠습니다. 즉 연주해드리겠다는 뜻. '旣'는 '盡'과 같은 의미로 '완성하다' '실현하다'는 뜻.

99) 命拂琴 : 琴을 가져 오라고 명하다.

100) 「霓(예 ní)裳羽衣序」: 「婆羅門」을 말함. 「婆羅門」은 唐代의 유명한 大曲으로 法曲에 속며, 중앙아시아로부터 중국에 전해졌는데 天寶 연간에 玄宗이 「霓裳羽衣」로 명칭을 바꾸었다고 한다. ‖ 序 : 序曲.

101) 歔欷(허희 xū xī) : 흐느껴 울다.

102) 文戰不勝 : 과거시험에 낙방하다.

103) 廣其意 : 그녀의 마음을 달래 주다.

104) 惠 : 惠贈하다. 편지에 쓰이는 문투. ‖ 花勝 : 부녀자들의 머리 장식품. ‖ 合 : '盒'과 같음.

105) 口脂 : 입술연지.

106) 燿(요 yào)首膏脣(순 chún) : 머리를 윤기나게 하고 입술을 촉촉하게 하다. '燿'는 '耀', '脣'은 '唇'과 같은 뜻.

107) 誰復爲容 : 다시 누구를 위해 화장한단 말인가? '容'은 '화장하다'의 뜻.

業¹⁰⁸⁾, 進修之道, 固在便安; 但恨僻陋之人, 永以遐棄. 命也如此, 知復何言! 自去秋已來, 常忽忽如有所失. 於喧譁¹⁰⁹⁾之下, 或勉爲語笑, 閒宵自處, 無不淚零¹¹⁰⁾. 乃至夢寐之間, 亦多感咽離憂之思, 綢繆繾綣¹¹¹⁾, 暫若尋常; 幽會未終, 驚魂已斷¹¹²⁾. 雖半衾如暖, 而思之甚遙. 一昨拜辭, 倏¹¹³⁾踰舊歲. 長安行樂之地, 觸緒牽情¹¹⁴⁾. 何幸不忘幽微¹¹⁵⁾, 眷念無斁¹¹⁶⁾? 鄙薄之志, 無以奉酬. 至於終始之盟, 則固不忒¹¹⁷⁾. 鄙昔中表¹¹⁸⁾相因, 或同宴處. 婢僕見誘, 遂致私誠. 兒女之心, 不能自固. 君子有援琴之挑¹¹⁹⁾, 鄙人無投梭之拒¹²⁰⁾. 及薦寢席, 義盛意深. 愚陋之情, 永謂終託¹²¹⁾. 豈期旣見君

---

108) 伏承 : 삼가 듣자오니. 편지에 쓰는 문투. ‖ 就業 : 여기서는 '학업에 힘쓰다'의 뜻.

109) 喧譁(훤화 xuān huá) : 시끄럽게 떠들다.

110) 淚零 : 눈물을 흘리다. '零'은 '落'과 같음.

111) 綢(주 chóu)繆(무 móu)繾(견 qiǎn)綣(권 quǎn) : 가슴 속에 서리고 맺히어 잊히지 않다. '綢繆繾綣'은 모두 '얽히고설키다'의 뜻.

112) 驚魂已斷 : 놀란 혼백이 이미 끊어지다. 즉 깜짝 놀라 잠에서 깼다는 뜻.

113) 倏(숙 shū) : 금세. 어느덧.

114) 觸緒牽情 : 흥미를 유발하고 마음을 끌다. 즉 유혹하는 것이 많다는 뜻.

115) 何幸 : 얼마나 다행인지 모르겠다. ‖ 幽微 : 미천한 몸.

116) 眷(권 juàn)念無斁(역 yì) : 싫어하지 않고 돌보아 생각하다. '眷'은 '돌보다', '斁'는 '싫어하다'의 뜻.

117) 忒(특 tè) : 어긋나다. 틀리다.

118) 中表 : 內·外從 사촌 관계.

119) 君子 : 張生을 가리킴. ‖ 援琴之挑 : 琴을 연주하여 유혹함. 漢나라 司馬相如가 琴을 연주하여 卓文君을 유혹했다는 고사가 『史記·司馬相如列傳』에 보인다.

120) 鄙人 : 앵앵을 가리킴. ‖ 投梭(사 suō)之拒 : 베틀의 북을 던져 거절하다. 晉나라 때 謝鯤이 이웃집 여자를 희롱하다가 베를 짜고 있던 그녀가 던진 북에 맞아 이가 부러졌다는 고사가 『晉書·謝鯤傳』에 보인다.

121) 永謂終託 : 종신토록 의지할 수 있으리라고 내내 생각하다.

子, 而不能定情, 致有自獻之羞, 不復明侍巾幘[122]? 沒身永恨, 含
歎何言! 倘仁人[123]用心, 俯遂幽眇[124], 雖死之日, 猶生之年[125]; 如
或達士略情[126], 捨小從大, 以先配爲醜行, 以要盟爲可欺, 則當骨
化形銷, 丹誠不泯. 因風委露, 猶託淸塵[127]; 存沒之誠[128], 言盡於
此. 臨紙嗚咽, 情不能申. 千萬珍重, 珍重千萬! 玉環一枚, 是兒嬰
年[129]所弄, 寄充君子下體所佩: 玉取其堅潤不渝[130], 環取其終始
不絶. 兼亂絲一絇[131], 文竹茶碾子[132]一枚. 此數物不足見珍[133],
意者欲君子如玉之眞, 弊志如環不解, 淚痕在竹, 愁緖縈絲[134]. 因
物達情, 永以爲好耳. 心邇身遐, 拜會無期. 幽憤所鍾[135], 千里神

---

122) 明侍巾幘(책 zé) : 떳떳하게 남편으로 모시다. '巾幘'은 남자들이 쓰는 두
    건을 말하는데, 여기서는 '남편'의 代稱으로 쓰인다.

123) 倘(당 tǎng) : 만약. ‖ 仁人 : 어지신 분. 張生을 가리킴.

124) 俯遂 : 굽어 살펴주다. ‖ 幽眇 : 답답하고 아득한 고통.

125) 雖死之日, 猶生之年 : 비록 죽는 날일지라도 살아 있는 날과 같다. 즉 당
    장 죽어도 여한이 없다는 뜻.

126) 達士 : 사리에 통달한 사람. 위의 '仁人'과 대비를 이룬다. ‖ 略情 : 사
    랑의 감정을 대수롭지 않게 여기다.

127) 淸塵 : 고귀하신 분. 장생을 가리킴. 원래는 고귀한 사람이 행차할 때 일어
    나는 먼지를 뜻했으나, 나중에는 상대방에 대한 존칭으로 쓰임.

128) 存沒之誠 : 살아서나 죽어서나 변치 않는 진실한 마음. '存沒'은 '生死'와
    같은 뜻.

129) 兒 : 옛날 부녀자들의 自稱. ‖ 嬰(영 yīng)年 : 어렸을 때.

130) 堅潤 : 단단하고 윤기 있다. ‖ 渝(유 yú) : 빛이 바래다.

131) 絇(구 qú) : 실의 묶음. 타래.

132) 文竹 : 반점이 있는 대나무. 瀟湘竹이라고도 함. 옛날 湘妃가 남편 舜임
    금을 그리워하면서 흘린 눈물이 묻어서 얼룩이 졌다고 한다. ‖ 茶碾(연
    niǎn)子 : 차 빻는 기구.

133) 見珍 : 진귀하게 여겨지다. '見'은 피동의 의미를 나타낸다.

134) 愁緖縈(영 yíng)絲 : 愁心이 실에 엉켜 있다.

135) 幽憤 : 애타게 그리운 마음. ‖ 鍾 : 여기서는 '모이다'의 뜻.

合. 千萬珍重! 春風多屬[136], 强飯爲嘉[137]. 愼言自保, 無以鄙爲深
念."

　　張生發其書於所知, 由是時人多聞之. 所善楊巨源[138]好屬詞,
因爲賦「崔娘詩」一絶云: "淸潤潘郎玉[139]不如, 中庭蕙草雪銷初.
風流才子多春思, 腸斷蕭娘[140]一紙書." 河南元稹亦續生「會眞詩」
三十韻, 詩曰: "微月透簾櫳, 螢光度碧空. 遙天初縹緲[141], 低樹
漸葱蘢[142]. 龍吹[143]過庭竹, 鸞歌[144]拂井桐. 羅綃垂薄霧, 環珮響
輕風. 絳節隨金母[145], 雲心捧玉童[146]. 更深人悄悄, 晨會雨濛濛.
珠瑩光文履[147], 花明隱繡龍[148]. 瑤釵行彩鳳[149], 羅帔掩丹虹[150].

---

136) 屬 : '瘯'와 통함. 질병.
137) 强飯爲嘉 : 억지로라도 밥을 먹는 것이 몸에 좋다. 편지에서 자주 쓰이는
　　　표현.
138) 楊巨源 : 자는 景山, 蒲州人으로 元稹의 詩友. 禮部員外郞을 지냈다.
139) 潘郎 : 晉代의 潘岳을 말함. 潘岳은 자가 安仁이며 용모가 준수하여 부녀
　　　자들의 흠모의 대상이었다고 한다.
140) 蕭娘 : 여자를 가리키는 호칭. 원래는『南史·臨川王蕭宏傳』에서 蕭宏이
　　　성격이 겁이 많고 나약하여 사람들이 '蕭娘'이라 불렀다는 데서 유래했다.
141) 縹緲(표묘 piāo miǎo) : 어슴푸레하다. 가물가물하다.
142) 葱蘢(롱 lóng) : 초목이 푸르고 무성하다.
143) 龍吹 : '龍吟'과 같음. 바람이 대나무를 스치면서 내는 소리를 시적으로 표
　　　현한 것.
144) 鸞(란 luán)歌 : 바람이 오동나무를 스치면서 내는 소리를 시적으로 표현
　　　한 것. '鸞'은 봉황과 비슷한 새. 봉황은 오동나무에서만 서식한다고 한다.
145) 絳節 : 신선의 儀仗. '絳'은 붉은 색. '節'은 符節. ‖ 金母 : 九靈太妙龜
　　　山金母, 즉 西王母를 말하며, 서쪽은 五行으로 金에 해당하므로 '金母'라
　　　고 한다. 여기서는 앵앵을 비유함.
146) 雲心 : 구름. 玉童 : 仙童으로, 장생을 비유했다.
147) 珠瑩光文履 : 반짝이는 구슬이 수놓인 신발에서 빛난다.
148) 花明隱繡龍 : 고운 꽃이 옷에 수놓인 용 사이에서 어른거린다.
149) 瑤釵行彩鳳 : 옥비녀는 채색 봉황이 지나가는 것 같다.

言自瑤華浦[151], 將朝碧玉宮[152]. 因游洛城北[153], 偶向宋家東[154]. 戲調初微拒, 柔情已暗通. 低鬟蟬影[155]動, 迴步玉塵蒙. 轉面流花雪, 登床抱綺叢[156]. 鴛鴦交頸舞, 翡翠合歡籠[157]. 眉黛羞偏聚, 唇朱暖更融. 氣清蘭蕊馥, 膚潤玉肌豐. 無力慵移腕, 多嬌愛斂躬[158]. 汗流珠點點, 髮亂綠葱葱[159]. 方喜千年會, 俄聞五夜窮[160]. 留連時有恨, 繾綣意難終. 慢臉[161]含愁態, 芳詞誓素衷. 贈環明運合[162], 留結[163]表心同. 啼粉流宵鏡, 殘燈遠暗蟲. 華光猶苒苒, 旭日漸曈曈. 乘鶩還歸洛[164], 吹簫亦上嵩[165]. 衣香猶染麝, 枕膩尚殘紅. 冪

---

150) 羅帔(피 pèi)掩丹虹 : 비단 어깨천은 붉은 무지개가 덮인 것 같다. '帔'는 여자들이 어깨에 덮는 천.

151) 瑤華浦 : 신선이 사는 곳. 앵앵의 거처를 비유함.

152) 朝(cháo) : 향하다. ‖ 碧玉宮 : 신선이 사는 곳. 장생의 거처를 비유함.

153) 洛城北 : 曹植이 수도 洛陽으로 가는 길에 洛水를 지나가다가 낙수의 여신을 만났다는 고사가 曹植의「洛神賦」에 보인다. 洛城 북쪽의 普救寺를 가리키며, 장생이 蒲州를 유람하다가 앵앵을 만난 것을 비유했다.

154) 宋家東 : 宋玉의「登徒子好色賦」에서 "臣의 마을의 미인 가운데 동쪽 집의 딸만한 사람이 없네."라는 대목이 있다. 역시 장생이 앵앵을 만난 것을 비유했다.

155) 蟬(선 chán)影 : '蟬鬢'이라고도 함. 매미 날개 형상의 머리 모양.

156) 綺叢 : 비단 뭉치. 비단 이불을 말함.

157) 籠(롱 lŏng) : 여기서는 會合·聚合의 뜻. 한데 어울리다. 하나로 뭉치다.

158) 斂躬 : 몸을 웅크리다.

159) 葱葱 : 초목이 짙푸르게 무성한 모양. 여기서는 머리카락이 검고 숱이 많은 모양.

160) 俄 : 잠시 후. 어느덧. ‖ 五夜窮 : 밤이 다 가다. 즉 날이 새려고 한다는 뜻. '五夜'는 '五更'의 뜻. 새벽 3-5시.

161) 慢(만 màn)臉(검 jiǎn) : 풀 죽은 얼굴.

162) 運合 : 운명이 합쳐짐. 두 사람 운명의 결합.

163) 結 : '同心結'을 말함. 사랑의 징표로 엮어 만든 매듭.

164) 乘鶩(목 wù)還歸洛 : 오리를 타고 洛水로 돌아가다. 전설에 따르면 宓羲

羃[166]臨塘草, 飄飄思渚蓬[167]. 素琴鳴怨鶴[168], 清漢望歸鴻[169]. 海闊誠難渡, 天高不易沖. 行雲無處所[170], 蕭史在樓中[171]. "張之友聞之者, 莫不聳[172]異之, 然而張志亦絶矣. 稹特與張厚, 因徵其詞. 張曰: "大凡天之所命尤物也, 不妖其身, 必妖於人. 使崔氏子遇合富貴, 乘寵嬌, 不爲雲爲雨[173], 則爲蛟爲螭[174], 吾不知其變化矣.

氏의 딸 宓妃가 洛水에 빠져 죽은 뒤 洛水의 神이 되었다고 한다. 여기서 洛神 宓妃는 鶯鶯을 비유하며, 그녀가 자신의 거처로 돌아갔음을 의미한다.
165) 吹簫亦上嵩(숭 sōng) : 퉁소를 불며 또한 嵩山에 오르다. 周 靈王 때에 太子 王子喬가 笙簧을 잘 불었는데 嵩山에 들어가 수도한 뒤 신선이 되었다는 고사가 『列仙傳』에 보인다. 여기서는 張生과 鶯鶯이 각자 헤어져 돌아가는 상황을 그렸다.
166) 羃羃(멱 mì) : 초목이 무성하게 덮인 모양. 여기서는 장생과 앵앵의 진한 만남을 나타냈다.
167) 渚蓬 : 물가의 다북쑥. 여기서는 장생과 앵앵이 헤어진 뒤의 심사를 나타냈다.
168) 素琴 : 꾸미지 않은 소박한 琴. ‖ 怨鶴 : 옛 琴曲인 「別鶴操」를 말함. 옛날 商陵牧子의 처가 자식을 낳지 못하여 牧子의 부형이 그를 다시 장가들게 하려 했는데, 그 처가 이것을 알고 통곡하자 牧子가 슬퍼하면서 이 曲을 지었다는 고사가 崔豹의 『古今注』 卷中에 보인다. 이 구는 이별 후의 두 사람의 슬픔을 나타낸다.
169) 淸漢 : 은하수. ‖ 望歸鴻 : 소식이 오기를 고대하다. ‘鴻’은 ‘큰 기러기’로, 예로부터 편지를 전달할 때 이용했다.
170) 行雲 : 옛날 楚 懷王이 雲夢澤을 유람하다가 피곤하여 高唐觀에서 잠이 들었을 때 꿈속에서 神女를 만나 즐겁게 놀았는데, 神女가 자신은 “巫山의 남쪽에 살고 있으며” “아침에는 구름이 되어 다니고旦爲行雲” “저녁에는 비가 되어 내린다暮爲行雨”고 했다는 고사가 宋玉의 「高唐賦·序」에 보인다. 여기서 神女는 앵앵을 비유했다.
171) 蕭史 : 옛날 춘추시대 蕭史가 퉁소를 잘 불었는데 秦 穆公이 자기의 딸 弄玉을 그에게 시집보냈으며, 그가 弄玉에게 퉁소를 가르쳐 鳳凰의 울음소리를 내게 하자 鳳凰이 정말 날아왔고 나중에 두 사람은 신선이 되어 떠났다는 고사가 『列仙傳』에 보인다. 여기서는 장생을 비유했다.
172) 聳(용 sǒng) : 귀를 기울이다. 관심을 갖다.
173) 爲雲爲雨 : 구름과 비가 되다. 즉 神女가 된다는 뜻. 앞주 참고.

昔殷之辛[175], 周之幽[176], 据百萬之國, 其勢甚厚. 然而一女子敗之, 潰其衆, 屠其身, 至今爲天下僇笑[177]. 予之德不足以勝妖孽, 是用忍情." 於是坐者皆爲深歎.

後歲餘, 崔已委身於人[178], 張亦有所娶. 適經所居, 乃因其夫言於崔, 求以外兄[179]見. 夫語之, 而崔終不爲出. 張怨念之誠, 動於顔色. 崔知之, 潛賦一章, 詞曰:"自從消瘦減容光, 萬轉千回懶下牀. 不爲旁人羞不起, 爲郞憔悴却羞郞." 竟不之見. 後數日, 張生將行, 又賦一章以謝絶云:"棄置今何道, 當時且自親. 還將舊時意, 憐取眼前人." 自是, 絶不復知矣. 時人多許張爲善補過者[180].

予嘗於朋會之中, 往往及此意者, 夫使知者不爲, 爲之者不惑. 貞元歲九月, 執事李公垂宿於予靖安里第[181], 語及於是. 公垂卓然稱異, 遂爲「鶯鶯歌」[182]以傳之. 崔氏小名鶯鶯, 公垂以命篇.

---

174) 蛟(교 jiāo) : 상상의 동물로 뿔 둘 달린 용. ‖ 螭(리 chī) : 상상의 동물로 뿔 없는 용.

175) 殷之辛 : 殷 紂王. 이름은 受辛, 시호는 紂. 殷代 마지막 군주로 妲己를 총애하다가 亡國에 이르렀다.

176) 周之幽 : 周 幽王. 褒姒를 총애하다가 失政하여 犬戎에게 살해당했다.

177) 僇(륙 lù)笑 : 치욕과 비웃음을 당하다. ‘僇’은 ‘辱’과 같음.

178) 委身於人 : 다른 사람에게 몸을 맡기다. 즉 남에게 시집갔다는 뜻.

179) 外兄 : 외종사촌 오빠.

180) 許 : 인정하다. ‖ 善補過者 : 과실을 잘 고치는 사람.

181) 李公垂 : 李紳. 字는 公垂이며 尙書右僕射를 지냈고, 元稹·白居易와 함께 新樂府運動에 참여했다. ‖ 靖安里 : 長安 朱雀門街 동쪽에 있던 거리. ‖ 第 : 집.

182) 「鶯鶯歌」: 李紳의 「鶯鶯歌」는 그의 문집에는 빠져있고, 『全唐詩』에 일부가, 董解元 『西廂記諸宮調』에 몇 수가 실려 있다.

宋 陳居中 畵 崔鶯鶯像

I. 소설사상의 일대 변천

1. 화본의 출현

송·원대 이후로 중국의 고대소설은 문언소설과 백화소설이라는 두 줄기로 나뉘는데, 그 중 백화소설의 발전은 특히 주목할 만하다. 송·원대의 통속소설, 즉 이야기를 말한 책을 '화본'이라 부른다. '화(話)'라는 것은 바로 이야기를 뜻하므로, '설화(說話)'는 곧 '이야기를 말한다'는 뜻이다. 화본은 바로 이 '설화(說話)'의 저본을 가리키며, 역사서에서 발췌했거나 역사서 또는 문언소설을 다시 서술한 통속적인 읽을거리인 셈이다.

'설화(說話)'라는 명칭은 수·당 이후에야 비로소 유행했지만, 그러나 실제적인 면에서 보자면 그 기원은 훨씬 이르다. 많은 학자들은 「순자荀子」 속의 「성상편成相篇」이 민간 설창문학 체재의 일종이라고 여긴다. 예술의 일종으로서 설화는 한·위 시기부터 이미 명확한 기록을 가지고 있다. 「삼국지·왕찬전王粲傳」의 배송지裴松之 주注에서 「오질별전吳質別傳」을 인용하며 언급하기를, 상장군 조진曹眞은 뚱뚱하고 중령군 주삭朱鑠은 몸이 말랐는데, 오질은 곧 예인藝人을 불러다가 "그 뚱뚱하고 마른 것을 이야기하도록 했다說肥瘦"고 한다. 배송지의 주는 또 「위략魏略」을 인용하여, 조식이 "광대가 말하는 소설 수천 마디를 낭송하였다.誦俳優小說數千言"라고 했다. 이는 문인들이 광대를 모방하여 설화를 유희로 삼은 예이다. 수대의 후백侯白은 세가世家 자제였으나, 「수서隨書」에서는 그가 "광대의 잡설을 좋아하여 사람들은 그와 스스럼없이 농을 하며 어울렸고, 그가 있는 곳에는 구경꾼들이 시장통처럼 모여들었다.好俳優雜說, 人多愛狎之. 所在之處, 觀者如市."고 하였다. 당대에 이르러 설화는 확실하게 오락 활동의 하나로 자리잡았다. 곽식郭湜의 「고력사외전高力士外傳」에서 말하기를, 당 명황明皇이 도성으로 돌아온 후 아들 숙종에게 연금을 당해 마음속에 고뇌가 많았다. 이에 고력사가 '강경講經, 의론議論, 전변轉變, 설화說話' 등으로 황제의 기분을 전환해 주었다고 했다. 강경과 전변은 당대에 유행한 설창 형식이었고, 설화 역시 유사한 형식이었다. 원진과 백거이는 일찍이 신창택新昌宅에서 '일지화 이야기一枝花話'를 들었는데, "인寅시부터 사巳시에 이르기까지 이야기가 끝나지 않았다.自寅至巳, 猶未畢詞也" '일지화'는 장안의 명기 이와李娃의 별명이고, "인시부터 사시에 이르기까지"는 곧 여덟 시간을 말하는데, 이는 당시 설화의 예술수준이 이미 상당한 경지에 이르렀음을 말해준다. 백거이의 동생 백행간白行簡은 다름아닌 당대 전기의 명작 「이와전李娃傳」의 작가이다. 이전에는 당대 설창문학의 상황에 대해 깊이 이해하기 어려웠으나 돈황敦煌 막고굴莫高窟 장경동藏經洞의 귀중한 장서들이 발굴된 이후로 당대의 통속문학 속에 변문變文・속부俗賦・화본話本・사문詞文 등의 형식이 있었다는 것을 알게 되었다. 이러한 형식과 송・원 설화 예술 사이에는 확실히 밀접한 관계가 있다.

양송兩宋 도시의 번영과 상공업의 발전, 시민계급의 성장은 '설화' 따위 예술이 발전하게 된 토대가 되었다. 당시 설화는 청중 범위가 넓었고 이를 담당하는 기예인의 숫자도 많았으며, 그 기교가 뛰어나고 분야도 다양하여 오늘날 사람들이 상상하기 어려울 정도였다. 송대 도시 안에는 전문적으로 시민들에게 오락을 제공하는 장소인 와사(瓦舍, 혹은 와자瓦子·와시瓦市·와사瓦肆)가 있었다. 와사 속에는 점을 치거나 약이나 잡화, 음식 등을 파는 각종 업종 구역이 배치되었고, 또한 각종 기예를 연행하는 구란(勾欄, 또는 구사勾肆)이 있었다. 구란은 난간으로 둘러싸인 연행 장소를 말하는데, 구란 안에는 천막이 있어서 그 속에서 각종 기예를 연행할 수 있었다. 와사에서 가장 환영받았던 오락항목은 바로 '설창說唱'이었다. 서몽신徐夢莘의 「삼조북맹회편三朝北盟會編」 권77에 따르면, 변경성汴京城에는 잡극·설화·그림자극놀이弄影戲·소설·시가　연창嘌唱·꼭둑각시놀이弄傀儡·공중제비打筋斗·쟁과 비파 연주彈箏琵琶 등을 공연하는 예인이 백오십 가家가 넘는다고 했다. 맹원로孟元老의 「동경몽화록東京夢華錄」 권5에서는 변경성의 설화인이 "수를 셀 수 없을 정도이며不可勝數", 관중이 넘쳐나서 "비바람이나 추위와 더위를 아랑곳하지 않았으니不以風雨寒暑", "날마다 이와 같았다.日日如是"고 했다. 주밀周密의 「무림구사武林舊事」 권6에서는 남송 임안臨安에 저명한 설화인으로 손기孫奇, 주수朱修 등 백여 명이 있다고 기록했다. 송 고종은 저명한 설화인을 자주 궁중으로 불러 설창을 하도록 하여 소일거리로 삼았다 한다. 심지어 북방의 금나라 사람들도 남송에서 잡극과 설화를 하는 예인들을 물색할 정도였다. 이처럼 찻집이나 술집, 사원과 사찰, 개인 관저, 향촌의 시장, 궁정 안 등 곳곳에서 설화인의 흔적을 발견할 수 있다. 송·원대의 설화인과 화본 작가 중에는 민간예술인과 몰락한 문인들도 있었다.

남송에서 원대까지 설창과 희곡예술의 발전에 따라 전문적으로 설화인을 위해 화본을 써내거나 희극배우들을 대신해 극본을 쓰는 문인들의 조직인 서회書會가 등장했다. 서회에 있는 사람들은 서회선생 혹은 재인才人이라 칭해졌다. 소설은 비록 상류사회에서는 경시되는 문학갈래였지만, 오히려 당시 작가에게는 광범위한 지식이 요구되었다. 역대의 문학·역사 전적을 읽고 각 시대의 전고나 명인의 일화를 잘 알아야 했고, 「태평광기」·「이견지夷堅志」 같은 지괴나 전기를 수집한 책들도 숙독해야 했다. 그들은 바람과 꽃과 눈과 달을 그린 고사를 입만 열었다 하면 줄줄 읊었고, 인정세태도 명확하게 꿰뚫어 보았다.

송·원 시대 화본의 수량은 매우 많았는데, 송 나엽羅燁의 「취옹담록醉翁談錄」, 명 조률晁瑮의 「보문당서목寶文堂書目」, 청 전증錢曾의 「야시원서목也是園書目」의 기록만 보아도 대략 140편의 단편화본 제목이 들어 있다. 그러나 실제 작품들은 대부분 흩어져 유실되었다.

2. 화본의 특징과 영향

'설화'는 사부와 제자가 이어가는 식으로 전해졌기 때문에 화본 역시 끊임없는 수정과 증보, 윤색이 계속되었다. 그러므로 화본은 본질적으로는 세대를 거쳐가며 누적된 일종의 집체창작이다. 화본은 시민군중의 정신생활 수요에 부응하기 위한 것이었으므로 화본 속에는 황제와 재상, 장군, 재자가인 이외에도 소상인, 점원, 수공업자들이 대량으로 등장했다. 이제 하층시민은 동정 받고 이해되며 가송되는 대상으로 작품 속에 출현하였다. 화본소설은 직접적으로 시민과 대면하였고 그들의 감별과 평가를 받았으므로, 아주 폭넓은 측면에서 그들의 희로애락을 반영하면서 그들의 바람과 이상을 표현했다. 화본은 문화 수준이 그리 높지 않은 시민들이 듣고 이해할 수 있어야 했으므로 대부분 통속적이고 이해하기 쉬운 백화로 쓰였고, 백성들의 구어를 대량으로 끌어들여 다듬었다. 이는 소설이 일상생활을 표현하고 인물을 묘사하는 능력을 크게 향상시키는 결과를 가져왔다. 화본은 현장에서 직접적으로 사람들의 청각에 호소하였고, 설화인은 이것이 생활의 수단이었으므로 설화인들 사이에는 직업적인 경쟁이 있었다. 이 때문에 화본은 일반적으로 모두 곡절 있는 줄거리를 갖추었고, 줄거리가 발전하는 리듬 역시 빠른 편이며 무겁거나 정지된 정경묘사는 찾아보기 힘들었다. 줄거리의 전개와 큰 관계가 없는 심리묘사 역시 가능한 한 압축시켰다. 청중들은 손에 책을 쥐고 반복적으로 느끼고 감상하며 음미하는 독자와는 달랐기 때문에 설화인은 반드시 이야기의 전후관계나 인물의 경력을 명확하게 처리해야 했다. 줄거리 또한 반드시 서두와 결말이 있어야 하고 구성은 엄밀하여 전후관계가 맞아떨어져야 했다. 설화인이 청중들을 끌어들이기 위해서는 풍부한 감정과 뚜렷한 애증을 표현해야 했는데, 이것 역시 화본의 특징이 되었다. 설화인은 줄거리를 이야기할 때 항상 자신의 생활 경험과 역사·문학 지식을 바탕으로 삼아 상상력과 허구의 능력을 발휘하였고, 거기에 수시로 잎과 가지를 덧붙여 청중의 관심을 불러일으켰다. 무미건조한 대목을 이야기할 때는 두세 마디의 말로 압축시켜 지나쳐 버렸고, 중요하고 복잡한 대목에서는 최대한 과장하고 꾸며내어 될 수 있는 한 빙빙 돌려가며 늘여서 이야기했다. 화본소설의 이러한 예술적 특징은 중국 백화소설의 민족적 특징의 형성과 중국인의 소설 감상 습관 및 전통 형성에 깊은 영향을 끼쳤다.

송·원대 화본이 출현한 후로 중국에는 이른바 '통속소설'이 생겨나게 되었고, 이것은 명·청소설의 기반이 되었다. 송·원 이전에는 시가와 산문이 문단의 맹주 지위를 독점하였으나 송·원 이후로는 소설과 희곡이 점차 발달하여 대세를 이루면서 이전의 종속적인 위치에서 벗어나 시문의 지위를 대신하기에 이르렀다. 화본이 출현함으로써 백화소설의 거대한 예술적 잠재력이 드러난 것이다. 명·청 장편소설 가운데 유명한 삼부작 「삼국연의」·「수호전」·「서유기」는 모두 화본을 통해 진일보 다듬고 정리되다가 마지막에 가서 작가가 이를 완성하는 과정을 거친 것이다. 이 과정에서 「삼국연의」는 반 문언, 반 백화의 언어를 채용했다.

현존하는 송·원 화본 대다수는 「청평산당화본淸平山堂話本」(명대 가정 연간 홍편洪楩 편각), 「경본통속소설京本通俗小說」, 「유세명언喩世明言」·「경세통언警世通言」·「성세항언醒世恒言」(명대 풍몽룡馮夢龍 편찬, 합하여 "三言"이라 함) 등 소설집에 분산되어 있다.

2. 저명한 화본

1. 「옥관음 빚는 이碾玉觀音」

이 소설은 「경본통속소설」 제10권에 보인다. 풍몽룡은 이것을 「경세통언」에 수록하면서 제목을 「최대조의 생사를 넘나든 억울한 사연崔待詔生死冤家」으로 바꾸었는데, 소설의 대략적인 내용은 다음과 같다.

군왕부郡王府에서 옥을 세공하는 최녕崔寧과 자수를 놓는 거수수璩秀秀는 사랑하는 사이다. 최녕은 수공 기술이 출중하여 그가 만든 옥관음은 황제의 사랑까지 받았고, 수수 역시 바느질 솜씨가 뛰어나 그녀가 수놓은 꽃에는 나비와 벌들이 분주히 날아들 정도였다. 한번은 "조정에서 둥근 자수무늬가 수놓인 전포 한 벌을 하사했는데, 수수는 그것과 너무나도 흡사하게 수를 놓아 다른 한 벌을 지었다.朝廷賜下一領團花戰袍, 當時秀秀依樣繡出一件來" 군왕부에 불이 나 뒤죽박죽이 되었던 어느 봄날 밤, 수수의 유혹으로 부부의 연을 맺은 두 사람은 이천 리 밖 담주로 도망친다. 최녕과 수수는 아는 사람이 없는 그 곳에서 점포를 열고 살면서 군왕의 속박에서 벗어났다고 생각했다. 그러나 일년 후, 군왕부에서 파견된 배군排軍 곽립郭立과 우연히 마주치게 되고만다. 최녕과 수수는 곽립을 환대하며 "군왕부로 돌아가서 군왕에게 절대 발설하지 말고到府中千萬莫說與郡王知道" 비밀을 지켜달라고 간청하였는데, 그들 면전에서는 흔쾌히 약속했던 곽립은 돌아가자마자 군왕에게 고해바쳤다. 결국 최녕과 수수는 도로 붙잡혀와 재판을 받게 된다. 군왕은 노발대발하며 "손에 칼을 치켜들고 오랑캐를 만난 양 눈을 부릅뜨고 이를 부드득부드득 갈았다.掣刀在手, 睜起殺番人的眼兒, 咬得牙齒剝剝地響." 그는 수수를 뒷뜰 화원으로 보내 처리하게 하고 최녕은 임안부로 후송하여 처벌토록 하였다. 최녕은 도주하게 된 연유서를 재판부에 제출할 때 모든 책임을 수수에게 전가하였으므로, 이송관리가 그를 건강부로 압송하여 살게 하라는 관대한 처벌을 받았다. 수수 역시 그 뒤를 따라 바로 도착했는데, 그녀는 뒷뜰 화원에서 곤장 30대를 맞은 후 서둘러 빠져나왔다고 말했다. 최녕은 그 사실을 믿고 그녀와 함께 건강부에서 다시 옥을 세공하는 점포를 열고, 수수의 부모님까지 모셔와 함께 살았다.

그러나 옥관음 수리차 건강으로 최녕을 찾아온 곽립이 다시 수수를 알아보고는 군왕부로 돌아가 군왕에게 고하였다. 군왕이 듣고는 "그 해에 수수는 분명 뒷뜰 화원에서 맞아 죽었는데, 건강에 있는 수수는 어디에서 나타났단 말인가?"하고 몹시 기이하게 여겼다. 군왕은 곽립에게 군령장을 바친 후 가서 수수를 붙잡아 오도록 명령했다. 수수는 순순히 가마를 타고 곽립을 따라 군왕부로 돌아왔는데, 가마가 도착했을 때 뜻밖에도 수수는 보이지 않고 가마 안은 텅 비어 있었다. 이에 아연실색한 곽립은 벌로 곤장 50대를 맞는다. 최녕은 그제야 비로소 수수가 귀신인 것을 깨닫고는 집에 돌아와 두 노인을 찾지만, 두 노인 역시 이미 강에 뛰어든 후였다. 원래 수수의 부모 또한 귀신이었으니, 그들은 일찍이 수수가 죽게 된 소식을 듣고는 강에 뛰어들어 자살한 것이었다. 최녕이 집안으로 들어갔다가 수수가 여전히 침상에 앉아 있는 것을 보고는 너무 두려워하자 수수가 한 손으로 최녕을 움켜잡으니 네 사람이 모두 귀신이 되어 떠나갔다.

수수는 이 소설의 주인공이고 최녕은 수수를 돋보이게 하는 역할이다. 작자는 특별한 동정심을 가지고 이 여주인공을 묘사했다. 수수는 결코 고대 애정소설 속에서 흔히 볼 수 있는 규수나 가인이 아니다. 그녀는 도배장이의 딸로서 총명하고 아름다우며 재능이 있지만 수줍음이나 가식이 전혀 없이 생기발랄하다. 그야말로 모든 것이 생활 그 자체로 소박하고 꾸밈이 없다. 수수가 애정을 쟁취하는 과정은 시종 인간으로서 자유를 쟁취하는 과정과 한데 어우러져 있다. 두 수공업자의 연애와 결합은 똑같이 억압과 경시를 당하는 위치에서 서로 이해하고 사모하면서 진행되지만, 특히 수수에게서는 반항적인 색채가 빛난다. 그녀는 봉건적 법도를 무시하는 저항정신이 강하다. 인간을 억압하는 봉건적 속박을 벗어나기 위해, 자주적인 사랑을 쟁취하기 위해 그녀는 죽을지언정 끝내 굽히지 않고 밀고 나아간다. 운명을 선택하는 결정적인 순간에 그녀는 적극적이고 능동적이며 대담하고 열정적이다. 그녀는 단도직입적으로 최녕에게 자신의 의사를 표시하며 "월대月臺에서 달을 감상하며 당신에게 나를 허락했을 때, 그대 또한 진정으로 고마워했던 것을 기억하는지요?你記得當時在月臺上賞月, 把我

許你, 你兀自拜謝, 你記得也不記得?", "그날 사람들이 모두 어울리는 한 쌍이
라고 갈채를 보낸 일을 설마 잊진 않았겠지요?當日衆人都替你喝采: '好對
夫妻! 你怎地到忘了?"라고 강조한다. 두 사람을 비교해 보면 사내인 최
녕이 오히려 겁이 많고 나약하다. 그는 마음으로는 수수를 사랑하지
만 감히 대담하게 드러내지 못하고, 용기가 부족하여 행동으로 옮기
지 못한다. 수수의 대담한 행동에 그는 오히려 당황하며 어찌할 바를
모른다. 이 때문에 수수는 아예 이렇게 그를 위협하며 속인다. "당신
은 감히 그럴 수 없다고 말할 줄밖에 모르는군요! 내가 소리를 질러
버리면 당신은 끝장이 날 수도 있어요. 그런 당신이 어떻게 나를 이
집안까지 데리고 왔지요? 내일 관청에 가서 당장 고발하겠어요.你知道
不敢, 我叫將起來, 教壞了你, 你卻如何將我到家中? 我明日府裏去說." 수수는 죽은
후에도 여전히 최녕과 부부가 되기를 원했고, 부모까지 모셔와 함께
살았다. 이로써 그녀가 얼마나 삶을 사랑하고 또한 얼마나 애정에 충
실하고자 했는지를 알 수 있으며, 수수의 반항정신은 바로 이러한 형
상의 매력을 증폭시킨다. 최녕이 그녀와 부부가 될 것에 동의하고,
군왕부에 큰불이 나서 혼란해진 틈을 타 야반도주를 하기로 했을 때
수수는 또한 조금도 주저하지 않고 단번에 "전 이미 당신과 부부가
되었으니 당신의 뜻에 따라 가겠어요.我既和你做夫妻, 憑你行."라고 한다.
한 치의 수줍음이나 불안감, 연약함이 없다. 수수가 두 번째로 곽립
을 만났을 때, 그 앞잡이가 돌아가서 반드시 고해바칠 것을 직감하고
는 엄중하게 그를 질책하면서 경고한다. "일전에 나는 호의를 베풀며
당신에게 술까지 대접하였건만 당신은 오히려 군왕에게 고해바쳐 우
리 두 사람을 망쳐놓았지! 오늘은 당신이 어전으로 돌아가 다시 고한
다 해도 하나도 두렵지 않소.前者我好意留你喫酒, 你卻歸來說與郡王, 壞了我兩箇
的好事. 今日遭際御前, 卻不怕你去說." 그리하여 수수의 혼백은 곽립을 따라

순순히 가마에 올라 군왕부로 돌아가서는 군왕의 손을 빌어 그 앞잡이를 징벌한다.

　신체의 자유와 애정의 자유는 인간으로서 가장 기본적인 권리이다. 그러나 도배장이의 딸, 군왕부의 노비인 두 사람은 이러한 인생의 최소한의 기본적인 권리를 위해 오히려 가장 값비싼 대가를 지불해야 했다. 이렇듯 작품은 수수의 비극적 운명을 통해 통치자를 강력하게 고발하고 있다.

　이 소설의 구성은 빈틈없고 치밀하여 수수의 죽음과 수수 부모의 죽음에 대해 독자들은 고사의 결말에 이르러서야 비로소 알 수 있다. 곽립이 수수를 두 번째 만났을 때 연이어 '이상하다'고 말하면서 몸을 돌려 달아나는데, 이 때 독자들의 마음속에는 수수가 혼백이 아닐까 하는 의심이 생기지만 확신할 수는 없다. 곽립이 돌아가 고해바친 후, 군왕의 입을 통해서야 독자들은 비로소 수수가 당시 뒷뜰 화원에서 이미 맞아 죽었음을 알게 된다. 그렇다면 건강의 수수는 도대체 어떻게 된 일인가? 이러한 전개는 청중독자들이 계속 이야기를 듣거나 읽어내려가도록 유도하며, 가마 속에서 수수가 보이지 않는 부분에 이르러서야 독자들은 마침내 완전히 깨닫는다. 독자는 이제 이 결말에서 다시 앞으로 되돌아가 전반부의 줄거리를 음미하게 되는데, 특히 수수가 혼백으로 변한 이후의 줄거리를 따라가다 보면 전체 줄거리의 비극성을 더욱 심각하게 느낄 수 있다. 수수가 비참하게 죽었으나 군왕은 여전히 그녀를 놓아주지 않았고, 수수는 혼백이 되어서도 여전히 집요하게 한 인간으로서의 살 권리를 추구한 것이다. 수수의 죽음에 이르러 이야기를 다 끝내도 될 것 같지만, 만약 그 뒤를 잇는 후반부가 없었다면 고사의 비극적 의미와 인물 형상의 표현은 아마 크게 반감되었을 것이다.

소설은 곽립이라는 '사람'과 옥관음이라는 '물건'을 전체 줄거리 전개의 실마리로 삼는다. 군왕이 최녕으로 하여금 옥관음을 만들게 함으로써 최녕과 수수의 만남이 이루어진다. 곽립이 유양부劉兩府에 돈을 보내기 위해 담주에 오게 되면서 몰래 도망친 최녕과 수수를 발견하게 되고, 이 때문에 두 사람이 집과 가족을 잃는 결과가 초래된다. 이후 곽립이 옥관음을 보수하고자 최녕을 다시 찾게 되고, 이로써 수수의 존재가 두 번째로 폭로되는 상황이 일어난다. 이렇듯 곽립이라는 사람과 옥관음이라는 물건은 언제나 결정적인 순간에 나타나 이야기가 비극적 절정을 향해 나가도록 이끄는 역할을 한다. 곽립의 배후에는 사람들의 생사여탈권을 쥐고 있는 군왕이 있으며, 옥관음의 배후에는 극에 달한 통치자의 사치가 있다. 그래서 곽립과 옥관음은 최녕과 수수의 노비라는 신분, 즉 비극의 근원을 내내 떠올리게 만든다.

2. 「최녕을 잘못 죽인 얘기錯斬崔寧」

이 소설은 「경본통속소설」 제15권에 보이는데, 풍몽룡은 이것을 「성세항언」에 수록하면서 제목을 「십오관의 농담이 공교롭게도 화가 되다十五貫戲言成巧禍」라 바꾸었다. 청대 주소신朱素臣은 이것을 근거로 잡극 「십오관十五貫」을 만들었다.

소설의 이야기는 억울한 사건과 잘못된 판결에 관한 것으로, 사건의 경위는 대략 다음과 같다. 가난하고 무능한 유귀劉貴를 가련히 여긴 장인이 그에게 작은 가게라도 열어 아쉬운 대로 생활하라며 자본금 15관을 건네주었다. 유귀가 돈을 짊어지고 집으로 돌아왔을 때 첩 진이저陳二姐가 문을 조금 늦게 열자 기분이 언짢아져서 농담으로 겁을 주었다. 자기가 이미 그녀를 팔아버렸고, 이 15관의 돈이 바로 그녀의 몸값이라고 한 것이다. 진이저는 이를 사실로 믿고 걱정하다가 친정으로 돌아가 부모와 상의하려고 유귀가 깊이 잠든 사이 집을 빠져나온다. 그녀는 먼저 이웃 주삼마朱三媽의 집으로 가서 하룻밤을 묵으면서 일의 자초지종을 하소연하였다. 아침 일찍 그녀는 길을 떠나 서둘러 친정으로 향하는데, 도중에 실을 파는 젊은이 최녕崔寧을 만나게 된다. 이 최녕은 공교롭게도 몸에 15관의 돈을 지니고 있었고, 두 사람은 함께 동행하게 된다. 한편 진이저가 집을 빠져 나온 후, 하필이면 유귀의 집으로 들어온 좀도둑이 그 15관의 돈을 발견하게 된다. 유귀가 깜짝 놀라 잠에서 깨어나자, 그가 소리칠까 두려워진 좀도둑은 도끼로 단번에 그를 찍어 죽이고 서둘러 15관의 돈을 챙겨 도망친다. 다음날 이웃들이 살해된 유귀를 발견했을 때 유귀의 아내는 이틀 전에 친정에 가서 아직 돌아오지 않았고 첩 진이저의 행방은 묘연하다. 주삼마는 진이저가 자신의 집에서 묵은 경위를 사람들에게 소상히 밝혔지만 결국 진이저와 최녕은 도중에 잡혀 돌아온다. 남녀가 동행하여 길을 갔고, 15관이라는 액수도 일치하였기 때문에 사람들은 진이저와 최녕이 사통하고 재물을 탐내어 살인을 했다고 단정하게 된다. 두 사람은 관가에 송치되고, 부윤府尹은 사건의 내막도 자세히 따지지 않은 채 그저 덮어놓고 고문하며 자백을 강요한다. 진이저와 최녕은 심한 고문에 못 이겨 거짓으로 죄를 인정하고 만다. 이 안건은 차례로 상부에 보고되어 올라갔고, 결국 사형시키라는 어명이 내려져 진이저와 최녕은 억울한 죽음을 당한다. 후에 강도로 변한 좀도둑이 붙잡히게 되어 이전의 죄까지 한꺼번에 밝혀지자 유귀의 사건 역시 그 진상이 드러나게 되어 진이저와 최녕은 사후에야 억울한 누명에서 벗어난다. 유귀의 처는 인간 세상에 환멸을 느끼고 출가하여 여승이 된다.

이 소설의 내용과 주제는 매우 깊은 의미를 담고 있다. 즉, 한 억울한 사건과 잘못된 판결 과정을 통해 당시 관리들의 우둔함과 무능함, 사법의 폐단 등을 낱낱이 파헤쳤고, 민주적 권리가 전혀 없는 백성들의 참담한 현실을 묘사한 것이다. 표면상으로는 일련의 우연한 일치가 진이저와 최녕의 비극을 초래한 것으로 보인다. 유귀가 농담을 하였는데 진이저가 의외로 이것을 믿어버렸고, 진이저가 막 떠나가자마자 공교롭게도 좀도둑이 들어왔다. 진이저가 길을 걷다가 때마침 청년 최녕을 만나게 되고, 최녕은 또한 마침 15관이라는 돈을 지니고 있다. 그러나 봉건사회 속 부녀자의 낮은 지위, 즉 첩을 타인에게 마음대로 파는 일, 이웃들이 사건에 연루될까 불안해하면서 '두서가 없는 소송打沒頭的官司'을 두려워하는 상황, 소시민들의 명철보신이라는 인생철학, 고문으로 자백을 강요하는 취조제도, 취조관의 주관적이고 독단적이면서 인명을 초개같이 여기는 행태, 한 쌍의 남녀가 동행하는 일은 사람들의 의심을 살 수 있다는 사실 등은 결코 우연적인 것이 아니다. 이러한 일련의 우연 속에 필연성이 드러나지 않게 충분히 담겨 있기 때문에 이 교묘한 우연들이 소설 속 사회적 의의를 결코 약화시키지 못하는 것이다.

작자는 소재 선택을 매우 중시하였다. 예를 들면, 소설은 유귀의 농담을 들은 후 진이저의 심리 상태를 아주 상세히 묘사한다. "그 첩은 듣고 믿지 않으려 했으나 다시 눈앞에 쌓인 15관의 돈을 보고는 믿지 않을 수도 없었다. 하지만 남편이 평소 나에게 일언반구도 하지 않았고, 마님과도 잘 지내는데 어찌 이처럼 잔인한 일을 할 수 있단 말인가! 이런 의구심 속에서 결정을 내리지 못했다.那小娘子聽了, 欲待不信, 又見十五貫錢, 堆在面前; 欲待信來, 他平白與我沒半句言語, 大娘子又過得好, 怎麼便下得這等狠心辣手! 狐疑不決." 이러한 심리적 변화에 대한 언급은 사건의 내용과 경위를 설명하는 데 매우 도움이 된다. 사건 경위의 의문점은 주로 진이저가 길을 떠난 데 있으므로, 작자는 진이저가 떠나게 된 동기를 아주 상세히 소개한 것이다. 진이저의 반신반의하는 모습을 통해 독자 역시 진이저의 단순함과 선량함, 집안에서 첩으로서의 가련한 위치를 알게 된다. 임안부의 판결과정에 대해서는 매우 간략하게 서술했는데, 작자는 이로써 대충 진행되었던 심문의 경솔함을 부각시켰다.

한편의 공안公案소설로서 작자는 줄거리의 전후 상황에 특별히 주의를 기울였다. 진이저가 떠날 때 작자는 그녀가 곧바로 친정으로 가도록 하지 않고 우선 이웃집에 가서 하룻밤 묵게 한다. 이러한 배치는 여러 방면에서 이점을 가지고 있다. 만약 진이저를 곧바로 친정집으로 돌아가게 했다면, 다음날 사건이 발생했을 때 진이저는 이미 친정집에 가있게 되어 최녕을 만날 수도 없었으며, 꼭 같은 분량의 15관의 돈 역시 연결될 수 없었고, 간통하여 재물을 탐하고 살인하였다는 죄명은 결코 씌워질 수 없는 것이다. 진이저가 이웃집에서 하룻밤을 묵은 일은 취조관의 어리석음을 더욱 잘 부각시키는데, 그는 "첩과 저 최녕이 재산을 탐하여 사람을 죽였다면 당연히 그날 밤 다른 곳으로 도주했어야 하는데, 어째서 다시 이웃집에 가서 하룻밤을 묵었단 말인가? 또 어째서 다음날 아침 친정집으로 가다가 붙잡히게 되었단 말인가?果然是小娘子與那崔寧謀財害命的時節, 他兩人須連夜逃走他方, 怎的又去隣舍人家借宿一宵? 明日又走到爹娘家去, 却被人捉住了?"라고 여긴다. 또 다른 예로, 유귀가 돈을 등에 지고 집에 돌아올 때 작자는 그가 도중에 아는 사람들에게 끌려 술 몇 잔을 마시도록 하였는데, 이처럼 사소한 삽화들은 다방면의 의도를 가지고 있다. 이렇게 지체했기 때문에 유귀는 "등을 켤 무렵已是點燈時分"에서야 겨우 집에 도착하였고, 술을 얼큰하게 마셨기 때문에 술김에 진이저에게 농담을 하게 된 것이다. 진이저는 그에게 어디에서 술을 마셨냐고 물었고, 그는 아예 진이저를 속여 "마침 자네를 저당 잡혀서 문서를 쓰고 그의 술을 얻어 마시고 온 것이다.便是把你典與人, 寫了文書, 吃他的酒, 才來的"고 말한다. 유귀가 술에 취해 잠이 들었으므로 진이저는 그날 밤 쉽게 떠날 수 있었다. 이로부터 우리는 작자가 줄거리를 구상할 때 매우 세심하게 고려하여 모든 상황들이 이치에 부합되게 하였음을 알 수 있다. 모든 사건의 내용과 경위가 논리에 부합할 뿐만 아니라, 각 인물의 언어행동 역시 당시의 환경과 그들의 신분, 성격, 심리에 어긋나지 않게 하였다.

3. 「중의 편지簡帖和尙」

「중의 편지」는 명 가정嘉靖 연간 홍편洪楩이 편각한 「청평산당화본清平山堂話本」에 최초로 등장하고, 일명 「잘못 보낸 편지錯下書」라고도 한다. 풍몽룡이 「고금소설」(일명 「유세명언」)에 수록하면서 「교묘하게 황보의 아내를 속인 중의 편지簡帖僧巧騙皇甫妻」라고 개명하였다.

이 소설은 한 중이 함정을 만들어 어떤 부부를 속이는 줄거리이다. 개봉부 반대사蟠臺寺의 한 중이 좌반전직관左班殿直官인 황보송皇甫松의 부인에게 흑심을 품었다. 그는 익명의 편지로 황보송의 오해를 유발시켰고, 황보송은 아내에게 정부가 있다고 믿고 결국 그녀를 관부에 고발하여 처벌받게 하였다. 관부는 황보송의 말만 믿고 그녀에게 가혹한 형벌로 겁을 주었지만 자백을 받아내지 못하고, 결국 황보송의 뜻에 따라 이혼시키도록 하였다. 황보송의 부인은 빠져나갈 방법이 없자 마침내 자결하고자 강에 투신하였다. 그러나 그녀는 어느 노파에게 구조되고, 나중에는 그 노파의 중매로 홍 씨라는 중에게 시집을 간다. 그 후 부인은 대상국사에서 전 남편을 만났지만, 두 사람은 서로 마주보며 아무 말도 나누지 못했고 부인은 집으로 돌아와 옛 정에 저절로 눈물을 흘린다. 중은 그 모습을 보고 비로소 진실을 밝혔는데, 알고 보니 그가 바로 함정을 만들어 사기를 친 중이었다. 황보송의 부인이 즉시 관가에 고발하고자 하자 중은 그녀의 생명을 위협하였는데, 다행히 황보송이 적시에 도착하여 중을 관아로 송치하였다. 중은 사형에 처해졌고, 황보송과 부인은 다시 결합하게 된다.

　작자는 복선을 만들어 내는 데 능숙하다. 줄거리가 시작되자마자 동승으로 하여금 편지를 전달하도록 한 사람이 어떤 사람인지 결코 누설하지 않았고, 그저 이 사람의 외모적인 특징만을 특별히 소개할 뿐 이 사람이 왜 편지를 전달하는지, 편지에 적힌 내용이 무엇인지에 대해서는 전혀 언급이 없다. 독자들은 곧이어 편지의 내용을 알게 되고, 또한 편지가 가져온 엄중한 결과에 대해서도 알게 된다. 황보송의 부인이 늙은 노파의 집에서 처음으로 중을 만나는 부분에 이르기까지 독자의 마음은 답답하기만 한데, 이 중의 용모가 편지를 전한 동승이 묘사했던 그 사람과 매우 닮았음을 알게 될 때 독자들은 비로소 희미하게나마 사람들을 속인 사람이 아마도 그일 것이라는 추측을 할 수 있다. 작자는 황보송과 부인을 밝은 곳에 두고 함정으로 남을 속이는 중은 어두운 곳에 둠으로써 황보송 부인의 선량함과 무고함을 묘사하면서 반면에 이해타산에 뛰어나면서도 음험하고 악랄한 중을 두드러지게 하였다.

　이 고사를 통하여 당시 부녀자들의 지위가 얼마나 미천했는지 잘 알 수 있다. 황보송의 부인이 아무런 연유도 없이 모함을 당했을 때, 남편은 사연도 묻지 않고 "왼손으로는 삿대질하고 오른손을 들어서는 쩍 벌린 손바닥을 날려 때렸다.左手指, 右手擧, 一個漏風掌打將去" 또한 그녀의 변명조차 듣지 않은 채 그대로 관부로 보내버린 후 기어코 그녀와 이혼하였다. 황보송의 부인은 남편에게 매를 맞게 되자 "소리를 지르며 얼굴을 가리고 울면서 안으로 들어갔다.則叫得一聲, 掩着面, 哭將入去" 후에 남편이 이유도 없이 그녀와 이혼했을 때에도 그녀는 그저 "울면서 관부를 나왔다.哭出州衙門來" 황보송의 부인은 그처럼 나약하게 외부로부터의 압력과 울분을 그저 참고 견디어낸다는 점에서 그녀의 처지는 바로 봉건 사회 부녀자들의 비참한 운명을 반영한다.

4. 「번루에서 소란 피운 정 많은 주승선鬧樊樓多情周勝仙」

본 작품은 「성세항언」 권14에 들어있지만, 문장 속에 묘사된 변경汴京의 거리, 풍습, 방언 등을 통해 고증해볼 때 송대 화본에 속한다. 사랑에 빠진 남녀의 비극을 그린 이 작품에서 작자는 시종일관 여주인공 주승선周勝仙에 대해 두드러지게 묘사하였으므로, 남주인공 범이랑范二郎은 자연스레 주승선을 부각시키는 역할을 맡는다. 여주인공 주승선은 대갓집 규수도 아니고 무희나 가희도 아니며, 다름아닌 시정에서 자라난 여성이다. 남자주인공과 서로 알게 된 과정 역시 재자가인처럼 첫눈에 반하거나 시와 사로써 주고받는 식의 상투적인 방법이 아닌, 희극성이 풍부한 장면을 통해 실현된다. 물을 파는 사람이 자신을 은근슬쩍 모해하려 한 것을 꾸짖는 대목을 통해 그녀는 스스로 성명과 가문, 거주지, 나이, 연령을 밝히면서, 특히 일부러 "나는 아직 결혼하지 않은 여자我是不曾嫁的女孩兒"라는 점을 강조한다. 말하는 사람이 의도를 담으면 듣는 사람도 자연 그 의미를 알아차리는 법, 범이랑 역시 같은 방법으로 주승선에게 자신을 소개하면서 고의로 "나 역시 아직 장가들지 않았음兼我不曾娶渾家"을 확실히 밝힌다. 이처처럼 주승선이 대담하고 결단력이 있게, 특수한 방식으로 마음에 드는 사람에게 자신의 애정을 표현했다고는 하지만, 봉건 사회 속에서 서로 눈짓으로 감정을 전달하면서 두 사람이 결혼하여 부부가 되고 싶다고 한들 그들이 가야할 길은 여전히 멀기만 하다. 그리하여 줄거리는 왕파王婆가 중매를 서는 내용으로 발전하게 된다. 줄거리가 여기까지 진행되는 동안은 줄곧 가볍고 낙관적이며 희극적 분위기이다. 남녀 주인공들은 마치 자신들의 목표에 점점 더 다가서고 있는 것만 같은데, 주승선의 아버지 주대랑周大郎이 돌아오면서 줄거리의 진행은 급전된다. 거상인 주대랑은 가난을 꺼리고 부유한 쪽만 좋아하기에 독단적으로 완고하게 딸의 행복을 내쳤고, 주승선은 화를 견디지 못하여 죽고 만다. 이야기가 여기까지 진전되면 이미 결말에 근접한 듯하지만, 작자는 도굴꾼인 주진朱眞을 등장시켜 줄거리를 자연스럽게 확장시키면서 새로운 단계에서 여주인공의 자유애정에 대한 추구를 묘사하였다. 주진이 도굴하는 대목은 이야기를 한층 곡절있고 기이하게 만들고, 여주인공의 자유애정에 대한 추구가 얼마나 고집스럽고도 감동적인지 확실하게 드러내준다. 주승선은 주진이 외출한 후 이웃집에 불이 난 틈을 타서 그의 집에서 도망쳐 나오는데, 급한 김에 우선 범이랑을 찾아간다. 그러나 범이랑은 당연히 이미 죽었다는 그녀를 귀신이라 여겼고, 결국 너무 경황스런 상황에서 그는 그만 주승선을 때려죽이고 만다. 그렇지만 주승선의 혼백은 다시 감옥으로 가서 범이랑과 숙원인 사랑의 즐거움을 이루고, 또한 신에게 도움을 청하여 범이랑을 무죄로 석방시켜준다.

가장의 억압과 빈부의 차이로 인해 사랑하는 사람들이 가정을 이루지 못하는 이러한 이야기는 봉건사회 속에서 늘상 발생했던 일이다. 그러나 작자가 여주인공에게 설계한, 죽었다가 다시 살아나고 살았다가 다시 죽는 이러한 독특한 줄거리는 삶과 죽음의 시련 속에서도 이 시정 여인의 애정이 더욱 깊어져가는 과정을 심각하게 표현해 냈다. 희극적 요소와 비극적 요소의 자연스런 결합, 남녀 주인공의 애정심리에 대한 세심한 파악, 농후한 현실적인 분위기와 풍습에 대한 유려한 묘사 등은 이 고사의 두드러진 특징이다.

5. 「심지 곧은 장 주사志誠張主管」

작품은 「경세통언」 권16에 보이는데, 겸선당본兼善堂本은 제목을 「젊은이에게 돈을 건넨 작은부인小夫人金錢贈年少」이라 하였고, 삼계당본三桂堂本은 「재앙을 벗어난 심지 곧은 장 주사張主管志誠脫奇禍」라 하였다. 「경본통속소설」 권13에도 이 고사가 수록되어 있는데, 제목을 「심지 곧은 장 주사志誠張主管」라 하였다. 소설은 변경 성안의 장사렴張士廉이라는 상인이 등장하면서 시작된다. 그는 나이가 60을 넘어서 왕초선王招宣 집안에서 보낸 젊은 부인을 후처로 삼았다. 젊은 부인은 나이가 많은 사렴이 마음에 들지 않아 상점의 젊은 지배인 장승張胜에게 적극적으로 접근하지만, 장승은 감히 받아들일 수 없어 사직을 하고 집으로 돌아가버린다. 얼마 후 왕초선 집안에서는 젊은 부인이 귀한 보물을 훔친 사실을 새로 발견하고 이를 추궁하려 하자, 그녀는 형벌이 두려워 스스로 목을 매고 만다. 장사렴 또한 이에 연루되어 집안의 재산을 차압당하게 된다. 젊은 부인은 죽은 후에도 사랑을 잊지 못해 그 혼백이 계속 장승을 쫓아다니는데, 장승은 "오직 주인의 부인으로서만 대하고 흐트러지지 않았다.只以主母相待, 幷不及亂" 후에 장승이 장사렴을 만나서 자초지종을 알게 되니, 젊은 부인의 혼백은 곧 조용히 사라졌다.

젊은 부인의 운명은 분명 이중적 비극이다. 나이 차이가 많이 나고 자신이 사랑하지 않은 사람에게 시집가는 일은 이미 하나의 비극이다. 사랑을 주지 않는 사람을 사랑할 수밖에 없는데 그런 자신의 감정이 냉대와 거절을 당해야 하는 일은 한층 심각한 비극이다. 이러한 의미에서 보자면, 젊은 부인은 앞 작품의 여주인공 주승선보다 더욱 불행하다고 할 수 있다. 우리들은 이 줄거리로부터 당시 부녀자들의 지위가 얼마나 비천하고 굴욕적이었는지를 쉽게 이해할 수 있다. 주목해야 할 점은 남자주인공에 대한 작자의 태도이다. 장사렴이 젊은 부인을 후처로 맞아들인 후 작자는 장사렴을 두고 "허리는 더욱 아프고 눈에서는 눈물이 더 흘러나오고 귀는 더 멀고 코에서는 콧물이 더 흘렀다.腰便添疼, 眼便添淚, 耳便添聾, 鼻便添涕"고 썼다. 장사렴에 대한 이러한 조소 속에는 분명 젊은 부인에 대한 작자의 동정이 느껴진다. 그러나 작자의 장승에 대한 전적인 긍정 속에서 또한 젊은 부인에 대한 비판도 살필 수 있다. 장승이 겁이 많고 나약하며 무관심한 것, 주인과 종의 명분을 굳게 지키는 것은 바로 작자가 말하는 소위 '지성志誠'이라 할 수 있다. 비록 작자가 이러한 모순된 태도로 젊은 부인의 형상을 묘사하였다 할지라도, 또한 젊은 부인이 사랑하는 사람이 결코 그녀가 그렇게 사랑할만한 가치가 없었다 하더라도 그처럼 열렬히 사랑을 추구하고 그처럼 순수하게 집착한 그녀의 형상은 여전히 깊은 인상으로 남는다.

6. 「입심 좋은 이취련 얘기快嘴李翠蓮記」

이 고사는 명대 홍편이 편집한 「청평산당화본」에 들어있지만 고증을 통해 볼 때 송·원 화본에 속한다. 이 작품의 형식은 매우 특별한데, 전체 내용은 오늘날 강창문학의 일종인 '딱딱이快板'의 가사와 비슷한 형식으로 진행되고, 중간에 일부 산문 문장으로 사건 전후를 설명한다. 주인공 이취련李翠蓮의 말은 모두 운문식 가사로 되어 있는데, 이는 그 뛰어난 입담을 직접적으로 표현하기 위한 것이다. 서술부분과 작품 속 모든 조연의 말은 산문을 이용하였다. 이러한 형식은 초기 화본의 운문과 산문의 결합, 말하는 것說과 노래하는 것唱의 결합 형태를 반영한 것이다. 작자는 여주인공이 시집가기 전후 생활의 단면을 택하여 그녀를 화면의 중앙에 배치하였다. 임기응변에 능하고 말솜씨 또한 유창하기 짝이 없는 이취련의 성격 특징을 과장된 필치로 포착해냈고, 여기에 분방하고 자연스런 묘사를 가미시켰다. 이취련의 말 많은 성격은 부모 형제들의 걱정과 불만을 초래하고, 시집을 간 후에는 더더욱 시부모와 백모, 시누이의 책망을 들어야 한다. 결국에는 남편에게까지 버림을 받지만, 친정에서조차 그녀를 거부하는 바람에 최후에는 머리를 깎고 비구니가 된다. 이취련은 "용모가 출중하였고, 바느질을 잘하면서도 사서백가에 통하지 않는 바가 없었지만姿容出衆, 女紅針指, 書史百家, 無所不通", "단지 말을 거침없이 한다는 것只是口嘴快些"이 그녀와 주위사람들 사이에 일련의 모순과 충돌을 일으킨다. 이러한 모순과 충돌 속에는 봉건사회에서 여성들이 받는 억압과 남녀불평등이라는 냉혹한 현실이 내포되어 있다. 이취련이 말이 많은 것은 표면적인 현상일 뿐으로, 그 이면에는 자주적이면서 남자와 대등해지고자 하는 이취련의 기개를 볼 수 있다. 봉건사회가 여성에게 요구하는 것은 모든 일에서 남편의 뜻에 자신의 뜻을 맞추고 사는 온순하고 순종적인 모습일 뿐이다. 그러나 이취련은 기어이 자주적으로 결정하고자 했고 게다가 끊임없이 의견을 쏟아내니, 당연히 예법에 어긋났고 사회에서도 용납되지 못했던 것이다.

7. 「계약서 이야기合同文字記」

「청평산당화본」에 들어 있다. 북송 경력慶歷 연간에 변경성 교외의 노아촌老兒村에 사는 형제, 형 류첨상劉添祥과 동생 류첨서劉添瑞에 얽힌 이야기다. 어느 해 가뭄과 장마로 흉년을 맞이한 류첨서는 처자식을 거느리고 유랑하여 노주路州 고평현高平縣으로 가서 이모부 장학구張學究에게 의탁하게 된다. 떠나기 전, 두 형제는 이사장李社長을 증인으로 하여 계약서를 작성하였는데, 논과 집 등 재산을 두 형제가 공유한다는 내용이었다. 이년 후, 류첨서의 아내가 병으로 죽고 반 년 후에 류첨서 또한 병으로 세상을 떠난다. 십오 년 후, 아들 류안주劉安住가 성인이 되어 부모의 유골을 안장하러 고향으로 돌아왔는데, 류첨상 부부는 가산을 독점하려고 조카를 인정하지 않고 오히려 그를 때려 다치게 한다. 이사장은 불공정한 처사라고 여겨 안주를 자기집에 머물게 하면서 그 다음날 개봉부 포증包拯에게 고발하러 간다. 포증이 합동문서를 조사하여 확인한 후 류첨상 부부를 감옥에 가두고 심문하려 할 때, 안주가 오히려 간절히 애원하는 바람에 일이 관대하게 처리되어 류첨상 부부는 풀려나와 집으로 돌아가게 된다. 조정에서는 류안주가 효와 의를 모두 겸비하였다고 표창하면서 진류현윤陳留縣尹이라는 관직을 내린다. 류안주와 이사장의 딸 이만당李滿堂은 부부가 된 후 양가 부모에게 작별을 고하고 고평현으로 가서 장학구에게 감사를 드린 후 비로소 진류현으로 부임한다.

민간 가정의 재산분쟁에서 제재를 취한 이 작품은 그 취지가 주인공의 효와 의를 표창하는 데 있다. 후세에 이 고사에 의거하여 개편한 원 잡극 「포대제가 지혜로 계약서를 밝히다包待制智賺合同文字」, 명대 능몽초凌濛初의 「초각박안경기初刻拍案驚奇」 권30 「장원외는 의로써 양자를 위로하고, 포룡도는 지혜로 계약서를 밝히다張員外義撫螟蛉子, 賺包龍圖智合同文」 등은 줄거리를 고쳐서 백모가 속임수를 써서 계약서를 가로채는 내용으로 하였다. 판결의 어려움이 증폭되면서 포증의 지혜를 더욱 부가시켰고, 줄거리 속의 선과 악의 대비 또한 한층 선명하게 변화했다.

碾玉觀音

　　山色晴嵐[1]景物佳，暖烘回雁起平沙. 東郊漸覺花供眼，南陌依稀草吐芽. 堤上柳，未藏鴉，尋芳趁步到山家. 隴頭幾樹紅梅落，紅杏枝頭未著花.

　　這首「鷓鴣天」[2]說孟春[3]景致，原來又不如仲春詞做得好： 每日青樓[4]醉夢中，不知城外又春濃. 杏花初落疏疏雨，楊柳輕搖淡淡風. 浮畫舫[5]，躍青驄，小橋門外綠陰籠. 行人不入神仙地，人在珠簾第幾重？

　　這首詞說仲春景致，原來又不如黃夫人[6]做著季春詞又好： 先自春光似酒濃，時聽燕語透簾櫳. 小橋楊柳飄香絮，山寺緋桃散落紅. 鶯漸老，蝶西東，春歸難覓恨無窮. 侵階草色迷朝雨，滿地梨花逐曉風.

　　這三首詞，都不如王荊公[7]看見花瓣兒片片風吹下地來，原來

---

1) 晴嵐 : 맑은 날 산에 피어오르는 아지랑이.
2) 鷓鴣天 : 詞牌의 하나. 詞牌는 詞의 제목으로서 노래의 가락을 규정한다.
3) 孟春 : 봄 세 달 가운데 첫 번째인 음력 정월. 예전에 한 계절 세 달을 孟·仲·季 등으로 나누어 표현했다.
4) 靑樓 : 원래는 閨房을 뜻하는 말이었지만 후대에는 대개 妓樓를 가리킨다.
5) 畫舫 : 곱게 단장한 놀잇배.
6) 黃夫人 : 미상. 혹자는 宋代 황수黃銖의 모친 손도현孫道絢이라고 말한다. 호를 충허거사沖虛居士라 했다. 청 舒夢蘭 「考證白香詞譜」에 보인다.
7) 王荊公 : 北宋의 저명한 정치가이자 문학가인 王安石. 神宗에게서 荊國公이란 칭호를 받았다.

這春歸去, 是東風斷送的. 有詩道: 春日春風有時好, 春日春風有時惡. 不得春風花不開, 花開又被風吹落. 蘇東坡[8]道:"不是東風斷送春歸去, 是春雨斷送春歸去." 有詩道: 雨前初見花間蕊, 雨後全無葉底花. 蜂蝶紛紛過牆去, 卻疑春色在鄰家. 秦少遊[9]道:"也不干風事, 也不干雨事, 是柳絮飄將春色去." 有詩道: 三月柳花輕復散, 飄颺澹蕩送春歸. 此花本是無情物, 一向東飛一向西. 邵堯夫[10]道:"也不干柳絮事, 是蝴蝶採將春色去." 有詩道: 花正開時當三月, 蝴蝶飛來忙劫劫. 採將春色向天涯, 行人路上添淒切. 曾兩府[11]道:"也不干蝴蝶事, 是黃鶯啼得春歸去." 有詩道: 花正開時艷正濃, 春宵何事惱芳叢? 黃鸝啼得春歸去, 無限園林轉首空. 朱希真[12]道:"也不干黃鶯事, 是杜鵑啼得春歸去." 有詩道: 杜鵑叫得春歸去, 吻邊啼血尚猶存. 庭院日長空悄悄, 教人生怕到黃昏! 蘇小小[13]道:"都不干這幾件事, 是燕子銜將春色去." 有「蝶戀花」[14]詞爲證: 妾本錢塘江上住, 花開花落, 不管流年度. 燕子銜將春色去, 紗窗幾陣黃梅雨. 斜插犀梳雲半吐, 檀板[15]輕敲, 唱徹「黃金縷」[16],

---

8) 蘇東坡: 北宋의 저명한 정치가이자 문학가인 蘇軾. 詩·詞·文·畫에 두루 능했다.
9) 秦少遊: 북송의 저명한 문인 秦觀. 자가 少遊이다.
10) 邵堯夫 : 宋代 理學家인 邵雍(1011-1077)으로, 자가 堯夫이다.
11) 曾兩府 : 宋代 曾公亮을 가리킨다. 자는 仲明이고, 晉江(지금의 福建 泉州) 사람. 宋 仁宗 嘉祐 5년에 때 樞密院副使에, 6년에 吏部侍郎 겸 同中書省門下事에 제수되었다. 송대는 中書와 樞密院을 兩府라 불렀고, 宰相과 樞密院使를 겸직한 이를 존칭해 '兩府'라 부르기도 했다.
12) 朱希眞 : 宋代 문학가 주돈유朱敦儒로, 자字가 희진希眞.
13) 蘇小小 : 南齊의 名妓.
14) 蝶戀花 : 詞牌 중의 하나.
15) 檀板 : 현악기에서 박자를 맞추는 데 쓰이는 나무 拍板.

歌罷彩雲無覓處, 夢回明月生南浦.[17] 王巖叟[18]道: "也不干風事,
也不干雨事, 也不干柳絮事, 也不干蝴蝶事, 也不干黃鶯事, 也不
干杜鵑事, 也不干燕子事. 是九十日春光已過, 春歸去." 曾有詩
道: 怨風怨雨兩俱非, 風雨不來春亦歸. 腮邊紅褪青梅小, 口角黃
消乳燕飛. 蜀魄[19]健啼花影去, 吳蠶強食柘桑稀. 直惱春歸無覓
處, 江湖辜負一蓑衣[20]!

說話的,[21] 因甚說這春歸詞? 紹興[22]間, 行在[23]有箇關西延州
延安府人, 本身是三鎮節度使咸安郡王[24], 當時怕春歸去, 將帶著
許多鈞眷[25]遊春. 至晚回家, 來到錢塘門[26]裏車橋, 前面鈞眷轎子
過了, 後面是郡王轎子到來. 則聽得橋下裱褙鋪[27]裏一箇人叫道:
"我兒出來看郡王!" 當時郡王在轎裏看見, 叫幫窗[28]虞候[29]道: "我

---

16) 黃金縷 : 詞牌 중의 하나. 「蝶戀花」라고도 한다.

17) 南浦 : 「楚辭・九歌・河伯」에 "送美人兮南浦"라는 구절이 있어 후대에
   '南浦'를 이별하는 장소의 代稱으로 많이 쓴다.

18) 王巖叟 : 宋 哲宗 때 사람으로, 자는 彥霖.

19) 蜀魄 : 두견새.

20) 蓑衣 : 도롱이. 어부를 상징한다.

21) 說話的 : 說話人이 自問하는 말로, 話本小說에서 상용되는 말투이다.

22) 紹興 : 宋 高宗 趙構의 연호(1131-1162).

23) 行在 : 황제가 수도를 떠나 순시하거나 노닐던 곳. 여기서는 南宋의 수도인
   臨安府(지금의 杭州市)를 가리킨다. 南宋은 臨安을 수도로 하였으나 함락
   된 汴京(지금의 開封市)을 잊지 않는다는 뜻에서 臨安을 '行在'라 부르기
   도 했다.

24) 三鎮節度使 : 鎮南・武安・寧國을 맡는 節度使를 가리킨다. ‖ 咸安郡王
   : 南宋 때의 名將 韓世忠(1089-1151)의 封號.

25) 鈞眷 : 관원의 가족에 대한 존칭.

26) 錢塘門 : 臨安城 서쪽에 있는 문.

27) 裱褙鋪 : 서화를 표구하는 점포. 표구점.

28) 幫窗 : 가마의 창 곁에 따라오며 시중드는 사람.

從前要尋這箇人, 今日卻在這裏. 只在你身上, 明日要這箇人入府
中來." 當時虞候聲諾[30], 來尋這箇看郡王的人, 是甚色目[31]人? 正
是: 塵隨車馬何年盡? 情繫人心早晚休.

只見車橋下一箇人家, 門前出著一面招牌, 寫著"璩家裝裱古
今書畫". 鋪裏一箇老兒, 引著一箇女兒, 生得如何?

雲鬟輕籠蟬翼[32], 蛾眉淡拂春山, 朱唇綴一顆櫻桃, 皓齒排兩
行碎玉. 蓮步半折小弓弓, 鶯囀一聲嬌滴滴.

便是出來看郡王轎子的人. 虞候即時來他家對門一箇茶坊裏
坐定, 婆婆把茶點來. 虞候道: "啟請婆婆, 過對門裱褙鋪裏請璩大
夫[33]來說話." 婆婆便去請到來, 兩箇相揖了 就坐. 璩待詔[34]問:
"府幹[35]有何見諭[36]?" 虞候道: "無甚事, 閑問則箇. 適來叫出來看
郡王轎子的人是令愛麼?" 待詔道: "正是拙女, 止有三口." 虞候又
問: "小娘子貴庚?"待詔應道: "一十八歲." 再問: "小娘子如今要嫁
人, 卻是趨奉[37]官員?" 待詔道: "老拙家寒, 那討錢來嫁人? 將來也
只是獻與官員府第." 虞候道: "小娘子有甚本事?" 待詔說出女孩

---

29) 虞候 : 禁軍 중에서 軍卒보다 지위가 약간 높은 小官. 정식 명칭은 將虞候
로, 長官 옆에서 시중들었다.

30) 聲諾 : '예'하고 소리 내어 응답하다.

31) 色目 : 신분이나 인품, 모습, 기술 등.

32) 蟬(선 chán)翼 : 매미날개 모양으로 가볍고 매끄럽게 윤기나는 머리.

33) 大夫 : 원래는 관직명이나 여기서는 수공 기술자를 가리키는 말.

34) 待詔 : 원래는 조정에서 물품을 공급하는 사람을 뜻하지만, 여기서는 역시
수공 기술자의 존칭으로 쓰였다.

35) 府幹 : 官府의 하급관리나 부귀한 집안에서 일 보는 하인들에 대한 일반 백
성들의 존칭.

36) 見諭 : 가르침. 윗사람에 대한 謙語.

37) 趨奉 : 시중들다.

兒一件本事來, 有詞寄「眼兒媚」爲證: 深閨小院日初長, 嬌女綺羅裳. 不做東君[38]造化, 金針刺繡群芳. 斜枝嫩葉包開蕊, 唯只欠馨香. 曾向園林深處, 引教蝶亂蜂狂.

原來這女兒會繡作. 虞候道: "適來郡王在轎裏, 看見令愛身上系著一條繡裏肚[39]. 府中正要尋一箇繡作的人, 老丈何不獻與郡王?" 璩公歸去, 與婆婆說了. 到明日寫一紙獻狀, 獻來府中. 郡王給與身價, 因此取名秀秀養娘.[40]

不則一日[41], 朝廷賜下一領團花繡戰袍, 當時秀秀依樣繡出一件來. 郡王看了歡喜道: "主上賜與我團花戰袍, 卻尋甚麼奇巧的物事獻與官家[42]?" 去府庫裏尋出一塊透明的羊脂美玉[43]來, 即時叫將門下碾玉[44]待詔, 問: "這塊玉堪做甚麼?" 內中一箇道: "好做一副勸杯." 郡王道: "可惜恁般[45]一塊玉, 如何將來只做得一副勸杯?" 又一箇道: "這塊玉上尖下圓, 好做一箇摩侯羅兒[46]." 郡王道: "摩侯羅兒, 只是七月七日乞巧[47]使得, 尋常間又無用處." 數中一箇後生[48], 年紀二十五歲, 姓崔, 名寧, 趨事郡王數年, 是昇州建康

---

38) 東君 : 봄의 神.

39) 繡裏(과 guǒ)肚 : 옷 위에 둘러서 입는 수놓은 치마.

40) 養娘 : 고용되어 온 시녀.

41) 不則一日 : 不則는 '不只', '그러던 어느 날'의 뜻.

42) 官家 : 황제에 대한 칭호.

43) 羊脂美玉 : 양의 기름처럼 하얗게 빛나는 옥.

44) 碾玉 : 옥을 갈다. 조각하다.

45) 恁般 : 這樣. 이러한.

46) 摩侯羅兒 : 神의 형상을 조각한 완구인형으로, 印度 梵語 mahākāla의 音譯.

47) 乞巧 : 옛날 칠월 칠석 밤에 부녀자들이 집안에 과일 등을 차려놓고 직녀성에게 자수나 재봉 솜씨가 좋게 해달라고 빌었던 풍습.

48) 後生 : 젊은이.

府⁴⁹⁾人. 當時叉手向前, 對著郡王道:“告恩王, 這塊玉上尖下圓,
甚是不好, 只好碾一箇南海觀音.” 郡王道:“好, 正合我意!” 就叫
崔寧下手. 不過兩箇月, 碾成了這箇玉觀音. 郡王即時寫表進上御
前, 龍顏大喜. 崔寧就本府增添請給⁵⁰⁾, 遭遇⁵¹⁾郡王.

不則一日, 時遇春天, 崔待詔遊春回來, 入得錢塘門, 在一箇
酒肆, 與三四箇相知方纔吃得數杯, 則聽得街上鬧炒炒, 連忙推開
樓窗看時, 見亂烘烘道:“井亭橋有遺漏⁵²⁾!” 喫不得這酒成, 慌忙下
酒樓看時, 只見: 初如螢火, 次若燈光, 千條蠟燭焰難當, 萬座糝
盆⁵³⁾敵不住. 六丁神⁵⁴⁾推倒寶天爐, 八力士⁵⁵⁾放起焚山火⁵⁶⁾. 驪山
會上, 料應褒姒⁵⁷⁾逞嬌容; 赤壁磯頭, 想是周郎施⁵⁸⁾妙策. 五通
神⁵⁹⁾牽住火葫蘆, 宋無忌⁶⁰⁾趕番赤騾子. 又不曾瀉燭澆油, 直恁⁶¹⁾

---

49) 昇州建康府 : 昇州는 唐代 설치한 州로 治所는 上元(지금의 南京)에 있었
다. 북송 때 江寧府로 승격되었고 남송 때 建康府로 개명하였다.
50) 請給 : 관청에서 시종에게 내리는 금전이나 衣食.
51) 遭遇 : 遭際. 칭찬을 받다.
52) 遺漏 : 원래는 ‘부주의하다’는 뜻이나 여기서는 失火의 의미.
53) 糝(삼 shēn)盆 : 籸盆. 제사나 연회석상에서 정원에 松柏 가지로 높은 골
조를 세워 태우면서 정원을 밝히는 것.
54) 六丁神 : 道敎 전설 속의 火神.
55) 八力士 : 민간전설에서 힘이 센 여덟번 째 天神.
56) 焚山火 : 晉 文公이 錦山을 불태워 介子推를 찾아내려 했다는 고사. 漢 劉
向의 「新序」에 보인다.
57) 褒姒 : 周나라 幽王의 寵姬. 幽王이 웃기를 좋아하지 않는 그녀의 웃음을
보기 위하여 驪山에 거짓으로 烽火를 올려 제후를 모이게 하여 포사를 웃겼
다는 고사가 「史記・周本紀」에 보인다.
58) 周郎 : 三國時代 吳의 명장 周瑜. 曹操와 전쟁할 때 赤壁에서 火攻을 펼
쳐 대응했다.
59) 五通神 : 민간 전설에 나오는 妖妄한 신.
60) 宋無忌 : 전설상의 火神으로, 붉은 색 노새를 타고 다닌다고 한다.

的煙飛火猛!

崔待詔望見了, 急忙道: "在我本府前不遠." 奔到府中看時, 已搬挈得罄盡, 靜悄悄地無一箇人. 崔待詔既不見人, 且循著左手廊下入去, 火光照得如同白日. 去那左廊下, 一箇婦女, 搖搖擺擺, 從府堂裏出來, 自言自語, 與崔寧打箇胸廝撞. 崔寧認得是秀秀養娘, 倒退兩步, 低身唱箇喏[62]. 原來郡王當日, 嘗對崔寧許道: "待秀秀滿日, 把來嫁與你." 這些眾人, 都攛掇[63]道: "好對夫妻!" 崔寧拜謝了, 不則一番. 崔寧是箇單身, 卻也癡心; 秀秀見恁地箇後生, 卻也指望. 當日有這遺漏, 秀秀手中提著一帕子金珠富貴, 從左廊下出來, 撞見崔寧, 便道: "崔大夫, 我出來得遲了. 府中養娘各自四散, 管顧不得, 你如今沒奈何, 只得將我去躲避則箇."

當下崔寧和秀秀出府門, 沿著河, 走到石灰橋. 秀秀道: "崔大夫, 我腳疼了, 走不得." 崔寧指著前面道: "更行幾步, 那裏便是崔寧住處, 小娘子到家中歇腳, 卻也不妨." 到得家中坐定. 秀秀道: "我肚裏饑, 崔大夫與我買些點心來吃. 我受了些驚, 得杯酒喫更好." 當時崔寧買將酒來, 三杯兩盞, 正是: 三杯竹葉[64]穿心過, 兩朵桃花上臉來.

道不得[65]箇 "春爲花博士, 酒是色媒人." 秀秀道: "你記得當時在月臺上賞月, 把我許你, 你兀自[66]拜謝, 你記得也不記得?" 崔

---

61) 直恁 : 그야말로 이처럼.
62) 唱箇喏 : (두 손을 맞잡은 자세로) 인사말을 하다.
63) 攛掇(찬철 cuān duō) : 부추기다. 치켜세우다.
64) 竹葉 : 竹葉青. 술 이름.
65) 道不得 : ……라고 말하는 게 아니겠습니까?
66) 兀自 : 조기 白話로서, '또한, 역시'의 뜻.

寧又著手, 只應得 "喏". 秀秀道: "當日衆人都替你喝采: '好對夫妻!' 你怎地到忘了?" 崔寧又則應得 "喏". 秀秀道: "比似[67]只管等待, 何不今夜我和你先做夫妻? 不知你意下何如?" 崔寧道: "豈敢." 秀秀道: "你知道不敢, 我叫將起來[68], 教壞了你, 你卻如何將我到家中? 我明日府裏去說." 崔寧道: "告小娘子, 要和崔寧做夫妻不妨, 只一件, 這裏住不得了, 要好趁這箇遺漏人亂時, 今夜就走開去, 方才使得." 秀秀道: "我既和你做夫妻, 憑你行."

當夜做了夫妻. 四更已後, 各帶著隨身金銀物件出門. 離不得飢餐渴飲, 夜住曉行, 迤邐[69]來到衢州[70]. 崔寧道: "這裏是五路總頭[71], 是打那條路去好? 不若取信州[72]路上去, 我是碾玉作, 信州有幾箇相識, 怕那裏安得身." 即時取路到信州. 住了幾日, 崔寧道: "信州常有客人到行在往來, 若說道我等在此, 郡王必然使人來追捉, 不當穩便. 不若離了信州, 再往別處去." 兩箇又起身上路, 徑取潭州[73], 不則一日, 到了潭州. 卻是走得遠了, 就潭州市裏討間房屋, 出面招牌, 寫著"行在崔待詔碾玉生活[74]". 崔寧便對秀秀道: "這裏離行在有二千餘里了, 料得無事, 你我安心, 好做長久夫妻." 潭州也有幾箇寄居官員[75], 見崔寧是行在待詔, 日逐[76]也有生

---

67) 比似 : ……하는 것보다 (차라리).

68) 叫將起來 : 초기 白話로서, 소리 지르다. ('將'은 동사 뒤에서 그 동사의 지속성을 나타내는 경우가 많다. 지금의 '着'에 해당한다.)

69) 迤邐(이리 yǐ lǐ) : 구불구불 이어지다.

70) 衢(구 qú)州 : 지금의 浙江省 衢縣.

71) 五路總頭 : 길이 이리저리 교차되는 곳.

72) 信州 : 지금의 江西省 上饒縣.

73) 潭州 : 지금의 湖南省 長沙市.

74) 生活 : 장사. 여기서는 점포라는 뜻.

75) 寄居官員 : 원래 조정 관원이었으나 현재 집에서 거주하고 있는 관리.

活得做. 崔寧密使人打探行在本府中事. 有曾到都下的, 得知府中當夜失火, 不見了一箇養娘, 出賞錢尋了幾日, 不知下落. 也不知道崔寧將他走了, 見在[77]潭州住.

時光似箭, 日月如梭, 也有一年之上. 忽一日方早開門, 見兩箇著皂衫[78]的, 一似虞候府幹打扮, 入來鋪裏坐地, 問道: "本官聽得說有箇行在崔待詔, 教請過來做生活." 崔寧分付了家中, 隨這兩箇人到湘潭縣[79]路上來. 便將崔寧到宅裏相見官人, 承攬了玉作生活, 回路歸家. 正行間, 只見一箇漢子, 頭上帶箇竹絲笠兒, 穿著一領白段子兩上領布衫, 青白行纏扎著褲子口, 著一雙多耳麻鞋[80], 挑著一箇高肩擔兒, 正面來, 把崔寧看了一看, 崔寧卻不見這漢面貌, 這箇人卻見崔寧, 從後大踏步尾著崔寧來. 正是: 誰家稚子鳴榔板[81], 驚起鴛鴦兩處飛. 這漢子畢竟是何人? 且聽下回分解.

竹引牽牛花滿街, 疏籬茅舍月光篩. 琉璃盞內茅柴酒[82], 白玉盤中簇豆梅[83]休懊惱, 且開懷, 平生贏得笑顏開. 三千里地無知己, 十萬軍中掛印來.

這隻「鷓鴣天」詞是關西秦州雄武軍[84]劉兩府[85]所作. 從順

---

76) 日逐 : 날마다.

77) 見在 : 現在.

78) 皂衫 : (관원이 입는) 검은 도포.

79) 湘潭縣 : 潭州.

80) 多耳麻鞋 : 올가미가 많이 있는 麻로 만든 신.

81) 榔板 : 어부가 고기잡이할 때 뱃가를 두드리는 나무판자.

82) 茅柴酒 : 쓰고 독한 술의 일종.

83) 簇豆梅 : 소금에 절여 시고 짠 맛이 나는 매실 말랭이.

昌[86]大戰之後, 閑在家中, 寄居湖南潭州湘潭縣. 他是箇不愛財的名將, 家道貧寒, 時常到村店中吃酒. 店中人不識劉兩府, 歡呼囉咞[87]. 劉兩府道: "百萬番人[88], 只如等閑, 如今卻被他們誣罔!" 做了這只「鷓鴣天」, 流傳直到都下. 當時殿前太尉[89]是楊和王[90], 見了這詞, 好傷感: "原來劉兩府直恁孤寒!" 教提轄官[91]差人送一項錢與這劉兩府. 今日崔寧的東人[92]郡王, 聽得說劉兩府恁地孤寒, 也差人送一項錢與他, 卻經由潭州路過. 見崔寧從湘潭路上來, 一路尾著崔寧到家, 正見秀秀坐在櫃身子裏, 便撞破他們道: "崔大夫, 多時不見, 你卻在這裏. 秀秀養娘他如何也在這裏? 郡王教我下書來潭州, 今日遇著你們. 原來秀秀養娘嫁了你, 也好." 當時嚇殺崔寧夫妻兩箇, 被他看破. 那人是誰? 卻是郡王府中一箇排軍[93], 從小伏侍郡王, 見他樸實, 差他送錢與劉兩府. 這人姓郭名立, 叫做郭排軍. 當下夫妻請住郭排軍, 安排酒來請他, 分付道: "你到府中千萬莫說與郡王知道!" 郭排軍道: "郡王怎知得你兩箇

---

84) 秦州 : 지금의 甘肅省 天水縣. ‖ 雄武軍은 河北省 薊縣 동북쪽 지명.

85) 劉兩府 : 南宋 抗金의 명장 劉錡.

86) 順昌 : 지금의 安徽省 阜陽縣. 남송 高宗 紹興 10년(1140) 여름에 劉錡가 삼만 여 군사를 이끌고 이곳에서 金 군대와 싸워 크게 승리했다.

87) 囉咞(라조 luó zào) : 시끌벅적하게.

88) 番人 : 오랑캐.

89) 殿前太尉 : 宋代 최고의 一級武官.

90) 陽和王 : 南宋의 名將 楊存中(?-1166)으로, 본명은 沂中이며 자는 正甫. 사후에 和王이란 칭호를 받았다.

91) 提轄官 : 宋代 文官·武官 모두 提轄官이나 여기서는 사무관리를 보는 관원을 가리킨다.

92) 東人 : 主人.

93) 排軍 : 일반 軍卒의 속칭.

在這裏. 我沒事, 卻說甚麼." 當下酬謝了出門, 回到府中, 參見郡王, 納了回書, 看著郡王道: "郭立前日下書回, 打潭州過, 卻見兩箇人在那裏住." 郡王問: "是誰?" 郭立道: "見秀秀養娘並崔待詔兩箇, 請郭立吃了酒食, 教休來府中 說知." 郡王聽說便道: "叵耐[94]這兩箇做出這事來, 卻如何直走到那裏?" 郭立道: "也不知他仔細, 只見他在那裏住地[95], 依舊掛招牌做生活." 郡王教幹辦[96]去分付臨安府, 即時差一箇緝捕使臣, 帶著做公的[97], 備了盤纏[98], 徑來湖南潭州府, 下了公文, 同來尋崔寧和秀秀. 卻似: 皂雕[99]追紫燕, 猛虎啖羊羔.

不兩月, 捉將兩箇來, 解到府中. 報與郡王得知, 即時升廳. 原來郡王殺番人時, 左手使一口刀, 叫做 "小青"; 右手使一口刀, 叫做 "大青". 這兩口刀不知剁了多少番人. 那兩口刀, 鞘內藏著, 掛在壁上. 郡王升廳, 眾人聲喏, 即將這兩箇人押來跪下. 郡王好生焦躁, 左手去壁牙[100]上取下 "小青", 右手一揮, 揮刀在手, 睜起殺番人的眼兒, 咬得牙齒剝剝地響. 當時嚇殺夫人, 在屏風背後道: "郡王, 這裏是帝輦之下[101], 不比邊庭上面, 若有罪過, 只消[102]解[103]去臨安府施行, 如何胡亂凱[104]得人?" 郡王聽說道:

---

94) 叵(파 pǒ)耐 : 원래는 '견딜 수 없다'는 뜻. 여기서는 '감히 어찌하여'의 의미.
95) 住地 : 住着. 조기 白話에서 동사 뒤의 '地'는 지금의 '着'에 해당한다.
96) 幹辦 : 심부름꾼. 執事.
97) 做公的 : 졸개. 심부름꾼.
98) 盤纏(전 chán) : 여비.
99) 皂(조 zào)雕 : 사나운 검은 매.
100) 壁牙 : 벽에 물건을 걸게 만든 못이나 나무걸대.
101) 帝輦(연 niǎn)之下 : 황제가 거주하는 지방. 수도를 뜻함. '輦'은 황제의 수레.
102) 只消 : 只須. ……하면 되다.

"叵耐這兩箇畜生逃走，今日捉將來，我惱了，如何不凱？既然夫人來勸，且捉秀秀入府後花園去，把崔寧解去臨安府斷治."當下，喝賜[105]錢酒，賞犒捉事人.解這崔寧到臨安府，一一從頭供說："自從當夜遺漏，來到府中，都搬盡了.只見秀秀養娘從廊下出來，揪住崔寧道：'你如何安手在我懷中？若不依我口，教壞了你!'要共崔寧逃走.崔寧不得已，只得與他同走.只此是實."臨安府把文案呈上郡王，郡王是箇剛直的人，便道："既然恁地，寬了崔寧，且與從輕斷治.崔寧不合[106]在逃，罪杖，發遣建康府居住."

　　當下，差人押送.方出北關門[107]，到鵝項頭，見一頂轎兒，兩箇人抬著，從後面叫："崔待詔，且不得去!"崔寧認得像是秀秀的聲音，趕將來又不知恁地，心下好生疑惑.傷弓之鳥，不敢攬事，且低著頭只顧走.只見後面趕將上來，歇了轎子，一箇婦人走出來，不是別人，便是秀秀，道："崔待詔，你如今去建康府，我卻如何？"崔寧道："卻是怎地好？"秀秀道："自從解你去臨安府斷罪，把我捉入後花園，打了三十竹篦，遂便趕我出來.我知道你建康府去，趕將來同你去."崔寧道："恁地卻好."討了船，直到建康府.押發人自回.若是押發人是箇學舌的，就有一場是非出來.因曉得郡王性如烈火，惹著他不是輕放手的；他又不是王府中人，去管這閒事怎地？況且崔寧一路買酒買食，奉承得他好，回去時就隱惡而揚善了.

---

103) 解 : 압송하다.

104) 凱 : '砍'의 借字. 죽이다.

105) 喝賜 : 상을 내리다.

106) 不合 : 不該. ……할 수 없다.

107) 北關門 : 餘杭門. 臨安城 북쪽에 있는 문.

再說崔寧兩口在建康居住，　既是問斷了，　如今也不怕有人撞見，　依舊開簡碾玉作鋪．　渾家[108]道：“我兩口卻在這裏住得好，　只是我家爹媽自從我和你逃去潭州，兩簡老的吃了些苦．當日捉我入府時，　兩簡去尋死覓活，　今日也好教人去行在取我爹媽來這裏同住.” 崔寧道：“最好.”便教人來行在取他丈人丈母，寫了他地理腳色[109]與來人．到臨安府尋見他住處，問他鄰舍，指道：“這一家便是.”來人去門首看時，只見兩扇門關著，一把鎖鎖著，一條竹竿封著．問鄰舍：“他老夫妻那裏去了？”鄰舍道：“莫說！他有簡花枝也似女兒，獻在一簡奢遮去處[110]．這簡女兒不受福德，卻跟一簡碾玉的待詔逃走了．前日從湖南潭州捉將回來，送在臨安府吃官司，那女兒吃郡王捉進後花園裏去．老夫妻見女兒捉去，就當下尋死覓活，至今不知下落，只恁地關著門在這裏.”來人見說，再回建康府來，兀自未到家．

　　且說崔寧正在家中坐，　只見外面有人道：“你尋崔待詔住處？這裏便是.”崔寧叫出渾家來看時，不是別人，認得是璩父璩婆，都相見了，喜歡的做一處．那去取老兒的人，隔一日才到，說如此這般，尋不見，卻空走了這遭，兩簡老的且自來到這裏了．兩簡老人道：“卻生受[111]你，我不知你們在建康住，教我尋來尋去，直到這裏.”其時四口同住，不在話下．

　　且說朝廷官裏[112]，一日到偏殿看玩寶器，拿起這玉觀音來看.

---

108) 渾家：妻子. 아내.

109) 脚色：모습이나 나이, 신분 등.

110) 奢遮去處：대단한 곳.

111) 生受：힘들게 하다. 수고를 끼치다.

112) 官裏：민간의 황제에 대한 지칭.

這箇觀音身上, 當時有一箇玉鈴兒, 失手脫下. 即時問近侍官員: "卻如何修理得?" 官員將玉觀音反覆看了, 道: "好箇玉觀音! 怎地脫落了鈴兒?" 看到底下, 下面碾著三字: "崔寧造". "怎地容易, 旣是有人造, 只消得宣這箇人來, 敎他修整." 敕下郡王府, 宣取碾玉匠崔寧. 郡王回奏: "崔寧有罪, 在建康府居住." 即時使人去建康, 取得崔寧到行在歇泊了, 當時宣崔寧見駕, 將這玉觀音敎他領去, 用心整理. 崔寧謝了恩, 尋一塊一般的玉, 碾一箇鈴兒接住了, 御前交納. 破分[113]請給養了崔寧, 令只在行在居住. 崔寧道: "我今日遭際[114]御前, 爭得氣, 再來淸湖河下, 尋間屋兒開箇碾玉鋪, 須不怕你們撞見!" 可煞[115]事有鬪巧[116], 方纔開得鋪三兩日, 一箇漢子從外面過來, 就是那郭排軍. 見了崔待詔, 便道: "崔大夫恭喜了! 你卻在這裏住?" 抬起頭來, 看櫃身裏卻立著崔待詔的渾家. 郭排軍喫了一驚, 拽開腳步就走. 渾家說與丈夫道: "你與我叫住那排軍! 我相問則箇." 正是: 平生不作皺眉事, 世上應無切齒人.

崔待詔即時趕上扯住, 只見郭排軍把頭只管側來側去, 口裏喃喃地道: "作怪, 作怪!" 沒奈何, 只得與崔寧回來, 家中坐地. 渾家與他相見了, 便問: "郭排軍, 前者我好意留你喫酒, 你卻歸來說與郡王, 壞了我兩箇的好事. 今日遭際御前, 卻不怕你去說." 郭排軍喫他相問得無言可答, 只道得一聲 "得罪!", 相別了, 便來到府裏, 對著郡王道: "有鬼!" 郡王道: "這漢則甚[117]?" 郭立道: "告恩王,

---

113) 破分 : 파격적으로.
114) 遭際 : 중시되다. 상을 받다.
115) 可煞(살 shà) : 몹시. 아주.
116) 鬪巧 : 공교롭다.
117) 則甚 : 做甚麼? 뭘 하자는 것인가?

有鬼!" 郡王問道: "有甚鬼?" 郭立道: "方才打清湖河下過, 見崔寧開箇碾玉舖, 卻見櫃身裏一箇婦女, 便是秀秀養娘." 郡王焦躁道: "又來胡說! 秀秀被我打殺了, 埋在後花園, 你須也看見, 如何又在那裏? 卻不是取笑我?" 郭立道: "告恩王, 怎敢取笑! 方纔叫住郭立, 相問了一回. 怕恩王不信, 勒下軍令狀了去." 郡王道: "真箇在時, 你勒軍令狀來!" 那漢也是合苦, 真箇寫一紙軍令狀[118]來. 郡王收了, 叫兩箇當直的轎番, 抬一頂轎子, 教: "取這妮子[119]來. 若真箇在, 把來凱取一刀; 若不在, 郭立, 你須替他凱取一刀!" 郭立同兩箇轎番來取秀秀. 正是: 麥穗兩岐, 農人難辨.

郭立是關西人, 樸直, 卻不知軍令狀如何胡亂勒得! 三箇一徑來到崔寧家裏, 那秀秀兀自在櫃身裏坐地, 見那郭排軍來得恁地慌忙, 卻不知他勒了軍令狀來取你. 郭排軍道: "小娘子, 郡王鈞旨, 教來取你則箇." 秀秀道: "既如此, 你們少等, 待我梳洗了同去." 即時入去梳洗, 換了衣服出來, 上了轎, 分付了丈夫. 兩上轎番便抬著, 逕到府前. 郭立先入去, 郡王正在廳上等待. 郭立唱了喏, 道: "已取到秀秀養娘." 郡王道: "着[120]他入來!" 郭立出來道: "小娘子, 郡王教你進來." 掀起簾子看一看, 便是一桶水傾在身上, 開著口, 則合不得, 就轎子裏不見了秀秀養娘. 問那兩上轎番道: "我不知, 則見他上轎, 抬到這裏, 又不曾轉動." 那漢叫將入來道: "告恩王, 恁地真箇有鬼!" 郡王道: "卻不叵耐!" 教人: "捉這漢, 等我取過軍令狀來, 如今凱了一刀. 先去取下 '小青' 來." 那漢從

---

118) 軍令狀 : 군대에서 임무완수를 보증하는 문서로, 임무를 완수하지 못했을 때 최고로 엄한 처분을 받겠다고 명시한다.

119) 妮子 : 하녀. 계집.

120) 着 : 敎. ……하게 하다.

來伏侍郡王，身上也有十數次官了，蓋緣[121]是粗人，只教他做排
軍．這漢慌了道：“見有兩箇轎番見證，乞叫來問．”即時叫將轎番
來道：“見他上轎，抬到這裏，卻不見了．”說得一般，想必真箇有
鬼，只消得叫將崔寧來問．便使人叫崔寧來到府中．崔寧從頭至尾
說了一遍，郡王道：“恁地又不幹崔寧事，且放他去．”崔寧拜辭去
了．郡王焦躁，把郭立打了五十背花棒[122]．崔寧聽得說渾家是鬼，
到家中問丈人丈母．兩箇面面廝覷[123]，走出門，看著清湖河裏，撲
通地都跳下水去了．當下叫救人，打撈，便不見了屍首．原來當時
打殺秀秀時，兩箇老的聽得說，便跳在河裏，已自死了，這兩箇也
是鬼．崔寧到家中，沒情沒緒，走進房中，只見渾家坐在床上．崔
寧道：“告姐姐，饒我性命！”秀秀道：“我因為你，吃郡王打死了，
埋在後花園裏．卻恨郭排軍多口，今日已報了冤仇，郡王已將他打
了五十背花棒．如今都知道我是鬼，容身不得了．”道罷起身，雙手
揪住崔寧，叫得一聲，四肢倒地．鄰舍都來看時，只見：兩部脈盡
總皆沉，一命已歸黃壤下．崔寧也被扯去，和父母四箇，一塊兒做
鬼去了．後人評論得好：

> 咸安王捺不下烈火性，郭排軍禁不住閑磕牙[124]．
>
> 璩秀娘舍不得生眷屬，崔待詔撇不脫鬼冤家[125]．

---

121) 蓋緣：蓋는 大概，緣은 因為．아마 …… 때문에．

122) 背花棒：등을 치는 무거운 몽둥이．

123) 面面廝覷(시처 sī qù)：서로 얼굴을 마주보다．

124) 閑磕(개 kē)牙：한담하다．헛소리하다．

125) 冤家：원수．여기서는 사랑하는 사람이나 배우자에 대한 원망 섞인 애칭．

京本通俗小說第十五卷

錯斬崔寧

聰明伶俐自天生　憒憒癡呆未必真
嫉妬每因眉睫淺　戈予時起舌端深
九曲黄河心較險　十重鐵甲面堪憎
時因酒色亡家國　幾見詩書誤好人

這首詩單表為人難處只因世路窄狹人心叵
測大道远人情萬端熙熙攘攘都為利來蚩
蚩蠢蠢皆納禍去持身保家方千反覆所以古
人云嘗有為嘗尖有為尖嘗尖之間最宜謹慎

繆荃孫　刻本『京本通俗小說』

제 4 장

명대
소설

I. 전에 없었던 백화소설의 번영

백성의 부담이 줄고 생활이 안정되어 원기가 회복되었던 명초 이래 백 여 년 동안 그 번영과 안정이 이어졌고, 농업 경제가 회복될 수 있었다. 명대 중·후기에 와서는 상품경제가 눈에 띄게 발전하였는데, 가정嘉靖·만력萬曆 연간(1522-1619)에 이르러 정치는 부패하였지만 상품경제는 오히려 한층 번성하였다. 특히 소주蘇州·항주杭州 일대의 많은 전통적 농업촌락이 상공업 위주의 도시로 변모하였고, 이러한 상품경제의 발전에 따라 시민계층이 빠르게 성장하였다. 또한 그들의 정신적 수요를 반영하는 통속문예도 그에 상응하여 흥성하기 시작했다. 명대 중·후기의 문화계는 사상적으로 느슨한 상황이 전개되면서 이지李贄·서위徐渭·탕현조湯顯祖·원굉도袁宏道·풍몽룡馮夢龍 등을 대표로 하는 개성해방사조가 형성되었다. 이러한 사조가 문학영역에 표현된 것 중의 하나는 이들이 소설을 비롯한 여러 통속문학의 지위를 높여야 한다고 주장했다는 점이다. 이지는 "시는 왜 반드시 고시에서 찾아야 하며 문장은 왜 구태여 선진에서 찾아야 하는가? 내려와 육조에 이르렀고, 변해서 근체가 되었고, 다시 전기로 변하고,

〖天許齋批點北宋三邃平妖傳四十回〗明 泰昌元年(1620年) 刻本

다시 원본院本이 되며 잡극이 되었고, 「서상기西廂記」나 「수호전水滸傳」
이 되었고, 다시 지금의 과거시험용 문장이 되었던 것이니, 고금의
모든 빼어난 문장은 시대의 추세에 따라 그 선후를 논할 수는 없는
일이다.詩何必古選, 文何必先秦, 降而爲六朝, 變而爲近體, 又變而爲傳奇, 變而爲院本,
爲雜劇, 爲「西廂記」, 爲「水滸傳」, 爲今之擧子業, 皆古今至文, 不可得而時勢先後論也.”
(「동심설童心說」)고 하며 소설과 희곡을 정통문학과 대등한 입장에서
논하였다. 명말 통속문예의 대가인 풍몽룡 역시 대담하게 통속소설의
감화·교육작용은 「효경」·「논어」와 같은 유가 경전을 초월한다고
주장하였다.

 백화소설의 거대한 예술적 잠재력은 명대에 와서 비로소 충분히
증명되었다. 명대는 백화소설이 전에 없이 번영을 누리며 큰 성과를

이루어낸 시대이다. 소설은 상류사회의 멸시와 압박에도 굴하지 않고 시민계층의 정신적 수요 속에서 왕성하게 발전하였는데, 특히 명대 장편소설의 성취는 주목할 만하다. 고대 장편소설의 유일한 형식은 장회소설로, 이것은 송·원 강사講史화본에서 발전되어 온 것이다. 강사는 한번으로 끝마치지 못하여 연속으로 여러 차례 이야기를 진행해야 했는데, 그 한 차례마다 소설의 1회에 상응한다. 그리하여 장편소설 각 회의 결미에는 항상 "다음 이야기가 어떻게 되는지 알고 싶으면 다음 회의 설명을 들으시오.欲知後事如何, 且聽下回分解"라는 말이 있고, 소설 중간에는 늘 '이야기하자면說話', "여러분看官" 등의 글자가 등장하는데, 이는 바로 화본으로부터 발전해 온 흔적이다. 송·원의 화본이라는 배태단계와 희곡이라는 자양성분을 통하여 원·명 시대에는 일련의 장회소설이 출현하였는데, 「삼국연의三國演義」·「평요전平妖傳」·「수호전水滸傳」 등이 그 예이다. 이러한 소설들은 모두 대대로 전하여 내려오던 강창 과정에서 부단히 수정되고 증보되며 윤색되었고, 마지막에 작가에 의해 최종 마무리되었던 작품들이다.

송·원 이래로 장편소설은 대개 역사고사나 신화전설에서 제재를 취하였다. 그러나 명대 중·후기에 출현한 장편소설 「금병매金瓶梅」는 이러한 전통을 깨뜨리고 색다른 길을 모색하였는데, 현실사회 속의 평범한 인물과 가정의 일상생활을 제재로 삼는 '인정소설'의 효시를 개척하면서 중국 고대소설이 현실주의라는 노선으로 나아가는 매우 중요한 걸음을 내딛었다.

명대의 백화단편소설이 "인정세태의 갈림길을 잘 그려내고 슬픔과 기쁨, 이별과 만남의 정취를 잘 묘사한極摹人情世態之岐, 備寫悲歡離合之致" 것은 바로 송·원 화본의 계승과 발전이었기 때문이다. 명대 화본은 점차 책상 위의 열독閱讀문학으로 발전하였고, 시민계층의 정신생활의 수요와 인쇄업의 발달은 화본을 모방하여 백화단편소설을 창작하려는 문인들의 관심을 자극하였는데, 명대 중엽 이후로 이러한 '모방화본擬話本'이 갈수록 더 흥성해져갔다. 모방화본은 송·원 화본의 주요 성격인 줄거리에 치중하고 언어가 통속적인 점, 리듬이 비교적 빠른 점, 세태를 주로 묘사한 점, 언어와 행동을 통해 인물의 사상과 성격을 묘사한 점 등 일련의 특징을 두루 받아들였고, 여기서 세밀한 묘사와 주인공 심리묘사를 중시하는 방향으로 더 발전해 나갔다. 천계天啓 연간(1621-1627)에 풍몽룡이 '삼언三言'을 편찬하였는데, 그 중에는 송·원 화본과 명대 사람이 새로 창작한 '모방화본'도 들어 있다. 숭정崇禎 연간(1628-1644)에 능몽초凌濛初도 「초각박안경기初刻拍案驚奇」·「이각박안경기二刻拍案驚奇」(합하여 '이박二拍'이라 부름)라는 두 권의 모방화본 소설집을 창작하였다. 명대의 백화단편소설은 한층 융통성 있는 형식을 통해 광범한 사회생활을 더욱 시의적절하게 반영할 수 있었다.

명대 백화소설의 급격한 발전 과정을 통해 중국 고전소설은 사전史傳문학의 전통적인 속박과 영향에서 명실상부하게 벗어나게 되었고, 민중과 그들의 생활에 더욱 접근하여 활력과 생기가 한층 넘치게 되었다. 전체적으로 보면, 명대의 백화소설은 대개 세속화된 제재, 사실적인 수법, 생활에 부합하는 언어를 활용하였다. 작자의 안목이 역사로부터 현실 인생으로 전환되었고, 관심 역시 역사의 공적과 흥망성쇠에서 정욕과 비환悲歡으로 바뀌었으며, 세태를 묘사하는 성분이 갈수록 중시되면서 전통적인 서사예술 형식에 새로운 발전이 일어나기 시작했다.

2. 「삼국연의三國演義」

1. 만들어진 과정

양진兩晋·남북조시기에 삼국에 관한 고사가 이미 민간에 광범위하게 유전되고 있었다. 당시의 필기소설, 예컨대 배계裴啓의 「어림語林」, 유의경의 「세설신어」 등에서도 일부 삼국 인물의 일화를 기록하고 있다. 남조 송나라 배송지裴松之는 사서史書 「삼국지」에 주를 달면서 한말과 삼국 이래의 역사 자료를 대량 인용하였는데, 이들 역사 자료는 후에 삼국 고사 창작에 풍부한 소재를 제공하였다. 수·당 때 삼국 고사는 시가와 잡희雜戲 등 형식을 통해 민간이나 궁정 속으로 한층 깊숙이 파고들었다. 북송 때에 와서 삼국 고사는 이미 민간예술인이 즐겨 강창講唱하는 주요 제재가 되었으며, 이때부터 벌써 '유비를 존숭하고 조조를 폄하하는尊劉貶曹' 경향이 형성되어 있었다. 원 잡극 중에도 삼국에 관한 희곡이 매우 많은데, 원 잡극 700 여 작품 중에 삼국과 관련된 희곡의 제목이 거의 60 여 종이나 된다. 관한경關漢卿·왕실보王實甫·고문수高文秀·무한신武漢臣 등과 같은 저명한 원 잡극 작가들은 모두 영향력 있는 삼국 관련 희곡을 창작하였고, 이 시대에는 또한 삼국고사를 강설講說한 장편화본 「삼국지평화三國志平話」가 등장했다. 「삼국지평화」는 민간문학 색채가 농후하며, '유비를 존숭하고 조조를 폄하하는' 경향이 매우 뚜렷하다. 이 장편화본이 바로 「삼국연의」의 전체적인 구성과 인물 창조의 저본이 되었던 것이다. 삼국고사는 각종 통속문예에서 온양되는 과정을 거치면서 관련 사료들을 바탕으로 삼고 그 위에 허구적 성분을 첨가함으로써 인물형상이 한층 생동적으로 변화했다. 원·명 교체기에 나관중은 이처럼 오랜 기간 이어진 민중 창작을 토대로 삼아 각고의 노력으로 재창조 작업을 이룩

〖 全像三國志演義〗 明 萬曆十九年(1591年) 校刻本

함으로써 마침내 장편 역사소설 「삼국연의」가 완성되었다. 이는 중국 고전소설사에서 가장 우수한 역사소설이면서, 또한 최초의 장편소설인 셈이다.

나관중羅貫中은 원말·명초의 소설가 겸 희곡 작가로, 이름은 본本이고, 자가 관중이며, 호는 호해산인湖海散人이다. 항주 사람이고, 본관은 산서山西 태원太原이다. 전하는 바에 의하면 그는 일찍이 반원反元 투쟁에 참가하였고, 오왕吳王 장사성張士誠의 막료로 들어갔다고 한다. 명 왕조가 건립된 후, 나관중은 정치를 떠나 소설과 희곡 창작에 전력을 쏟았는데 현재 그의 이름으로 된 소설 작품은 「삼국지통속연의三國志通俗演義」·「수당양조지전隋唐兩朝志傳」·「삼수평요전三遂平妖傳」·

「잔당오대사연의전殘唐五代史演義傳」 등이 있다. 「백천서지百川書志」 권6에서는 「수호전」 100권을 기록하면서 "전당시내암적본, 나관중편차錢塘施耐庵的本, 羅貫中編次"라 적었고, 천도외신서본天都外臣叙本과 원무애간본袁無涯刊本에서도 시내암과 나관중의 이름이 나란히 적혀 있다. 이러한 상황으로 볼 때, 나관중이 「수호전」의 창작 과정에도 참여했을 가능성이 있다고 볼 수 있다.

「삼국연의」가 이루어진 과정은 천 여 년이 넘는데, 이 과정에서 수 없는 무명씨들의 수정과 보충 및 윤색 작업을 거쳤다. 이 과정에서 가장 중요한 시기는 민족과 계층 간 갈등이 첨예했던 송 · 원 시기였다. 또한 「삼국연의」의 문장 소재가 주로 진수陳壽의 「삼국지」였기에 역사서 중의 유가 사학史學 관념과 윤리 관념이 소설 속에 강하게 스며들었을 것이다. 삼국 고사는 오랫동안 민간에서 유행하였고, 삼국 관련 희곡의 관중 역시 주로 민중이었으므로 이들 고사와 희곡은 청중들의 평가와 수용 과정을 거치는 동안 민중의 언어와 사상, 생활경험 속에서 풍부한 자양분을 흡수하였고, 그들의 애증을 폭넓은 범위에서 구현하게 되었던 것이다.

역사소설로서 「삼국연의」는 기본적으로는 역사사실을 중시하였으나 소설 중 이채로운 부분에서는 흔히 허구와 상상을 불어넣었다. 예를 들어, 역사서에서는 유비가 제갈량이 산을 나오도록 청하는 일이 매우 간략하게 기재되어 있는데, 소설의 작자는 오히려 유비의 삼고초려三顧草廬라는 대단락을 설정해 유려한 문자로 부연해 내었다. 또한 역사서에는 관우를 언급한 자료가 매우 적으나, 소설 중에는 의외로 "술이 식기 전에 화웅을 목 베다溫酒斬華雄", "세 영웅이 여포와 싸우다三英戰呂布", "오관을 지나며 여섯 장군을 목 베다過五關、斬六將", "칼 한 자루 가지고 연회에 나아가다單刀赴會", "7군을 수몰시키다水淹七軍" 등 일련의 감격적이고 눈물겨운 고사들이 서술되고 있다. 「삼국연의」 속의 이런 빼어난 대목들은 대부분 민간전설이라는 뿌리 깊은 토대 위에서 이루어진 것이다.

2. 사상 경향

「삼국연의」가 오랜 성서成書과정을 거친 점, 소재의 근원이 비할 데 없이 복잡한 점 등은 「삼국연의」 사상 경향의 복잡성을 직접적으로 야기했다. 앞에서 말한 바와 같이, 나관중이 「삼국연의」를 편찬할 때 그가 모은 재료는 매우 복잡한 양상이었다. 정사·야사·민간 전설·원 잡극 중의 삼국 관련 희곡 등과 더불어 역대 문인 중 삼국인물의 고사를 읊은 시·문·사부가 있었고, 또한 삼국을 언급한 지괴·지인 소설과 삼국 인물이 직접 남긴 시문도 있었다. 또한 「삼국지」의 배송지裵松之 주에서는 200 여 종의 책을 인용하였다. 이러한 자료들은 위진에서부터 송·원까지 역사의 시공을 뛰어넘었고, 시대와 지위 및 교양 정도가 각기 다른 무수한 작가들과 독자들의 애증과 포폄을 반영하는 것이었다. 이처럼 복잡하고 방대한 자료들 저마다의 사상 경향이 동시에 「삼국연의」에 섞여 들었기에 나관중이 이들 하나하나의 사상을 완전히 일치하도록 개조하여 묘사하기란 힘든 일이었다. 그래서 「삼국연의」의 사상 경향은 상당히 복잡할 수 밖에 없게 된 것이다.

그럼에도 불구하고 원초적으로 보자면 「삼국연의」의 주된 경향은 역시 '유비를 옹호하고 조조를 반대하는擁劉反曹' 측면이 강하다. 이러한 경향은 민간전설에서 비롯된 묘사 속에 두드러지고, 또한 조조를 비난하는 경향이 두드러진 야사에서 나온 묘사 중에서 자주 표현된다. 예를 들어「조만전曹瞞傳」에는 조조에 대한 폭로와 풍자가 많은데,「삼국연의」가운데「조만전」에서 채록된 묘사는 자연스럽게 조조를 강하게 비난하는 경향을 띤다. 나관중은 각종 자료들을 채록하면서 분명 자료들 간의 모순을 최소화시키는 데 상당한 주의를 기울였다. 이 문제를 아주 세밀하게 완벽히 처리해내지는 못했다 할지라도 적어도 전체적으로 볼 때「삼국연의」의 여러 묘사들은 최소한 적벽 싸움 이후로는 유비를 옹호하고 조조를 반대하는 흐름 속에서 대체적인 조화와 통일을 이루고 있다.

유비와 제갈량 쪽은 어진 임금과 관대한 정치에 대한 민중들의 동경을 직접 혹은 간접적으로 반영하였고, 조조 쪽에 대한 묘사에서는 간신과 권세를 잡은 신하에 대한 민중들의 증오를 반영하였다. 적벽 싸움 이전에 조조의 대립 세력은 동탁과 원소였는데, 작자는 조조에 대해 '능력 있는 신하能臣'라는 일면을 더 많이 묘사하였다. 적벽 싸움 이후 유비 세력과 조위曹魏 세력의 대립이 소설 묘사의 주요 줄거리가 되면서 작자는 조조의 '간사한 영웅奸雄'으로서의 일면을 한층 더 부각시켰다. '유비를 옹호하고 조조를 반대하는' 경향이 점차적으로 명확해지기 시작한 것이다.

3. 전쟁 묘사

「삼국연의」의 전쟁묘사는 참으로 뛰어나다. 삼국시기의 통일전쟁은 두서가 복잡하고 이리저리 얽혀 있다. 작가는 유비와 조조라는 두 명의 주요 대립인물을 선택하여 이야기를 구성하였고, 손권孫權 세력을 그들 사이의 위·촉 전쟁을 보조하여 두드러지게 만드는 역할로 삼았다. 작품은 서술 방식 면에서「좌전」과「사기」에서 전쟁을 묘사할 때

상용했던 전통적 수법을 계승하였다. 작자는 전쟁을 단순한 군사적 대항으로 보지 않고 종합적인 사회현상으로 보았다. 그래서 단순히 전쟁의 긴장감이나 흥미진진함만을 추구하는 것이 아니라 인물을 중심에 두고 그 인물의 개성과 결합시켜 전쟁을 묘사함으로써 사람의 역할과 전쟁의 승패를 좌우하는 원인을 부각시켰다. "장막 안에서 전술 전략을 세우는 것運籌帷幄之中"을 중점적으로 묘사하였고, "천리 밖에서 승부를 결정짓는 것決勝千里之外"은 중시하지 않았다.

「삼국연의」 중에는 전쟁 묘사가 많은데, 그 중에서도 적벽 싸움과 관련된 묘사는 최고의 경지에 이르렀다. 이것은 손권과 유비라는 두 세력이 처음으로 연합하여 공동으로 조조를 제압한 전쟁이다. 쌍방의 역량은 원래 큰 차이가 있었지만 전쟁의 결과는 연합군의 승리였다. 약한 자가 강한 자를 싸워 이긴 것이다. 작자는 우세와 열세, 능동적인 것과 피동적인 것, 강자와 약자 사이가 서로 변환되는 과정을 상세하게 묘사했다. 제갈량의 방침은 먼저 연합군 내부를 단결시키고 이를 공고히 하는 것이었다. 그는 학자들과 설전을 벌이며 화친과 전쟁, 이익과 손해에 대해 진술하였고, 동오東吳 세력을 단단히 확보함으로써 북쪽으로 조조에 대항하고자 하는 손권의 결심을 재촉하였다. 주유는 수군의 우세를 이용하여 연거푸 조군曹軍의 날쌘 기세를 꺾는데, 조조가 모든 주의력을 "수水"에 집중시켰을 때 주유와 제갈량은 오히려 조군에게 "화火"라는 함정을 준비한다. 수군의 우두머리인 채모蔡瑁와 장윤張允이 사이가 벌어져 결국 피살당한 일, 황개黃盖가 위장 투항한 일, 방통龐統이 연환계連環計를 제시한 일 등은 화공의 조건을 점점 견고히 했다. 연속 8회라는 거대한 편폭으로 이 한 차례의 전쟁을 묘사하면서도 최후의 결전을 묘사한 문장은 의외로 매우 적은 비중을 차지하고 있을 뿐이다. 독자들은 앞부분의 묘사를 통해 조군이 반드시 패한다는 결론을 이미 내릴 수 있었으므로 정작 적벽이 불타는 부분에 와서는 많은 필치가 필요하지 않았던 것이다. 적벽 싸움 중에 주유와 제갈량의 지혜 겨루기를 삽입한 것은 연합군 내부에서의 손권과 유비 사이의 갈등 모순을 반영한 것이다. 연합군 내부 모순에 대한 묘사를 통해 제갈량이 어느 면에서도 주유보다 한 수 위임을 나타내었고, 사람들에게 "뛰는 자 위에 나는 자 있다.山外靑山樓外樓", "강한 자 위에 더 강한 자 있다.强中更有强中手"라는 느낌을 안겨준다. 적벽 대전의 묘사는 또한 "움직임 속에 고요함이 있는動中有靜" 문장법을 이용했고, 살기등등한 전투를 당겼다 늦추었다 하며 느슨하고 팽팽함이 조화를 이루도록 묘사하였다. 조맹덕曹孟德이 "긴 창을 옆에 차고 시를 짓는 것橫槊賦詩"과 더불어 방사원龐士元이 "등불을 돋우고 야간에 책을 읽는 모습挑燈夜讀"도 있다. 이렇듯 제대로 앉을 새도 없이 바쁠 때에도 꼭 편안한 거처를 만들어 내어 한가한 심정과 평안한 정취가 느껴지도록 한다. 이러한 긴장 속 한가한 장면의 삽입은 소설의 리듬을 조절하여 작품의 줄거리가 오로지 긴박감으로만 이어지는 단순함에 머물게 하지 않게 하고, 전쟁을 긴장과 이완의 적절한 조절 속에서 묘사함으로써 다양한 변화와 생동감이 한층 드러나게 된다.

4. 인물 묘사

「삼국연의」는 군사·정치 투쟁을 묘사하는 동시에 살아서 움직이는 듯한 생동적인 인물 형상을 창조해냈다. 그 중에서도 특히 조조·제갈량·관우 세 인물의 묘사는 백미로 꼽힌다.

조조의 출현은 사람들에게 복잡한 인상을 준다. 그는 소년 때는 제멋대로 방탕을 일삼았으나 그저 방탕 자체만을 일삼는 일반 부유층

자제와는 또한 다르다. 벼슬길에 들어서서는 법을 엄격하게 적용하여 시행하고 악정을 개혁하면서 미래의 뛰어난 정치가로서의 기백과 재량을 드러낸다. 작자의 동정심은 의심할 여지없이 유비와 제갈량 쪽에 치우쳐 있으나 결코 그 때문에 조조의 형상을 단순하게 처리하지는 않았다. 독자 앞에 드러나는 조조는 "나라가 잘 다스려질 때는 유능한 신하, 나라가 어지러울 때는 간사한 영웅治世之能臣, 亂世之奸雄"이라는 이중 형상이다. 그는 때로는 지극히 간사하면서도 때로는 놀랄 만큼 솔직하다. 간사하게 남을 속일 때는 그 속을 헤아리기 어렵지만, 솔직할 때는 마치 어린아이와 같다. 간혹 숨기고 드러내지 않아 꿍꿍이속일 때도 많지만 어느 때는 또 감정을 밖으로 드러내며 격렬하면서도 분방하다. 그는 모골이 송연하리만큼 잔인하면서도 반면에 아주 세심한 부분까지 살필 줄 아는 인정도 있다. 고집불통으로 남의 의견은 도무지 듣지 않고 거만하며 독단적으로 행동하는 면이 있는 동시에 대단히 겸허하게 남의 충고를 잘 받아들이는 면도 있다. 오늘 하찮은 원한이라도 생기면 잠시도 참지 못하고 반드시 되갚아야 하지만, 내일은 다시 도량이 커져서 호탕하게 과거의 잘못을 묻지 않고 아무리 큰 원한이라도 한 켠으로 치워둔다. 질투가 심하여 어떤 사람도 믿지 않으나 어느 때는 성심성의껏 교제하며 숨김없이 털어놓는다. 뛰어난 재능과 원대한 계략을 지닌 정치가이면서 다른 한편으로는 파렴치하면서도 이기적인 못난 인간이다. 주도면밀한 계획으로 전쟁에 나가 대부분 승리했지만 간혹 어이없이 실패하는 상황도 있다. 즉석에서 소리 높여 시를 읊는 시인, 인민을 살해하며 무덤을 파헤치는 포악한 인물은 놀랍게도 동일 인물이다. 이처럼 첨예하게 대립되는 사상과 성격이 자연스럽게 잘 어우러지면서 사람들은 결국 이것이 한 인물에게서 나왔음을 깨닫게 된다. 허유許攸와 조조의 만남이 아주 좋은 예이다. 오랜 친구사이인 그들은 아무 거리낌 없이 자주 만나서 군사軍事를 도모하였지만, 조조는 결코 군량이 다 떨어져 가는 속사정을 드러내지 않는다. 허유가 순옥荀彧에게 보낸 조조의 비밀 편지를 제시할 때서야 그는 비로소 군량이 다 떨어져 가는 사실을 어쩔 수 없이 인정한다. 조조와 같은 이러한 인물은 동한 말년이라는 어지러운 시대가 만들어낸 산물로서, 오직 "나라가 잘 다스려질 때는 유능한 신하, 나라가 어지러울 때는 간사한 영웅" 식의 인물만이 혼란한 정국을 수습할 수 있었기 때문이다. 조조의 군대는 중원의 절반을 통일했고, 연이어 일어난 사마司馬씨 부자가 전국을 통일했으나 그들은 단지 조조의 그림자일 뿐이다. "차라리 내가 천하 사람들을 저버릴지언정 천하 사람들이 나를 저버리도록 만들지는 않겠다.寧敎我負天下人、不敎天下人負我"는 조조의 처세철학은 그의 지혜, 재능, 권모술수와 결합하여 문학사에서 착취계층 정치가의 탁월한 전형을 만들어냈다. 이러한 조조 형상의 복잡성은 아래 세 가지 원인에 의해 조성되었다고 본다. 첫째, 역사상의 조조는 본래부터 복잡한 인물로서, 정사의 서술에서는 어쩔 수 없이 꺼려서 가리거나 미화한 바가 있었을 것이므로 조조에게 이롭지 않은 모든 기록을 사실이 아닌 비방의 글로만 단정하기는 어렵다. 둘째, 자료 자체가 매우 복잡하고 자료에 나타난 조조에 대한 태도도 제각각 다르다. 나관중이 이를 전부 받아들여 절충하고 조정하였으나 소재의 사상과 경향을 통일하는 작업이 그다지 섬세하지 못하였다. 셋째, 나관중이 의식적으로 유능한 신하와 간사한 영웅의 복잡한 형상을 창출해냈다. 결국 이런 배경 아래 만들어진 조조라는 형상 속에는 통치자에 대한 깊고 풍부한 민중의 인식이 응집되어 있는 것이다.

제갈량은 현명한 재상의 전형으로, 소설 제37회에 와서야 출현한다. 그의 출현은 정세의 방향을 갑자기 변화시키면서 위기에 빠졌던 국면을 만회시키는 작용을 일으킨다. 풀을 엮어 매단 배로 화살을 구한 일草船借箭, 주유를 세 차례 분통터지게 만든 일三氣周瑜, 지략으로 한중을 취한 일智取漢中, 다섯 방향의 군대를 조용히 물리친 일安居平五路, 맹획을 일곱 번 사로잡은 일七擒孟獲, 지혜로 강유를 얻은 일智收姜維 등 여러 고사에서 그의 선견지명, 풍부한 지혜와 계략, 정확한 지휘 등 대 정치가·지략가로서의 포부와 도량을 남김없이 표현해냈다. 유비가 죽은 후에도 제갈량은 지극히 충성스러운 마음으로 이미 정한 방침대로 계속 진행해나갔다. 그는 온 신심을 다 바쳐 전쟁을 지휘했고 자신을 엄하게 다스리며 충심이 변하지 않았다. 그는 유비 세력의 실제적인 핵심으로서, 그의 정책 결정은 촉한蜀漢의 생사존망과 관계가 있었다. 전체 작품으로 보면 제갈량이 산에서 나온 후에야 비로소 바람을 일으키고 구름을 움직이는 다채롭고 놀라운 대목이 이어지게 된다. 인물 묘사라는 각도에서 보면 제갈량은 전체 소설의 중심 위치에 있다. 극단적으로 말하자면 조조·손권·유비·주유·사마의를 포함해 그와 관련된 모든 인물들은 다 제갈량을 돋보이게 하는 역할을 하고 있다. 제갈량은 이러한 보조 배경 속에서 자연스럽게 "상대가 한 장 높이라면 이쪽은 열 장 높이魔高一丈, 道高十丈"라는 인상을 안겨주게 되는 것이다. 그는 모든 것을 미리 꿰뚫어 보지만 오히려 한 걸음 물러서 있다가 나중에 손을 써 적을 제압하기를 좋아했다. 공적이 탁월하였지만 결코 기세등등하지 않았고, 그 지혜가 다른 사람보다 훨씬 뛰어났지만 교만하지 않았으며, 마치 신령처럼 미래의 일을 예측하면서도 오히려 다른 사람들보다 더 세심하고 신중하였다. 설령 대군이 국경을 쳐들어온다 할지라도 그는 여전히 동요하지 않고 침착하게 제압하는데, 이것이 바로 제갈량의 매력이다.

「삼국연의」를 수정한 청대의 모종강毛宗崗은 일찍이 "나는 「삼국」에 세 가지 기이함이 있다고 보는데, 이를 삼절三絕이라 칭할 수 있겠다. 제갈공명이 그 일절이고, 관운장이 일절이며, 조조가 또한 일절이다. 吾以爲「三國」有三奇, 可稱三絕 : 諸葛孔明一絕也, 關雲長一絕也, 曹操亦一絕也."고 지적한 바 있다. 모종강이 언급한 이 '삼절'은 곧 제갈량의 지혜, 관우의 의로움, 조조의 간사함을 가리키는 말이다. 이런 모종강의 인물에 대한 이해 방식은 물론 더 따져볼 부분이 있긴 하지만, 제갈량·관우·조조라는 이 세 인물은 분명 가장 절묘하게 묘사되고 있다. 조조와 제갈량은 이미 앞에서 서술한 바와 같고, 관우 또한 불후의 문학적 전형이라 할 수 있다. 그는 용감하여 전투에 능숙했고, 무예가 남달리 뛰어나 유비 세력을 위해 불후의 공적을 이룩했다. 그는 또한 의를 대단히 중요시하여 온갖 어려움을 겪으면서도 끝까지 배반하지 않았다. 그러나 그의 '의'는 개인적인 은혜와 원한에 치우쳐 심각한 한계를 가지고 있다. 화용도貨容道에서 조조의 옛 은혜에 보답하기 위해 대국을 고려하지 않고 그를 풀어주었고, 때로 공로를 자처하며 자만하였을 뿐 아니라 분별없이 행동하면서 속이 좁아 아첨하는 말을 듣기도 좋아했다. 결국 그가 성질대로 일을 처리하는 바람에 오·촉 간의 연맹을 파괴하고 스스로의 목숨을 잃는 화를 초래하면서 심각한 손해를 입게 되었다.

'삼절' 이외에 장비張飛·노숙魯肅·주유周瑜·손권孫權·조운趙雲·여포呂布·진궁陳宮·황충黃忠 등 인물들 역시 매우 선명하고 생동적이다.

「삼국연의」는 인물 묘사에서 격렬하고 복잡한 정치·군사투쟁을 배경으로 굵직한 윤곽이나 과장·대비·부각 등 다양한 수법을 통해 각 인물들의 주요 사상·성격 특징을 파악하고 이를 두드러지게 하였다. 소설 제5회의 "술을 데우는 사이 화웅의 목을 베다溫酒斬華雄"가한 범례이다. 이 대목은 관우가 두각을 나타내는 첫 번째 전투 장면이다. 그러나 작자는 결코 관우와 화웅의 직접적인 교전 장면을 서둘러 서술하지 않고 먼저 화웅의 용맹한 면모, 연합군의 장군이 어떻게 하나씩하나씩 화웅의 손에 굴복당하는지를 차분하게 묘사해나간다. 먼저 포충鮑忠이 관하關下에서 싸움을 걸었지만 화웅의 "손에서 칼이 떨어지자 말 아래로 그 목이 떨어진다.手起刀落, 斬於馬下" 연이어 화웅이 야간에 손견孫堅의 보루를 습격하여 손견이 길을 버리고 황야로 달아날 때까지 추격해간다. 결국 손견의 붉은 두건赤幘이 화웅의 손아래로 떨어지고, 부장部將 조무祖茂도 화웅에 의해 "단칼에 말 아래서 목이 달아난다.一刀砍於馬下" 화웅이 승세를 업고 계속 추격하면서 "긴 막대기에 손태수의 붉은 두건을 매단 채 병영 앞에서 거칠게 욕하며 싸움을 건다.用長竿挑着孫太守赤幘, 來寨前大罵搦戰" 작자는 여기에서 화웅의 오만한 위세를 남김없이 표현함으로써 관우가 상대하기 직전의 분위기를 충분히 묘사했다. 포충과 조무를 이어 유섭兪涉과 반봉潘鳳이 두 장수의 뒤를 연이어 따라가자 제후들은 각기 서로 얼굴을 바라볼 뿐 어찌할 방법이 없다. 이처럼 화웅의 용맹함을 한껏 묘사한 연후에 작자는 비로소 주인공 관우의 출전을 배치하였다. 그러나 작자는 관우와 화웅이 어떻게 싸우는지를 직접적으로 묘사하지 않고, 갑자기 '실제'를 떠나 '허상'으로 그린다. 즉, 조조가 관우에게 권한 한 잔 술이 채 식기도 전에 관우가 이미 화웅의 머리를 들고 돌아오는 승리 장면만 묘사되고, 정작 그 뛰어난 무예에 대해서는 지극히 간략하게 언급했을 뿐이다. 화웅을 이미 목 베었으나 술은 아직도 온기가 남아 있다. 관우가 화웅의 목을 벤 것이 얼마나 신속하고 수월하였는지는 더 이상 말할 필요가 없는 것이다. 조조가 술을 권하는 것과 원술袁術이 관우를 책망하는 대목은 선명한 대조를 이룬다. 하나는 초야에서 영웅을 알아보는 대 정치가의 기백을 표현한 것이고, 하나는 도량이 좁아 권력이나 이익을 따지는 안목으로 용렬하면서도 스스로를 대단하게 여기는 몰락 귀족을 표현했다. 이와 동시에 연합군 내부의 모순도 처음으로 그 실마리를 드러낸다. 이는 독자들이 이후 연합군의 붕괴와 분산, 원소袁紹의 전멸에 대해 어느 정도의 마음의 준비를 하도록 유도한다.

소설 제37회 "유현덕의 삼고초려"는 과장과 비교, 주위를 부각시켜 주체를 드러내는 '홍탁烘托'의 수법을 성공적으로 사용한 또 하나의 예이다. 제갈량은 다름아닌 작자의 의중 속 인물이기에 작품은 그의 출현에 대해 특별히 신경을 쓰지 않을 수 없다. 온갖 곡절을 겪은 연후에, 즉 "천 번 만 번 불러서야 비로소 등장하게 된다.千呼萬呼始出來" 삼국 중 촉한의 건립이 가장 힘들고 곡절이 많았다. 공명을 얻기 전에 유비는 동분서주하며 다른 사람의 울타리에 기댄 채 독립할 수 있는 역량을 키우지 못했다. 유비 곁에는 인재가 드물었고, 비록 관우·장비·조운 등과 같은 용장이 있었으나 손건孫乾·미축糜竺 등 문관 인물 쪽은 그 역량을 다 쏟아내어도 삼류 인재에 불과했다. 이러한 인물들이 원대한 식견을 지닌 책략을 세운다는 것은 아예 불가능했고, 그 때에는 유비 또한 우두머리로 설 수 있는 조건을 아직 갖추지 못한 상태였다. 이러했기에 남양南陽에서 공명을 얻고 적벽에서 조조를 무찌르고 나서야 유비 세력이 크게 일어설 수 있는 전환점이 마련되었던 것이다. 작자는 바로 이처럼 높은 각도에서 제갈량이 산을 나오는 일을 파악했으므로 이 대목을 온 인내심과 심혈을 기울여 썼던 것이다. 작자는 먼저 제35회에서 수경水鏡 선생이 재능을 가지고 있으면서도 세상에 나와 활약하지 않는 "복룡·봉추 두 사람 중 한 사람을 얻으면 천하를 평정할 수 있다.伏龍、鳳雛、兩人得一、可安天下"라고 한 말을 빌려 제갈량의 명성을 묘사했고, 연이어 다시 단복單福(즉 서서徐庶)의 말을 통해 제갈량에 대한 수경선생의 상찬에 호응하였다. 단복은 유비를 도와 번성樊城을 기습하여 조인曹仁을 크게 이겼으나 유비와 관계를 끊을 때는 오히려 자신을 제갈량과 비교하여 말하기를, "둔한 말과 기린, 갈가마귀와 봉황으로나 비유할 수 있을 뿐譬猶駑馬幷麒麟, 寒鴉配鸞鳳耳"이라고 했다. 또한 "만약 이 사람을 얻는다면 주가 여망을 얻고 한이 장량을 얻는 것과 다르지 않다.若得此人, 無異周得呂望, 漢得張良也"고 했다. 유비는 단복의 이 말을 듣고 곧장 문을 나서서 제갈량을 방문한다. 그러나 일은 예상처럼 그렇게 순조롭게 풀리지 못한다. '일고초려一顧草廬'의 결과는 한 바탕 최주평崔州平의 진부한 언론만 들어야 했고, '이고초려二顧草廬'에서는 제갈량의 두 친구만 만나게 된다. 두 번의 방문 모두 아무런 결과를 얻지 못했지만 현명한 선비를 구하는 유비의 애타는 심정, 제갈량의 명성과 매력은 이미 충분하게 표현되었다. '삼고초려'는 헛걸음이 되지는 않았으나 아쉽게도 제갈량이 낮잠을 자고 있다. 유비가 과연 어진 이를 예의와 겸손으로 대하는가를 마지막으로 시험하는 대목이다. 제갈량은 그동안 등장하지 않았을 뿐, 이제 등장하자마자 바로 무대의 주역이 된다. 그가 찌푸리거나 웃거나 하는 일거수일투족은 독자들로 하여금 숨을 죽인 채 정신을 집중하도록 만든다. 그는 높은 침대에 누워 아직 한 걸음도 방에서 나오지 않았지만, 천하의 대세에 대해 손바닥처럼 잘 알고 있다. 마침내 그는 적군과 아군과 우군 세 쪽의 실력에 대해 정확하게 평가한 후 미래의 형세를 분석하여 유비에게 먼저 형주荊州를 빼앗고 후에 천촉川蜀을 취해야 한다는 전략 방침을 세워준다. 유비는 후에 기본적으로 이 전략을 집행하여 세 나라가 세력 균형을 이루면서 대립하는 국면을 쟁취함으로써 제갈량의 탁월한 선견지명은 충분히 증명

되었다.

「삼국연의」는 중국 고대 역사소설 중 최고봉에 도달한 작품이다. 비록 그 이후에도 역사연의가 계속 출현하기는 했지만 결국엔 「삼국연의」가 도달한 경지를 초월하지는 못했다. 풍격이 웅장하고 상상력이 풍부하며, 과장과 부각 수법에 능숙하면서 전쟁 묘사에 뛰어난 장편 역사소설 「삼국연의」는 후세의 역사소설에 줄곧 지대한 영향을 끼쳤다.

3. 「수호전水滸傳」

1. 만들어진 과정

북송 말엽에 송강 집단의 농민봉기가 발발하였다. 이 봉기가 실패한 후 민간에 널리 유행하게 된 그들의 이야기는 선명한 반항의식과 전기적 색채를 띠고 있었다. 송·원 교체기에 이러한 고사들은 일부 문인들의 흥미와 주의를 끌기 시작하였으니, 남송 나엽羅燁의 「취옹담록醉翁談錄」 중에는 「청면수青面獸」·「무행자武行者」·「화화상花和尙」 등이 보인다. 송말 공개龔開의 작품인 「송강삼십육인찬宋江三十六人贊」에는 송강 봉기 대오 중 36명 수령의 성명과 별명이 온전하게 기록되어 있다. 수호 고사는 설화기예인들이 강술하고 노래하는 중요한 제재가 되었고, 송·원 강사화본 「양산박취의본말梁山泊聚義本末」(「대송선화유사大宋宣和遺事」 속에 보전되어 있음)은 오늘날 볼 수 있는 「수호전」 완성 이전의 가장 틀을 갖춘 수호 고사로서, 이 화본의 내용과 구성은 이미 「수호전」의 윤곽을 초보적으로 갖추고 있다. 원대의 잡극 중에도 수호 관련 희곡이 매우 많은데, 이들은 양산박이 "의기와

〖忠義水滸傳〗 明 萬曆十七年(1589年) 刻本

어진 풍속을 널리 떨쳤다.義氣仁風播四海", "양산박에는 충의가 많다.梁山泊多忠義"고 여기면서 양산의 호걸들이 "민중을 위해 해를 제거하고爲民除害", "칼을 뽑아 서로 돕는다.拔刀相助"고 칭송하였다. 수호 고사는 시간이 갈수록 더 풍성하고 큰 반응을 얻어 나갔으며, 인물은 더욱 생동적으로, 줄거리 역시 한층 더 곡절 있고 합리적으로 변화되었다. 원말 명초 시기, 소설작가가 이전 사람들의 기초 위에 어렵사리 재창조 작업을 거쳐 『수호전』을 완성한다. 이렇게 『수호전』을 마지막으로 정리한 사람에 대해서는 시내암施耐庵 작이라는 설, 나관중羅貫中 작이라는 설, 그리고 시내암과 나관중의 합작이라는 설 등 세 가지 견해가 있지만, 일반적으로는 시내암 작이라고 여긴다.

　『수호전』과 『삼국연의』는 책이 이루어진 과정은 비슷하지만, 두 작품을 비교해 보면 『수호전』의 역사적 사실성은 매우 희박하다. 이 작품의 허구 내용 비율은 역사소설인 『삼국연의』에 비해 훨씬 높다는 뜻이다. 108명 호걸의 절대다수가 허구이고, 역사서에도 송강 봉기와 양산박이 어떠한 관계인지 언급된 바가 없기에 『수호전』의 고사는 대부분 민간전설에서 비롯된 것이다.

2. '부득이 양산박으로 쫓겨 갔다'는 주제

　『수호전』은 많은 호걸들이 양산박으로 모여들게 되는 각양각색의 고사들을 통해 "관이 핍박하면 민중이 반항한다.官逼民反"라는 거대한 주제를 제시한다. 무뢰한 고구高俅는 단지 공을 잘 찬다는 이유로 태위太尉가 되었고, 금군교두禁軍教頭 왕진王進에게 혐오감을 품고 보복한다. 그의 수양아들 고아내高衙內는 임충林沖의 아내를 마음에 두어 그를 모해하는 흉계를 꾸미고 그 집안과 가족을 몰살시킨다. 지방 건달

地頭蛇 정도鄭屠는 노래 파는 여인을 속여서 장가를 든 후 다시 그 여인을 버리고는 몸을 저당잡고 빚을 독촉한다. 악질토호 서문경은 찐빵 파는 무대의 아내 반금련과 간통하여 무대를 죽이고서도 오히려 법망을 벗어나 유유자적한다. 지주 모태공毛太公은 사냥꾼들이 때려잡은 호랑이를 트집을 잡아 가로채고는 오히려 사냥꾼 해진解珍·해보解寶를 감옥에 집어넣는다. 부패한 관리들의 정치는 평민들뿐만 아니라 통치 집단의 일부 성원들까지도 반역의 길로 내몬다. 「수호전」은 신분과 교양, 경력이 각기 다른 인물들이 어떻게 그 천차만별의 과정을 거쳐 반역이라는 큰 흐름 속으로 모여들게 되었는지를 사실감 넘치게 묘사하였다. 양산박 봉기의 성격에 관해 어떤 이들은 농민 봉기라 하고, 어떤 이들은 할 일없이 떠돌던 유랑민들의 무장 투쟁이라고 말한다. 결국 이 문제에 관한 토론은 현재까지도 아직 충분히 전개되거나 심화되지 못하였기에 어떤 공인된 결론을 내릴 수는 없는 실정이다.

3. 인물

임충林冲

양산박 호걸 가운데 임충의 성격 변화가 가장 두드러진다. 임충은 본래 80만 금군禁軍의 교두敎頭로서 무예가 뛰어나 사람들에게 존경을 받았다. 온유하고 아름다운 아내, 화목한 가정, 넉넉하고 편안한 생활 속에 있었던 그에게 하늘에서 그리 큰 화가 내릴 줄은 짐작도 못할 일이었다. 임충이 아내와 함께 향을 피우러 묘에 갔다가 중도에 노지심의 무술 연마를 보러 간 사이, 고아내가 사당 안에서 그의 아내를 농락한 것이다. 작자는 의도적으로 이 순간을 빌어 '영웅의 나약함'을 묘사한다. "당시에 임충이 확 잡아당겨 젖히고 보니 뜻밖에도 본관

고아내임을 알고는 금세 저절로 손에서 힘이 빠지고 말았다.當時林冲拦

將過來, 却認得是本管高衙内, 先自手軟了" 임충 같은 호걸이 아내가 희롱 당하

는 치떨리는 치욕을 보고도 의외로 더 이상 추궁하지 않고 흐지부지

그만둔 것은 무엇 때문인가? 이는 임충이 노지심에게 한 말 속에서

명백히 해석된다. "알고 보니 본관 고태위의 아들인데, 제 아내인줄을

모르고 함부로 수작을 건 모양입니다. 저는 원래 그 놈을 한 바탕 두

들겨 패려 했으나 태위의 얼굴을 봐서 결국 그리하기 힘들었습니다.

옛말에 '벼슬이 무서운 것이 아니고 그 권력이 무섭다.'라고 하지 않

았습니까? 저는 그의 녹봉을 먹고 있는 처지이므로 이번만은 꾹 참기

로 하였습니다.原來是本官高太尉的衙内, 不認得荊婦, 時間無禮. 林冲本待要痛打那厮

一頓, 太尉面上須不好看. 自古道: '不怕官, 只怕管.' 林冲不合吃着他的請受, 權且讓他這一

次." 이것은 바로 현재의 지위를 보존하기 위해 그 일 때문에 상관과

단절되는 것을 원치 않은 임충의 속내를 그대로 드러낸 것이다. 임충

은 억지로 눌러 참으면서 자기 뜻을 굽혀 그냥 지나치고자 한다. 심

지어는 억울한 소송을 당해 창주滄州로 유배갔을 때도 여전히 울분을

삭이며 아무 말도 못한 채 언젠가는 "끝까지 버텨내어 돌아갈 수 있

기를掙扎得回來" 간절히 바랐다. 그러나 고구 일당은 목적을 달성하지

전까지는 결코 그를 그만두지 않았고, 임충이 인내하고 양보한다고

해서 저들이 선량하게 변할 것도 아니었다. 한 가지 계략이 어긋나면

다시 새로운 계략을 짜서 점점 바짝 죄어갔고, 마지막에는 사료장을

불태우면서까지 임충을 사지로 몰아넣었다. 임충은 사당 안에서 문밖

의 육겸陸謙과 부안富安·차발差撥이 득의양양하게 대화하는 것을 듣

고 나서야 그들의 모든 음모와 계략을 명백히 알게 되었고, 이로써

통치자에 대한 환상이 철저하게 깨어지면서 그의 가슴속에서는 반항

정신이 화산처럼 폭발하였다. 이처럼 힘겨운 내면의 몸부림을 거쳐

사고와 성격상의 연약한 면을 극복하고 나서야 그의 정신세계는 완전히 새롭게 변화된다. "온화함, 선량함, 공손함, 검약, 양보溫良恭儉讓"를 두루 갖추었던 금위군 교관이 하루아침에 풍운 속에서 호령을 내지르는 의군義軍의 대들보로 변모하게 된 것이다. 임충의 고사는 「수호전」의 주제와 직접적으로 통해 있고, 그의 형상 또한 대표성을 띤다. 임충처럼 봉건질서를 존중하고 봉건법률을 힘써 지키며 한 걸음도 넘으려 하지 않고, 본분을 지키면서 분수에 맞지 않는 생각은 조금도 하지 않는 사람이 결국에는 어쩔 수 없이 반역자의 대렬에 참여하게 되는 상황을 통해 봉건사회의 부패와 암흑을 강렬하게 폭로한 것이다.

노지심魯智深

노지심은 임충의 친한 친구인데, 그 역시 최후에는 양산박에 올랐으나 그의 경로는 임충과는 또 다르다. 노지심은 군인 출신의 하급군관이다. 용맹스럽고 의리가 강하여 옳지 못한 것을 보면 과감하게 싸웠고, 나쁜 일을 보면 원수처럼 여기는 성격인지라 진관서鎭關西를 주먹 세 방으로 때려죽여 지방의 독소를 제거했다. 또한 소패왕小覇王 주통周通을 한바탕 호되게 꾸짖으면서 유태공의 딸을 보호했다. 그가 야저림野猪林에서 크게 소란을 피운 것은 억울한 누명을 쓴 친구 임충을 위해서였다. 만약 임충이 막지 않았다면 그 야저림은 바로 동초董超와 설패薛覇의 시신이 매장될 곳이었다. 그는 "사람을 죽이려면 반드시 피를 보아야 하고 사람을 구하려면 끝까지 구해야 한다.殺人須見血, 救人須救徹"는 신념으로 계속하여 임충을 창주까지 호송했다. 노지심은 가족이나 재산, 친척과 친구도 없는지라 마음에 걸릴 일이 없었기에 자신의 이해득실을 따지지 않았다. 청대 김성탄金聖嘆은 「수호전」각 회에 적은 평어評語 속에서 "노지심의 사람됨을 묘사한 부분은 한

줄기 뜨거운 피가 솟구쳐서 그것을 읽는 독자로 하여금 다른 사람을
위해 나서지 못했던 자신의 헛된 삶에 대해 몹시 부끄러워하게 만든
다.寫魯達爲人處, 一片熱血, 直噴出來. 令人讀之, 深愧虛生世上, 不曾爲人出力"고 감탄
하였다. 그는 도량이 넓고 호탕한 성격에다 솔직하여 직설적인 소리
를 잘하였고, 불평등한 일에 대해서 특히 민감했다. 노지심의 반역 의
식은 하도 강렬하여 조정에 대한 호감이라고는 조금도 없었고, 법률
에 대해서도 한 치의 환상도 가지지 않았으므로 정도鄭屠를 때려죽이
고 나서도 무송武松처럼 현縣에 가서 자수를 한다거나 하지 않고 아무
일도 없었던 듯 그대로 훌쩍 떠나버리는 것으로 일을 마감 짓는다.
그가 우연히 임충을 만났을 때는 이미 가진 것 하나 없는 유랑호걸
신세였는데도 임충에게 "자네는 그자가 본관 태위니까 두렵겠지만 나
야 그따위 놈이 뭐가 두렵겠나? 내가 만약 그놈과 마주쳤다면 이 선
장禪杖으로 그 놈을 삼백 대쯤 후려갈겨 보냈을 것이야.你却怕他本官太
尉, 洒家怕他甚鳥! 俺若撞見那撮鳥時, 且教他吃洒家三百禪杖了去"라고 말한다. 노지
심은 이렇듯 거칠면서도 꼼꼼한 면도 없지 않다. 예컨대, 백정 정도가
그의 주먹에 맞아죽게 되자 "이놈을 그저 한 바탕 혼쭐나게 패놓기만
할 셈이었는데, 주먹 세 방에 아주 가버렸으니 분명 고소를 당할 게
야. 그리되면 옥바라지 해줄 사람도 없고 우선 도망치고 보는 게 상
책이지.俺只指望痛打這厮一頓, 不想三拳眞個打死了他. 洒家須吃官司, 又沒人送飯. 不如
及早撒開."라고 생각한다. 그리고 걸어나가다가 다시 정 백정의 시체를
돌아보며 "'네 놈이 지금 죽은 체 하고 있어 그냥 가는데 나중에 네
놈을 만나게 되면 그땐 정말 요절을 내고 말 테다.' 하고 욕을 내뱉으
며 성큼성큼 그곳을 떠난다.'你詐死! 洒家和你慢慢理會'. 一頭罵, 一頭大踏步去了."
이렇듯 노지심이 산에 오른 것은 현실이 그를 억압해서가 아니라 그
가 적극적으로 현실에 반항했던 결과이다.

무송武松

　무송의 호쾌함과 용맹함은 노지심과 비슷하나 세심하기로는 노지심을 훨씬 뛰어넘으며, 사상이나 기질 역시 무관 출신인 노지심과는 사뭇 다르다. 무송은 시민 사회에서 성장하였으므로 시정 분위기가 농후하게 묻어난다. 그는 외로운 영웅으로, 어려서부터 강호를 방랑했던지라 박식하고 경험이 많으며, 눈치가 빠르고 동작이 날쌔다. 그는 예리한 눈길로 십자파十字坡에서 마취약을 한눈에 간파했고, 쾌활림快活林의 장문신蔣門神은 그에게 혼줄이 나도록 얻어맞는다. 비운포飛雲浦에서 두 명의 압송관과 장문신의 두 부하를 모조리 저세상으로 보내버리는데, 그를 죽이고자 한 자들이 오히려 그에게 죽임을 당한 것이다. 무송은 미리 계책을 세운 다음 주도면밀하게 일을 처리하며, 어떤 어려운 일이 닥치더라도 차분하게 앞뒤 전후를 잘 파악한 다음 과감하게 행동한다. 지현이 서문경西門慶의 뇌물을 받고 그자의 편에 서는 바람에 무송의 고소는 제대로 처리되지 못하지만 무송은 섣불리 화내지 않고 속으로 나름대로 계획을 세운다. 그는 은밀히 종이와 필묵, 제전祭奠에 필요한 용품들을 마련한 후 세밀하고 꼼꼼하게 일을 추진해나간다. 모든 준비가 끝나자 그는 이웃을 초청해 놓고 더 이상 사람들이 마음대로 드나들지 못하도록 졸병에게 앞뒤 대문을 잘 지키게 한다. 그리고는 사람들에게 자신의 생각을 밝히고, 반금련潘金蓮과 왕파王婆를 심문하여 반금련에게서 남편을 살해했다는 자백을 받아내고 이를 기록한 다음 그녀를 죽여버린다. 그런 다음 서문경을 찾아가 결판을 냈고, 돌아와서는 죽여버린 그 원수의 머리로 형의 죽은 혼백을 추모한 후 마지막으로 현으로 자수하러 나서는데, 이 모든 것이 무송의 계획대로 질서정연하게 이루어지는 것이다.

　무송은 자아의식이 매우 강하며 자신이 영웅임을 한시도 잊지 않는다. 경양강景陽岡에서 점소이店小二가 좋은 뜻에서 그에게 술을 더는 마시지 말라고 하면서 호랑이가 나오는 시간을 피해 투숙하고 떠날 것을 권하지만, 무송은 이를 오히려 다른 속셈 때문이라고 여긴다. 산등성이에 들어선 후 사당 문에 붙여진 관청 방문을 보고나서야 비로소 정말 호랑이가 있음을 알게 된다. 이제라도 돌아서고 싶지만 그는 무엇보다 사람들이 비웃을까 두렵다. 그래서 요행을 바라는 마음으로 고집을 꺾지 않고 결국 산에 들어선다. 하지만 호랑이가 느닷없이 나타나자 놀란 나머지 순식간에 바위 위에서 굴러 떨어지고 만다. 순간 호랑이를 몽둥이로 힘껏 내리치고자 하였으나 헛나가 고목을 내리치는 바람에 몽둥이는 두 동강 나버린다. 그가 얼마나 당황했는지 알 수가 있다. 그러나 그는 필경 '영웅'이었기에 마음을 가라앉히고 주먹질과 발길질을 연신 퍼부어 마침내 치켜 올라간 눈에 이마에 흰 털이 난 그 커다란 호랑이를 때려죽이는데, 그 이후로 그는 호랑이를 때려죽인 이 영웅적인 업적을 항상 입에 달고 다닌다. 시은施恩이 그가 술을 너무 많이 마셔 장문신을 이기지 못할까봐 걱정하자, 무송은 오히려 크게 웃어제키며 "제가 술에 취해 기량을 발휘하지 못할까봐 걱정하시는데, 전 술이 안들어가면 힘을 못 쓴답니다. 술이 한 잔 들어가면 그 한 잔 만큼 힘을 쓰고 다섯 잔 들어가면 다섯 잔만큼 힘을 더 쓰지요. 열 잔 정도면 그 때는 힘이 어디서 솟아나는지 모를 정도라니까요. 술에 취해서 담대해지지 않았다면 경양강에서 어떻게 그 호랑이를 때려잡았겠습니까? 그 때 제가 잔뜩 취했었기 때문에 제대로 후려쳤고, 그런 힘과 기세가 나올 수 있었던 것입니다.你怕我醉了沒本事, 我卻是沒酒沒本事. 帶一分酒, 便有一分本事：五分酒五分本事. 我若吃了十分酒, 這氣力不知從何而來. 若不是酒醉後了膽大, 景陽岡上如何打得這只大蟲! 那時節我須爛醉了好下手, 又有力, 又有勢."고 말한다. 무송은 얼굴이 새파래지고 입술이 깨지도록 장문신을 두들겨패면서 "너 같은 잡종은 상대할 가치도 없어! 나는 경양강의 커다란 호랑이도 주먹질 세 번 발길질 두 번으로 때려 잡았단 말이야.休言你這廝鳥蠢漢, 景陽岡上那只大蟲, 也只三拳兩脚, 也兀自打死了." 라고 소리친다. 그가 가장 좋아하는 말은 바로 "이 무송은 평생 오로지 세상의 굳센 사나이만 상대하고자 한다.武松平生只要打天下硬骨漢"는 것이다. 무송이 죄수의 몸이 되었을 때 압송관이 '뇌물'을 받지 못해서 그를 훈계하자 무송은 면전에서 그에게 이렇게 꾸짖는다. "네 놈이 노골적으로 이야기를 꺼내면 이 어르신네가 '인정'을 좀 건넬 거라고 기대하겠지만 어림 반 푼어치도 없어. 뇌물 대신 이 멋진 두 주먹을 날려주지! 돈이 있다 해도 뒀다가 술이나 사 마시지 네 놈에게 줄 것 같아? 그렇다고 나를 어떻게 할 거야? 어쨌거나 날 양곡현으로 되돌려 보내지는 못할 걸?你倒來發話, 指望老爺送人情與你. 半文也沒! 我精拳頭有一雙相送! 金銀有些, 留了自買酒吃, 看你怎地奈何我! 沒地裏倒把我發回陽谷縣去不成?" 관영官營이 몽둥이로 때리려 하자, "너희들 시끄럽게 굴지 말고 때리려면 때리고 아니면 그만 둬! 내가 만일 몽둥이를 한 대라도 피하면 사내대장부가 아니니, 먼저 맞은 것은 세지 말고 다시 때리도록 해. 내가 한 번이라도 소리를 지른다면 사내대장부가 아니다!都不要你衆人閙動. 要打便打, 也不要兜挖. 我若是躱閃一棒的, 不是好漢, 從先打過的都不算, 重新再打起. 我若叫一聲, 也不是好男子.", "때리려면 그냥 죽어라고 때려! 인정사정 본다고 간질거리지 말고 말야.要打便打毒些, 不要人情棒兒, 打我不快活!"라고 소리친다. 이 모두가 억센 사내대장부의 어조로, 그는 평생 동안 털끝만큼도 주눅이 들지 않는다. 그는 장도감張都監 일가 뿐 아니라 그 자리에 있었던 장단련張團練과 장문신 등도 함께 다 죽이고 나서 그들 시체에서 옷 한 조각을 베어 내어 피에 적신 다음 흰 벽 위에 "죽인 사람은 호랑이 때려잡은 무송이다.殺人者打虎武松也"라는 여덟 글자를 남긴다. 무송에게는 개인적인 은혜와 원한이 매우 중요하다는 생각이 박혀 있다. 지현의 발탁으로 도두都頭가 된 후, 지현이 그에게 거두어들인 금과 은을 동경으로 가져가 뇌물로 바치게 하여 "승진을 도모할 때謀個升轉", 무송은 한마디로 이 일을 수락하며 "소인이 은혜를 입어 발탁되었는데 어찌 감히 거절하겠습니까?小人得蒙恩相擡去, 安敢推故?"라고 말한다. 시은이 무송을 여러 가지로 보살펴 주면서 곤장을 면하게 해주고 좋은 술과 음식을 제공해주니 그는 시은을 위해 장문신을 혼내주고 쾌활림快活林의 상권을 빼앗아온다. 장도감이 그를 '심복'으로 받아들여 상을 내리고 등용하면서 하녀 옥란玉蘭을 그에게 시집보내어 독립하도록 도와주자 무송은 감개무량하여 완전히 경계를 늦춘다. 그가 무릎을 꿇고 감사하며 "감옥 안에 갇힌 죄수의 몸인 소인이 큰 은혜를 입어 발탁되었으니 몸과 마음을 바쳐 어르신을 섬기겠습니다.小人是個牢城營內囚徒, 若蒙恩相擡去, 小人當以執鞭隨蹬, 伏侍恩相."라고 말한다. 그러나 나중에 속은 것을 알게 되자 비운포를 뒤집어 엎어버리고 원앙루鴛鴦樓를 피로 물들인 후 산속으로 들어가 '강도'가 된 것이다. 무송은 본래 봉건적인 법률과 질서를 받아들이는 사람이었으므로 반금련과 서문경을 죽이고 곧 현에 가서 자수를 한다. 형의 원수를 갚기 위해 '음란한 남녀淫夫淫婦'를 죽인 것인지라 어느 정도 법률의 관용과 동정을 얻을 수 있다고 생각했기 때문이다. 그런 그가 후에는 도감과 단련, 도감의 가족, 이송관 등을 차례로 죽이며 그야말로 거침없이 일을 마무리 짓는다. 그러나 이제 그는 이미 돌아갈 곳이 없게 되고 만다. 작자는 세심한 필치로 이 시정市井출신 영웅을 개성이 넘치면서도 아주 사실적으로 묘사했다. 그리하여 무송은 민간에서 대대적으로 환영과 존경을 받는 영웅이 되었다.

양지楊志

양지는 "삼대가 장수인 가문의 후손이며, 오후 양영공의 손자이다. 三代將門之後, 五侯楊令公之孫" 젊었을 때 "일찍이 무과에 응시하여 전사제 사관이 되었다.曾應過科武, 做到殿司制使官" 선물로 보내는 짐인 화석강花石 綱을 도적에게 빼앗겼다는 이유로 수도로 돌아가 부임할 수 없게 되자 금은 재물을 모아 '관련된 관리 모두에게 뇌물을 바쳐' 해결하고자 한다. 그러나 고태위高太尉는 문서를 받아보고 대노하여 단번에 그를 전사부殿師府에서 쫓아내고 만다. 사실 양지는 오로지 자신의 능력으로 고위 관직에 올라 가문을 빛내고자 하는 마음 뿐이었다. 왕륜王倫이 그에게 산으로 들어가라고 권하자 그는 "왕륜이 나에게 권하는 것도 일리는 있으나 나는 깨끗한 이름을 남겨 돌아가신 부모님께 오점을 남기고 싶지 않다.王倫勸俺, 也見得是. 只爲洒家淸白姓字, 不肯將父母遺體來玷汚了."라고 생각한다. 양지의 출신과 경력은 임충林冲과 다를 뿐 아니라 노지심이나 무송과는 더욱 같지 않다. 양지는 통치자에 대한 환상이 강했고 공명을 추구하는 욕망 또한 아주 강렬했다. 그러나 운명의 장난은 피해가기 어려운 법, 보도寶刀를 팔다가 하필 부랑아 우이牛二를 만나 순간적인 화를 참지 못하고 수도에서 유명한 이 부랑아를 죽이게 된다. 이에 관직에 대한 희망은 저 멀리 날아가고 오히려 쇠고랑을 차고 감옥으로 들어간다. 그런데 양중서梁中書가 그의 뛰어난 무예 솜씨를 보고 채용하니 양지의 공명에 대한 꿈이 실현될 수 있게 되었다. 하지만 뜻밖에도 황니강黃泥岡에서 지다성智多星이 치밀하게 계획한 덫에 걸려들어 "열다섯 사람 모두 머리가 무겁고 손은 힘이 풀려 꼼짝없이 서로 바라볼 뿐 힘없이 쓰러진 후十五個人, 頭重脚輕, 一個個面面廝覰, 都軟倒了" 눈만 빤히 뜬 채 오용吳用·조개晁蓋 등이 생일 축하선물을 수레에 싣고 유유히 떠나가는 것을 바라볼 수 밖에 없었다. 세밀하게 일을 처리하고 이해타산에 뛰어난 양지였지만 결국은 지다성의 적수가 못되었고, 더군다나 양중서가 파견한 나이든 도관都管이 명분상으로는 협력하면서도 실제로는 감시자가 되어 모든 일을 방해하니 양지가 속임수에 걸려들도록 한층 재촉하는 꼴이었다. 이러한 과정을 거친 후, 양지는 더 이상 물러설 여지가 없었으므로 결국은 반란을 일으키는 길로 들어선 것이다.

송강宋江과 초안招安

「수호전」의 사상 경향에는 명백한 모순이 존재한다. 즉, 한편으로는 수호영웅의 반항을 심도 있게 기록하여 사람들의 동정과 찬탄을 불러일으키지만, 다른 한편으로는 초안, 즉 조정에 귀순하는 과정을 크게 부각시키면서 그들이 귀순한 후 방랍方臘을 진압했던 일을 묘사한다. 이러한 모순이 출현한 것은 결코 이상한 일은 아니다. 통치자들은 예로부터 인민들의 반항에 대해 '토벌하는 손'과 '쓰다듬는 손' 두 손을 사용하였는데, 이 거친 손과 부드러운 손은 각기 나름의 용도가 있었기 때문이다. 당시 시대상황에서 농민과 시민들이 황권皇權을 아예 부정한다는 것은 불가능했으므로 그저 탐관오리를 반대할 뿐 황제에게 반기를 들진 못했다. 이것은 시대가 「수호전」에 부여한 한계일 수밖에 없으며, 오늘날 기준으로 옛사람들에게 가혹한 요구를 할 수는 없다. 「수호전」은 분명 귀순을 묘사하였고, 송강이 방랍을 진압하러 나간 일을 쓰고 있다. 그러나 귀순의 결말은 매우 비참하여 108명 가운데 죽거나 다쳐서 뿔뿔이 흩어지게 된다. 이러한 묘사 자체는 다시 귀순에 대한 부정적 시각을 조성한다. 「수호전」이 독자들에게 주는 전체적인 느낌은 '혼란은 위로부터 비롯되었고, 관리들이 핍박하여 민중이 반란을 일으켰다亂自上作, 官逼民反'는 것이다. 독자들은 내용 중 고구高俅나 채경蔡京 같은 인물들에 대한 묘사 속에서 간신을 중용하는 황제를 비판하고 있음을 살필 수 있는데, 설령 이러한 비판이 그다지 날카롭지 못하거나 부족하다 할지라도 비판의 시각 자체는 확실하게 느낄 수 있다. 「수호전」을 사회적 효과 측면에서 보자면, 반란을 일으키는 자에게는 찬가를 불러주고 암흑에 반항하는 자들에게는 기운을 북돋아주는 역할을 한다. 「수호전」이 통치자들에게 '도둑을 가르치는誨盜' 책으로 간주되어 금서의 첫머리를 차지했던 원인이 바로 여기에 있는 것이다. 「수호전」 중의 귀순과 관련된 묘사는 송·원 시기의 시대배경과 관련이 있다. 민족의 위기가 대단히 심각하였던 당시 백성들은 조정의 무능함을 목도하면서 송강 같이 재능있는 강도를 귀순시켜 외적을 막아낼 것을 희망했을 것이다. 이에 내용 속에 양산박 호걸들이 귀순한 후 요遼를 정벌하는 이야기가 삽입되었던 것이다. 명나라 사람 종성鍾惺이 「수호전」 서문에서 "아! 세상에 이규李逵와 오용이 없는지라 (저 북쪽의) 하치哈赤로 하여금 요동에 창궐하게 만들었구나! 매번 가을바람을 읊으며 용사를 생각하노라면 미친 듯 큰소리로 불러보고 싶다. 어디에서 장량張良·한신韓信·악비岳飛·유기劉基와 같은 호걸 대여섯 명을 얻어 요遼·촉蜀의 요사스러운 기운을 청산하고 멸망시킨 연후에 아침밥을 먹을 수 있을까?噫! 世無李逵、吳用, 令合赤猖獗遼東! 每誦秋風, 思猛士, 爲之狂呼叫絶. 安得張、韓、岳、劉五六輩, 掃清遼、蜀妖氛, 翦滅此而後朝食也."라고 했다. 종성은 명나라 때의 외환을 두고서 "세상에 이규와 오용이 없는지라"라고 탄식하였는데, 이는 바로 「수호전」에 귀순한 강도를 받아들여 외적을 막고자 하는 뜻이 내포되어 있음을 확인해주는 것이다.

「수호전」에 내재된 사상 모순은 송강에게서 집중적으로 드러난다. 송강은 지주출신으로 관직에 있었으므로 글쓰기와 관리 업무에 능숙

했고, 압사押司의 신분으로 사람들의 편리를 잘 봐주었다. 의를 중하
게 여기고 재물을 가볍게 보면서 사람들을 평등하게 대우하였으므로
"현 사람들은 누구를 막론하고 그를 존경하고 칭찬하였다.上下愛敬, 滿縣
人沒一個不讓他." 그는 호걸들과 널리 사귀면서 홀로 사는 것을 원하지
않았고 큰 정치적 포부를 지니고 있었다. 백성들의 고난을 동정하고,
심지어는 조개 무리들이 생일축하 선물을 탈취한 행위까지 동정하고
비호하였으나, 그 자신은 양산에 몸을 의탁하고 싶어하지는 않았다.
비록 송강은 조개 등의 무리들과 깊게 교제하였으나 오랫동안 관망만
할 뿐 산적패가 되는 것을 원하지 않았고, 후에 어쩔 수 없이 양산에
올랐을 때도 평생 도적으로 사는 것은 꺼려하였다. 명대 이지李贄가
「충의수호전서忠義水滸傳序」에서 "송강의 몸은 수호에 있었으나 마음은
조정에 있어 한결같이 귀순을 원했고 나라에 보답하는 데 몰두하였
다.身居水滸之中, 心在朝廷之上, 一意招安, 全圖報國"고 한 말은 송강 사상의 실
제와 잘 부합된다. 양산 호걸들의 비극은 결국 송강에게 큰 책임이
있는 것이다. 또한, 송강은 당시의 형세에 부응하여 "하늘을 대신하여
도를 행한다替天行道"는 호소력 풍부한 정치구호와 행동강령을 제기하
였다. 그는 사방도처에 흩어져 있던 여러 반역자 무리들을 하나로 묶
어 결속시킬 수 있었는데, 이렇듯 귀순 이전 양산박의 번창과 발전
또한 송강의 큰 공로였다. 이러한 인물사상의 모순은 곧 작가사상의
모순을 반영한 것이다.

4. 예술적 성취

문학은 본래 인간에 관한 학문이고, 더구나 소설은 직접적으로 형
형색색의 고사를 통해 인물을 묘사하는 예술이다. 「수호전」은 화본소

설의 우수한 전통을 계승하면서 다시 이를 발전시켰고, 또한 전기성傳奇性과 진실성, 줄거리 묘사, 인물 형상을 매우 높은 차원에서 통합해냈다. 이러한 통합은 중국 고대소설이 영웅소설에서 인정人情소설로 비약해가는 역사적인 추세를 이끌었다.

수호전의 예술성취는 전기성과 진실성이 하나 되어 인물성격 묘사에 집중적으로 구현되었다는 점이다. 이전 비평가는 "「수호전」에서 묘사된 108명의 인물들마다 모두 제각기 성격이 있고 기질이 다르며, 저마다 형상이 분명하고 각기 다른 말소리를 가지고 있다.「水滸」所敍, 敍一百八人, 人有其性情, 人有其氣質, 人有其形狀, 人有其聲口."고 칭찬한 바 있다. 또한 "「수호전」의 문장은 고금에 유례없이 절묘하여 '같으면서도 같지 않은 곳同而不同'의 분별이 있다. 예컨대 노지심·이규李逵·무송·완소칠阮小七·석수石秀·호연작呼延灼·유당劉唐 등은 모두 성질이 급하지만 그 형용된 묘사를 보면 각자 나름의 처지나 상황, 유파, 신분이 있어서 조금도 어긋남이 없고 조금도 섞이지 않는다. 독자들은 쉽게 구분할 수 있어서 그 이름을 확인할 필요도 없이 어떤 일을 보기만 해도 바로 누구인지를 알 수 있다.「水滸傳」文字絶妙千古, 全在同而不同處有辨, 如魯智深、李逵、武松、阮小七、石秀、呼延灼、劉唐等衆人, 都是急性的, 渠形容刻畵來各有派頭, 各有光景, 各有家數, 各有身分, 一毫不差, 半些不混. 讀者自有分辨, 不必見其姓名, 一睹事實就知某人某人也."고 지적했다. 「수호전」은 인물의 성격뿐만 아니라 인물 성격이 만들어진 사회환경까지도 묘사함으로써 인물들이 폭넓은 사회적 의의를 구현할 수 있도록 하였다. 인물이 처한 사회 환경은 주로 그를 둘러싼 많은 보조인물들을 통해 나타나며, 특히 그와 보조인물들 사이의 관계를 통해 드러난다. 「수호전」은 바로 이러한 점에서 크나큰 성공을 거두었다. 많은 영웅인물들을 살아 움직이는 듯 생동적으로 묘사했을 뿐만 아니라, 그와 관계있는 보조인물들까지도 진실되고 핍진하게 그려냈다. 예컨대, 소설은 중요인물인 임충을 둘러싸고 일련의 보조인물들을 배치했는데, 긍정적인 인물도 있고 부정적인 인물도 있다. 이전 비평가들은 이러한 보조인물들에 대한 묘사 또한 높이 평가했다. 명대 엽주葉晝는 "관영·차발·동초· 설패·부안·육겸 같은 인물 형상이 아주 핍진하고 웃음소리가 살아 있는 듯하다.若管營, 若差撥, 若董超, 若薛覇, 若富安, 若陸謙, 情狀逼眞, 笑語欲活."고 했다. 소설은 바로 고구·육겸·차발 등 인물 묘사를 통해 더 이상 구제할 방법이 없는, 당시의 모든 관리에 만연되어 있는 부패상황을 폭로하였다. 이처럼 부패한 관리 정치가 바로 임충의 생활환경이었고, 이는 그의 성격이 겁이 많고 인내하는 모습에서 격렬히 반항하는 길로 돌아서는 객관적인 근거가 되며, 또한 소설 전체에 흐르는 "핍박을 당하여 부득이 양산으로 쫓겨 간다.逼上梁山"는 주제의 객관적인 근거로 작용하는 것이다. 이러한 인물들의 묘사를 떠나서는, 혹은 이러한 인물들을 성공적으로 묘사하지 못했다면 임충의 형상을 성공적으로 창조해내기가 힘들었을 것이다. 나아가 주제의 깊이가 약화되고, 임충의 성격과 그 변화의 사회적 의의 또한 충분히 구현되지 못했을 것이다. 작품은 많은 보조인물들 그 자체로 하나의 광활한 사회를 구성하였고, 이들을 통해 당시 사회의 모습에 대해 집중적인 개괄을 해내는 동시에 폭로와 비판을 가했는데, 이러한 배치는 작자의 사회에 대한 깊은 인식을 구현하는 동시에 선명한 애증의 감정도 담아낼 수 있었다.

「수호전」의 언어는 예로부터 많은 사람들에게 칭송되어왔다. 「수호전」은 화본에서 발전한 것이지만 「삼국연의」가 「삼국지」를 참고한 것과는 다르다. 언어는 구어를 기초로 하여 설화인의 가공과 정련을 거쳤으므로, 간결하며 생동적이고 길게 늘여 빼거나 딱딱하게 정체된

흠이 없다. 「수호전」 인물의 언어는 최고도의 개성화에 이르러 그 언어 속에서 각 인물의 교양·신분·성격·당시의 심리를 그대로 엿볼 수 있다. 그래서 비슷하게 호쾌하고 시원시원한 성격일지라도 노지심·무송·이규 세 사람의 언어는 같지 않다. 노지심의 호탕함 속에는 군관의 신분이 들어있는데, 이충李忠이 고약을 팔아 돈을 손에 쥔 다음에야 노지심과 함께 술을 마시러 가겠다고 말하자 노지심은 험상궂은 얼굴로 그에게 소리친다. "누가 네 놈을 기다릴 줄 알아? 가려면 지금 당장 가야지.誰耐煩等你? 去便同去." 백정 정도鄭屠가 칼 잡고 있는 일꾼을 시켜 노지심에게 고기를 썰어주도록 하자, 노지심은 곧장 "저 자식들에게 시켜서 썰지 말고 자네가 직접 썰어 줘.不要那等腌不要那等醃臢厮們動手, 你自與我切"라고 말한다. 정도가 비계를 사서 뭘 할 거냐고 물으니, 그는 눈을 부릅뜨고 정도에게 대꾸하기를, "어르신께서 높으신 뜻이 있으셔서 나에게 분부하신 것인데 누가 감히 그걸 묻는단 말이냐?相公鈞旨分付洒家, 誰敢問他?"고 말한다. 셋 다 나쁜 일을 원수처럼 미워하지만 군관 신분의 노지심과 간수 신분의 이규는 신분과 교양 차이가 분명하게 드러난다. 무송의 호탕함 속에는 세상을 떠돌며 살아가는 예리함과 영웅으로서의 자부심이 있다. 동경으로 떠나기에 앞서 무대 앞에서 반금련에게 "형수님은 아주 세심한 분이시니 제가 여러 말할 필요가 없겠죠. 형님은 사람됨이 순박하니 모든 것을 형수님께서 주관하여 잘 돌봐주십시오. 속담에 '겉보기에 좋은 것이 속이 알찬 것만 못하다.'고 합니다. 형님께서 집을 잘 지키신다면 형님께서 더 뭘 걱정하시겠어요? 옛사람들 말에 '울타리가 튼튼하면 이웃집 개가 못 들어온다.'고 했잖습니까?嫂嫂是個精細的人, 不必用武松多說. 我哥哥爲人質樸, 全靠嫂嫂做主看覷他. 常言道: '表壯不如裏壯.' 嫂嫂把得家定, 我哥哥煩惱做甚麼! 豈不聞古人言: '籬牢犬不入.'"라고 말한다. 매 글자마다 가시가 있고 매구마다 사람의 정곡을 찌르는데, 사실상은 반금련에 대한 경고이지만 시동생이라는 신분은 벗어나지 않았다. 부드러움 속에 뼈가 있는 이런 말은 노지심이 말할 수 없거니와 이규 또한 말하기 어렵다. 이규의 호탕함 속에는 무모한 면과 어리석은 면이 있고 놀라울 정도로 솔직함이 들어있다. 그는 처음 송강을 만났을 때 그를 두고 '시커먼 사나이黑漢子'·'시커먼 송강黑宋江'이라 불렀는데, 송강이 직접 나타나 자신을 소개하여 "내가 바로 그 산동의 시커먼 송강이오.我正是山東黑宋江"라고 말하자 이규는 손뼉을 치며 "아이고 어르신, 어째서 빨리 얘기를 안하셨소? 이놈이 얼마나 반가워했을 건데.我那爺, 你何不早說些個, 也敎鐵牛喜歡"하고 말하며 그대로 몸을 굽혀 절을 한다. 정말이지 호탕한 사람의 시원시원한 말투라서 조금도 꾸며낸 느낌이 없는 것이다.

「수호전」은 중국 고대 최초의 백화 장편소설이며 영웅전기傳奇소설의 탁월한 대표작이다. 이 책의 거대한 분량과 심오한 주제, 성격의 생동적인 묘사, 언어의 풍부한 표현력은 중국 고대소설사에서 찬란한 이정표가 되기에 충분하다. 그러나 「수호전」의 소설사에서의 의의는 여기에 그치지 않는다. 「수호전」은 비록 영웅전기의 대표 작품이지만, 또한 내용 중에 많은 시정 인물들을 성공적으로 묘사하고 세태인정을 사실성 있게 그려냄으로써 고전소설이 영웅전기소설에서 세정世情소설로 넘어가는 추세를 예시하였던 것이다.

4. 「서유기西遊記」

1. 만들어진 과정

당대 정관貞觀 연간(627-649)에 젊은 화상 현장玄奘은 18, 9년이란 기간 동안 수만 리를 여행하였다. 산 넘고 물 건너 갖은 고생을 겪으면서도 결코 굽히지 않는 의지로 서역 16국을 돌아다니며 인도에 도착하였고, 범문梵文 불경 657부를 말 20필에 싣고서 돌아왔다. 조정과 재야를 뒤흔들고 사람들을 모두 깜짝 놀라게 만든 장거였다. 이후 현장이 경전을 얻는 과정에 대한 고사가 점차 민간에 전해지게 되었고 갈수록 전기傳奇적 색채를 물씬 풍기게 되었다. 현장의 제자 혜립慧立은 전기傳記작품 「대당자은사삼장법사전大唐慈恩寺三藏法師傳」을 썼는데, 그 일부분에 종교신화가 혼합되어 있다. 송대에 이르러 현장의 고사는 이미 설화인의 중요한 소재가 되었다. 「대당삼장취경시화大唐三藏取經詩話」가 바로 당시의 화본인데, 이 화본은 후행자猴行者가 백의수사白衣秀士로 변하여 당나라 승려를 도와 불경을 가져오는 길에서 요괴를 물리치는 일을 적은 것이다. 「대당삼장취경시화」에서는 경전을 얻는 과정의 사적이 이미 역사고사에서 종교신화로 변화되었고, 고사의 주인공도 당나라 승려에서 손오공으로 바뀌고 사화상沙和尙의 전신前身인 심사신深沙神이 출현하는데, 이는 이미 「서유기」 중 일부 줄거리의 윤곽이 드러난 것이다. 원대에 이르러서는 더욱 생동적이고 완전한 「서유기평화西遊記平話」가 출현하였다. 현재 볼 수 있는 「서유기평화」는 2종의 단편적인 자료밖에 없는데, 하나는 명초 「영락대전永樂大典」 중에 보존되고 있는 '몽참경하룡夢斬涇河龍'으로 대략 천 여 자이다. 다른 하나는 조선 고대의 한어漢語 교과서인 「박통사언해朴通事諺解」 중에 보존된 '차지국투승車遲國鬪勝' 부분으로 대략 천 여 자이며, 「서유기평화」에 관한 주석이 여덟 줄로 기재되어 있다. 현존하는 「서유기평화」 단편 자료로부터 알 수 있는 것은 '천궁을 크게 소란스럽게 하다大鬧天宮'는 부분이 이미 독립된 고사로 변화되었고, 경전을 가져오는 고사가 매우 복잡하게 변모했다는 점이다. 즉, 평화가 이미 초보적이나마 「서유기」의 규모를 갖추면서 경전을 가져오는 스님과 세 명의 제자 일행이 이미 정형화되었고, '검은 돼지의 화신 주팔계黑猪精朱八戒'가 출현하였다는 것이다. 송조에서 명조에 이르는 사이 당 승려의 경전을 얻어내는 고사가 희곡무대에도 출현하게 되었는데, 송·원의 남희南戲, 금의 원본院本, 원의 잡극 등에는 이를 제재로 삼은 극 제목들이 보인다. 명 후기, 오승은吳承恩은 민간 전설과 「서유기평화」, 「서유기」 잡극의 기초 위에 재창조 작업을 진행하여 불후의 신마神魔소설 「서유기」를 완성하였다. 오승은은 자가 여충汝忠, 호는 사양산인射陽山人, 산양(山陽, 지금의 강소江蘇 회안淮安) 사람이다. 가정嘉靖 연간에 공생貢生에 합격하였고, 가정 말 융경隆慶 초에 절강浙江 장흥현승長興縣丞을 지냈다. 「서유기」 이외에 「사양선생존고射陽先生存稿」 4권이 세상에 전해진다.

2. 인물

손오공孫悟空

손오공은 중국에서 남녀노소를 불문하고 친숙한 인물로, 「서유기」 중에서 가장 사랑 받는 역할이다. 그는 사언과 두쟁하며 막중한 무게의 여의봉을 가지고 사악한 세력들을 소탕한다. 그의 이러한 투쟁은 신불神佛조차도 그의 존재를 인정하지 않을 수 없게 만드는데, 이러한 손오공의 반역정신은 사람들의 봉건질서에 대한 증오와 반항을 투영하고 있다. 손오공은 상하존비上下尊卑의 등급제도, 천궁지부天宮地府의 위엄과 예의 따위를 무시하면서 자유를 사랑하고 개성 해방을 추구하였다. 자신의 지혜와 역량으로 적의 모든 계책을 간파할 수 있다고 믿어 의심치 않았고, 스스로 자신의 운명을 장악하고자 했다. 그는 용

〖西遊記〗明 萬曆二十年(1592年) 刻本

감무쌍하여 험난한 길을 두려워하지 않았고, 총명하고도 민첩하다. 또한 영원히 고갈되지 않을 듯한 낙관과 해학을 지녔고, 언제나 왕성한 전투정신으로 가득 차 있었으니, 인도에 불경을 가지러 가는 일 자체가 바로 그에게는 재능을 발휘할 수 있는 좋은 기회였던 것이다. 그를 고무시키는 원동력은 불경을 구한다는 종교적인 목적이 아니라 요괴를 물리친다는 전투 그 자체였다. 손오공은 활동하기를 좋아해 잠시도 가만히 있지 못했고, 공명을 좋아하고 농담을 즐겼으며, 사람들의 단점을 들춰내어 놀리기를 좋아하고, 아첨하는 말에 기분이 우쭐해지고는 자기 자랑도 서슴지 않았다. 스승과 제자 네 사람은 '81가지 난관八十一難'을 겪어내면서 모든 시련을 정복해 가는 영웅적 기개를 충분히 구현하였다.

손오공의 이러한 형상은 중국의 신화 전설에서 그 근원을 찾을 수 있다. 고대에는 일찍부터 신원神猿·수수水獸에 관한 풍부한 전설이 있어왔고, 특히 당대 이공좌李公佐 「고악독경古岳瀆經」 중의 무지기無支祁에 관한 전설은 손오공 형상과 분명한 혈연관계가 있다. 무지기는 회과淮渦의 물을 관장하는 신인데 "형상이 원숭이 같고形若猿猴", "목은 백 척이나 늘일 수가 있으며 힘은 코끼리 아홉 마리를 능가하는데, 냅다 후려치거나 뛰어오르며 날쌔게 치달리거나 사라질 수도 있었다. 能頸伸百尺, 力逾九象, 搏擊騰踔疾奔, 輕利儵忽" 또한 "임기응변에 능했고 강의 깊이를 가늠할 수 있으며善應待言語, 辨江淮之淺深", 신통력이 뛰어나고 아주 민첩하였지만 다루기 어려운 점은 손오공과 비슷했다. 후스胡適·천인커陳寅恪와 같은 학자들은 손오공 형상 창작이 인도의 사시史詩 「라마예나臘瑪延那」 가운데 신후神猴 하누만哈努曼의 영향을 받은 것이라 여겼다. 루쉰魯迅·우샤오링吳曉鈴 등 학자가 이러한 견해에 대해 이의를 제기한 바 있으나 경전을 가져오는 과정의 고사로서의 「서유기」, 이 고사의 진정한 주인공으로서의 손오공은 그의 복장과 차림, 법호 명칭에서 그 변법의 신통력에 이르기까지 곳곳마다 불경고사의 영향을 받은 흔적이 뚜렷하다.

저팔계猪八戒

저팔계 역시 매우 성공적인 문학형상으로 등장하여 「서유기」에 적지 않은 웃음을 선사한다. 일에 아주 능숙한 그가 고노장高老莊의 사위가 되었을 때 소 없이도 땅을 일구고 낫 없이도 수확을 하며 땅을 파고 도랑을 내었고, 벽돌과 기와를 옮기고 흙을 쌓아 담을 다지는 일들을 모두 해냈다. 경을 구하러 가는 길에서도 힘든 일, 더러운 일들은 모두 그가 감당했다. 형극령荊棘嶺을 지나갈 때도 가시덤불을 헤치고 나갔고, 희시동稀柿衕을 지날 때도 입으로 통로를 만들어내는 등, 그는 "처리하기 힘든 일마다 모두 도맡아 해냈다.干這場臭功" 그 혼자서 무거운 짐을 서천西天까지 메고 갔을 뿐 아니라 죽은 사람 등에 업기, 사람머리 파묻기 등 여러 힘든 일 또한 그가 아니면 안 되었으니, 이 모두는 손오공이 다 하찮게 여기는 일들이다. 저팔계는 손오공이 요괴를 제압할 때 늘 조수의 위치에 있다. 그러나 요괴의 포로가 되면서도 한 번도 타협하거나 투항하지 않았으며, 홍해아紅孩兒가 그를 매달았을 때도 끊임없이 욕을 퍼부어댄다. 먹는 양이 대단했고 색욕 또한 만만치 않아 한 번도 외부세계의 유혹을 그냥 지나친 적이 없다. 한편 그는 안목이 좁고 잔꾀를 부리며, 이기심이 많아 공짜를 좋아하며 얄팍한 타산을 따지고 거짓말을 잘한다. 어떤 때는 헐뜯는 말로 갈등을 유발하여 일행의 단결을 해친다. 또한 우둔하고 우악스러운 모습, 몹시 뚱뚱하여 비틀거리는 걸음으로 앞뒤를 재면서 수시로 고노장高老莊의 땅과 아내를 그리워한다. 경을 가지러 가는 도중 난관에 부딪히면 언제나 그가 제일 먼저 흔들렸고, 중도에서 물러선 채일을 해결하지 않으려 했다. 경을 구하러 떠나기 전, 저팔계는 특별히 장인에게 부탁드린다. "장인, 부디 제 아내를 잘 보살펴 주십시오. 만약 저희들이 경을 구해오지 못하게 되면 다시 환속하여 예전처럼 사위노릇을 해드릴께요.丈人啊, 你還好生看待我渾家: 只怕我們取不成經時, 好來還俗, 照舊與你做女胥過活", "만약 일이 뜻대로 되지 않으면 중노릇도 잘 못하고 아내마저 잃게 될 테니 이거야말로 둘 다를 잃는 격이 아닙니까?只恐一時間有些兒差池, 却不是和尙誤了做, 老婆誤了娶, 兩下裏都耽擱了?" 그러나 그의 성격은 시간이 갈수록 발전해나간다. 화과산花果山으로 돌아가 손오공을 산에서 나오도록 청하는 대목에서는 대국을 고려하는 도량 깊은 모습으로 표현된다. 그는 천성이 충직하지만 항상 잔재주를 피우다 일을 그르치고, 장난이 심하고 활발하면서 아주 낙관적이다. 작자는 농촌 소작인의 습관과 심리 특징을 저팔계의 모습에 투영시켰는데, 이러한 묘사는 또한 농민에 대한 그의 모종의 편견을 반영한 셈이다. 작자는 의도적으로 손오공의 형상을 부각시키고 돋보이게 하는 보조인물로서 저팔계를 창작한 것이다.

당승唐僧

당승은 유생儒生과 불교도의 결합체이다. 그는 경건한 신앙심으로 규율을 엄격하게 지키는 신도로, 재물이나 미색, 권세의 유혹 앞에 조금도 동요되지 않는다. 그는 기꺼이 죽음을 무릅쓰고 진경眞經을 구해 돌아올 결심을 한다. 그는 불교도로서 살생은 절대 안 된다는 교리를 굳게 지켜 시비와 선악이 나뉘지 않는 높은 경지까지 이르게 된다. 동시에 그는 진부한 유생으로 완고하고 고집이 있으며, 비겁하고 무능하고 위선적이고 이기적이다. 비구국比丘國을 지날 때 국왕이 그의 심장과 간장으로 약을 만들려 하자 당승은 넋이 나가도록 놀란다. 이에 손오공이 그에게 "생명을 건지시려면 스승이 제자가 되고 제자가 스승이 되어야만 보전할 수 있습니다.若要生命, 師作徒, 徒作師, 方可保全"라고 말하자, 당승은 의외로 "네가 만약 내 생명을 구한다면 진심으로 네 제자의 제자라도 되겠다.你若救得我命, 情願與你做徒孫也"라고 말한다. 제56회에서 산적떼가 당승의 물건을 노리자 손오공이 몽둥이를 들고 좇아와 그들을 모두 때려죽이는데, 당승은 뜻밖에 향을 피워 놓고 그들의 망령을 위해 이렇게 기원한다. "그대들이 삼라전에서 판결받을 때 진정 죽은 원인을 찾고자 하거든 그의 성은 손가요 내 성은 진가니 각기 다른 성임을 기억하구려. 원한에는 상대가 있고 빚에는 빚쟁이가 있는 법, 경전을 구하러 가는 나를 절대 원망치 말라.你到森羅殿下興詞, 倒樹尋根, 他姓孫, 我姓陳, 各居異姓. 冤有頭, 債有主, 切莫告我取經僧人." 이에 손오공이 당승을 힐책하며 "사부님은 정말 의리도 인정도 없는 분이군요.你老人家忒沒情義", "비록 내가 때려잡긴 했지만 그것은 사부님을 위해서였고, 사부님이 서천으로 경전을 구하러 가지 않는다면 저 역시 제자가 되지 않았을 테고 어찌 여기까지 와서 굳이 사람을 죽였겠습니까?雖是我動手打, 却也只是爲你. 你不往西天取經, 我不與你做徒弟, 怎麼會來這裏, 會打殺人."라 말한 것도 탓할 일이 아니다. 저팔계조차도 당승에게 "스승님은 책임을 완전히 다른 사람에게만 미루시네요.師父推了乾淨"하며 조소한다. 당승은 생각하는 방식이 지극히 단편적인지라 오직 현상만을 볼 뿐 본질은 파악하지 못한다. 그는 우유부단하고 우둔하여 잘못을 저지르고도 깨닫지 못한 채 몇 번이고 이를 고치지 않아 어떻게 해 볼 도리가 없을 정도다. 더 이상 방도가 없는 완전한 무능력자이기에 손오공을 떠나서는 한 발자국도 움직이지 못한다. 일단 요괴만 만나면 두려워 떨며 말을 못하고, 사람과 요괴를 구분하지 못하여 몇 번이나 충성스러운 손오공을 내쫓는다. 그는 쓸데없는 자비를 남발하여 요괴를 보호하면서 오히려 손오공에게는 '긴고주緊箍咒'(손오공의 머리에 씌운 금테를 조일 때 사용하는 주문)를 외워 그가 머리 통증을 참을 수 없어 땅바닥을 뒹굴게 만든다.

당승의 원형은 청년법사 현장인데, 경전을 구하러 가는 이야기가 변화함에 따라 현장의 역사적 사실이 희박해지면서 점차 허구적 인물로 변한 것이다. 宋송나라 사람들의 시화詩話 속에서는 이미 순수한 학자에서 유랑하는 화상으로 변모했고, 元원나라 평화評話 중에서 신성한 단향목불檀香木佛로 변했으며, 소설 「서유기」에 이르러는 다시 여래불如來佛의 둘째 아들 금선자金蟬子로 변했다. 이처럼 당승의 형상과 현장의 원형은 차이가 심해졌고, 경전을 구하러 가는 고사의 실제적인 주인공도 당승에서 손오공으로 변하게 된 것이다.

3. 예술특색

「서유기」는 귀신과 요괴를 묘사하는 데 있어서 생물성生物性과 사회성·신성神性을 결합하는 방법을 사용했다. 손오공의 형상은 원숭이의 특성과 사람의 특성, 신적 특성이 통일되도록 묘사되었다. 손오공의 외형은 얼굴에 털이 있고 뇌공雷公의 입 모양에 밭장다리로 절름발이 걸음을 걷는데, 이 모든 것들은 원숭이의 특징이다. 움직이기를 좋아하고 복숭아를 잘 먹으며 영리한 것 또한 원숭이의 생물적 속성을 벗어나지 않는 것이니, 설령 72번을 변신하더라도 그 원숭이 꼬리는 늘 처치곤란이다. 그는 천성적으로 강한 성격에 명예를 중시하며 다른 사람들이 그를 추켜세워 주는 것을 좋아한다. 또한 정의감이 강하여 악인을 원수처럼 미워하는데, 이런 것들은 모두 손오공의 인간적인 특성이다. 또한 그는 자유자재로 변신할 수 있고 한 달음에 10만 8천 리를 건너뛸 수 있으며, 커지기도 하고 작아지기도 하는 여의봉은 무려 13,500근이나 나간다. 이런 점들은 그가 지닌 신성이라는 측면이다. 저팔계 또한 돼지의 특성, 인간의 특성, 신의 특성이 교묘하게 결합된 형상이다. 앞으로 튀어나온 긴 입, 커다란 부채 같은 두 넓적귀, 우둔하기 짝이 없는 모양, 먹고 자는 것만을 탐하며 더러운 것을 개의치 않는 것들은 모두 돼지의 외형과 속성이다. 저팔계 역시 변신할 수 있고, 능력이 미치지 못하는 요부를 만나더라도 상대해 어느 정도는 막아낼 수 있으니, 이것은 저팔계의 신성을 보여주는 점이다. 저팔계가 여색을 밝히고 공짜를 좋아하는 것 등 많은 결점들을 가지고 있는 것은 인간 본성의 표현이다.

「서유기」는 기이하고 환상적인 신화 세계를 창조하였고 풍부한 상상력을 표현해냈다. 손오공은 득도한 후에 "몸에 8만 4천 개의 털이 생겨나 하나하나마다 변화할 수 있고 생각한 대로 사물에 반응하였다.身上八萬四千毛羽, 根根能變, 應物隨心" 하늘의 선도仙桃 중 어떤 것은 "6천 년마다 한 번 익는데 사람이 먹으면 아지랑이 속에 날아올라 불로장생하게 되고六千年一熟, 人吃了霞擧飛升, 長生不老", 어떤 것은 "9천 년마다 한 번 익는데, 사람이 먹으면 천지와 수명이 같아지고 해와 달과도 나이가 같아진다.九千年一熟, 人吃了與天地齊壽, 日月同庚" 손오공이 마음대로 휘두르는 그 여의봉은 무게가 13,500근인데, '길어져라!' 한 마디 외치면 "손안의 여의봉이 위로는 33겹의 하늘에 닿고 아래로는 열여덟 층 지옥에 이르렀으며手中那棒, 上抵三十三天, 下抵十八層地獄", 사용하지 않을 때는 "법상을 거두어들이고 수놓는 바늘로 바꾸어 귀속에 감추어 두었다.收了法象, 將寶貝還變做個繡花針兒, 藏在耳內" 손오공이 인삼 과수를 쓰러뜨리자 관음보살이 버들가지로 감로 몇 방울을 뿌리니 그 나무는

"예전처럼 푸른 잎이 무성해지고 스물 세 개의 인삼 열매가 열렸다.依舊青綠葉陰森, 上有二十三個人參果" 철선공주鐵扇公主가 부채를 한 번 부치기만 하면, "행자의 그림자나 형체를 찾을 수가 없게 되어 붙잡는 것은 생각할 수도 없었다.把行者扇得無影無形, 莫想收留得住" 이 변화무쌍한 신마의 세계 속에서 인물들은 광활한 천지를 활동 무대로 삼는다. 또한 "귀신과 마귀가 모두 인정을 갖추고 요정 또한 세상사와 통하였으니 神魔皆有人情, 精魅亦通世故" 다채로운 '환상 속에 진실이 있는幻中有眞' 신마소설의 매력을 충분히 드러내었다.

「서유기」의 언어는 생동적이고 핍진하며 대화의 어투가 그 인물 그대로다. 생활의 기운이 농후하고 유머와 익살이 풍부하여 매우 강렬한 표현력을 지니고 있다. 오승은은 민중들의 일상 구어로부터 장중하면서도 해학적인, 자유자재로 펼쳐지는 유창한 문학언어를 잘 다듬어내었다. 그리하여 「서유기」는 중국 고대 신마소설의 탁월한 대표작으로 자리잡았다.

4. 사상인식 가치

「서유기」는 유희적으로 지은 작품이 아니며, 익살스런 풍취와 터무니없이 환상적인 문장의 배후에는 매우 엄숙한 창작태도가 있다. 즉, 「서유기」라는 신마고사 속에는 작자의 인생과 사회에 대한 깊은 관찰과 사고가 응결되어 있어 명대 중·후기 문화계의 사상적 이완이 문학창작에 제공한 새로운 기상을 반영하고 있는 것이다.

「서유기」가 묘사하고 있는 지하 저승과 하늘의 용궁은 바로 인간 세계 봉건제도의 투영이다. 그곳에는 "문관도 어질지 않고 무관도 선량하지 않으며 임금 역시 도덕성이 결핍되어 있다.文也不賢, 武也不良, 國

君也不是有道" 우매하고 독단적인 옥황상제의 정치, 제멋대로 권세를 부리며 약한 자를 업신여기고 강한 자를 두려워하는 십대명왕十代冥王의 태도, 사해용왕四海龍王의 비겁함과 저속함, 태백금성太白金星의 간교함은 모두 뚜렷한 인간세계의 색채를 띠고 있다. 서천불국西天佛國도 뇌물을 받고 장엄한 자비의 '부끄러움 감추는 천遮羞布'을 찢어버린다. 지상의 요괴도 천상의 신선과 관련되지 않은 것이 하나도 없다. 그들은 하늘 신들의 법보法寶와 권세만을 믿고 인간 세상에 내려와 온갖 악행을 다 저지른다. 이러한 묘사들은 사람들로 하여금 어렵지 않게 인간세계의 갖가지 불평등과 암흑들을 떠올리게 만든다. 손오공이 천궁을 어지럽힌 직접적인 원인은 개인적인 요구가 관철되지 않았기 때문이지만, 스스로 제천대성齊天大聖이란 기치를 치켜든 것은 분명 하늘과 대항하겠다는 의지다. 그는 여래불如來佛을 향해 이렇게 외친다. "영소보전을 옥황 혼자만 오래 차지할 일 아니고 역대로 군주는 나눠가며 전하는 법靈霄寶殿非它久, 歷代人主有分傳", "황제란 돌아가면서 하는 것, 내년에는 이 몸 차례다.皇帝輪流做, 明年到我家", "어서 옥제에게 천궁을 나한테 내놓으라 일러라. 만약 양보하지 않으면 이 천궁을 아예 아수라장으로 만들어 내내 평온치 못하게 해놓고 말겠다!只教他搬出去, 將天宮讓與我, 便罷了; 若還不讓, 定要攪讓, 永不清平!" 이 대목을 두고 작자가 꼭 의도적으로 농민봉기를 반영한 것이라고는 할 수 없지만, 이처럼 왕권을 무시하고 반항의 색채가 충만한 손오공의 선언 속에서 농민봉기가 작자에게 미친 영향을 찾아볼 수 있다.

「서유기」의 사상인식 가치는 결코 현실에 대한 직접적인 풍자와 폭로에 국한되지 않는다. 당승의 형상 속에서 작자는 유가문화와 불교문화에 대한 엄중한 비판을 드러내었다. 당승의 비겁함과 무능함은 유가문화의 소극적인 면들을 많이 반영하였는데, 예를 들면 소극적이고 보수적이며 참고 양보하며 물러서는 태도, 순종적이며 자기를 낮추고 분수에 만족하여 본분을 지키는 태도, 경외하면서 연약하게 굴고 진부하며 허위적인 태도, 행동하는 능력이 결여된 채 기존 규율을 묵묵히 지키는 태도, 지나치게 신중하여 소심한 태도 등이다. 당승이 자비의 마음을 품은 탓에 결국은 여러 차례에 걸쳐 줄곧 요괴에게 속임을 당하는 결과를 초래하는데, 이는 불교문화에 대한 조소이다. 손오공의 형상은 다름 아닌 영웅주의에 기초한 찬가로서, 영웅을 바라는 시대의 호소가 문학창작에 반영된 것이다. 그러나 손오공의 형상 가운데 명리를 좋아하고 허풍을 잘 떨며 아첨하는 말을 듣기 좋아하는 일면은 지식인들이 홀로 고결하다고 여기며 스스로 만족하는 습성에 대한 완곡한 비평이라 하겠다.

5. 「금병매金甁梅」

1. 작자에 관한 의혹

「금병매」의 작자는 '난릉소소생蘭陵笑笑生'이라 되어 있는데, 그가 과연 누구인지에 대해서는 300년이 지난 지금까지도 논자마다 의견이 분분하여 아직 결론에 이르지 못했다. 연구자들은 길고 긴 '작자' 명단을 제공하면서 우리가 그 속에서 진정한 작자를 골라낼 수 있기를 희망한다. 이 명단 중에 있는 저명한 인물들로는 왕세정王世貞·이립옹李笠翁·조남성趙南星·이지李贄·서위徐渭·이개선李開先·풍유민馮惟敏·심덕부沈德符·가삼근賈三近·도륭屠隆 등이 있다. 어떤 사람들은 원래부터 「금병매」는 한 작가가 독립적으로 창작한 장편소설이 아니며, 「수호전」처럼 여러 세대에 걸쳐 누적되어 이루어진 집체창작이라는 의견을 제시한다. 어쨌든 지금까지도 「금병매」의 작자에 관한 토론은 계속되고 있고, 각종 의견이 서로 대립하면서 교착 상태에 머물러 있다. 일반 독자들은 언제나 반신반의하며 이들 연구자들이 지혜를 짜내어 얻어낸 고증 성과를 주시하지만 그들의 이성적 분석을 온전히 신뢰하려 들지 않는다. 그 이유는 이성적 분석을 통해 얻어진 결론만으로 만족하기에는 어딘가 미흡하기 때문이다. 간접 자료와 여러 우회적인 고증을 들어 한층 노력을 기울인다고 해도 이를 완전히 확신하게 만들기는 힘든 실정이다. 「금병매」의 성서成書 연대 또한 여러 가지 견해들이 있는데, 만력萬曆 10년에서 30년 사이, 가정嘉靖 40년에서 만력 11년 사이, 융경隆慶 20년에서 만력 34년 사이 등 다양한 관점이 대립하고 있는 중이다.

2. 서문경과 반금련

서문경은 「금병매」의 중심인물로, 전체 내용은 서문경 집안의 흥망성쇠를 다루고 있다. 서문경은 몰락한 집안 출신으로 여러 가지 일을 하는 시정잡배이다. 생약재상을 하면서 고리대금업도 하고, 소송을 도맡아 돈벌이를 하며 나중에는 또 관리가 된다. 소설은 이처럼 상인·고리대금업자·악질토호·관료·색마 등 여러 특징을 동시에 가진 배역을 통해, 또한 그가 입신출세를 이루고 악행을 저지르면서 줄곧 육욕을 절제하지 않은 결과 마침내 죽게 되기까지의 과정을 통해 명대 후기 사회의 현실을 매우 심각하게 폭로했다. 서문경은 본래 사회적 지위가 그다지 높지 않았으나 자신의 재력과 수완으로 관부와 결탁하고 후원자를 찾아내어 사회적 유대관계를 폭넓게 쌓았기 때문에 여러 차례의 정치적 풍랑에도 끄떡하지 않았다. 그는 무대를 독살하고서도 법망에서 벗어나 거리낌없이 활동했고, 또 재물을 탐내 인명을 해친 묘청苗靑을 뇌물을 받고 풀어주고도 무사할 수 있었다. 그는 아내 오월낭吳月娘에게 "내가 듣기로 불교의 시조가 있는 서천도 황금을 온 땅에 깔아야 하고 지하의 열 궁전 역시 종이돈을 써야 한다네. 내가 이 가산을 다 써서 널리 좋은 일을 하면 설령 항아嫦娥를 강간하든지 직녀織女와 화간和姦하든지 선녀 허비경許飛瓊을 유혹하든지 서왕모西王母 딸을 몰래 훔쳐온다 해도 하늘에 닿을 만큼 많은 이 재물이 줄지는 않을 거란 말이야.咱聞那佛祖西天, 也不過要黃金鋪地, 陰司十殿, 也要些楮鏹營求. 咱只消盡這家私, 廣爲善事, 就使强姦了嫦娥, 和姦了織女, 拐了許飛瓊, 盜了西王母的女兒, 也不減我潑天富貴."(「금병매」 제57회)라고 뻔뻔스럽게 말한다. 서문경은 이처럼 벼락부자의 저속한 방식으로 돈을 물 쓰듯 하고 제멋대로 즐기다가 결국에는 지나친 음욕으로 인해 갑작스럽게 죽고 만다.

예술적 각도에서 보면, 「금병매」 중에서 가장 뛰어나게 묘사된 인물은 반금련이다. 반금련도 서문경과 마찬가지로 시정인물인데, 자신의 이익을 위해서라면 못하는 짓이 없다. 그러나 시정인물로서의 그녀의 외관 표현은 오히려 서문경과 다르게 묘사되었다. 서문경의 시정인물로서의 본질은 관리세계, 상업세계, 애정세계에 분산되어 보이나, 반금련의 시정인물로서의 본질은 의외로 처첩간의 싸움 속에 집중적으로 드러난다. 아름다운 외모, 뛰어난 말주변, 솜씨 좋은 수완과 이중성, 잔인함과 뻔뻔스러움, 이해타산에 능숙함, 교활하고 심술궂음, 습관적인 질투 등 여러 특징이 한데 어우러져 복잡하면서도 사실적인 성격이 표출된다.

3. 구성

「금병매」는 서문경 가족의 흥망성쇠를 통해 인간의 욕망이 횡행하고 도덕이 상실된 사회를 묘사했다. 작자는 이러한 창작의도에 따라 서문경, 반금련, 이병아라는 세 사람을 중심인물로 택하고 단계가 다른 보조 인물들을 배치하였는데, 세 명의 인물 또한 병렬된 것은 아니며 그 중에서 서문경이 가장 중심인물이다. 서문경이 중심으로 선택된 것은 여러 가지 면을 고려했기 때문이다. 우선 서문경은 시정잡배인데, 시정잡배의 성격은 인간 욕망이 횡행하고 주색재기酒色財氣를 추구하던 시대 분위기를 가장 잘 드러낼 수 있다. 구성면에서 보면 서문경은 벼락부자, 고리대금업자, 상인, 시정의 간사한 악당, 관료라는 여러 신분을 겸비하고 있다. 이같이 복잡하고 다중적인 신분은 그가 속한 사회를 서로 연결하는 결합점으로서, 작자는 그의 활동을 통해 여러 방면의 사회생활을 최대한 개괄해 낼 수 있다. 서문경의 활동은 매우 자연스럽게 신분과 지위가 천차만별 다른 인물들을 한데 엮어내는 작용을 한다. 서문경의 주색잡기에 대한 추구는 이 책의 중심내용이면서 구성의 주요 실마리인데, 그 가운데 특히 색에 대한 추구가 가장 주목을 끈다. 그리하여 작자는 다시 반금련과 이병아라는 두 중심인물을 배치하였고, 서문경 가정 내부의 처첩간의 다툼을 구성의 보조선으로 삼았다. 사회적인 모든 실마리는 서문경과 통하고, 가정 내의 각종 실마리는 대부분 반금련과 통한다. 작자는 반금련이 일처오첩一妻五妾과의 모순 투쟁 속에서 서로를 연결시키는 배역 역할을 충분히 발휘할 수 있도록 배치했고, 동시에 반금련의 사상이나 성격도 이 과정을 통해 남김없이 표출되도록 하였다. 주선主線과 부선副線이 교차하며 진행되고, 서문경의 주색잡기에 대한 추구와 일처오첩 사이의 옥신각신한 싸움이 한데 중첩되었다. 주선의 전개는 서문경을 그려내는 데 용이하고, 부선의 전개는 반금련을 그려내는 데 용이하다. 작자는 바로 이 두 가지를 함께 진행시켜 나가는 방식을 취했다. 부선은 주선의 보충이기에 처첩간의 투쟁은 다름아닌 일부다처제의 보충인 셈이다. 이것이 바로 「금병매」가 구성면에서 주선과 부선을 서로 연결해 함께 추진시키는 내재적 근거이며, 「금병매」의 전체 구성은 바로 이러한 틀로 이루어지고 있는 것이다. 이러한 구성은 도처에서 생활, 인물, 사회에 대한 작자의 인식과 연관을 이루게 된다.

4. 소설사적 위치

「금병매」에서 표현하고 묘사하고자 한 바는 보통의 시정인물이다. 물론 보통 시정인물을 묘사한 것이 결코 「금병매」에서 처음 시작된 것은 아니다. 「수호전」에서 이미 이들을 성공적으로 묘사한 바 있지만, 그곳에서는 대개 영웅을 부각시키는 역할에만 충실하여 영웅인물의 활동에 필요한 환경이나 무대를 제공하거나 그들의 뛰어난 업적을 위해 어떤 배경을 제시하는 쪽으로만 진행되어 독자들은 영웅 이야기에 거의 모든 주의력을 빼앗기게 된다. 설사 송·원 화본 중에서 보통의 시정인물들이 이미 일부 작품 속에서 주인공으로 묘사되었을지라도, 독자들은 그것들과 「금병매」의 차이점을 쉽게 구별해 낼 수 있다. 송·원 화본 중의 시정인물들은 모두 '기이한 고사' 속에 배치되어 있지만, 「금병매」에서는 기이할 것 없이 평범하기 짝이 없는 그들의 '일상생활' 자체를 묘사했던 것이다. 즉, 이 작품에 와서 인물과 이야기는 모두 일상생활과 밀접하게 연결되면서 전기傳奇와는 이별을 고하게 된다. 중국의 고대소설은 대부분 신화, 역사고사, 민간전설에서 소재를 취하는 것이 일반적이었고 당대 현실생활 속에서 소재를 찾는 것은 그다지 보편화되지 않았다. 사실 청대에 이르기까지 이러한 상황은 근본적인 변화가 없었다. 장편소설 「금병매」는 중국 고전소설이 엄격한 의미에서의 '사실적 서사'라는 방향으로 나아가고자 했던 노력을 보여주고 있다. 이런 의미에서 이 작품은 현실사회와 가정생활을 소재로 한 중국 고대 최초의 장편소설로서, 작자는 한 가정의 음식과 기거起居, 애경사 예절, 사회적 교제, 처첩간의 갈등 뿐 아니라 이 가정의 모든 성쇠盛衰과정을 집중적으로 묘사해냈다. 「금병매」에서 묘사된 인물들은 모두 당시 사회 속에서 활약하는 일반적인 사람들이다. 그들은 평상시에 쉽게 볼 수 있는 사람들이고, 그들의 사상 역시 평범한 사람들을 결코 벗어나지 않는다. 그들의 행위는 어떠한 전기적인 색채도 띠지 않으며, 작자 역시 기이한 줄거리를 꾸며내 독자를 끌어들일 생각을 가지지 않고 그저 흔히 있는 일상생활 속에서 끔찍한 부패와 암흑을 파헤치고 몰락해가는 추세를 폭로하였다. 「금병매」는 원만한 결말로 세속에 부합하고자 하는 심리가 보이지 않고 오히려 돌이킬 수 없는 패망을 사실적으로 묘사해냈다. 인물의 비영웅화非英雄化, 소재의 현실화, 줄거리의 비전기화非傳奇化라는 세 가지 측면에서 볼 때 「금병매」 창작은 커다란 의의가 있으며, 이는 백화소설 발전의 광활한 전경을 펼쳐내는 데 지대한 영향을 미쳤다.

「금병매」의 문학적 시도는 대단한 성공을 거두었지만, 한편으로는 뚜렷한 결함들도 보인다. 예컨대 거침없는 음란성 묘사, 불필요한 성 묘사의 삽입, 장면의 번잡한 중복, 방대하고 장황한 묘사, 사상이나 성격의 전후가 일치하지 않는 일부 인물들, 부자연스러운 전개와 전후가 어긋나는 줄거리 등이다.

6. 「봉신연의封神演義」

명나라 사람 허중림許仲琳이 저술한 「봉신연의」 또한 영향력 있었던 신마소설이다. 내용은 무왕武王이 주紂를 정벌하는 역사고사와 전설을 소재로 삼은 것인데, 인자하고 백성을 사랑하는 무왕을 칭송하고 방탕하며 포악한 주왕紂王을 비판하였다. 작자는 군신관념의 속박을 타파하고 도道로써 무도함을 징벌하는 정의로운 전쟁을 긍정하는 진보적 사상 경향을 표출하였다. 소설 속의 주왕에 대한 폭로성 묘사 (술과 여색을 좋아하고 고집불통으로 남의 말을 듣지 않으며, 신하와 백성을 돌보지 않고 소인들을 총애하고 신임하며, 마구잡이로 살인하는 것을 표창하는 것 등)는 폭군을 부정하는 작자의 소신을 구현한 것이다.

소설은 신화적 색채가 충만하며, 대담하고 풍부한 상상력을 표현해냈다. 나타哪吒는 세상에 나올 때 육구肉球 안에서 튀어나왔는데, "온몸은 붉은 빛을 띠었고, 얼굴은 분을 바른 듯 했으며遍體紅光、面如傅粉", 오른손에는 "건곤권乾坤圈"을 들었고 배 위에는 "혼천능混天綾"을 휘감고 있었다. 나타가 혼천능을 물속에 넣어 씻으니 "물이 모두 붉게 빛났고, 그걸 흔들어대자 강물이 넘실거리며 선곤이 놀라 진동하고把水俱映紅了, 擺一擺, 江河晃動; 搖一搖, 乾坤震撼", 수정궁水晶宮은 "우르르 쾅쾅 소리를 냈다.晃的亂響" 발로 풍화륜風火輪을 밟고 손에는 금으로 된 창 한 자루를 쥔 그는 정말 위풍당당하다. 후에 부자간에 반목하게 되자 나타는 뼈를 깎아 아버지에게 돌려주고 살을 깎아 어머니에게 돌려주었으며, 혼백은 그 어머니가 취병산翠屏山에 세운 나타의 사당에 들어가 사람들의 참배를 받는다. 이 사당은 오래지 않아 그의 아버지 이정李靖에 의해 파괴되는데, 태을진인太乙眞人은 연잎과 연꽃줄기로 나타의 육신을 다시 빚었고, 나타는 그렇게 다시 태어난 후에 이정을 찾아 결국 원한을 갚는다. 또한 토행손土行孫은 토둔土遁(도가의 술법인 오둔五遁의 하나)을 할 수 있어 땅 속에서 걸어 다니며, 고명高明은 "눈으로 천리를 내다볼 수 있고目能觀看千里" 감각이 뛰어나 "귀는 천리까지 세밀히 들을 수 있다.耳能詳聽千里" 형합哼哈 이장二將은 하나는 형哼이고 하나는 합哈인데, 두 줄기 흰 기운이 사람을 죽음에 이르게 할 수 있다.

전체 내용에는 숙명론적 색채가 충만하고, 신마 세계의 종파·교파 간의 논쟁을 부각시켜 묘사한 점이 작품의 사상적, 사회적 의의를 약화시키는 단점이 되고 있다.

7. 모방화본擬話本

1. 「두십랑이 분노하며 온갖 보물상자를 강에 던지다杜十娘怒沈百寶箱」

「두십랑이 분노하며 온갖 보물상자를 강에 던지다」는 명대 모방화본 중의 명편이다. 줄거리는 다음과 같다. 이포정李布政의 공자 이갑李甲이 경도京都 명기 두십랑을 사랑하게 된다. 시간이 지나 이갑의 재산이 바닥나자 기생어미는 그를 쫓아내려 하나, 두십랑은 오히려 기적妓籍에서 벗어나 진심으로 이갑에게 시집가기를 원한다. 그녀는 치밀한 계획을 세우고 스스로 치러야 할 대금을 준비하여 결국 그 감옥 같은 생활을 벗어나 이갑과 함께 남쪽으로 돌아오다가 도중에 소금장수 손부孫富를 만난다. 손부는 십랑의 미색에 홀딱 반하여 천금을 줄 테니 십랑을 그에게 양보하라고 이갑을 유혹한다. 부친의 책망이 내내 두려웠던 이갑은 앞날을 고려하여 십랑을 파는 데 동의한다. 그날

〖古今小說四十卷〗 明 天啓年間 劉素明 刻本

저녁 두십랑은 자초지종을 듣고서 상심하고 절망한다. 다음날 아침 두십랑은 뱃머리에서 손부와 이갑을 질책하며 보물상자 속의 진주와 보석을 강물에 다 던져버리고 자신은 상자를 안은 채 강에 뛰어들어 자살한다. 이갑은 후회 막심하여 끝내 미치광이가 되고, 손부는 경기 驚氣가 들린 나머지 시름시름 죽게 된다.

줄거리 면에서 보면 소설의 시작은 「이와전」과 비슷하지만 소설의 결말은 의외로 강물에 투신하는 비극이다. 작자는 쉽고도 원만한 결말로 대단원을 희망하는 사회심리에 영합하지 않았고, 분노 속에서 보물상자를 강에 던져 버리는 독특한 줄거리를 선택함으로써 두십랑의 운명에 힘 있는 마침표를 찍었다. '온갖 보물을 강에 던져버리고 십랑 자신도 뛰어드는' 장면은 사람의 마음을 뒤흔드는 효과가 있다.

두십랑의 사상이나 성격 중 가장 두드러진 부분은 바로 이 '강에 던져버리는' 장면이다. 그녀가 "충직하고 진실하다忠厚志誠"고 잘못 판단했던 이갑은 원래 허위적이고 비겁하며 이기적이고 냉혹한 사람이다. 손부의 개입은 두십랑이 이갑의 진면목을 분명히 인식하고 자신의 사회적 지위를 똑똑히 인식할 수 있게 만들었다. 비록 그녀가 이미 "기적妓籍에서 벗어났을지라도從良" 이갑의 눈에는 여전히 하나의 노리개이자 상품이었으므로 그녀는 또 한 차례 팔려 나간 것이다. 지위는 비천하나 성품이 고상하며 외유내강형의 순수한 기녀가 가장 먼저 추구하고자 한 것은 인간의 존엄이었다. 애정에 대한 이상이 무너진 후 그녀는 부서지고 말지언정 구차하게 그 사랑에 연연해하지 않았고, 젊은 목숨을 강에 던짐으로써 그녀를 압박하는 봉건제도와 금전을 쥔 세력을 향해 마지막으로 항변하였다.

이 소설은 '삼언' 중에서 흔히 보이는 우연의 일치를 사용하지 않고 담담하고 직선적인 서술을 통해 비극의 절정으로 나아간다. 두십랑과 이갑의 성격도 이에 따라 한 겹 한 겹 벗겨져 드러난다. 소설은 '기적에서 벗어나는 과정'과 '강에 버리는 장면' 묘사에 심혈을 기울였다. '기적에서 벗어나는 과정' 묘사 속에는 많은 우여곡절이 이어지는 동안 두십랑의 지혜와 주도면밀함이 드러난다. '기적에서 벗어나는' 묘사들은 모두 '강에 버리는 장면'을 위한 복선이다. 두십랑은 노리개가 되어 웃음을 팔아야 하는 삶에서 벗어나기 위해 온갖 지혜를 동원했건만, 결국은 여전히 남에게 팔려 가는 신세가 된 것이다. 작자는 남녀주인공의 심리 변화를 명확하게 파악하여 그 속의 미묘한 부분을 놓치지 않고 묘사한다. 예를 들어, 이갑이 손부의 말에 동요된 후 선실로 되돌아오자, 작자는 먼저 두십랑의 눈을 통해 "얼굴색이 초조하고 마치 근심이 있는 듯顔色匆匆, 似有不樂之意"한 이갑의 모습을 묘사한다. 두십랑이 연유를 재차 추궁하자 이갑은 "몇 번이나 말을 할까 말까 망설이는데欲語不語者幾次", 이는 이갑이 양심의 가책을 느끼면서 망설이고, 다른 한편으로는 두십랑이 그녀를 "넘겨주는 일轉讓"에 동의해주기를 바라는 모순된 심리가 무언중에 담긴 것이다. 두십랑이 거짓으로 승낙을 하고 다음날 아침에 일찍 일어나니 "손부가 심부름하는 아이를 시켜 뱃머리로 오라는 편지를 보냈는데孫富差家童到船頭候信", "십랑이 공자를 살짝 엿보니 얼굴에 희색이 도는 듯하여十郎微窺公子, 欣欣然似有喜色" 그때서야 그녀는 완전히 절망하며 단념하고 만다.

구성면에서 볼 때 '보물상자'는 중요한 관건이다. 그것은 기녀의 신분에서 벗어나는 일과 강에 버리는 일이라는 커다란 두 축과 연결되어 있다. 기적에서 벗어나는 과정 속에서 보물상자는 감추어져 보일 듯 말듯 드러나지 않는데, 이로써 두십랑의 치밀한 계획을 묘사한다. 강에 상자를 던져버리는 부분은 보물이 강에 가라앉아 소멸되어버리는 상황을 통해 두십랑의 "상자 속에 진주가 있음櫝中有珠"과 이갑이 "눈은 있으나 보물을 알아볼 눈동자가 없었음有眼無珠"을 상징하고 있다.

2. 「장흥가가 진주적삼을 다시 찾다蔣興哥重會珍珠衫」

작품은 「고금소설」 권1에 보이는데, 이 고사는 명나라 사람 송무징宋懋澄의 「구약집九籥集」에서 나왔고, 풍몽룡馮夢龍이 이를 근거로 삼아 화본소설로 개편한 것이다. 줄거리는 다음과 같다. 장흥가와 왕삼교王三巧는 잠시도 떨어질 줄 모르는 금슬 좋은 부부이다. 장흥가가 광동으로 장사를 떠나가게 되자 부부는 눈물을 머금고 작별한다. 그러나 후에 왕삼교는 진상陳商에게 꼬임을 당해 집안의 진주적삼까지 내어

주게 된다. 장흥가는 집으로 돌아오는 도중 우연히 진상을 만나 그가 자랑하는 진주적삼을 통해 삼교와 진상이 정을 통한 사실을 눈치챈다. 집에 돌아온 후 흥가는 삼교를 버리고, 진상은 행상을 하다 강도를 만나 병들어 죽는다. 몇 번의 우여곡절 끝에 진상의 본처 평 씨平氏가 장흥가에게 개가하고, 삼교도 다시 장흥가에게 와서 첩이 된다.

전체 줄거리는 인과응보라는 큰 테두리 안에서 전개되는데, 이른바 "화복과 인과응보는 거짓됨이 없는 법, 푸른 하늘 지척에 있어 멀리 갈 것도 없다殃祥果報無虛謬, 咫尺晴天莫遠求"는 것이다. 그러나 고사의 표면을 덮고 있는 인과응보라는 가리개를 젖혀내면 당시 상품경제가 전통적 도덕체제에 가해진 충격을 볼 수 있다. 장흥가는 아내가 다른 남자에게 정조를 빼앗긴 사실을 알고 화가 솟구쳐 넋이 나갈 정도였지만, 오히려 "보잘 것 없는 돈벌이에 매달려 젊은 아내를 생과부로 만든 나 때문에 이런 추태가 벌어졌다.貪着蠅頭微利, 撇他少年守寡, 弄出這場醜來"고 자책한다. 그는 매몰차게 삼교를 버리긴 했으나 삼교가 재가할 때는 귀중품 열여섯 상자를 혼수로 보내주었다. 왕삼교는 자신의 추태가 드러난 후 목숨을 끊고자 하였으나 앞날이 구만 리 같다고 설득하는 어머니의 권유로 결국 생각을 바꾸고 지현知縣의 첩이 된다. 이렇듯 흥가와 삼교 및 주위 인물들의 행실을 살펴보면 상업에 종사하는 시민들에게 삼종사덕三從四德과 정절관념은 이미 상당히 희미해졌고, 실리를 추구하는 관념이 우세해졌음을 알 수 있다. 작가는 많은 부분을 할애하여 설파薛婆가 삼교를 꼬드기는 과정을 하나하나 서술하였고, 진상이 그녀를 손에 넣는 어려운 과정 또한 섬세하게 전개하였으며, 탐욕스럽고 계략에 능숙한 설파를 자세히 묘사하였다. 이는 왕삼교가 정조를 잃게 된 것에 대해 객관적인 이해를 돕고자 함이며, 또한 후에 왕삼교가 후회하고 다시 남편에게 돌아오게끔 만드는 복선인 것이다. 작가는 흥가를 배반한 삼교를 탓하기보다 진상과 설파에게 더 많은 책임을 전가시킨다. 이러한 진보적 태도는 흥가와 삼교의 사상변화의 맥락을 정확하게 파악하게 하며, 두 인물 묘사에 대한 사실감과 생동감을 강화시킨다. 작품에서 장흥가 심리에 대한 묘사는 줄곧 칭찬으로 이어진다. 그는 너그럽고 선량하며 감정에 충실한 사람이다. 아내가 정절을 잃었다는 것을 알고 난 직후, 그는 "바늘이 배를 찌르는 듯 하여 구실을 대어 급히 작별인사를 건네고 술자리를 떠났다. 숙소에 돌아와서는 온통 그 생각에 너무 괴로워서 축지법이라도 배워 당장 집으로 돌아가고 싶은 마음 간절했다.當下針刺在肚, 推故不飮, 急急起身別去. 回到下處, 想了又惱, 惱了又想, 恨不得學個縮地法兒, 頃刻到家""거의 도착할 무렵에는 마음이 괴롭고 서글퍼서 한 발자국 내딛다가 한 발자국 멈추곤 하면서 길을 걸어 자신의 집 문 앞에 이르러는 간신히 화를 억누르고 아내와 대면했다.及至到了, 心中又苦又恨, 行一步, 懶一步. 進得自家門裏, 少不得忍住了氣, 勉强相見"갑자기 닥쳐온 심각한 충격 속에서 남자 주인공이 보이는 다급한 정서의 변화가 분명하면서도 단계적으로 표현되었으며, 사랑하지만 사랑할 수 없고 증오하지만 증오할 수 없는 복잡한 심리상태가 충분히 묘사되었다. 반면反面 인물인 설파의 묘사에도 심혈을 기울였는데, 설파가 왕삼교를 유인하는 단락이 「수호전」 중 "왕파가 재물을 탐내 부정한 일을 부추기다.王婆貪賂說風情"는 회목의 자매편이라고 일컬어지는 것도 당연한 일이다.

이 작품의 구성에서 진주적삼의 역할도 소홀히 할 수 없다. 그것은 본래 "장 씨 집안에 전해져 내려오는 유물로 더운 날에 입으면 뼛속까지 상쾌해지는 진귀한 물건이었다.蔣門祖傳之物, 暑天若穿了他, 淸凉透骨"결혼한 후 장흥가가 왕삼교에게 건네주며 소중히 간직하도록 부탁한 것인데, 왕삼교는 진상과 정을 통한 후 이를 그에게 주어 "정표로 삼는다.做個紀念" 소주에서 진상을 우연히 만난 장흥가는 그가 입은 진주적삼을 통해 삼교가 정조를 잃게 된 비밀을 알게 되며, 최후에는 진상의 본처 평 씨가 진주적삼을 가지고 장흥가를 찾아와 물건은 원주인에게 되돌아온다. 진주적삼은 장흥가와 왕삼교 사이의 애정의 상징에서 왕삼교와 진상이 정을 통한 표지로 변하고, 마지막으로 왕삼교가 원래 남편에게 다시 돌아오는 상징으로 변신하는 것이다. 이는 줄곧 줄거리의 발전, 인물의 운명과 긴밀하면서도 자연스럽게 연관되어 있어서 소설의 구성이 한층 더 구체적으로 연결되고 이야기의 희극적색채가 더욱 도드라지게 하는 역할을 한다.

3. 「교태수가 원앙보를 마음대로 정하다喬太守亂點鴛鴦譜」

「성세항언」 권8에 보이는 이 작품은 전체 내용에서 남녀의 얽히고 설키는 어긋남과 가벼운 해학적 분위기가 넘쳐난다. 작자는 인정세태를 배경 삼아 혼인 문제를 둘러싸고 벌어지는 일련의 희극적 충돌을 전개하였다. 작품에서 먼저 보게 되는 것은 정신을 어지럽게 만드는 '원앙보鴛鴦譜'이다. 의사 유병의劉秉義의 아들 유박劉璞은 "손 과부의 딸 주이를 아내로 맞기로 했고已聘下孫寡婦的女兒珠姨爲妻", 딸 혜랑慧娘은 "벌써부터 근처 약방 배구노 집안의 청혼을 받았다.已受了隣近開生藥鋪裴九老家之聘" 손 과부의 아들 옥랑玉郎은 "어릴 적부터 단청 잘하는 서아의 딸 문가를 아내로 맞이하기로 정해졌다.從小聘定善丹靑徐雅的女兒文哥爲婦" 이 원앙보에서는 배가의 아들 배정裴政과 서아의 딸 문가에 대한 묘사는 많지 않고 보조적인 위치에 놓인 채 고사의 처음과 끝에 가볍게 언급될 뿐이다. 이야기의 중심은 유·손 두 집안의 다툼이지만 그중에서도 집중적으로 묘사한 것은 혜랑과 옥랑이다. 손가는 유가 아들의 액막이로 시집가는 딸이 고생할까 걱정하여 아들 옥랑에게 여장을 시켜 누이 주이를 대신해 '시집가게' 한다. 유박의 병이 심하여 합방을 할 수 없게 되자 유 부인은 딸 혜랑을 신부 올케와 함께 있도록 한다. 시누이와 올케가 동숙을 함으로써 옥랑과 혜랑의 인연을 재촉하고, 그 결과 세 집안의 혼인소송이 발생한다. 교태수가 이를 돕기 위하여 원앙보를 새로이 조정하는데, 혜랑은 옥랑과 결혼하게 되고 배정은 문가를 다시 맞아들이니, 이로써 "손가의 아들은 누이 덕분에 아내를 맞이하고孫氏子因姊而得婦" "유가의 딸은 올케 덕분에 남편을 맞이해劉氏女因嫂而得夫", "세 쌍의 부부는 각자 어울리는 대상을 만나게 된다.三對夫妻, 各諧魚水"

작자는 우연찮게 발생한 이 잘못된 희극을 분명 동정하고 이해하는 태도로 처리하고 있는데, 교태수의 판결문이 작자의 이런 시각을 실제적으로 표현한다. "오라버니가 누이를 대신해 시집을 가고 시누이가 올케와 잠을 자게 했던 일은 딸을 사랑하고 아들을 사랑하는 마음에서였으니 그 정은 이치에 부합된다.弟代姊嫁, 姑伴嫂眠, 愛女愛子, 情在理中." 유 부인이 딸에게 '올케'를 모시도록 한 것은 "타는 불에 땔나무를 올려놓는 일移乾柴近烈火"과 다를 바 없었으니 젊은 두 사람을 책망할 수는 없다. 교태수가 이렇게 판결한 후, "이 일은 항주를 떠들썩하게 하였고 사람마다 은혜를 베푸는 좋은 태수라고 칭송하며此事鬧動杭州府, 都說好個行方便的太守", "저잣거리에서도 좋은 일로 여겨 이를 전하며 추하게 생각하지 않았다.街坊上當做一件美事傳說, 不以爲醜" 이런 묘사는 인물들에 대한 작자의 동정심을 진일보 반영한 것이다.

고사는 희극적 줄거리를 구성하는 작자의 탁월한 재능이 두드러진다. 유박은 분명 병세가 심했으나 유 부인은 오히려 "우연히 감기에 걸렸을 뿐 원래는 큰 병이 아니라고偶然傷風, 原非大病" 상대쪽에 거짓말을 한다. 유공劉公은 그렇게 하면 "남의 딸자식을 불행하게 만들어 다른 곳에 재가해야 할 사태가 생겨날까害了人家子女, 有個晚嫁的名頭" 두려워하지만, 유 부인은 오히려 앞뒤 가리지 않고 결혼을 재촉하여 서둘러 아들의 '액막음冲喜'을 하고자 한다. '신부'가 들어온 후 유부인은 자신의 계획대로 혜랑을 올케와 함께 지내도록 하는데, 유공은 "법도에 어긋남을 걱정하였으나只怕不穩便" 유 부인은 도리어 "그 애가 외로워할까 봐서省得他怕冷靜"라고 말한다. 옥랑이 떠난 지 삼 일이 되자 손 과부는 마음을 졸이다가 사람을 보내 맞아오도록 보냈는데, 유 부인은 '신부'가 그대로 빠져나갈 것만 걱정하여 끝내 놓아주지 않는다. 유 부인은 자신의 지혜로 계획을 성사시켰다고 여겼으나 결과적으로는 "제 이익 따지다가 오히려 이중으로 손해를 본賠了夫人又折兵" 셈이다.

三國志通俗演義

第四十九回 七星壇諸葛祭風 三江口周瑜縱火

卻說周瑜立於山頂, 觀望良久, 忽然望後而倒, 口吐鮮血, 不省人事[1]. 左右救回帳中. 諸將皆來動問[2], 盡皆愕然相顧曰: "江北百萬之衆, 虎踞鯨呑[3]. 不爭[4]都督如此, 倘曹兵一至, 如之奈何?" 慌忙差人申報吳侯, 一面求醫調治.

卻說魯肅見周瑜臥病, 心中憂悶, 來見孔明, 言周瑜卒病之事. 孔明曰: "公以爲何如!" 肅曰: "此乃曹操之福, 江東之禍也." 孔明笑曰: "公瑾[5]之病, 亮亦能醫." 肅曰: "誠如此, 則國家萬幸!" 卽請孔明同去看病. 肅先入見周瑜. 瑜以被蒙頭[6]而臥. 肅曰: "都督病勢若何?" 周瑜曰: "心腹攪痛, 時復昏迷." 肅曰: "曾服何藥餌?" 瑜曰: "心中嘔逆, 藥不能下." 肅曰: "適來去望孔明, 言能醫都督之病. 見在帳外, 煩來醫治, 何如?" 瑜命請入, 敎左右扶起, 坐於床上. 孔明曰: "連日不晤君顏, 何期貴體不安!" 瑜曰: "'人有

---

1) 不省人事 : 정신을 차리지 못하다.
2) 動問 : 動靜을 묻다. 상태를 물어보다.
3) 虎踞鯨呑 : 산속 호랑이와 바다의 고래처럼 사나운 동물들이 먹이를 노리며 기다리다. 여기서는 曹操와 그의 군대를 가리킨다.
4) 不爭 : 생각지도 않게.
5) 公瑾 : 周瑜의 字.
6) 以被蒙頭 : 이불을 머리까지 뒤집어쓰다.

旦夕禍福', 豈能自保?" 孔明笑曰: "'天有不測風雲', 人又豈能料
手?" 瑜聞失色, 乃作呻吟之聲. 孔明曰: "都督心中似覺煩積否?"
瑜曰: "然." 孔明曰: "必須用涼藥以解之." 瑜曰: "已服涼藥, 全然
無效." 孔明曰: "須先理其氣; 氣若順, 則呼吸之間, 自然痊可." 瑜
料孔明必知其意, 乃以言挑之曰: "欲得順氣, 當服何藥?" 孔明笑
曰: "亮有一方, 便教都督氣順." 瑜曰: "願先生賜教." 孔明索紙筆,
屏退左右, 密書十六字曰: "欲破曹公, 宜用火攻; 萬事俱備, 只欠
東風." 寫畢, 遞與周瑜曰: "此都督病源也." 瑜見了大驚, 暗思:
"孔明眞神人也! 早已知我心事! 只索⁷⁾以實情告之." 乃笑曰: "先生
已知我病源, 將用何藥治之? 事在危急, 望卽賜教." 孔明曰: "亮雖
不才, 曾遇異人, 傳授奇門遁甲天書⁸⁾, 可以呼風喚雨. 都督若要
東南風時, 可於南屏山建一臺, 名曰'七星壇': 高九尺, 作三層, 用
一百二十人, 手執旗旛⁹⁾圍遶. 亮於臺上作法, 借三日三夜東南大
風, 助都督用兵, 何如?" 瑜曰: "休道三日三夜, 只一夜大風, 大
事可成矣. 只是事在目前, 不可遲緩." 孔明曰: "十一月二十日甲
子祭風, 至二十二日丙寅風息, 如何?" 瑜聞言大喜, 矍然而起. 便
傳令差五百精壯軍士, 往南屏山相度地勢, 令軍士取東南方赤土築
壇; 撥一百二十人, 執旗守壇, 聽候使令. 孔明辭別出帳, 與魯肅
上馬, 來南屏山相度地勢, 令軍士取東南方赤土築壇. 方圓二十四
丈, 每一層高三尺, 共是九尺. 下一層插二十八宿旗: 東方七面青

---

7) 只索 : 할 수 없이. 오로지.

8) 奇門遁(둔 dùn)甲天書 : 術數家의 書名.「易緯」의 '太乙行宮法'에서 나왔
고, 남북조 시대에 성행하였다. 六甲의 순환을 통해서 자연현상의 변화를 예
측하고 조절하는 방법을 담았다.

9) 旗旛(번 fān) : 깃발의 총칭.

旗, 按角、亢、氏、房、心、尾、箕, 布蒼龍之形; 北方七面皂旗[10],
按斗、牛、女、虛、危、室、壁, 作玄武之勢: 西方七面白旗, 按
奎、婁、胃、昴、畢、觜、參, 踞白虎之威; 南方七面紅旗, 按井、
鬼、柳、星、張、翼、軫, 成朱雀之狀[11]. 第二層周圍黃旗六十四
面, 按六十四卦, 分八位而立, 上一層用四人, 各人戴束髮冠[12],
穿皂羅袍, 鳳衣博帶, 朱履方裾. 前左立一人, 手執長竿, 竿尖上
用雞羽葆, 以招風信; 前右立一人, 手執長竿, 竿上繫七星號帶,
以表風色; 後左立一人, 捧寶劍; 後右立一人, 捧香爐. 壇下二十
四人, 各持旌旗、寶蓋、大戟、長戈、黃鉞、白旄、朱幡、皂纛[13],
環遶四面. 孔明於十一月二十日甲子吉辰, 沐浴齊戒, 身披道衣,
跣足散髮, 來到壇前. 分付魯肅曰: "子敬[14]自往軍中相助公瑾調
兵. 倘亮所祈無應, 不可有怪." 魯肅別去. 孔明囑付守壇將士:
"不許擅離方. 不許交頭接耳[15]. 不許失口亂言. 不許失驚打怪. 如
違令者斬!" 眾皆領命. 孔明緩步登壇, 觀瞻方位已定, 焚香於爐,
注水於盂, 仰天暗祝. 下壇入帳中少歇, 令軍士更替[16]吃飯. 孔明

---

10) 皂(조 zào) : 검은 색.

11) 按角、亢、氏、房、心、尾、箕……成朱雀之狀 : 각角·항亢·저氐·방房·심
心·미尾·기箕는 동방 별자리 칠수七宿이고, 두斗·우牛·여女·허虛·위危·
실室·벽壁은 북방 별자리 칠수이다. 규奎·누婁·위胃·묘昴·필畢·자觜·
삼參은 서방 별자리 칠수이고, 정井·귀鬼·유柳·성星·장張·익翼·진軫은
남방 별자리 칠수이다. 중국 고대 천문학은 이 28개의 星宿를 '二十八宿'로
여겼다. 또한 四方을 蒼龍(동방)·白虎(서방)· 朱雀(남방)· 玄武(남방) 등
네 가지 동물에 귀속시켰다.

12) 束髮冠 : '束髮'은 원래 성인식 儀式으로, 이때 처음으로 관을 씌워 준다.

13) 纛(독 dào) : 소나 꿩의 꼬리털로 장식한 깃발. 원래는 葬儀에 썼으나 秦漢
이래로는 천자의 수레를 장식하는 깃발로 사용되었다고 한다.

14) 子敬 : 魯肅의 字.

15) 交頭接耳 : 서로 이야기하다. 수군거리다.

一日上壇三次, 下壇三次. 卻不見有東南風.

　　且說周瑜請程普、魯肅一班軍官, 在帳中伺侯, 只等東南起, 便調兵出; 一面關報孫權接應. 黃蓋已自準備火船二十隻, 船頭密布大釘; 船內裝載蘆葦乾柴, 灌以魚油, 上鋪硫黃、燄硝引火之物, 各用青布油單遮蓋; 船頭上插青龍牙旗, 船尾各繫走舸[17]: 在帳下聽侯, 只等周瑜號令. 甘寧、闞澤窩盤[18]蔡和、蔡中在水寨[19]中, 每日飲酒[20], 不放一卒登岸. 周圍盡是東吳軍馬, 把得水泄不通[21]: 只等帳上號令下來. 周瑜正在帳中坐議, 探子[22]來報: "吳侯船隻離寨八十五里停泊, 只等都督好音." 瑜卽差魯肅遍告各部下官兵將士: "俱各收拾船隻、軍器、帆櫓等物. 號令一出, 時刻休違. 倘有違誤, 卽按軍法." 眾兵將得令, 一個個磨拳擦掌[23], 準備廝殺. 是日, 看看近夜, 天色淸明, 微風不動. 瑜謂魯肅曰: "孔明之言謬矣: 隆冬[24]之時, 怎得東南風乎?" 肅曰: "吾料孔明必不謬談." 將近三更時分, 忽聽風聲響, 旗旛轉動. 瑜出帳看時, 旗脚竟飄西北, 霎時間[25]東南風大起. 瑜駭然曰: "此人有奪天地造化之法、鬼神不測之術! 若留此人, 乃東吳禍也. 及早殺卻, 免生他日之憂." 急喚帳

---

16) 更替 : 교대로.
17) 走舸 : 작고 가벼워 빨리 갈 수 있는 배.
18) 窩盤 : 연대하다. 견제하다.
19) 水寨 : 수군이 주둔하는 물위에 벌려놓은 진영.
20) 飮酒 : 여기서는 술을 마신다는 의미가 아니라 숙식한다는 비유이다.
21) 把得水泄不通 : 물이 새나가지 않게 단속하다. 비밀을 엄격히 유지하다.
22) 探子 : 정찰군.
23) 磨拳擦掌 : 손바닥을 비벼가며 시간이 되기를 벼르는 모양.
24) 隆冬 : 嚴冬. 한겨울.
25) 霎(삽 shà)時間 : 잠깐 사이에.

前護軍校尉丁奉、徐盛二將:"各帶一百人. 徐盛從江內去, 丁奉從旱路[26]去, 都到南屏山七星壇前. 休問長短[27], 拏住諸葛亮便行斬首, 將首級來請功." 二將領命: 徐盛下船, 一百刀斧手蕩開棹槳; 丁奉上馬, 一百弓弩手各跨征駒: 往南屏山來. 於路正迎着東南風起. 後人有詩曰:

七星壇上臥龍登, 一夜東風江水騰,

不是孔明施妙計, 周郎安得逞才能?

丁奉馬先到, 見壇上執旗將士, 當風而立. 丁奉下馬提劍上壇, 不見孔明, 慌問守壇將士. 答曰: "恰纔[28]下壇去了." 丁奉忙下壇時, 徐盛船已到. 二人聚於江邊. 小卒報曰: "昨晚一隻快船停在前灘口, 適間卻見孔明披髮下船. 那船望上水去了." 丁奉、徐盛便分水陸路追襲. 徐盛教搜起滿帆, 搶風而使. 遙望前船不遠, 徐盛在船頭高聲大叫: "軍師休去! 都督有請!" 只見孔明立於船尾大笑曰: "上覆[29]都督: 好好用兵. 諸葛亮暫回夏口, 異日再容相見." 徐盛曰: "請暫少住, 有緊話說." 孔明曰: "吾已料定都督不能容我, 必來加害, 預先教趙子龍來相接. 將軍不必追趕!" 徐盛見前船無篷[30], 只顧趕去. 看看至近, 趙雲拈弓搭箭, 立於船尾大叫曰: "吾乃常山[31]趙子龍也! 奉令特來接軍師. 你如何來追趕? 本待一箭射死你來, 顯得兩家失了和氣. 教你知我手段!" 言訖, 箭到處, 射

---

26) 旱路 : 육로.

27) 長短 : 여기서는 '구체적인 상황'의 뜻.

28) 恰纔 : 방금. 바로 전에.

29) 上覆 : 가서 (……에게) 아뢰다.

30) 篷 : 덮개, 지붕.

31) 常山 : 浙江. 錢塘江 상류에 있는 縣.

斷徐盛船上篷索. 那篷墮落下水, 其船便橫[32]. 趙雲卻教自己船上拽起滿帆, 乘順風而去. 其船如飛, 追之不及. 岸上丁奉喚徐盛船近岸, 言曰: "諸葛亮神機妙算, 人不可及. 更兼趙雲有萬夫不當之勇, 汝知他當陽、長阪時否? 吾等只索回報便了." 於是二人回見周瑜, 言孔明預先約趙雲迎接去了. 周瑜大驚曰: "此人如此多謀, 使我曉夜不安矣!" 魯肅曰: "且待破曹之後, 卻再圖之." 瑜從其言, 喚集諸葛亮將聽令. 先教甘寧帶了蔡中並降卒沿南岸而走: "只打北軍旗號, 直取烏林地面, 正當曹操屯糧之所. 深入軍中, 舉火爲號. 只留下蔡和一人在帳下, 我有用處." 第二喚太史慈分付: "你可領三千兵, 直奔黃州地界, 斷曹操, 合淝接應之兵, 就逼曹兵, 放火爲號; 只看紅旗, 便是吳侯接應兵到." 這兩隊兵最遠先發. 第三喚呂蒙領三千兵去烏林接應, 甘寧焚燒曹操寨柵. 第四喚凌統領三千兵, 直截彝陵界首. 只看烏林火起, 以兵應之. 第五喚董襲領三千兵, 直取漢陽; 從漢川殺奔曹操寨中, 看白旗接應. 第六喚潘璋領三千兵, 盡打[33]白旗往漢陽接應董襲. 六隊船隻各自路去了. 卻令黃蓋安排火船. 使小卒馳書約曹操今夜來降. 一面撥戰船四隻, 隨於黃蓋船後接應. 第一隊領兵軍官韓當, 第二隊領兵軍官周泰, 第三隊領兵軍官蔣欽, 第四隊領兵軍官陳武 : 四隊各引戰船三百隻, 前面各排列火船二十隻. 周瑜自與程普在大艨艟[34]上督戰, 徐盛、丁奉爲左右護衛, 只留魯肅共闞澤及眾謀士守寨. 程普見周瑜調軍有法, 甚相敬服.

---

32) 橫 : 옆으로 기울어지다.

33) 打 : (깃발을) 들다.

34) 艨艟(몽동 méng chōng) : 좁고 긴 兵船. 돌격하여 적선에 부딪혀서 적선을 깨는 데에 쓰이는 배.

卻說孫權差使命持兵符至, 說已差陸遜爲先鋒, 直抵蘄、黃地面進兵, 吳侯自爲接應. 瑜又差人西山放火礮[35], 南屏山擧號. 各各準備停當, 只等黃昏擧動.

話分兩頭: 且說玄德在夏口專候孔明回來, 忽見一隊船到, 乃是公子劉琦自探聽消息. 玄德請上敵樓坐定, 說: "東南起多時, 子龍去接孔明, 至今不見到, 吾心甚憂." 小校[36]遙指樊口港上: "一帆風送扁舟來到, 必軍師也." 玄德與劉琦下樓迎接. 須臾船到, 孔明、子龍登岸. 玄德大喜. 問候畢, 孔明曰: "且無暇告訴別事. 前者所約軍馬戰船, 皆已辦否?" 玄德曰: "收拾久矣, 只候軍師調用." 孔明便與玄德、劉琦升帳坐定, 謂趙雲曰: "子龍可帶三千軍馬, 渡江逕取烏林小路, 揀樹木蘆葦密處埋伏. 今夜四更已後, 曹操必然從那條路奔走. 等他軍馬過, 就半中間放起火來. 雖然不殺他盡絕, 也殺他一半." 雲曰: "烏林有兩條路: 一條通南郡, 一條取荊州. 不知向那條路來?" 孔明曰: "南郡勢迫, 曹操不敢往, 必來荊州, 然後大軍投許昌而去." 雲領計去了. 又喚張飛曰: "翼德[37]可領三千兵渡江, 截斷彝陵這條路, 去葫蘆谷口埋伏. 曹操不敢走南彝陵, 必望北彝陵去. 來日雨過, 必然來埋鍋[38]造飯. 只看煙起, 便就山邊放起火來. 雖然不捉得曹操, 翼德這場功料也不小." 飛領計去了. 又喚糜竺、糜芳、劉封三人, 各駕船隻, 遶江剿擒[39]敗軍, 奪取器械. 三人領計去了. 孔明起身, 謂公子劉琦曰: "武昌一望之地, 最

---

35) 火礮(포 pào): 화포. 대포.
36) 小校: 지위가 낮은 군관.
37) 翼德: 張飛의 字.
38) 埋鍋: 솥을 걸고.
39) 剿擒: 소탕하다. 섬멸하다.

爲緊要. 公子便請回, 率領所部之兵, 陳於岸口. 操一敗必有逃來者, 就而擒之, 卻不可輕離城郭." 劉琦便辭玄德孔明去了. 孔明謂玄德曰: "主公可於樊口屯兵, 憑高而望, 坐看今夜周郎成大功也." 時雲長在側, 孔明全然不睬[40]. 雲長忍耐不住, 乃高聲曰: "關某自隨兄長征戰許多年來, 未嘗落後. 今日逢大敵, 軍師卻不委用, 此是何意?" 孔明笑曰: "雲長勿怪! 某本欲煩足下把一個最緊要的隘口, 怎奈[41]有些礙處, 不敢敎去." 雲長曰: "有何違礙? 願卽見諭." 孔明曰: "昔日曹操待足下甚厚, 足下當有以報之. 今日操兵敗, 必走華容道. 若令足下去時, 必然放他過去. 因此不敢敎去." 雲長曰: "軍師好多心! 當日曹操果是重待某, 某已斬顏良, 誅文醜, 解白馬之圍, 報過他了. 今日撞見, 豈肯輕放!" 孔明曰: "倘若放了時, 卻如何?" 雲長曰: "願依軍法." 孔明曰: "如此, 立下軍令." 雲長便與了軍令狀. 雲長曰: "若曹操不從那條路上來, 如何?" 孔明曰: "我亦與你軍令狀." 雲長大喜. 孔明曰: "雲長可於華容小路高山之處, 堆積柴草, 放起一把火煙, 引曹操來." 雲長曰: "曹操望見煙, 知有埋伏, 如何肯來?" 孔明笑曰: "豈不聞兵法虛虛實實之論? 操雖能用兵, 只此可以瞞過他也. 他見煙起, 將謂虛張勢, 必然投這條路來. 將軍休得容情." 雲長領了將令, 引關平、周倉並五百校刀手, 投華容道埋伏去了. 玄德曰: "吾弟義氣深重, 若曹操果然投華容道去時, 只恐端的[42]放了." 孔明曰: "亮夜觀乾象[43], 操賊未合身亡. 留這人情, 敎雲長做了, 亦是美事." 玄德曰: "先生神算, 世所罕

---

40) 不睬 : 돌아보지 않다. 눈을 주지 않다.
41) 怎奈 : 어쩐 일인지.
42) 端的 : 정말로.
43) 乾象 : 별자리. 운세.

及!"孔明遂與玄德往樊口看周瑜用兵, 留孫乾、簡雍守城.

卻說曹操在大寨中, 與衆將商議, 只等黃蓋消息. 當日東南風起甚緊, 程昱入告曹操曰: "今日東南風起, 宜預隄防." 操笑曰: "冬至一陽生, 來復之時[44], 安得無東南風? 何足爲怪?" 軍士忽報江東一隻小船來到, 說有黃蓋密書. 操急喚入. 其人呈上書. 書中訴說: "周瑜關防得緊, 因此無計脫身. 今有鄱陽湖新運到糧, 周瑜差蓋巡哨, 已有方便. 好歹[45]殺江東名將, 獻首來降. 只在今晚三更, 船上插青龍牙旗者, 卽糧船也." 操大喜, 遂與衆將到水寨中大船上, 觀望黃蓋船到.

且說江東天色向晚, 周瑜喚出蔡和, 令軍士縛[46]倒. 和叫: "無罪!" 瑜曰: "汝是何等人, 敢來詐降! 吾今缺少福物祭旗, 願借你首級." 和抵賴[47]不過, 大叫曰: "汝家闞澤、甘寧亦曾與謀!" 瑜曰: "此乃吾之所使也." 蔡和悔之無及. 瑜令捉至江邊皂纛[48]旗下, 奠酒[49]燒紙, 一刀斬了蔡和, 用血祭旗[50]畢, 便令開船. 黃蓋在第三隻火船上獨披掩心[51], 手提利刃, 旗上大書 "先鋒黃蓋". 蓋乘一天順風, 望赤壁進發. 是時東風大作, 波浪洶湧. 操在中軍遙望隔江,

---

44) 冬至一陽生, 來復之時 : 동지에 이르면 양기가 생겨 회복되기 시작한다. 옛날 음양으로 우주의 변화를 따질 때 冬至와 夏至는 음양의 극점이 되면서 전환이 이루어지는 시기였다. 즉, 夏至는 양의 극점이자 음으로 전화하는 시점이고, 冬至는 음의 극점이자 다시 양으로 전화하는 시점이라고 여겼다.

45) 好歹(대 dǎi) : 무조건. 가차 없이.

46) 縛(박 fù) : 묶다.

47) 抵賴 : 자백하지 않고 버티다.

48) 皂纛(조독 zào dú) : 군대의 큰 기.

49) 奠酒 : 제사를 지낼 때에 술을 뿌리는 것.

50) 祭旗 : 출정에 앞서 승리를 기원하는 뜻으로 행하는 제사.

51) 掩心 : 가슴을 보호하기 위해 銅鏡을 붙인 戰袍.

看看月上, 準耀江水, 如萬道金蛇, 翻波戲浪. 操迎風大笑, 自以爲得志. 忽一軍指說: "江南隱隱一簇帆幔, 使風而來." 操憑高望之. 報稱: "皆插青龍牙旗, 內中有大旗, 上書先鋒黃蓋名字." 操笑曰: "公覆[52]來降, 此天助我也!" 來船漸近. 程昱觀望良久, 謂操曰: "來船必詐. 且休教近寨." 操曰: "何以知之?" 程昱曰: "糧在船中, 船必穩重[53]. 今觀來船, 輕而且浮; 更兼今夜東南風甚緊; 倘有詐謀, 何以當之?" 操省悟, 便問: "誰去止之?" 文聘曰: "某在水上頗熟, 願請一往." 言畢, 跳下小船, 用手一指, 十數隻巡船, 隨文聘船出. 聘立在船頭, 大叫: "丞相鈞旨[54]: 南船且休近寨, 就江心抛住." 衆軍齊喝: "快下了篷!" 言未絕, 弓弦響處, 文聘被箭射中左臂, 倒在船中. 船上大亂, 各自奔回. 南船距操寨止隔二里水面. 黃蓋用刀一招[55], 前船一齊發火. 火趁風威, 風助火勢, 船如箭發, 煙燄障天[56]. 二十隻火船, 撞入水寨. 曹寨中船隻一時盡着[57]; 又被鐵環鎖住, 無處逃避. 隔江礮響, 四下火船齊到, 但見三江面上, 火逐風飛, 一派通紅, 漫天徹地[58]. 曹操回觀岸上營寨, 幾處煙火. 黃蓋跳在小船上, 背後數人駕舟, 冒煙突火[59], 來尋曹操. 操見勢急, 方欲跳上岸, 忽張遼駕一小脚船, 扶操下得船時, 那隻大船, 已自着了. 張遼與十數人保護曹操, 飛奔岸口. 黃蓋望

---

52) 公覆 : 黃蓋의 字.
53) 穩重 : (배에 짐을 많이 실어) 매우 무겁다.
54) 鈞旨 : (상관의) 명령.
55) 招 : 신호를 하다.
56) 煙燄障天 : 연기와 불꽃이 하늘을 가리다.
57) 着 : 着火. 불이 붙다.
58) 漫天徹地 : 하늘과 땅에 가득하다. 불이 붙어 온통 뒤덮고 있는 상황.
59) 冒煙突火 : 연기와 불을 무릅쓰고 뛰어들다.

見穿絳紅袍者下船, 料是曹操, 乃催船速進, 手提利刃, 高聲大叫: "曹賊休走! 黃蓋在此!" 操叫苦連聲. 張遼拈[60]弓搭箭, 覷着黃蓋較近, 一箭射去. 此時風聲正大, 黃蓋在火光中, 那裏聽得弓弦響? 正中肩窩, 翻身落水. 正是: 火厄盛時遭水厄, 棒瘡愈後患金瘡.

　　未知黃蓋性命如何, 且看下文分解.

---

60) 拈(념 niān) : 집다.

警世通言

第三十二卷 杜十娘怒沉百寶箱

掃蕩殘胡[1]立帝畿, 龍翔鳳舞勢崔嵬[2]. 左環滄海天一
帶, 右擁太行[3]山萬圍. 戈戟[4]九邊[5]雄絕塞, 衣冠萬國仰垂
衣[6]. 太平人樂華胥[7]世, 永永金甌[8]共日輝.

這首詩單誇我朝燕京[9]建都之盛. 說起燕都的形勢, 北倚雄關,
南壓區夏[10], 真乃金城天府[11], 萬年不拔之基. 當先洪武爺[12]掃蕩
胡塵, 定鼎[13]金陵, 是爲南京. 到永樂爺[14]從北平起兵靖難[15], 遷

---

1) 殘胡 : 남은 오랑캐. 여기서는 元朝의 잔여 세력이란 뜻.

2) 崔嵬(외 wéi) : 높고 우람하다.

3) 太行 : 太行山. 北京·河北省·山西省·河南省 등에 걸쳐 있는 高山.

4) 戈戟 : 창 따위 병기. 여기서는 군대를 가리키는 말.

5) 九邊 : 북방의 아홉 군데 요충지.

6) 垂衣 : 천자의 옷.

7) 華胥 : 「列子·皇帝」편에 나오는 이상적인 사회. 여기서는 천하태평을 가리
키는 말.

8) 金甌(구 ōu) : 쇠붙이로 만든 잔. 여기서는 국토가 안정되었음을 비유한 말.

9) 我朝燕京 : 我朝는 明代, 燕京은 북경을 가리킨다.

10) 區夏 : 華夏. 곧 中原을 가리킴.

11) 金城 : 견고한 성곽. ‖ 天府 : 부유한 땅.

12) 洪武爺 : 爺는 당시 사람들이 황제를 부를 때의 속칭으로 ‘洪武爺’는 명 太
祖를 가리킨다. ‘洪武’는 명 태조 朱元璋의 연호(1403-1424).

13) 定鼎 : 수도를 세우다. 예전 禹가 九鼎을 만들어 수도의 상징으로 삼았으

於燕都, 是爲北京. 只因這一遷, 把簡苦寒地而變作花錦世界. 自永樂爺九傳至於萬曆爺[16], 此乃我朝第十一代的天子. 這位天子, 聰明神武, 德福兼全, 十歲登基, 在位四十八年, 削平了三處寇亂. 那三處?

日本關白平秀吉[17], 西夏哱承恩[18], 播州楊應龍[19].

平秀吉侵犯朝鮮, 承恩、楊應龍是土官[20]謀叛, 先後削平. 遠夷莫不畏服, 爭來朝貢. 真簡是:

一人有慶民安樂, 四海無虞國太平.

話中單表萬曆二十年間, 日本國關白作亂, 侵犯朝鮮. 朝鮮國王上表告急, 天朝發兵泛海往救. 有戶部官奏准: 目今兵興之際, 糧餉未充, 暫開納粟入監之例[21]. 原來納粟入監的, 有幾般便宜: 好[22]讀書, 好科擧, 好中, 結末來又有簡小小前程[23]結果. 以此官

며, 商과 周 두 왕조 모두 수도에 이 鼎을 보관했다고 한다.

14) 永樂爺 : 명 成祖를 가리킨다. '永樂'은 成祖 때의 연호(1403-1424).

15) 靖難 : 간신을 제거하다. 명 成祖 朱棣가 燕王으로 봉해진 후 군대를 일으켜 建文帝 朱允炆과 권력쟁탈전을 벌이게 된다. 이때 起兵의 명목이 조정의 간신을 제거한다는 것이어서 '靖難'이라고 하였다.

16) 萬曆爺 : 명 神宗을 가리킨다. '萬曆'은 신종 때의 연호(1573-1620).

17) 關白平秀吉 : 關白은 일본의 관직 이름으로 중국의 재상에 해당한다. 平秀吉은 豊臣秀吉. 그는 關白이 되기 전에 귀족 성인 '平'씨를 썼다.

18) 西夏哱(발 bō)承恩 : 西夏는 현재의 寧夏 일대. 이 지역 지방관 哱拜·哱承恩 父子가 반란을 일으킨 바 있다.

19) 播州楊應龍 : 播州는 지금의 貴州省 遵義市. 楊應龍이 명 萬曆 24년(1596) 반란을 일으킨 바 있다.

20) 土官 : 元代에 각 변방 소수민족을 통치하면서 현지인을 관직에 임명하여 이를 土官 혹은 土司라 했는데, 세습할 수 있었다. 명·청 시기에도 이 제도를 계속 활용했다.

21) 納粟入監之例 : 일정한 곡물을 國子監에 내고 監生의 자격을 얻는 제도.

22) 好 : ……에 편리하다.

家公子、富室子弟, 到不願做秀才, 都去援例做太學生. 自開了這例, 兩京²⁴⁾太學生, 各添至千人之外.

內中有一人, 姓李名甲, 字子先, 浙江紹興府人氏. 父親李布政²⁵⁾所生三兒, 惟甲居長, 自幼讀書在庠²⁶⁾, 未得登科, 援例入於北雍. 因在京坐監²⁷⁾, 與同鄕柳遇春監生同遊教坊司院²⁸⁾內, 與一箇名姬相遇. 那名姬姓杜名媺, 排行第十, 院中都稱爲杜十娘, 生得:

> 渾身雅豔, 遍體嬌香, 兩彎眉畫遠山青, 一對眼明秋
> 水潤. 臉如蓮萼, 分明卓氏文君²⁹⁾; 脣似櫻桃, 何減白家樊
> 素³⁰⁾. 可憐一片無瑕玉, 誤落風塵花柳中.

那杜十娘自十三歲破瓜³¹⁾, 今一十九歲, 七年之內, 不知歷過了多少公子王孫. 一箇箇情迷意蕩, 破家蕩產而不惜. 院中傳出四句口號來, 道是:

> 坐中若有杜十娘, 斗筲之量³²⁾飲千觴.
>
> 院中若識杜老媺, 千家粉面都如鬼.

---

23) 前程 : 벼슬을 하다. 관직을 얻다.

24) 兩京 : 北京과 南京. 당시 북경과 남경에는 國子監이 설치되어 있었는데, 남경은 南雍, 북경은 北雍이라 했다.

25) 布政 : 布政使. 省의 행정을 관장하는 관직명.

26) 庠(상 xiáng) : 과거를 보던 시대에 縣과 府에 설치한 지방의 교육기관.

27) 坐監 : 國子監 監生이 되다.

28) 教坊司院 : 원래는 음악과 무용을 관장하는 관청이었으나 송대 이후로는 妓院을 가리키게 되었다.

29) 卓氏文君 : 漢代 유명한 문학가인 司馬相如와 야반도주하여 사랑을 이룬 卓文君.

30) 白家樊(번 fán)素 : 唐代 문인 白居易 집안의 노래를 잘하는 시녀. 白居易의 시구에 그녀를 묘사한 '櫻桃樊素口'라는 句가 전한다.

31) 破瓜 : 여성이 순결을 잃는 것을 뜻한다.

32) 斗筲之量 : 斗筲는 물건을 담는 작은 용기. 주량이 적은 것을 가리킨다.

卻說李公子風流年少, 未逢美色, 自遇了杜十娘, 喜出望外,
把花柳情懷, 一擔兒挑在他身上. 那公子俊俏龐兒[33], 溫存性兒, 又
是撒漫的[34]手兒, 幫襯的勤兒[35], 與十娘一雙兩好, 情投意合. 娘因
見鴇兒[36]貪財無義, 久有從良[37]之志; 又見李公子忠厚志誠, 甚有
心向他. 奈李公子懼怕老爺, 不敢應承. 雖則如此, 兩下情好愈密,
朝歡暮樂, 終日相守, 如夫婦一般, 海誓山盟, 各無他志. 真箇:

恩深似海恩無底, 義重如山義更高.

再說杜媽媽, 女兒被李公子占住, 別的富家巨室, 聞名上門,
求一見而不可得. 初時李公子撒漫用錢, 大差大使, 媽媽脅肩諂
笑[38], 奉承不暇. 日往月來, 不覺一年有餘, 李公子囊篋[39]漸漸空
虛, 手不應心, 媽媽也就怠慢了. 老布政在家聞知兒子嫖院[40], 幾
遍寫字來喚他回去. 他迷戀十娘顏色, 終日延捱. 後來聞知老爺在
家發怒, 越不敢回. 古人云: "以利相交者, 利盡而疏." 那杜十娘與
李公子真情相好, 見他手頭愈短, 心頭愈熱. 媽媽也幾遍教女兒打
發李甲出院, 見女兒不統口[41], 又幾遍將言語觸突李公子, 要激怒
他起身. 公子性本溫克[42], 詞氣愈和. 媽媽沒奈何, 日逐只將十娘

---

33) 龐(방 páng)兒 : 얼굴, 용모.
34) 撒漫的 : 돈을 잘 쓰는, 돈을 아끼지 않는.
35) 幫襯(친, 츤 chèn)的 : 남의 심정을 잘 헤아리는. ‖ 勤兒 : 기원의 손님.
36) 鴇(보, bǎo)兒 : 妓院의 여주인. 기생어미.
37) 從良 : 기녀가 출가하여 양민이 되다.
38) 脅肩諂(첨 chǎn)笑 : 어깨를 움츠리고 억지웃음을 지으며 아첨하다.
39) 囊篋(협 qiè) : 돈이나 물건을 담아두는 주머니와 상자.
40) 嫖(표 piáo)院 : 嫖院. 기원에서 놀다.
41) 統口 : 원래는 ‘입을 열다’는 뜻. 여기서는 말없이 응낙하다. 시키는 대로 하다.
42) 溫克 : 온화하고 겸손하다. 태도를 자제하다.

叱罵道: "我們行戶⁴³⁾人家, 吃客穿客, 前門送舊, 後門迎新, 門庭
鬧如火, 錢帛堆成垛. 自從那李甲在此, 混帳⁴⁴⁾一年有餘, 莫說新
客, 連舊主顧都斷了. 分明接了簡鍾馗老⁴⁵⁾, 連小鬼也沒得上門,
弄得老娘一家人家, 有氣無煙, 成什麼模樣!" 杜十娘被罵, 耐性不
住, 便回答道: "那李公子不是空手上門的, 也曾費過大錢來." 媽
媽道: "彼一時, 此一時, 你只教他今日費些小錢兒, 把與老娘辦些
柴米, 養你兩口也好. 別人家養的女兒便是搖錢樹, 千生萬活, 偏
我家晦氣, 養了簡退財白虎⁴⁶⁾! 開了大門七件事⁴⁷⁾, 般般都在老身
心上. 到替你這小賤人白白養著窮漢, 教我衣食從何處來? 你對那
窮漢說, 有本事出幾兩銀子與我, 到得你跟了他去, 我別討簡丫頭
過活卻不好?" 十娘道: "媽媽, 這話是真是假?" 媽媽曉得李甲囊無
一錢, 衣衫都典盡了, 料他沒處設法, 便應道: "老娘從不說謊, 當
真哩." 十娘道: "娘, 你要他許多銀子?" 媽媽道: "若是別人, 千把
銀子也討了. 可憐那窮漢出不起, 只要他三百兩, 我自去討一簡粉
頭代替. 只一件, 須是三日內交付與我, 左手交銀, 右手交人. 若
三日沒有銀時, 老身也不管三七二十一, 公子不公子, 一頓孤拐⁴⁸⁾,
打那光棍出去. 那時莫怪老身!" 十娘道: "公子雖在客邊乏鈔, 諒
三百金還措辦得來. 只是三日忒近, 限他十日便好." 媽媽想道:
"這窮漢一雙赤手, 便限他一百日, 他那裏來銀子? 沒有銀子, 便鐵

---

43) 行戶 : 行院. 妓院의 은어적 표현.
44) 混帳 : 염치없는 (놈). 비열한 (놈).
45) 鍾馗(규 kuí)老 : 鍾馗는 疫鬼를 잡아먹는다는 민간의 신.
46) 白虎 : 원래는 별자리 이름. 전설상의 악귀. 재앙을 몰고 오는 것.
47) 七件事 : 집안에 꼭 필요한 일곱 가지의 물건. 땔감柴, 쌀米, 기름油, 소금鹽,
   장醬, 식초醋, 차茶.
48) 孤拐 : 복숭아 뼈. 여기서는 매질(하다)의 뜻.

皮包臉, 料也無顏上門. 那時重整家風, 嬾兒也沒得話講." 答應
道:"看你面, 便寬到十日. 第十日沒有銀子, 不干老娘之事." 十娘
道:"若十日內無銀, 料他也無顏再見了. 只怕有了三百兩銀子, 媽
媽又翻悔起來." 媽媽道:"老身年五十一歲了, 又奉十齋[49], 怎敢說
謊? 不信時與你拍掌[50]爲定. 若翻悔時, 做豬做狗!"

　　從來海水鬥難量, 可笑虔婆[51]意不良.
　　料定窮儒囊底竭, 故將財禮難嬌娘.

　　是夜, 十娘與公子在枕邊, 議及終身之事. 公子道:"我非無此
心. 但教坊落籍[52], 其費甚多, 非千金不可. 我囊空如洗, 如之奈
何!" 十娘道:"妾已與媽媽議定只要三百金, 但須十日內措辦. 郎
君遊資雖罄[53], 然都中豈無親友可以借貸? 倘得如數, 妾身遂爲君
之所有, 省受虔婆之氣." 公子道:"親友中爲我留戀行院, 都不相
顧. 明日只做束裝起身, 各家告辭, 就開口假貸路費, 湊聚將來,
或可滿得此致." 起身梳洗, 別了十娘出門. 十娘道:"用心作速, 專
聽佳音." 公子道:"不須分付." 公子出了院門, 來到三親四友處,
假說起身告別, 衆人到也歡喜. 後來敘到路費欠缺, 意欲借貸. 常
言道:"說着錢, 便無緣." 親友們就不招架[54]. 他們也見得是, 道李
公子是風流浪子, 迷戀煙花, 年許不歸, 父親都爲他氣壞在家. 他
今日抖然[55]要回, 未知真假, 倘或說騙盤纏[56]到手, 又去還脂粉錢,

---

49) 十齋(재 zhāi) : 불교에서 행하는 齋戒의 일종. 매월 10일 동안 재계하며
　　공덕 이루기를 빈다.
50) 拍掌 : 서로 손바닥을 마주치다. 옛날에 사람들이 약속할 때 쓰던 방법이다.
51) 虔婆 : 鴇母. 기생어미.
52) 落籍 : 기녀의 籍을 지워 양민이 되게 하다.
53) 罄(경 qīng) : 다하다. 텅 비게 하다.
54) 招架 : 응수하다. 상대하다.

父親知道, 將好意翻成惡意, 始終只是一怪, 不如辭了乾淨. 便回
道:"目今正值空乏, 不能相濟, 慚愧, 慚愧!"人人如此, 箇箇皆然,
並沒有箇慷慨丈夫, 肯統口許他一二十兩. 李公子一連奔走了三
日, 分毫無獲, 又不敢回決十娘, 權且含糊答應. 到第四日又沒想
頭, 就羞回院中. 平日間有了杜家, 連下處[57]也沒有了, 今日就無
處投宿. 只得往同鄉柳監生寓所借歇.

　　柳遇春見公子愁容可掬, 問其來歷. 公子將杜十娘願嫁之情,
備細說了. 遇春搖首道:"未必, 未必. 那杜媺曲中[58]第一名姬, 要
從良時, 怕沒有十斛明珠, 千金聘禮. 那鴇兒如何只要三百兩? 想
鴇兒怪你無錢使用, 白白占住他的女兒, 設計打發你出門. 那婦人
與你相處已久, 又礙卻面皮, 不好明言. 明知你手內空虛, 故意將
三百兩賣箇人情, 限你十日. 若十日沒有, 你也不好上門. 便上門
時, 他會說你笑你, 落得一場褻瀆[59], 自然安身不牢, 此乃煙花逐
客之計. 足下三思, 休被其惑. 據弟愚意, 不如早早開交[60]為上."
公子聽說, 半晌無言, 心中疑惑不定. 遇春又道:"足下莫要錯了主
意. 你若真箇還鄉, 不多幾兩盤費, 還有人搭救 ; 若是要三百兩時,
莫說十日, 就是十箇月也難. 如今的世情, 那肯顧緩急二字的! 那
煙花也算定你沒處告債, 故意設法難你." 公子道:"仁兄所見良是."
口裏雖如此說, 心中割舍不下. 依舊又往外邊東央西告, 只是夜裏

---

55) 抖(두 dǒu)然 : 돌연. 갑자기.
56) 盤纏(반전 pán chan) : 여비.
57) 下處 : 머물 곳. 여기서는 여관을 가리킨다.
58) 曲中 : 기방. 기녀가 사는 곳을 坊曲이라 했다.
59) 褻瀆(설독 xie`dú) : 치욕. 창피.
60) 開交 : 손을 떼다.

不進院門了. 公子在柳監生寓中, 一連住了三日, 共是六日了.

　杜十娘連日不見公子進院, 十分着緊, 就教小廝四兒街上去尋. 四兒尋到大街, 恰好遇見公子. 四兒叫道: "李姐夫, 娘在家裏望你." 公子自覺無顔, 回復道: "今日不得功夫, 明日來罷." 四兒奉了十娘之命, 一把扯住, 死也不放, 道: "娘叫咱尋你, 是必同去走一遭." 李公子心上也牽掛着婊子[61], 沒奈何, 只得隨四兒進院, 見了十娘, 嘿嘿無言. 十娘問道: "所謀之事如何?" 公子眼中流下淚來. 十娘道: "莫非人情淡薄, 不能足三百之數麼?" 公子含淚而言, 道出二句:

　　　"不信上山擒虎易, 果然開口告人難.

　一連奔走六日, 並無銖兩[62], 一雙空手, 羞見芳卿[63], 故此這幾日不敢進院. 今日承命呼喚, 忍恥而來. 非某不用心, 實是世情如此." 十娘道: "此言休使虔婆知道. 郎君今夜且住, 妾別有商議." 十娘自備酒肴, 與公子歡飲. 睡至半夜, 十娘對公子道: "郎君果不能辦一錢耶? 妾終身之事, 當如何也?" 公子只是流涕, 不能答一語. 漸漸五更天曉. 十娘道: "妾所臥絮褥內藏有碎銀一百五十兩, 此妾私蓄, 郎君可持去. 三百金, 妾任其半, 郎君亦謀其半, 庶易爲力. 限只四日, 萬勿遲誤!" 十娘起身將褥付公子, 公子驚喜過望. 喚童兒持褥而去. 徑到柳遇春寓中, 又把夜來之情與遇春說了. 將褥析開看時, 絮中都裹著零碎銀子, 取出兌時果是一百五十兩. 遇春大驚道: "此婦真有心人也. 既係真情, 不可相負, 吾當代爲足

---

61) 婊子 : 기녀.

62) 銖(수 zhū)兩 : '銖'와 '兩'은 모두 작은 돈의 단위, 24수가 1냥이 된다. 수량이 적음을 형용한 말.

63) 芳卿 : 여자에 대한 애칭.

下謀之." 公子道: "倘得玉成[64], 決不有負." 當下柳遇春留李公子在寓, 自出頭各處去借貸. 兩日之內, 湊足一百五十兩交付公子道: "吾代爲足下告債, 非爲足下, 實憐杜十娘之情也." 李甲拿了三百兩銀子, 喜從天降, 笑逐顏開, 欣欣然來見十娘, 剛是第九日, 還不足十日. 十娘問道: "前日分毫難借, 今日如何就有一百五十兩?" 公子將柳監生事情, 又述了一遍. 十娘以手加額道: "使吾二人得遂其願者, 柳君之力也!" 兩箇歡天喜地, 又在院中過了一晚. 次日十娘早起, 對李甲道: "此銀一交, 便當隨郎君去矣. 舟車之類, 合當預備. 妾昨日於姊妹中借得白銀二十兩, 郎君可收下爲行資也." 公子正愁路費無出, 但不敢開口, 得銀甚喜. 說猶未了, 鴇兒恰來敲門叫道: "嫩兒, 今日是第十日了." 公子聞叫, 啟門相延道: "承媽媽厚意, 正欲相請." 便將銀三百兩放在桌上. 鴇兒不料公子有銀, 嘿然變色, 似有悔意. 十娘道: "兒在媽媽家中八年, 所致金帛, 不下數千金矣. 今日從良美事, 又媽媽親口所訂, 三百金不欠分毫, 又不曾過期. 倘若媽媽失信不許, 郎君持銀去, 兒即刻自盡. 恐那時人財兩失, 悔之無及也." 鴇兒無詞以對. 腹內籌畫了半晌, 只得取天平兌准了銀子, 說道: "事已如此, 料留你不住了. 只是你要去時, 即今就去. 平時穿戴衣飾之類, 毫釐休想!" 說罷, 將公子和十娘推出房門, 討鎖來就落了鎖. 此時九月天氣. 十娘才下床, 尚未梳洗, 隨身舊衣, 就拜了媽媽兩拜. 李公子也作了一揖. 一夫一婦, 離了虔婆大門:

　　　鯉魚脫卻金鉤去, 擺尾搖頭再不來.

　　公子敎十娘且住片時: "我去喚箇小轎抬你, 權往柳榮卿寓所

---

64) 玉成 : 다른 사람이 자기를 돕는 것에 대한 겸손한 표현.

去, 再作道理." 十娘道: "院中諸姉妹平昔相厚, 理宜話別. 況前日又承他借貸路費, 不可不一謝也." 乃同公子到各姉妹處謝別. 姉妹中惟謝月朗、徐素素與杜家相近, 尤與十娘親厚: 十娘先到謝月朗家. 月朗見十娘禿髻[65]舊衫, 驚問其故. 十娘備述來因, 又引李甲相見. 十娘指月朗道: "前日路資, 是此位姐姐所貸, 郎君可致謝." 李甲連連作揖. 月朗便教十娘梳洗, 一面去請徐素素來家相會. 十娘梳洗已畢, 謝、徐二美人各出所有, 翠鈿金釧, 瑤簪寶珥, 錦袖花裙, 鸞帶繡履, 把杜十娘裝扮得煥然一新, 備酒作慶賀筵席. 月朗讓臥房與李甲、杜媺二人過宿. 次日, 又大排筵席, 遍請院中姉妹. 凡十娘相厚者, 無不畢集, 都與他夫婦把盞稱喜. 吹彈歌舞, 各逞其長, 務要盡歡, 直飲至夜分. 十娘向衆姉妹一一稱謝. 衆姉妹道: "十姉爲風流領袖, 今從郎君去, 我等相見無日. 何日長行, 姉妹們尚當奉送." 月朗道: "候有定期, 小妹當來相報. 但阿姉千里間關[66], 同郎君遠去, 囊篋蕭條, 曾無約束[67], 此乃吾等之事. 當相與共謀之, 勿令姉有窮途之慮也." 衆姉妹各唯唯[68]而散. 是晚, 公子和十娘仍宿謝家. 至五鼓, 十娘對公子道: "吾等此去, 何處安身? 郎君亦曾計議有定着[69]否?" 公子道: "老父盛怒之下, 若知娶妓而歸, 必然加以不堪, 反致相累. 展轉尋思, 尚未有萬全之策." 十娘道: "父子天性, 豈能終絕? 既然倉卒難犯, 不若與郎君於蘇、杭[70]勝地, 權作浮居[71]. 郎君先回, 求親友於尊大人面前勸解

---

65) 禿髻(독계 tū jì) : 쪽을 짓지 않은 보통 머리.

66) 間關 : 앞길이 험하다.

67) 約束 : 여기서는 '여행 준비'를 가리킨다.

68) 唯唯 : '예' 하고 응낙하는 소리.

69) 定着 : 확정된 방법.

和順, 然後攜妾于歸[72], 彼此安妥." 公子道: "此言甚當." 次日, 二
人起身辭了謝月朗, 暫往柳監生寓中, 整頓行裝. 杜十娘見了柳遇
春, 倒身下拜, 謝其周全之德: "異日我夫婦必當重報." 遇春慌忙
答禮道: "十娘鍾情所歡[73], 不以貧窶[74]易心, 此乃女中豪傑. 僕因
風吹火[75], 諒區區何足掛齒[76]!" 三人又飲了一日酒. 次早, 擇了出
行吉日, 雇倩[77]轎馬停當. 十娘又遣童兒寄信, 別謝月朗. 臨行之
際, 只見肩輿[78]紛紛而至, 乃謝月朗與徐素素拉衆姊妹來送行. 月
朗道: "十姊從郎君千里間關, 囊中消索[79], 吾等甚不能忘情. 今合
具薄贐[80], 十姊可檢收, 或長途空乏, 亦可少助." 說罷, 命從人挈
一描金文具至前, 封鎖甚固, 正不知什麼東西在裏面. 十娘也不開
看, 也不推辭, 但殷勤作謝而已. 須臾, 輿馬齊集, 僕夫催促起身.
柳監生三杯別酒, 和衆美人送出崇文門外, 各各垂淚而別. 正是:

  他日重逢難預必, 此時分手最堪憐.

  再說李公子同杜十娘行至潞河[81], 舍陸從舟. 卻好有瓜州[82]差

---

70) 蘇、杭 : 江南의 蘇州와 杭州.
71) 浮居 : 임시 거처.
72) 于歸 : 신부가 신랑의 집으로 가는 것. 여인이 출가하는 것을 의미함.
73) 鍾情所歡 : 감정이 오로지 사랑하는 사람에게만 있음.
74) 貧窶(구 jù) : 누추한 집. 빈곤함을 의미.
75) 因風吹火 : 기회가 있어서 한 일이지 일부러 애써서 한 일은 아니라는 의미.
76) 掛齒 : 입에 담다. 언급하다.
77) 雇倩(천 qiàn) : 돈을 주고 빌리다. 임대하다.
78) 肩輿 : 가마.
79) 消索 : 곤궁하다. 궁핍하다.
80) 贐 : 이별할 때 주는 돈. 전별금.
81) 潞(로 lù)河 : 北運河. 北京城 교외의 운하.
82) 瓜州 : 오늘날 江蘇省 揚州 남쪽 지방으로 대운하와 양자강이 교차하는 곳.

使船⁸³⁾轉回之便, 講定船錢, 包了艙口. 比及下船時, 李公子囊中並無分文餘剩. 你道杜十娘把二十兩銀子與公子, 如何就沒了? 公子在院中嫖得衣衫藍縷, 銀子到手, 未免在解庫⁸⁴⁾中取贖幾件穿著, 又制辦了鋪蓋, 剩來只勾⁸⁵⁾轎馬之費. 公子正當愁悶, 十娘道: "郎君勿憂, 衆姉妹合贈, 必有所濟." 及取鑰開箱. 公子有傍自覺慚愧, 也不敢窺覷箱中虛實. 只見十娘在箱裏取出一箇紅絹袋來, 擲於桌上道: "郎君可開看之." 公子提在手中, 覺得沉重, 啟而觀之, 皆是白銀, 計數整五十兩. 十娘仍將箱子下鎖, 亦不言箱中更有何物. 但對公子道: "承衆姉妹高情, 不惟途路不乏, 即他日浮寓吳越間⁸⁶⁾, 亦可稍佐吾夫妻山水之費⁸⁷⁾矣." 公子且驚且喜道: "若不遇恩卿, 我李甲流落他鄉, 死無葬身之地矣. 此情此德, 白頭不敢忘也!" 自此每談及往事, 公子必感激流涕, 十娘亦曲意撫慰. 一路無話. 不一日, 行至瓜州, 大船停泊岸口, 公子別雇了民船, 安放行李. 約明日侵晨⁸⁸⁾, 剪江而渡. 其時仲冬中旬, 月明如水, 公子和十娘坐於舟首. 公子道: "自出都門, 困守一艙之中, 四顧有人, 未得暢語. 今日獨據一舟, 更無避忌. 且已離塞北, 初近江南, 宜開懷暢飲, 以舒向來抑鬱之氣. 恩卿以爲何如?" 十娘道: "妾久疏談笑, 亦有此心, 郎君言及, 足見同志耳." 公子乃攜酒具於船首, 與十娘鋪氈並坐, 傳杯交盞. 飲至半酣, 公子執巵⁸⁹⁾對十娘道:

---

83) 差使船 : 관청에서 세금으로 걷은 곡식 등을 운반하는 배.

84) 解庫 : 전당포.

85) 勾 : 够와 같은 의미. 충분하다.

86) 吳越間 : 蘇州와 杭州가 있는 江蘇·浙江 일대 지역.

87) 山水之費 : 산수를 유람할 때의 경비.

88) 侵晨 : 이른 새벽. 동틀 무렵.

89) 巵(치 zhī) : 술잔.

"恩卿妙音, 六院[90]推首. 某相遇之初, 每聞絕調, 輒不禁神魂之飛動. 心事多違[91], 彼此鬱鬱, 鸞鳴鳳奏[92], 久矣不聞. 今淸江明月, 深夜無人, 肯爲我一歌否?" 十娘興亦勃發, 遂開喉頓嗓, 取扇按拍, 嗚嗚咽咽, 歌出元人施君美「拜月亭」雜劇[93]上"狀元執盞與嬋娟" 一曲, 名「小桃紅」. 眞箇:

　　　　聲飛霄漢雲皆駐, 響入深泉魚出游.

　　卻說他舟有一少年, 姓孫名富, 字善賚, 徽州新安人氏. 家資巨萬, 積祖[94]揚州種鹽[95]. 年方二十, 也是南雍中朋友. 生性風流, 慣向靑樓買笑, 紅粉追歡, 若嘲風弄月[96], 到是箇輕薄的頭兒. 事有偶然, 其夜亦泊舟瓜州渡口, 獨酌無聊, 忽聽得歌聲嘹亮, 風吟鸞吹, 不足喩其美. 起立船頭, 佇[97]聽半晌, 方知聲出鄰舟. 正欲相訪, 音響倏[98]已寂然, 乃遣僕者潛窺蹤跡, 訪於舟人. 但曉得是李相公雇的船, 並不知歌者來歷. 孫富想道: "此歌者必非良家, 怎生得他一見?" 展轉尋思, 通宵不寐. 挨至五更, 忽聞江風大作. 及曉, 彤雲密布, 狂雪飛舞. 怎見得, 有詩爲證:

　　　　千山雲樹滅, 萬徑人蹤絕.

　　　　扁舟蓑笠翁, 獨釣寒江雪.[99]

---

90) 六院 : 妓院의 총칭.
91) 心事多違 : 항상 실현될 수 없는 것을 바라다.
92) 鸞鳴鳳奏 : 미묘하고 감동적인 노래와 가락.
93) 施君美「拜月亭」雜劇 : 元代 施惠(자 君美)가 쓴 南劇. 일명「幽閨記」.
94) 積祖 : 여러 대에 걸쳐서.
95) 種鹽 : 염전을 경영하다.
96) 嘲風弄月 : 吟風弄月하다. 여기서는 '기녀를 데리고 놀다'의 의미.
97) 佇(저 zhù) : 오랫동안 선 채로.
98) 倏(슉 shū) : 빠르게. 금세.

因這風雪阻渡, 舟不得開. 孫富命艄公[100]移船, 泊於李家舟之傍. 孫富貂帽狐裘, 推窗假作看雪. 值十娘梳洗方畢, 纖纖玉手揭起舟傍短簾, 自潑盂中殘水. 粉容微露, 卻被孫富窺見了, 果是國色天香. 魂搖心蕩, 迎眸注目, 等候再見一面, 杳不可得. 沉思久之, 乃倚窗高吟高學士[101]「梅花詩」二句, 道:

　　　雪滿山中高士臥, 月明林下美人來.

李甲聽得鄰舟吟詩, 舒頭[102]出艙, 看是何人. 只因這一看, 正中了孫富之計. 孫富吟詩, 正要引李公子出頭, 他好乘機攀話[103]. 當下慌忙舉手, 就問: "老兄尊姓何諱?" 李公子敘了姓名鄉貫, 少不得也問那孫富. 孫富也敘過了. 又敘了些太學中的閑話, 漸漸親熟. 孫富便道: "風雪阻舟, 乃天遣與尊兄相會, 實小弟之幸也. 舟次無聊, 欲同尊兄上岸, 就酒肆中一酌, 少領清誨[104], 萬望不拒." 公子道: "萍水相逢, 何當厚擾[105]?" 孫富道: "說那裏話! '四海之內, 皆兄弟也'." 喝教艄公打跳[106], 童兒張傘, 迎接公子過船, 就於船頭作揖. 然後讓公子先行, 自己隨後, 各各登跳上涯. 行不數步, 就有箇酒樓. 二人上樓, 揀一副潔淨座頭, 靠窗而坐. 酒保列上酒

---

99) 千山雲樹滅……獨釣寒江雪 : 이 시는 唐代 시인 柳宗元의 「江雪」을 가져온 것인데, 첫 구와 셋째 구가 原詩와 약간의 차이가 있다.

100) 艄(소 shāo)公 : 배의 운행을 지휘하고 방향을 정하는 사람. 操舵手.

101) 高學士 : 明代 초기의 저명한 문학가 高啓(1336-1347)를 가리킨다. 자는 季迪, 호는 靑丘子.

102) 舒頭 : 머리를 내밀다.

103) 攀話 : 말을 걸다.

104) 淸誨 : 남에게 정중하게 부탁할 때 쓰는 말.

105) 厚擾 : 사양하는 말로, 과분하게 폐를 끼친다는 의미.

106) 打跳 : '跳'는 배에서 육지로 내릴 때 놓는 사다리인 '跳板'으로, '打跳'는 이 跳板을 내려놓는다는 뜻.

肴. 孫富舉杯相勸, 二人賞雪飲酒. 先說些斯文中套話[107], 漸漸引
入花柳之事. 二人都是過來之人[108], 志同道合, 說得入港[109], 一發
成相知了. 孫富屛去左右, 低低問道: "昨夜尊舟淸歌者, 何人也?"
李甲正要賣弄在行[110], 遂實說道: "此乃北京名姬杜十娘也." 孫富
道: "旣係曲中姊妹, 何以歸兄?" 公子遂將初遇杜十娘, 如何相好,
後來如何要嫁, 如何借銀討他, 始末根由, 備細述了一遍. 孫富道:
"兄攜麗人而歸, 固是快事, 但不知尊府中能相容否?" 公子道: "賤
室[111]不足慮, 所慮者老父性嚴, 尚費躊躇耳!" 孫富將機就機, 便問
道: "旣是尊大人未必相容, 兄所攜麗人, 何處安頓? 亦曾通知麗
人, 共作計較否?" 公子攢[112]眉而答道: "此事曾與小妾議之." 孫富
欣然問道: "尊寵[113]必有妙策." 公子道: "他意欲僑居蘇杭, 流連山
水. 使小弟先回, 求親友宛轉於家君之前, 俟家君回嗔作喜, 然後
圖歸. 高明以爲何如?" 孫富沈吟半晌, 故作愀然之色[114], 道: "小
弟乍會之間, 交淺言深, 誠恐見怪." 公子道: "正賴高明指敎, 何必
謙遜?" 孫富道: "尊大人位居方面[115], 必嚴帷薄之嫌[116], 平時旣怪

---

107) 斯文中套話 : 배운 사람들이 만나 일반적으로 나누는 겸양의 대화.
108) 過來之人 : 경험이 있는 사람.
109) 入港 : 서로 이야기가 잘 맞아떨어지다.
110) 賣弄在行 : 이 방면에 재능이 있음을 자랑하다.
111) 賤室 : 자신의 아내에 대한 겸칭.
112) 攢(찬 cuán) : 찌푸리다.
113) 尊寵 : 상대방의 여자에 대한 경칭.
114) 愀(초 qiǎo)然之色 : 걱정하는 모양.
115) 方面 : '方伯'의 뜻으로, 한 지역을 다스리는 벼슬을 말함. 옛날 지역의 중
임을 맡은 가장 높은 행정장관을 '方面官'이라 했다.
116) 必嚴帷薄之嫌 : '帷薄'은 남녀 간을 갈라놓는 장막을 뜻한다. 이 말은 남녀
관계에 관해서 반드시 엄격할 것이라는 의미이다.

兄遊非禮之地[117], 今日豈容兄娶不節之人[118]? 況且賢親貴友, 誰不迎合尊大人之意者? 兄枉去求他, 必然相拒. 就有箇不識時務的進言於尊大人之前, 見尊大人意思不允, 他就轉口了. 兄進不能和睦家庭, 退無詞以回復尊寵. 即使留連山水, 亦非長久之計. 萬一資斧[119]困竭, 豈不進退兩難!" 公子自知手中只有五十金, 此時費去大半, 說到資斧困竭, 進退兩難, 不覺點頭道是. 孫富又道: "小弟還有句心腹之談, 兄肯俯聽否?" 公子道: "承兄過愛, 更求盡言." 孫富道: "疏不間親[120], 還是莫說罷." 公子道: "但說何妨!" 孫富道: "自古道: '婦人水性無常.' 況煙花之輩, 少真多假. 他既係六院名姝, 相識定滿天下; 或者南邊原有舊約, 借兄之力, 挈帶而來, 以爲他適[121]之地." 公子道: "這箇恐未必然." 孫富道: "既不然, 江南子弟, 最工輕薄[122]. 兄留麗人獨居, 難保無逾牆鑽穴之事[123]. 若挈之同歸, 愈增尊大人之怒. 爲兄之計, 未有善策. 況父子天倫, 必不可絕. 若爲妾而觸父, 因妓而棄家, 海內必以兄爲浮浪不經之人. 異日妻不以爲夫, 弟不以爲兄, 同袍[124]不以爲友, 兄何以立於天地之間? 兄今日不可不熟思也!" 公子聞言, 茫然自失, 移席[125]問計: "據高明之見, 何以教我?" 孫富道: "僕有一計, 於兄甚便.

---

117) 非禮之地 : 예에 어긋나는 곳. 기원을 가리킨다.

118) 不節之人 : 절개없는 여인. 기녀를 가리킨다.

119) 資斧 : 여비.

120) 疏不間親 : 관계가 소원한 사람이 친밀한 사람 사이를 이간시킬 수 없다.

121) 適 : 시집가다.

122) 最工輕薄 : 경박한 일(여자를 유혹하는 일)에 매우 뛰어나다.

123) 逾牆鑽(찬 zuān)穴之事 : 담을 넘고 구멍을 뚫어 남녀가 은밀히 정을 통하는 일.

124) 同袍 : 동료. 친구.

125) 移席 : 바싹 당겨 앉다.

只恐兄溺枕席之愛[126], 未必能行, 使僕空費詞說耳!” 公子道: “兄誠有良策, 使弟再睹家園之樂, 乃弟之恩人也. 又何憚而不言耶?” 孫富道: “兄飄零歲餘, 嚴親懷怒, 閨閣離心. 設身以處兄之地, 誠寢食不安之時也. 然尊大人所以怒兄者, 不過爲迷花戀柳, 揮金如土, 異日必爲棄家蕩產之人, 不堪承繼家業耳! 兄今日空手而歸, 正觸其怒. 兄倘能割袵席之愛[127], 見機而作, 僕願以千金相贈. 兄得千金以報尊大人, 只說在京授館[128], 並不曾浪費分毫, 尊大人必然相信. 從此家庭和睦, 當無間言[129]. 須臾之間, 轉禍爲福. 兄請三思, 僕非貪麗人之色, 實爲兄效忠於萬一也!” 李甲原是沒主意的人, 本心懼怕老子, 被孫富一席話, 說透胸中之疑, 起身作揖道: “聞兄大教, 頓開茅塞[130]. 但小妾千里相從, 義難頓絕, 容歸與商之. 得妾心肯, 當奉復耳.” 孫富道: “說話之間, 宜放婉曲. 彼既忠心爲兄, 必不忍使兄父子分離, 定然玉成兄還鄉之事矣.” 二人飮了一回酒, 風停雪止, 天色已晚. 孫富敎家僮算還了酒錢, 與公子攜手下船. 正是:

逢人且說三分話, 未可全抛一片心.

卻說杜十娘在舟中, 擺設酒果, 欲與公子小酌, 竟日未回, 挑燈以待. 公子下船, 十娘起迎. 見公子顏色匆匆, 似有不樂之意, 乃滿斟熱酒勸之. 公子搖首不飮, 一言不發, 竟自床上睡了. 十娘

---

126) 枕席之愛 : ‘枕席’은 베개와 자리, 즉 잠자리를 의미하여 동침한 남녀 사이를 가리킨다.
127) 袵(임 rèn)席之愛 : 이부자리의 사랑. 부부간의 사랑.
128) 授館 : 가정교사 노릇을 하다.
129) 間言 : 꾸지람. 헐뜯는 소리.
130) 茅塞 : 자신의 식견이 낮음을 가리키는 말로, ‘우둔한 이 몸’이란 뜻.

心中不悅, 乃收拾杯盤爲公子解衣就枕, 問道: "今日有何見聞, 而懷抱鬱鬱如此?" 公子歎息而已, 終不啟口. 問了三四次, 公子已睡去了. 十娘委決不下[131], 坐於床頭而不能寐. 到夜半, 公子醒來, 又歎一口氣. 十娘道: "郎君有何難言之事, 頻頻歎息?" 公子擁被而起, 欲言不語者幾次, 撲簌簌掉下淚來. 十娘抱持公子於懷間, 軟言撫慰道: "妾與郎君情好, 已及二載, 千辛萬苦, 歷盡艱難, 得有今日. 然相從數千里, 未曾哀戚. 今將渡江, 方圖百年歡笑, 如何反起悲傷? 必有其故. 夫婦之間, 死生相共, 有事盡可商量, 萬勿諱也." 公子再四被逼不過, 只得含淚而言道: "僕天涯窮困, 蒙恩卿不棄, 委曲相從, 誠乃莫大之德也. 但反復思之, 老父位居方面, 拘於禮法, 況素性方嚴, 恐添嗔怒, 必加黜逐. 你我流蕩, 將何底止? 夫婦之歡難保, 父子之倫又絕. 日間蒙新安孫友邀飲, 爲我籌及此事, 寸心如割!" 十娘大驚道: "郎君意將如何?" 公子道: "僕事內之人, 當局而迷. 孫友爲我畫一計頗善, 但恐恩卿不從耳!" 十娘道: "孫友者何人? 計如果善, 何不可從?" 公子道: "孫友名富, 新安鹽商, 少年風流之士也. 夜間聞子清歌, 因而問及. 僕告以來歷, 並談及難歸之故, 渠[132]意欲以千金聘汝. 我得千金, 可借口以見吾父母, 而恩卿亦得所天[133]. 但情不能舍, 是以悲泣." 說罷, 淚如雨下. 十娘放開兩手, 冷笑一聲道: "爲郎君畫此計者, 此人乃大英雄也! 郎君千金之資既得恢復, 而妾歸他姓, 又不致爲行李之累, 發乎情, 止乎禮, 誠兩便之策也. 那千金在那裏?" 公子收淚道: "未得恩卿之諾, 金尚留彼處, 未曾過手." 十娘道: "明早快快應承了

---

131) 委決不下 : 어찌할 바를 모르다. 의문이 풀리지 않다.
132) 渠 : 他. 3인칭 대명사.
133) 所天 : 남편의 의미.

他, 不可挫過機會. 但千金重事, 須得兌足交付郎君之手, 妾始過舟, 勿爲賈豎子[134]所欺." 時已四鼓, 十娘即起身挑燈梳洗道: "今日之妝, 乃迎新送舊, 非比尋常." 於是脂粉香澤, 用意修飾, 花鈿繡襖, 極其華豔, 香風拂拂, 光采照人. 裝束方完, 天色已曉.

孫富差家童到船頭候信. 十娘微窺公子, 欣欣似有喜色, 乃催公子快去回話, 及早兌足銀子. 公子親到孫富船中, 回復依允. 孫富道: "兌銀易事, 須得麗人妝台爲信." 公子又回復了十娘, 十娘即指描金文具道: "可便抬去." 孫富喜甚. 即將白銀一千兩, 送到公子船中. 十娘親自檢看, 足色足數, 分毫無爽[135], 乃手把船舷, 以手招孫富. 孫富一見, 魂不附體. 十娘啟朱唇, 開皓齒道: "方才箱子可暫發來, 內有李郎路引[136]一紙, 可檢還之也." 孫富視十娘已爲甕中之鱉, 即命家童送那描金文具, 安放船頭之上. 十娘取鑰開鎖, 內皆抽替[137]小箱. 十娘叫公子抽第一層來看, 只見翠羽明璫, 瑤簪寶珥, 充牣[138]於中, 約值數百金. 十娘遽投之江中. 李甲與孫富及兩船之人, 無不驚詫. 又命公子再抽一箱, 乃玉簫金管; 又抽一箱, 盡古玉紫金玩器, 約值數千金. 十娘盡投之於大江中. 岸上之人, 觀者如堵. 齊聲道: "可惜, 可惜!" 正不知什麼緣故. 最後又抽一箱, 箱中復有一匣. 開匣視之, 夜明之珠約有盈把. 其他祖母綠、貓兒眼[139], 諸般異寶, 目所未睹, 莫能定其價之多少. 衆

---

134) 賈(고 gǔ)豎(수 shù)子 : 장사치. 상인을 경멸하여 부르는 말.
135) 爽(상 shuǎng) : 어긋나다.
136) 路引 : 통행증.
137) 抽替 : 抽屉. 서랍.
138) 充牣(인 rèn) : 꽉 차다.
139) 祖母綠、貓兒眼 : 孔雀石과 貓眼石 등 진귀한 보석들 이름.

人齊聲喝采, 喧聲如雷. 十娘又欲投之於江. 李甲不覺大悔, 抱持十娘慟哭, 那孫富也來勸解. 十娘推開公子在一邊, 向孫富罵道: "我與李郎備嘗艱苦, 不是容易到此. 汝以奸淫之意, 巧爲讒說, 一旦破人姻緣, 斷人恩愛, 乃我之仇人. 我死而有知, 必當訴之神明, 尚妄想枕席之歡乎!" 又對李甲道: "妾風塵數年, 私有所積, 本爲終身之計. 自遇郎君, 山盟海誓, 白首不渝. 前出都之際, 假托衆姊妹相贈, 箱中韞藏百寶, 不下萬金. 將潤色郎君之裝, 歸見父母, 或憐妾有心, 收佐中饋[140], 得終委托, 生死無憾. 誰知郎君相信不深, 惑於浮議, 中道見棄, 負妾一片真心. 今日當衆目之前, 開箱出視, 使郎君知區區千金, 未爲難事. 妾櫝中有玉, 恨郎眼內無珠. 命之不辰[141], 風塵困瘁, 甫得脫離, 又遭棄捐. 今衆人各有耳目, 共作證明, 妾不負郎君, 郎君自負妾耳!" 於是衆人聚觀者, 無不流涕, 都唾罵李公子負心薄倖. 公子又羞又苦, 且悔且泣, 方欲向十娘謝罪. 十娘抱持寶匣, 向江心一跳. 衆人急呼撈救, 但見雲暗江心, 波濤滾滾, 杳無蹤影. 可惜一箇如花似玉的名姬, 一旦葬於江魚之腹!

三魂渺渺歸水府, 七魄悠悠入冥途.

當時旁觀之人, 皆咬牙切齒, 爭欲拳毆李甲和那孫富. 慌得李, 孫二人手足無措, 急叫開船, 分途遁去. 李甲在舟中, 看了千金, 轉憶十娘, 終日愧悔, 鬱成狂疾, 終身不痊. 孫富自那日受驚, 得病臥床月餘, 終日見杜十娘在傍詬罵, 奄奄而逝. 人以爲江中之報也.

---

140) 佐中饋(궤 kuì) : 웃어른에게 식사를 바친다는 뜻인데, 여기서는 妻妾의 對稱. 즉 '첩이 된다'는 뜻.

141) 命之不辰 : 좋은 때를 타고나지 못하다. 운명이 좋지 않다.

卻說柳遇春在京坐監完滿, 束裝回鄉, 停舟瓜步[142]. 偶臨江
淨臉, 失墜銅盆於水, 覓漁人打撈. 及至撈起, 乃是箇小匣兒. 遇
春啟匣觀看, 內皆明珠異寶, 無價之珍. 遇春厚賞漁人, 留於床頭
把玩. 是夜夢見江中一女子, 淩波[143]而來, 視之, 乃杜十娘也. 近
前萬福[144], 訴以李郎薄倖之事, 又道: "向承君家慷慨, 以一百五十
金相助. 本意息肩[145]之後, 徐圖報答, 不意事無終始. 然每懷盛情,
悒悒[146]未忘. 早間曾以小匣托漁人奉致, 聊表寸心, 從此不復相見
矣." 言訖, 猛然驚醒, 方知十娘已死, 歎息累日. 後人評論此事,
以爲孫富謀奪美色, 輕擲千金, 固非良士；李甲不識杜十娘一片苦
心, 碌碌蠢才, 無足道者. 獨謂十娘千古女俠, 豈不能覓一佳侶,
共跨秦樓之鳳[147], 乃錯認李公子. 明珠美玉, 投於盲人, 以致恩變
爲仇, 萬種恩情, 化爲流水, 深可惜也! 有詩歎云:

不會風流莫妄談, 單單情字費人參[148].

若將情字能參透, 喚作風流也不慚.

---

142) 瓜步 : 지금의 江蘇省 六合縣의 瓜步山 아래의 포구.

143) 淩波 : 물결을 타고 오다.

144) 萬福 : (두 손을 맞잡은 자세로) 인사하다.

145) 息肩 : 자리를 잡다. 안정되다.

146) 悒悒(읍 yì) : 근심하다.

147) 共跨秦樓之鳳 : 전설에 따르면 春秋시기 秦穆公의 딸 弄玉이 피리 불기를
좋아했는데, 蕭史 또한 피리를 잘 불어서 秦穆公이 딸을 그에게 시집을 보
내면서 鳳樓를 지어 주었다. 이 부부는 鳳樓에서 수십 년을 살다가 龍鳳을
타고 신선이 되어 날아가 버렸다 한다. 여기서는 부부간의 화목한 생활을
비유했다.

148) 費人參 : 사람들로 하여금 어렵사리 깨닫게 하다.

제 5 장

청대
소설

1. 장편소설의 황금시대

명대 소설의 발전은 백화소설의 거대한 예술적 잠재력을 보여주었고, 청대 소설은 지속적으로 이 점을 증명하였다. 차이가 있다면 청대의 소설, 특히 청대 장편소설은 대다수가 작가 개인의 창작이라는 것이다. 이들 작품은 「삼국연의」·「수호전」·「서유기」처럼 민간의 전설·화본·희곡을 토대로 삼아 문인들이 이를 다시 정리해낸 것과 같은 긴 과정을 거치지 않았다. 「금병매」를 제외한 명대의 작품들은 임충·무송·관우·장비·손오공과 같은 비범한 영웅을 묘사했거나 아니면 기이한 고사들을 쓴 것인데, 청대의 「유림외사儒林外史」·「홍루몽紅樓夢」·「기로등岐路燈」·「성세인연전醒世姻緣傳」 같은 작품들은 이와 달리 시선을 일상적인 가정생활이나 생활 속의 평범한 인물들에게로 향하였다. 그 결과 바로 이러한 소설의 흐름 속에서 현실주의의 위대한 거작 「유림외사」와 「홍루몽」이 탄생한 것이다.

청대에는 또한 포송령蒲松齡의 문언단편소설집 「요재지이聊齋志異」, 기윤紀昀의 문언단편소설집 「열미초당필기閱微草堂筆記」와 함께 「취성석醉醒石」·「두붕한화豆棚閑話」·「오색석五色石」·「십이루十二樓」·「무성희無聲戱」등 화본소설이 출현했다. 영웅전기英雄傳奇로는 「수호후전水滸後傳」·「설악전전說岳全傳」·「만화루양포적연의萬花樓揚包狄演義」 등이 있고, 역사소설로 「수당연의隋唐演義」·「설당연의전전說唐演義全傳」 등이 있으며, 작자의 재학을 드러내면서 환상이나 유토피아식 이상사회를 그린 소설로 「경화연鏡花緣」이 있다. 이들 소설의 성과는 비록 「유림외사」나 「홍루몽」과 비교할 바가 못 되지만, 장편소설의 유파가 많아지고 풍격이 다양해지면서 기이함과 아름다움을 서로 다투는 장관을 이루어냈다.

만청시기에는 기녀의 삶을 묘사한 협사狹邪소설 「품화보감品花寶鑒」·「해상화열전海上花列傳」과 공안·협의소설 「시공안施公案」·「삼협오의三俠五義」가 등장했다. 또한 개량파의 견책譴責소설이 출현했는데, 그 대표작은 이보가李寶嘉의 「관장현형기官場現形記」, 오견인吳趼人의 「이십년간 목도한 괴현상二十年目睹之怪現狀」, 증박曾樸의 「얼해화孽海花」, 유악劉鶚의 「노잔유기老殘游記」 등이다. 견책소설은 첨예하고 신랄한 필치로 봉건 관리사회의 부패한 암흑을 폭로하여 당시에 큰 반향을 일으켰다. 그러나 관리사회에 대한 견책소설의 폭로는 그다지 엄중하지 못했고 비판 또한 심각한 정도는 아니었다. 표현수법 면에서도 사실과 맞지 않은 과장된 부분이 있고 함축적 의미가 결여되어 진정한 풍자와는 거리감이 있다는 한계가 있다.

2. 요괴들의 세상, 「요재지이聊齋志異」

1. 문언단편소설의 거작

문언단편소설은 육조의 지괴, 당대의 전기를 거쳐 송·원대까지 발전하였다가 계속 쇠퇴하는 추세에 있었다.[1] 그러다가 청대에 와서 포송령의 「요재지이」가 출현하면서 문언단편소설의 최고봉을 이루었다. 500편의 단편으로 이루어진 이 작품집은 인간세상의 불평등을 샅샅이 묘사하면서 재능을 펼칠 기회조차 없는 분노를 기탁하였는데, 그 구상이 참신하고 곡절이 기이하며 우의寓意가 심오하다.

포송령은 자가 유선留仙이고 별호는 유천거사柳泉居士로, 요재선생이라 불렸다. 산동 치주(淄州, 현재의 치박淄博)사람이고, 과거 진출이 순조롭지 못하여 71세에야 공생貢生이 되었다. 중년 시기에 한 때 보응寶應에서 막료로 지낸 적이 있지만, 이를 제외하고는 거의 고향에서 서당선생으로 지냈다. 포송령의 작품은 시·사·부·변려문駢文·산문·이곡俚曲 등을 포함하여 모두 「포송령집」 속에 수록되어 있다.

2. 유명 작품 소개

촉직促織

「촉직」은 「요재지이」 중의 명편이다. 작품은 먼저 귀뚜라미를 징발해 싸움을 붙이는 시대 배경을 간략하게 설명하면서 위아래 할 것 없이 부패했던 당시 정치 상황을 폭로하였다. 이어 주인공 성명成名을

---

1) 이와 같이 대부분 소설사에서는 당대에서 청대에 이르는 동안 출현한 지괴·전기 작품이 수적으로는 적지 않았으나 질적인 비약이 이루어지지 못한 침체기였다고 평가한다. 그렇지만 전기소설의 발전과정에서 명대 구우瞿佑의 「전등신화剪燈新話」와 이를 모방한 이정李禎의 「전등여화剪燈餘話」 등은 중국 내외에서 큰 반향을 일으킨 작품이었다는 점에서 당연히 주목할 필요가 있다. 예컨대, 조선 시대 김시습金時習의 「금오신화金鰲新話」는 「전등신화」에서 일정 정도 영향을 받았고, 일본과 월남에서도 비슷한 현상이 있었다. 그럼에도 불구하고 이 책에서 「전등신화」에 대해 아예 언급하지 않은 것은 적절한 태도가 아니라고 생각한다.(역주)

등장시키고, 소박하고 선량하지만 붙임성 없는 그의 성격과 그가 힘든 임무를 떠맡아 가산으로 이를 모두 변상하게 된 경위를 설명한다. 그 후 줄거리는 귀뚜라미를 구하나 얻지 못하고, 얻었지만 다시 잃고, 잃고서는 다시 손에 넣는 과정을 따라 발전해 나가는데, 성명의 희로애락과 운명도 이와 함께 부침을 거듭한다. 신령한 계시를 받은 성명이 늠름한 모습에 아주 강한 귀뚜라미를 얻게 되지만 뜻밖에도 아들이 실수로 이를 죽이게 되고, 아들은 화가 두려워 우물에 투신하여 죽는다. 부부는 낙심천만 절망하고 상심하는데, 뜻밖에도 아들의 영혼이 귀뚜라미로 변하여 나타난다. 그 귀뚜라미는 생김새는 보잘 것 없지만 힘은 대단하여 가는 곳마다 다른 귀뚜라미들을 제압하며 무너뜨렸으므로, 성명은 이 귀뚜라미로 마침내 부귀와 영화를 얻는다.

전체 고사는 곡절과 파란이 많고 흥망의 기복이 심하다. 처음에 성명은 속수무책으로 막다른 골목에 몰렸는데, 오래지 않아 좋은 귀뚜라미를 얻어 죽을 고비에서 살아남으로써 온 가족이 기뻐했다. 그러나 뜻밖에도 아들의 실수로 귀뚜라미가 죽자, 가족은 다시 궁지에 몰리게 되고 성명은 최고의 희열 상태에서 극도의 분노 상태로 뒤바뀐다. 아들이 우물에 빠지자 성명의 분노는 곧바로 슬픔으로 바뀌고 줄거리는 가장 밑바닥까지 치닫게 된다. 이때 갑자기 "문 밖에서 귀뚜라미 울음소리가 들리자門外蟲鳴" 모순은 다시 해결점을 향해 나아가는데, 작자는 순식간에 희극적인 결말로 되돌아서는 방식을 취하지 않고 우선 그 귀뚜라미의 힘이 다른 상대들을 다 제압해버리는 대목을 삽입하였다. 전체 내용은 사람과 귀뚜라미 사이의 철저한 대비를 통해 서술된다. "귀뚜라미 한 마리씩 바칠 때마다 여러집 가세가 기울었기에每責一頭, 便傾數家之産", 귀뚜라미 한 마리를 얻으면 미친 듯 기뻐하였지만 일단 그것이 죽게 되면 "낯빛이 잿빛이 되고面色灰死" "얼음장을 뒤집어 쓴 것처럼如被氷雪" 변하였다. 이야말로 "사람이 곤충만도 못한人不如蟲" 비극을 강력하게 폭로한 것이다. 작자는 인물심리를 매우 정확하고 세밀하게 파악하였다. 아들이 귀뚜라미를 죽였다는 소식을 접하고 성명은 화가 극에 달하였지만, 다시 아들이 우물에 빠졌을 때는 "화가 슬픔으로 변하여 숨이 끊어질 듯 절규하였는데化怒爲悲, 搶呼欲絶", 이때는 친자식을 잃은 비통함이 임무를 완수하지 못한 걱정과 아들에 대한 분노를 압도하는 상황이다. 아들이 소생하자 다시 "다소나마 마음을 놓았고心稍慰" 문 밖에서 귀뚜라미가 울자 기쁨에 넘쳐 그것을 잡지만, 또한 그 귀뚜라미가 너무 작은 것을 보고는 합격하지 못할까봐 걱정한다. 이처럼 소설은 그 편집이 매우 절묘하다. 세 차례에 걸쳐 귀뚜라미를 잡는 상황을 쓰면서 첫 번째는 매우 간략하게 묘사했고, 두 번째는 귀뚜라미를 얻는 것이 얼마나 힘든가를 매우 상세하게 묘사하며 즐거움 끝에 슬픈 일이 생기는 후반부를 위해 힘을 비축하였고, 세 번째는 아들의 영혼이 귀뚜라미로 변한 것을 사실인 듯 거짓인 듯 몽롱하게 묘사하였다.

사문랑司文郎

「사문랑」은 과거시험을 비판하는 작품이다. 작자는 고사 중에 왕평자王平子·여항생余杭生·송생宋生·고승瞽僧이라는 네 인물을 설정하여 과거시험의 이모저모를 힘써 묘사했다. 네 명 중에 왕평자와 여항생은 현실 속의 인물이고, 송생은 귀혼鬼魂이며, 고승은 신선과 다름없는 신비한 인물이다.

고승에게는 일종의 특수한 평문評文 방식이 있다. 즉, 문장을 태우고 남은 재의 냄새를 맡아 그 냄새로써 문장의 우열을 판단하는 것이다. 고승은 먼저 왕평자의 문장을 태운 재의 냄새를 맡고는 "막 대가의 법도를 익혀 비록 핍진한 경지에는 이르지 못했으나 거의 흡사하다. 내가 방금 이를 비장으로 받아들였다.初法大家, 雖未逼眞, 亦近似矣. 我適受之以脾."라고 평가한다. 고승의 후각은 과연 믿을 만한 것인가? 작자는 교묘하게 '의심하는 무리들' 중 하나인 여항생을 등장시켜 "먼저 예전 대가의 문장을 태워 이를 시험하는데先以古大家文燒試之", 고승은 큰 소리로 "절묘하도다!妙哉"라고 외친다. 이어서 여항생이 자신의 작문을 몰래 섞어 넣어 보지만 고승은 속일 수가 없다. 그는 그 냄새를 맡자마자 너무 역겨워하면서 그대로 토해내고자 한다. 뜻밖에도 여항생이 과거에 합격하고 왕평자가 의외로 낙방을 하자 송생과 왕생이 뛰어가 고승에게 그 결과를 고한다. 고승은 "내 비록 눈은 어두워졌으나 코는 아직 멀지 않았건만, 그 주렴 안의 시험관은 눈과 코가 모두 멀었구나.我雖然眼害了, 但鼻子還沒害. 那簾子裏的試官連眼睛帶鼻子都害了."라고 탄식한다. 오래지 않아 여항생이 기세당당하게 찾아와서는 의기양양 고승을 조롱하는데, 고승은 그를 풍자하여 말한다. 나는 문장의 우열을 평론하였을 뿐 당신의 운수를 점치지는 않았다. 당신이 만일 시험관들의 문장을 가져온다면 나는 냄새만 맡아도 누가 당신의 시험관이었는지 금방 알아낼 수가 있다는 것이다. 여항생과 왕평자가 과연 문장을 찾아 가져오니, 여섯 번째 문장을 태우기 시작할 때 고승은 갑자기 담을 향해 심하게 토하며 연달아 방귀를 뀌는데, 그 소리가 천둥소리 같았다. 모두가 떠들썩하게 웃자 고승은 여항생에게 이것이 바로 당신 선생의 문장이라 말한다. 처음에는 자세한 내막을 몰랐으나 실수로 냄새를 조금이라도 맡은 사람은 그 코가 참아내지 못하였고, 뱃속에 들어가서는 방광이 견뎌내지 못하여 아래쪽으로 뚫고 나왔던 것이다. 고승의 모습은 미친 사람 같지만 사실은 그를 통해 시험관을 호되게 비판하자는 것이니, "주렴 안의 사람들은 눈과 코가

다 멀었다.簾中人幷鼻盲矣"는 말은 실로 화룡점정의 필치라 할 수 있다.

영녕嬰寧

「영녕」은 「요재지이」 중에서도 '성격'을 집중적으로 묘사한 작품이다. 이 소설 역시 줄거리가 있긴 하지만 내용이 극히 간단하여 뚜렷한 인상을 남기지 못하는데, 독자들이 책을 덮고 나서도 이 소설을 잊지 못하는 것은 바로 여주인공 영녕 때문이다. 영녕은 산간 지방에서 태어나 일찍 부모를 여의고 만다. 모친은 임종 시 그녀를 어떤 노파에게 부탁했고, 이 노파는 그녀를 매우 아끼며 보살펴주었다. 영녕은 이처럼 특수한 환경 속에서 자라면서 어떠한 예교의 속박을 받지 않았는지라 천진하고 낭만적이며 걱정을 모른 채 웃음이 떠나질 않는다. 작자는 특별히 영녕의 웃기 잘하는 특징을 포착하여 이를 집중적으로 묘사했다. 영녕이 등장하면서 "매화꽃 가지 하나를 꺾는데, 그 모습은 절세의 미모에다 사랑스런 웃음까지 넘쳐났다.拈梅花一枝, 容華絶代, 笑容可掬" 이것은 왕자복王子服의 눈에 비친 영녕이고 또한 첫 눈에 반한 연인의 눈 속에 비친 영녕의 모습으로서 비교적 정지靜止된 묘사이다. 왕자복이 미동도 않고 멍한 상태로 그녀를 주목하자, 영녕은 웃으며 하녀에게 '저 남자 눈빛이 도둑 같아.'라고 말한다. 나중에 왕자복이 집안에 들어서자 영녕은 문 밖에서 "하염없이 웃기만 하는데, 하녀가 밀어 들어가게 했어도 그녀는 입을 가린 채 여전히 웃음을 그칠 줄 몰랐다.嗤嗤笑不已. 婢推之以入, 猶掩其口, 笑不可遏." 그녀는 낯선 사람 앞에서는 함부로 웃어서는 안 된다는 것을 알지 못하고, 남녀 사이에는 직접 물건을 건네지 않으며 반드시 정중하게 처신해야 한다는 것도 모른다. 그녀는 그저 이 남자가 우습다고만 느낄 뿐이다. 노파가 그녀를 훈계했어도 "그녀는 잠시 웃음을 참고 서 있을 뿐忍笑而立", 얼마 지나지 않아 "다시 웃으면서 쳐다보지 못하다가女復笑, 不可仰視" 그가 집을 나서자마자 비로소 다시 "웃음소리가 터져나왔다.笑聲始縱" 이후에 왕자복의 모친을 뵐 때에도 "크게 웃는 것을 개의치 않는 듯 했고猶濃笑不顧" 결혼식 당일에도 절을 올릴 수 없을 정도로 웃어댄다.

작자는 또한 꽃을 좋아하는 영녕의 취미를 의도적으로 묘사하였다. 처음 만났을 때 그녀는 "매화 한 송이를 꺾는 모습"이고, 왕자복이 찾아왔을 때 그녀는 "동쪽에서 서쪽으로 걸어가다가 살구꽃 한 송이를 집어 들더니 고개를 숙여 머리에 꽂았다.由東而西, 執杏花一朶, 俯首自簪" 왕자복을 본 후에는 "웃음을 머금고 꽃을 집어 들고선 들어갔다.含笑拈花而入" 영녕의 거처는 "흰 돌로 길을 놓았고 붉은 꽃이 그 사이사이에서 피어났으며白石鋪路, 夾道紅花", "콩과 꽃 시렁이 온 정원에 가득한데豆棚花架滿庭中" "창 밖으로는 해당화 꽃가지가 늘어졌다.窓外海棠枝朶" 결혼 후에도 그녀는 "취미가 꽃을 몹시 좋아하는 것이어서 친척과 친구들을 찾아다니며 좋은 꽃을 물색하였고, 몰래 금비녀를 전당포에 잡히고 아름다운 꽃들을 사오곤 했다. 몇 개월이 지나니 계단 앞과 울타리 옆 곳곳마다 꽃들이 넘쳐났다.愛花成癖, 物色遍戚黨. 竊典金釵, 購佳種, 數月, 階砌藩溷, 無非花者." 이것은 작자가 꽃으로써 사람을 비유하고 부각시킨 수법이다.

작자는 의도적으로 복잡한 속세와 멀리 떨어졌으면서도 또한 인정미가 가득한 환경을 설정하였다. 그곳은 성에서 삼십 리 쯤 떨어져 있는데, "아득히 얽혀 이어지는 산 속에 상쾌한 공기가 밀려드는데, 지나는 사람이라곤 없이 적막한 채 오로지 새들 나는 길만 있을 뿐이었다.亂山雜沓, 空翠爽肌, 寂無人行, 止有鳥道." 영녕은 바로 이렇게 "꽃과 나무가 무성한叢花亂樹中" 깊은 골짜기에 사는데, "문 앞에는 실버들이 한창이었고 담장 안에는 복숭아와 살구가 넘쳐났으며, 그 사이로 곧

게 자란 대나무숲에서 들새들이 짹짹거렸다.門前皆絲柳, 墻內桃杏尤繁, 間以
修竹, 野鳥格磔其中" 작자는 영녕의 웃기 잘하고 꽃을 좋아하는 면모와
천진하고 순수한 성품을 최대한 부각시키고자 했고, 이를 통해 작자
의 인생에 대한 이상을 기탁하였다.

연지胭脂

포송령은 요괴나 정령 묘사에 뛰어났지만, 「연지」 속에는 처음부터
끝까지 초현실적인 줄거리나 인물이 등장하지 않는다. '삼언' 중에 이
미 비슷한 고사가 있는 만큼 내용 역시 특별하다고 할 수는 없다. 그
럼에도 이 작품이 성공을 거둔 것은 이전 고사 속의 줄거리와 인물들
에 윤색을 가하고 변화를 주어 한층 신선한 느낌을 갖게 했다는 점이
다. 「연지」는 재판사건을 다룬 공안公案작품인데, 공안소설에서 곡절
있는 줄거리를 쓰는 것은 어렵지 않으나 살아있는 듯 생동적인 인물
을 묘사하기란 쉽지 않다. 대개 사건에 따라 인물이 설정되지만 대개
인물이 사건에 끌려 따라가게 되므로 성격이 모호해지는 것이다. 그
러나 「연지」는 사건에 따라 인물이 설정되는 것이 아니라 오히려 사
건이 인물을 따라 진행되면서 줄거리 또한 완전히 인물 성격의 충돌
이 빚어내는 자연스런 결과로 전개된다.

「연지」에는 네 조의 인물들이 등장하는데, 모두 사건과 관련이 된
다. 첫째 조는 연지와 악생鄂生으로, 서로 사랑하는 두 주인공이다. 연
지는 모든 사건의 근원이 되어 전체 줄거리와 실마리는 모두 그녀의
운명을 둘러싸고 전개된다. 악생은 연지가 의중에 두고 있는 인물로,
하마터면 억울한 희생양이 될 뻔 했다. 둘째 조는 숙개宿介와 왕 씨로,
이 사건의 내막을 알고 있는 주요 인물이다. 그 중 왕 씨라는 보조인
물의 배치는 전체 작품 구조에서 결코 소홀히 할 수 없는 영향력을 행

사하는데, 작자는 이 왕 씨를 빌어 줄거리와 관련 있는 사람들을 한데 묶어내고 있기 때문이다. 연지의 이웃인 왕 씨는 연지가 "마음을 터놓고 이야기하는 친구이다.女間中談友" 연지에게 문 밖의 "풍채가 빼어난風采甚都" 소년 악생의 정황을 알려준 것도 그녀이며, 연지가 악생을 마음에 들어 한 일을 정부인 숙개에게 말해버린 것도 그녀다. 숙개는 자기 잇속만 챙기려다 바라던 일을 매번 거절당한다. 그가 어쩌다 주웠던 연지의 수놓은 신발을 저도 모르는 사이에 잃어버리고 이를 다시 모대毛大가 줍게 된다. 모대는 일찍이 왕 씨에게 집적거리다가 거절을 당한 적이 있다. 이처럼 각 실마리들은 모두 왕 씨와 연계되어 있기에 왕 씨의 상황을 분명히 파악하는 것이 바로 사건을 해결하는 관건이 된다. 왕 씨가 소설에서 차지하는 역할은 이에 그치지 않고, 줄거리가 앞으로 발전해 나가도록 추진하는 데 있어서 가장 중요한 요소이기도 하다. 왕 씨를 통해 연지는 악생의 대략적인 정황을 이해하고 결국 어떻게 할 것인지 결심하기에 이른다. 왕 씨와 숙개가 내연의 관계에 있기 때문에 사건에는 숙개가 삽입되는 곡절이 첨가되어야 하고, 왕 씨는 또한 모대가 침을 흘리는 대상이므로 모대가 왕 씨와 숙개의 대화를 엿듣게 되어 간통하고자 하는 마음이 생긴다. 셋째 조는 수의사 변 씨 부부다. 줄거리가 시작될 때 변 씨 부부는 주요 실마리 밖에서 떨어져 있으나 나중에 이 사건의 직접적인 피해자가 된다. 넷째 조는 모대라는 인물로, 진짜 살인범이다. 도덕적인 관점에서 볼 때 연지와 악생은 작자가 칭송하는 편에 놓이고 모대는 비난의 대상이 되면서 선과 악 두 축을 형성한다. 이에 비해 왕 씨와 숙개는 중간 위치적인 인물이다. 왕 씨는 경박하고, 숙개는 한층 더 경망스러우며 품행 또한 단정하지 않다. 그러나 왕 씨는 경박하지만 문 밖의 모대를 거절할 수 있었고, 숙개는 단정하지 못하지만 의외로 사람을 죽이려는 마음은 없다. 왕 씨가 연지에게 악생을 소개한 것을 보면 남 좋은 일을 하고자 하는 의지가 전혀 없는 것은 아니다. 또한 그녀는 의외로 그 일을 우스갯소리처럼 그녀의 정부인 숙개에게 말하는데, 여기서 그녀의 경박함이 잘 드러난다. 왕 씨 성격에 대한 묘사는 매우 절도 있고 적절하여 성격 묘사에 대한 작자의 탄탄한 능력을 드러내준다. 조금이라도 부족하거나 과도하게 묘사되었다면 그는 이미 '꼭 그러한這一個' 왕 씨가 아닌 것이다. 왕 씨에 대한 묘사야말로 이 소설에서 실로 어려운 부분이지만, 포송령은 대가의 솜씨로 이러한 난점을 가볍게 극복하였고, 왕 씨의 형상은 매우 사실적으로 드러나게 되었다.

포송령은 그 필치 아래의 인물들을 애정을 가지고 능숙하게 다루었을 뿐만 아니라 애정 심리의 미묘한 곡절을 묘사하는 데도 뛰어났다. 「연지」라는 작품 속에서 작자는 연지, 악생, 왕씨, 숙개라는 네 인물들의 애정과 남녀 관계에 대한 각기 다른 태도를 통해 그들의 서로 다른 사상과 성격을 구현해냈다. 문 밖으로 지나가는 악생을 보았을 때 연지는 "마음이 끌리는 듯 요염한 눈길을 던졌고女意似動, 秋波縈轉之" 악생이 "지나간 지 한참이 지나도록 줄곧 눈을 떼지 못하고 있었다.去旣遠, 女猶凝眺"고 표현하여 평민 집안의 고운 딸이 첫 눈에 상대에게 반하여 자신의 감정을 통제할 수 없음을 보여준다. 왕 씨가 그를 소개시켜 주자 연지는 "목까지 빨개져서 눈만 흘깃거릴 뿐 한 마디도 건네지 못했다.暈紅上頰, 脉脉不作一語" 이처럼 그녀는 자신의 심정을 솔직하게 인정하지 못하면서도 단호하게 부정하지도 않는다. 부끄러워 감히 인정하지 못하지만 본심을 속이며 부정할 수도 없는 것이다. '눈만 흘깃거릴 뿐 한 마디도 건네지 못했다'는 것은 이른바 "이럴 때는 소리 나지 않는 것이 소리 나는 것보다 더 강한 효과가 있다.此時無聲勝有聲"는 대목이다. 왕 씨가 적극적으로 연지에게 줄을 놓았지만 연지는 의외로 '무응답'으로 일관하며 마음을 허락하지 않는다. 결국 그리움이 병이 되고 목숨이 위험한 지경이 되어서야 연지는 비로소 왕 씨에게 자신이 악생을 사랑하고 있으며 그리움이 깊어져 병이 났음을 실토한다. 연지의 처음 모습에서는 그녀의 부끄러움과 깊은 애정만이 드러났을 뿐이다. 그러나 연지가 엄숙한 말로 숙개의 유혹을 호되게 야단쳐서 물리치는 장면에서는 그녀의 사상과 성격상의 또 다른 측면이 드러난다. 애정에 대한 그녀의 태도는 진지하여 대충 넘어가는 식이 아니었고, 난폭한 자 앞에서는 강하게 저항하는 것이다. 그러므로 그녀가 악생을 사랑하게 된 것은 그저 악생이 "풍채가 매우 빼어나서"가 아니라 그의 성격이 온화하여 자신을 제대로 이해해 줄 수 있다고 여겼기 때문이다. 그녀가 몸이 아플 때는 "응당 가련히 여겨 도와줄 것이며當相憐恤" 절대 난폭하게 대하지 않으리라 믿는다. 하지만 부친이 살해당한 후 연지는 악생을 살인범으로 오해하고, 그를 사랑하던 마음은 증오로 변한다.

  왕 씨의 애정에 대한 태도는 연지와 뚜렷한 대조를 이룬다. 왕 씨는 이미 결혼한 여자인지라 연지 같은 부끄러움이나 머뭇거림이 없다. 오히려 조금의 거리낌도 없이 솔직히 표현하는 언행 속에는 경박함마저 보인다. 악생의 뒷모습을 응시하고 있는 연지의 순진한 모습이 왕 씨의 눈에는 우스꽝스럽게 보인다. 숙개가 왕 씨와 몰래 만났을 때, 왕 씨는 이일을 우스갯소리처럼 그에게 말한다. 숙개가 결코 단정한 사람이 아니라는 것을 몰랐을 리가 없다. 숙개가 수놓은 신발을 잃어버린 후 사방에서 찾았으나 끝내 찾지 못하자 그 사실을 왕 씨에게 털어놓는데, 왕 씨는 아무런 반응도 보이지 않는다. 숙개가 자신의 가까운 친구를 희롱하는 일에 대해서 그녀는 의외로 무관심하게 내버려두는 인물인 것이다.

홍옥紅玉

이 이야기의 주제는 여우가 둔갑한 여인 홍옥의 의협심을 찬양하는 데 있다. 그러나 작자는 결코 이 주제를 드러내는 데 조급해하지 않으며, 이야기는 단순히 남녀 애정을 묘사하는 것처럼 시작된다. 풍상여馮相如는 「요재지이」 속에 자주 등장하는 가난한 수재인데, 공교롭게도 "동편의 이웃집 여자가 담장으로 몰래 그를 훔쳐보다가東隣女自墙上來窺" 인연이 되었고, 두 연인이 곧 부부가 되려는 시점에 뜻밖에도 가장인 풍상여의 아버지가 가로막는다. 작자는 결코 남녀 주인공을 예교에 반항하는 인물로 설정하지 않았고, 홍옥이 흔쾌하게 자금을 대서 풍상여가 위衛 씨와 결혼하도록 해주는 줄거리로 이어나간다. 그리하여 소설은 조심스럽게 원래 주제에 접근하기 시작한다. 위 씨는 "빛나는 아름다운 모습神情光艷"에 "근검하며 온순한 덕을 갖추었고勤儉, 有順德", "2년이 지나서는 아들을 낳아 이름을 복아라 하였다.逾二年, 擧一男, 名福兒" 줄거리가 여기에 이르면 독자들은 속으로 위 씨는 분명 홍옥의 화신일 것이라 여길지도 모르지만, 설령 화신이라 할지라도 결국엔 홍옥 자신은 아니다. 작자는 곧이어 뇌물을 받아 면직되어 고향으로 돌아온 송어사宋御史를 삽입시키는데, 그 결과 소설의 배경은 순식간에 사회로 확장되고 풍상여의 운명에는 풍부한 사회적 내용이 주입된다. 송어사는 다름아닌 사회악의 대표 세력으로, 작자는 마을을 휘젓는 그의 오만한 행동을 한껏 부각시킨다. 그는 위 씨의 뛰어난 미모를 보고 처음에는 금전으로 유혹하는데, 풍생이 가난하므로 분명 동요되리라 여겼기 때문이다. 금전으로 실패한 후에는 곧장 폭력을 사용하는데, "벼슬을 그만두고 시골에 물러나 있는退居林下" 이 어사대인은 놀랍게도 사람을 시켜 벌건 대낮에 풍씨 집으로 쳐들어가 싸움을 일으키고 위 씨를 억지로 끌어오게 한다. 풍상여의 아버지는 분개하여 식음도 전폐하고 한을 품은 채 죽는다. 풍상여는 "아들을 안고 다니며 지방관에게 몇 차례나 상소를 올려보지만 끝내 아무런 결과도 얻어내지 못했다.抱子興詞, 上至督撫, 訟幾遍, 卒不得直" 이제 폭로의 필치는 마을에서 횡포한 짓을 마구 저지르는 송 씨에게서 확장되어 송 씨를 지지하는 관청 관료로 옮겨간다. 풍상여는 "후에 부인이 끝내 굴복하지 않고 죽었다는 소식을 듣고 더욱 슬퍼하였다.後聞婦不屈死, 益悲" 집과 가족을 모두 잃고서도 복수를 하자니 힘이 모자라고, 참고 살자니 괴로울 뿐 풍상여는 속수무책 아무런 방도가 없다. 이렇게 줄거리가 막힌 듯 할 때 작자는 규염虬髥협객을 삽입시켜 풍상여를 위해 정의를 실현하는데, 규염객은 야밤에 "담을 넘고 들어가 어사 부자 세 사람과 며느리, 시녀 등을 죽인다.越重垣入, 殺御史父子三人, 及一媳一婢" 풍상여는 살인 혐의를 받고 감옥에 들어가지만 규염객이 현령縣令에게 위협 경고하여 감옥을 나올 수 있게 된다. 감옥을 나온 후 풍상여가 지난날을 회상하며 고통스러워 할 때 홀연히 홍옥이 상여의 아들을 데리고 다시 나타나고, 두 사람은 부부가 된다. 홍옥은 근검하게 가정을 꾸리며 풍상여가 다시 가업을 일으키도록 돕는다.

전편은 「홍옥」이라는 제목으로 지어졌지만 고사 속의 큰 줄거리는 홍옥과 관련되지 않은 것처럼 보인다. 홍옥과는 관련이 없을지라도 위 씨는 본래 홍옥이 소개한 인물이고 풍상여는 이 위 씨 때문에 화를 당한 것이므로 홍옥이 앉아 구경만 하면서 그를 구하지 않을 수는 없는 일이니, 홍옥이 사라진 후에도 독자들의 마음속에는 여전히 그녀가 남아 있었다. 이것이야말로 허허실실을 이용한 예술수법이라 할 수 있다. 이밖에도 규염객의 호쾌함과 솔직담백함, 풍옹馮翁의 강직하고 거친 성격, 풍상여의 선량함 또한 모두 뚜렷하게 묘사되고 있다.

3. 풍자의 거작, 「유림외사儒林外史」

「유림외사」는 오경재吳敬梓가 지은 장편 풍자소설이다. 오경재는 자가 민헌敏軒, 호가 문목文木이며 안휘 전초全椒 사람이다. 「유림외사」이외에 「문목산방집文木山房集」이 후세에 전한다.

1. 인물

주진周進과 범진范進

「유림외사」는 지식인을 주인공으로 삼은 장편소설로서, 이 작품이 등장하기 이전에도 지식인의 생활과 운명은 지속적으로 소설가나 희곡가들이 흥미를 갖는 제재였다. 그러나 지식인의 정신면모, 생활 양상, 역사적 운명은 오경재의 필치 아래에서 비로소 전면적이고도 심도 있게 반영되었다. 오경재는 예리한 통찰력과 탁월한 풍자 재능으로 중국 봉건사회 말기의 지식인의 운명을 성공적으로 표현해냈다. 「유림외사」는 팔고문八股文으로 인재를 선발하는 과거제도를 비판하였고, 나아가 전 사회의 부패를 여실히 폭로하였다. 주진과 범진은 소설 속에 등장하는 유명한 두 인물이다. 그들은 가난한 가정에서 태어나 만년이 다 되어서야 과거에 합격하여 팔고문 이외에는 아는 것이 없는 무능한 인간들이다. 그들은 팔고문이라는 출세 수단을 이용하여 '행복'의 문을 열고 마침내 사회의 하층계급에서 통치자 대열에 합류하고자 한다. 주진은 오랜 세월 동안 시험을 쳤지만 합격하지 못해 그 고통으로 미쳐버리고, 범진은 마침내 합격을 하지만 그 기쁨에 그대로 미쳐버린다. 작자는 주진을 묘사할 때 과거에 합격하기 이전의 곤궁함과 무기력함을 묘사하는 동시에 과거제도의 박해 아래 지식인들이 얼마나 공허하고 무감각하며 비참한 정신 상태인지를 중점적으로 드러냈다. 과거시험장에서 통곡을 하면서 이름판에 머리를 부딪치고 온 땅을 구르는 내용은 주진 이야기의 절정이다. 작자가 범진을 묘사할 때 중점을 둔 것은 과거에 합격하기 전후의 사회적 지위의 근본적 변화다. 특히 과거에 합격한 이후의 영광스러운 영예를 집중적으로 묘사함으로써 과거제도가 만들어내는 권세와 이익이라는 당시 풍조를 반영하였다. 과거에 합격한 후에 미쳐버린 일은 범진 이야기의 절정을 이룬다. 이렇듯 작품은 미쳐버린 두 사람의 이야기를 통해 과거제도의 유혹과 부패, 핍박 아래서의 정신적인 기형과 변태를 묘사하고 있다. 특히 주진에 대한 묘사에서 작자의 빼어난 솜씨를 잘 엿볼 수 있다. 새로운 수재인 매구梅玖의 방자한 모욕과 조소를 당하면서도 주진은 화도 내지도 않고 어떠한 반응도 드러내지 않은 채 마음속 깊이 피눈물을 감춘다. 몇 년 동안 계속된 과거 실패로 그의 자존심과 자신감은 철저하게 파괴되어 가고, 자기 잘난 맛에 사는 새로운 수재 앞에서 기 한 번 펴지 못한다. 한편 범진이 과거에 합격하는 부분의 묘사야말로 세태의 윤곽을 여실히 그려내는 작자 오경재의 탁월한 능력이 드러난다. 이제 범진이 겪어야 했던 몇 십 년간의 멸시와 굴욕은 단박에 끝이 나게 되었다. 그 긴 합격 방문榜文에 쓰인 희소식은 분명 범진의 초가집에 환하게 걸렸고, 사람들마다 그에게 미소를 보냈지만 범진은 갑작스럽게 찾아온 이 거대한 흥분을 견뎌내지 못하고 미쳐버린 것이다. 독자들은 이 같은 인간 희극을 목격하면서 기뻐해야 할 것인가, 아니면 슬퍼해야 할 것인가? 웃어야 할 것인가, 아니면 울어야 할 것인가? 그를 우습게 여겨야 할 것인가, 아니면 불쌍히 여겨야 할 것인가? 아마도 양면 다 느끼지 않을 수 없을 것이다. 이처럼 희극과 비극이 동시에 존재하는 예술적 효과는 작자의 과거제도에 대한 뚜렷한 인식을 반영했다. 부패한 문인의 어리석음과 비열함은 팔고문으로 인재를 등용하는 과거제도가 만들어낸 것이기에 독자들은 부패한 문인의 형상에 대해 가소로우면서도 불쌍하다고 여길 수 밖에 없는 것이다.

광초인匡超人

작자는 광초인이 탈바꿈하는 전 과정을 섬세하게 묘사함으로써 과거제도가 지식인들에게 미치는 악영향을 폭로하였다. 광초인은 본래 순박한 농촌 청년이다. 마이馬二 선생은 그가 바른 사람이 되도록 교육하면서 부모를 공경하는 그를 칭찬하면서도, 그에게 팔고문을 가르쳐 공명을 향한 욕망, 즉 신분을 탈바꿈하여 상류사회로 올라가고 싶은 욕망에 불을 지른다. 과거시험에서 수재에 합격한 것은 광초인의 도덕적 면모에 변화가 생길 수 있는 전환점이 된다. 작자는 이러한 전환점을 그가 수재 합격 후 현의 학교에 입학했던 일과 연관시켰는데, 이는 분명 과거제도에 대한 부정적 시각을 담은 대목이다. 항주의 명사名士 집단은 하나의 사회 학교인 셈인데, 여기서 광초인은 재빠르게 자기를 내세우는 법과 거짓으로 남을 속이는 법을 배운다. 시골 명사의 초라하고 궁상맞은 생활이 금전에 대한 광초인의 욕망을 만족시켜주지 못했으므로, 그는 반삼潘三의 도둑배를 타게 된다. 문서를 위조하고 남을 대신해 시험을 치르는 등 타락은 끝이 없었고, 적응력이 강한 광초인은 이러한 환경의 유혹 속에서 한 걸음 한 걸음 나락으로 미끄러져 내려간다. 결국 그가 아버지로부터 물려받은 농촌 청년의 순박함과 선량함도 하나씩 하나씩 사라져간다.

노소저魯小姐

노소저의 아버지 노편수魯編修는 항상 딸에게 "팔고문만 잘하면 네가 무엇을 짓든지 간에 시詩를 원하면 시가 되고 부賦를 원하면 부가되니, 채찍질 한 번에 흔적이 생기고 귀싸대기 한 번에 피가 나듯 선명한 결과가 드러나는 것이다. 만약 팔고문 솜씨가 없으면 네가 무엇을 짓든지 간에 다 알지도 못하면서 아는 것처럼 자기만족을 하는 사람이 되는 것이며 결국 옳지 못한 길을 걷게 된다.八股文章若做的好, 隨你做甚麼東西, 要詩就詩, 要賦就賦, 都是 '一鞭一條痕, 一摑一掌血'. 若是八股文章欠講究, 任你做出甚麼來, 都是野狐禪, 邪魔外道."고 강조한다. 그야말로 팔고문에 대한 우상숭배가 아닐 수 없다. 어쨌든 부친의 영향 아래 노소저는 팔고문에 출중한 재원이 된다. 그녀는 자질도 뛰어나고 기억력이 좋아서 왕오王鏊(왕수계王守溪)·당순지唐順之·구경순瞿景淳·설응기薛應旗와 같은 여러 대가들의 문장, 역대의 우수한 시험 답안지, 각 성 대가들의 시험 문제 3천 여 편을 모두 암기하였고, 그녀가 직접 지은 문장 또한 자연스러우면서 매우 빼어났다. 노편수가 자주 "아들로 태어났더라면 진사 시험에 몇 십번이라도 합격했을 텐데!假若是個兒子, 幾十個進士、狀元都中來了!"라고 탄식하는 것도 당연했다. 그러나 딸은 아무리 실력이 뛰어날지라도 결국 시험장에 들어갈 수가 없다. 이에 노편수는 사위에게 그 희망을 다시 기탁하기로 한다. 유감스럽게도 노편수는 거가遽家의 가문과 재산이 탐나서 딸에게 거공손遽公孫이라는 소년 명사를 맺어주었는데, 하필 이 소년 명사는 과거 준비에는 전혀 뜻이 없다. 노소저는 온종일 탄식하며 근심스러워하였고 "자신의 일생을 망쳐버린誤我終身"이 사람을 원망하였다. 남편에게 희망이 없음을 확신한 노소저는 혼신의 노력을 다해 아들이라도 제대로 키우기로 작정한다. 날마다 아들을 붙잡아 두고 사서오경을 읽게 하니, 네 살 된 아이는 매일 한밤중까지 책을 읽어야만 한다. 이처럼 작자는 노소저라는 인물 형상을 통해 팔고라는 악마가 무수한 남자들을 유혹했을 뿐 아니라 총명하고 아름다운 여성까지 유혹하여 그녀가 순진함과 사랑스러움을 내던진 채 부귀공명이라는 속된 욕망에 갇히게 만든다는 사실을 고발한다.

엄공생嚴貢生

오경재는 "착한 사람은 모든 면이 착하고 나쁜 사람은 모든 면이 나쁘게敍好人完全是好的, 壞人完全是壞的" 묘사한 적이 거의 없지만, 유독 엄공생에 대해서만은 붓끝마다 쉽사리 넘어가지 않고 대담하게 그 사악함을 묘사하였다. 이러한 묘사는 오경재가 시정잡배 사회에 대해 극도의 증오감으로 차 있음을 말해준다. 언젠가 엄공생 집안에서 낳은 지 얼마 안 된 작은 돼지가 왕소이王小二 집안으로 들어와 돌아오자 엄공생은 "돼지가 다른 사람 집으로 가서 다시 찾아오게 되면 운수가 불길하다.豬到人家, 再尋回來最不利市"라는 핑계를 대며 그 사람들에게 억지로 은자 8전에 그 돼지를 사도록 강요한다. 돼지가 왕가에서 백 근이 넘도록 자란 후 "잘못하여 엄가의 집으로 들어가 돌아오자不想錯走到嚴家去" 엄공생은 얼른 돼지를 붙잡아 두고 "본래부터 내 것이었다.猪本是他的"고 강변한다. 그는 또한 전혀 돈을 빌린 바가 없는 차용증서로 농민 황몽통黃夢統을 위협하여 겁을 주면서 양심도 없이 "몇 개 월 간의 이자 돈을 요구하였다.要這幾個月的利錢" 엄공생은 뱃삯 12량을 발뺌하기 위해 뱃사공이 몰래 훔쳐 먹은 자신의 운편雲片 떡을 몇 백 량 은자를 주고 만든 '약'이라고 하며 말끝마다 뱃사공을 탕湯 어르신네가 계신 관가에 보내야 한다고 겁준다. 동생의 재산을 뺏는 과정에서 모리배로서의 엄공생의 본질은 한층 예리하게 묘사된다. 동생 엄감생嚴監生의 시체가 채 차가워지기도 전에 엄공생은 곧 기세당당하게 그의 집을 찾는다. 이렇게 대원大員을 접수할 자태로 동생 집에 도착하여 맨 먼저 그 집안의 여주인 조 씨를 '첩小老婆'이라고 한마디로 잘라 말하면서 그녀를 '조 신부趙新娘'라고 부른다. 연이어 집안의 여자들을 모두 불러 모아 훈계하는데, 조 씨의 신분을 문제 삼아 대대적으로 트집을 잡는다. 요컨대 '첩이 집안을 관리하는' 국면은 더 이상 계속될 수 없고, 향신鄕紳의 집안에서 "이렇게 중요한 예의범절은 한 치 어긋남이 있어서는 안 된다.這些大禮都是差錯不得的"는 것이다. 교활하고 간사하며 염치없고 탐욕스러운 엄공생은 결국 소송에서 이겨 동생 재산의 10분의 7을 빼앗고도 "여전히 그의 둘째로 대를 잇게 세운다.仍舊立的是他二令郎"명·청 사회에서 엄공생 같은 인물이 생겨나는 것은 결코 우연이 아니다. 봉건사회는 이미 말세에 이르렀고, 도덕 관념 또한 예전 상류사회의 범절을 유지하기 힘들었다. 금전의 힘은 종법宗法의 유대를 몰락시켰고 예의와 염치는 완전히 사라졌다. 상류 사회에서 가장 타락하고 영악한 무리들은 더 이상 도덕 앞에서 망설이지 않았고 이익만을 쫓아 하지 못할 행동이 없었다. 엄공생은 바로 그 대표적인 전형이다.

왕옥휘王玉輝

왕옥휘는 가난한 수재인데, 그의 셋째딸이 출가한 후 일 년도 채 안 되어 남편을 병으로 잃는다. 셋째딸은 "하늘과 땅도 슬퍼할 만큼 통곡하며 곡기를 끊은 채 남편을 뒤따라 가려 했다.哭的天愁地慘, 要絶食殉夫" "시부모는 이 말을 듣고 놀라 눈물을 비 오듯 쏟으며, '아가, 네가 슬픔으로 정신줄을 놓았더란 말이냐! 자고로 개미 같은 하찮은 목숨도 살고자 애쓰거늘 네가 어찌 그런 말을 할 수 있단 말이냐! 너는 살아서도 우리 집 사람이고 죽어서도 우리 집 귀신이 되어야 하거늘 시부모가 되어서 어찌 너 하나 먹여 살리지 못하고 네 부친께 너를 책임지게 하겠느냐? 어서 제발 이 같은 모습일랑 그만두어라!'고 하였다.'我兒, 你氣瘋了! 自古螻蟻尚且貪生, 你怎麼講出這樣話來! 你生是我家人, 死是我家鬼, 我做公婆的怎的不養活你, 要你父親養活? 快不要如此!"그러나 친정아버지 왕옥휘는 오히려 "내 딸아, 네가 이왕 그렇게 마음먹은 바에야 이는 청사青史에 이름을 남길 일인즉, 어찌 너를 막을 도리가 있겠느냐? 너는 끝까지 이렇게 하는 게 옳은 게야. 난 지금 곧 집에 돌아가 네 모친께 가서 너와 마지막 작별인사나 하라고 전하겠다.我兒, 你旣如此, 這是青史上留名的事, 我難道反攔阻你? 你竟是這樣做罷. 我今日就回家去, 叫你母親來和你作別."고 말한다. 그러자 왕옥휘의 처는 그에게 "나이가 들수록 치매에 걸렸는지你怎的越老越呆了!", "딸이 목숨을 끊으려 하는데 말리지는 못할망정 오히려 부추기니 이게 무슨 꼴이냐!一個女兒要死, 你該勸他, 怎麼倒叫他死? 這是甚麼話說!"며 욕설을 퍼붓는다. 왕옥휘의 부추김으로 여드레나 굶은 딸이 결국 죽자 왕옥휘는 그런 딸을 두고 "잘 죽었어, 난 나중에 너처럼 이렇게 명분 있게 죽을 수 없을까봐 두려울 뿐이로구나!死的好, 只怕我將來不能像他這一個好題目死哩!"라고 말한다. 고사의 심각성은 바로 여기에 있다. 작자는 이렇게 예교가 사람을 잡아먹는 비극적 장면을 묘사했을 뿐 아니라 왕옥휘라는 형상을 통해 이학理學의 해독이 뿌리 깊은 유생의 내면 세계의 예교와 양심의 모순을 묘사하였다. 딸이 죽자 현의 모든 선비들이 찾아와서 추모의식을 거행하는데, 왕옥휘를 상석에 앉도록 권하며 "'이처럼 훌륭한 딸이 있어 오륜을 위해 빛을 내다니!'하고 말하자 왕옥휘는 그제야 문득 슬픈 마음이 들어 그 자리를 끝내 사양해버린다.說他生這樣好女兒, 爲倫紀生色. 王玉輝到了此時, 轉覺心傷, 辭了不肯來.""집에서 날마다 부인이 비통해하는 모습을 보자니 더는 견딜 수가 없어서在家日日看見老妻悲慟, 心下不忍" 결국 외지로라도 나가 기분을 전환해보고자 한다. 그러나 "도중에 산수풍경을 보면서도 딸을 애도하면서 내내 참혹한 심정이었다.一路看著水色山光, 悲悼女兒, 凄凄惶惶." 소주에서는 "배 위에 나이 어린 여자가 하얀 옷을 입고 있는 것을 보고는 다시 딸이 생각나서 마음속으로 오열하면서 뜨거운 눈물을 줄줄 흘린다.見船上一個少年穿白的婦人, 他又想起女兒, 心裏哽咽, 那熱淚直滾出來."

2. 풍자예술

루쉰魯迅은 「유림외사」가 탄생한 후 "그리하여 설부 중에 풍자 작품이라 할 만한 것이 생겨났다.于是說部中乃始有足稱諷刺之書"(「중국소설사략中國小說史略」)고 하면서 「유림외사」의 작자는 "공정한 마음을 견지한 채 시대적 폐단을 비판했다秉持公心, 指摘時弊"고 강조했다. 즉, 개인적 원한에서 출발하여 악담을 내세우거나 사사로운 분노를 토로하자는 것이 아니라 공정한 마음과 실사구시적인 태도로 과거제도와 사회의 폐단을 폭로함으로써 병폐를 치유하고자 했다는 뜻이다. 작자는 매구梅玖·왕혜王惠·호도호胡屠戶·장정재張靜齋와 같은 인물들에 대한 묘사를 통해, 또한 이름을 알 수 없는 이웃들에 관한 묘사를 통해 주진과 범진이 과거라는 힘든 길만을 추구하면서 죽을 때에도 후회하지 못했던 사회적 근원을 심각하게 반영해냈고, 이로써 인물의 사회적 의의가 강도 높게 부각되었다. 풍자의 생명은 진실에 있는 바, 「유림외사」의 풍자가 강력한 이유는 바로 진실에 바탕을 두었기 때문이다. 작자는 인물의 본질 특징을 잘 파악하여 그들의 영혼 깊숙한 곳까지 숨김없이 그려냈다. 일상적이고 흔히 볼 수 있는 대상 속에서 그것들의 사랑스러움과 비열함, 가증스러움을 파헤쳐 냈다. 자신의 애증을 직접 드러내는 것을 적극적으로 피하면서 문자 상으로 이러쿵저러쿵 비난을 하지 않았고, 객관적이고도 냉정하면서 감정을 드러내지 않는 묘사 속에 풍자를 기탁하였는데, 뜻이 언어 밖에 있으면서 함축적이고 완곡하였다. 이는 작자의 예리한 관찰력, 풍부하고 깊이 있는 생활체험, 엄숙하면서 명확한 창작 목적과 불가분의 관계에 있는 것이다. 작자는 대상을 서로 다르게 구별하여 그에 따라 각기 다른 풍자를 가하였다. 염치없는 지방의 권력가들이나 가짜 도학에 대해서는 매섭고 냉혹한 풍자를 하였는데, 그들 자신의 언행의 모순을 통해 스스로를 폭로함으로써 그 자리에서 추악함이 바로 드러나도록 했다. 주진, 범진, 마이馬二 선생 같은 하층 지식인들에 대해서는 작자의 풍자 속에 동정의 감정이 포함되어 있다. 마이 선생을 예로 들면, 과거를 치켜세울 뿐 세상일에 어두우면서도 저속한 면을 묘사한 동시에 인정이 두텁고 정의감이 강한 면도 함께 묘사하였다. 마이 선생은 팔고문을 과거학科擧學이라는 한 학문분야로 여기는데, 이처럼 가소로운 진지함은 마이 선생 특유의 진부한 일면을 형성한다. 그러나 마이 선생의 진부함은 진부함에만 그칠 뿐 독서인이 늘상 지니는 허위와 가식은 없다. 그는 다른 사람에게 아첨하지 않고 자기 자랑을 늘어놓거나 속이지 않는다. 모든 사람들을 그저 성심으로 대한다. 이전에 재물을 사취했던 심부름꾼에게조차 마찬가지다. 결국 돈을 갈취할 줄밖에 모르던 심부름꾼도 감동하여 "선생님은 정말 진심을 지니신 분이시군요. 설마 우리 같은 심부름꾼의 심장은 살로 된 게 아니겠습니까?先生, 像你這樣血心爲朋友, 難道我們當差的心不是肉做的?"라고 한다. 다른 사람이 아닌 바로 그가 광초인을 향해 팔고를 학습하는 목적에 대해서는 이렇게 교육한다. "자네는 지금 돌아가서 부모를 섬길 때도 어쨌든 문장 학업을 위주로 삼게나. 사람이 세상을 살아갈 때 이 일을 제외하고는 머리를 내밀 수 있는 게 없다네. 점쟁이와 같은 하층직업은 말할 것도 없고, 가정교사를 하는 것이나 막료를 지내는 것도 그 마지막 길은 아니라네. 결국은 오로지 본업에 들어가 시험에 합격해 거인擧人, 진사進士가 되어야만 조상을 빛내는 것이지.……옛 말 틀린 적 하나도 없으니, '책 속에 황금 집이 있고 넘치는 곡식이 있으며 옥 같은 미인이 있다'고 했다네.你如今回去, 奉事父母, 總以文章擧業爲主. 人生世上, 除了這事, 就沒有第二件可以出頭. 不要說算命、拆字是下等, 就是教館、作幕, 都不是個了局. 只是有本事進了學, 中了擧人、進士, 卽刻就榮宗耀祖.……古語道得好: 書中自有黃金屋, 書中自有千鍾粟, 書中自有顔如玉." 이처럼 마이 선생은 적나라하게 금전과 미녀를 동원해 광초인이 과거의 길을 걷도록 유인한다. 그는 진지하고 열정적이지만 또한 범속하다. 그야말로 바로 루쉰이 말한 "인자한 어머니나 사랑스런 여인이 잘못 넣어준 독약慈母或愛人誤進的毒藥"(「화개집·잡감華蓋集·雜感」)인 셈이다. 「유림외사」 속의 강렬하면서도 심오한 풍자는 바로 이런 식으로 표현되었다.

4. 전통적 사상과 글쓰기의 타파, 「홍루몽紅樓夢」

「홍루몽」의 작자 조설근曹雪芹은 이름이 점霑이고 자가 몽원夢阮이며, 호는 설근, 근포芹圃 또는 근계거사芹溪居士라고 한다. 본적은 요양遼陽이고, 선조의 혈통은 한족이었으나 후에 만주 정백기正白旗 포의包衣가 되었다. '포의'는 만주어로 '노예'라는 의미다. 증조모 손씨孫氏는 강희康熙황제의 유모였고, 조부 조인曹寅은 어렸을 때 강희황제의 독서 친구였다. 후에는 소주직조蘇州織造, 강녕직조江寧織造를 맡았다. 옹정雍正황제 때에 와서 조 씨 집안은 연이은 재난으로 쇠락하기 시작했다.

〖紅樓夢〗一百二十回 淸 乾隆 五十七年(1792年) 萃文書屋活字本

「홍루몽」 속에는 조 씨 집안에 발생했던 이 재난을 다룬 일부 소재와 작자 본인의 경험이 함께 녹아들어 있다.

1. 비극 주제

「홍루몽」은 전체 120회인데, 전 80회는 조설근이 지은 것이고 후 40회는 정위원程偉元과 고악高鶚이 이어 지은 것이다. 정위원과 고악은 원저의 암시를 근거로 전 80회의 줄거리에 따라 가보옥·임대옥·설 보채의 연애혼인 비극을 만들어냈고, 기타 일련의 인물들의 운명과 결말을 안배하여 「홍루몽」을 온전한 책으로 완성했다. 이로써 「홍루몽」은 세상에 빠르게 퍼져나갔으며, 그 영향은 실로 대단하였다. 그러나 보옥이 과거에 합격하여 가업을 다시 일으키는 후 40회의 내용은 사실 조설근의 본 취지에 위배되는 것이고, 인물 묘사와 줄거리 구성에서 일부 왜곡되거나 저속한 필치가 보이는 것 또한 조설근의 원저와 큰 차이가 있다.

「홍루몽」은 자유로운 연애, 자주적인 혼인을 이룰 수 없는 애정비극, 즉 가보옥賈寶玉과 임대옥林黛玉 · 설보채薛寶釵의 연애와 혼인 비극을 담아낸 작품이다. 청춘 남녀 사이의 연애와 혼인 이야기는 사실 오래된 소재이지만, 「홍루몽」의 위대한 점은 사실감 넘치는 묘사로 이러한 비극을 조성한 심각한 사회적 원인을 조명해내는 동시에 비극적 주인공의 사상 성격과 비극 사이의 내재적 관계를 그려냈다는 데 있다. 작품은 이 비극의 발생과 발전 과정을 전체 줄거리의 중심 사건으로 삼았으나 결코 비극 자체의 묘사에 국한하지 않았고, 더 나아가 폭넓은 사회 환경과 붕괴되어 가는 귀족사회를 묘사하였다. 자유로운 애정에 대한 가보옥과 임대옥의 열렬한 추구, 평등하게 사람을 대하고 개성을 존중하며 각자의 의지에 따라 생활할 것을 강조한 가보옥의 사상은 그 시대의 개성해방과 인권 평등에 대한 요구를 반영하였고 초보적인 민주주의 정신도 보여주고 있다.

2. 인물

가보옥과 임대옥

가보옥은 비극의 중심인물이다. 그는 부유한 집안에서 보석으로 치장하고 호사스런 생활을 누리는 온유한 성격의 인물이지만, 그러나 그는 이런 생활에 만족하지 못하고 그에게 부여된 집안의 정신적인 속박들을 혐오하며 자유로운 정신세계를 갈망한다. 그의 주변에는 순진하고 총명한 여자들이 함께 생활하는데, 그녀들의 열정과 자유로운 품성, 불행과 고통은 그를 일깨워주는 역할을 했다. 자유를 열망하는 가보옥의 성격은 봉건적 교조敎條나 강령에 대해 줄곧 의심하고 부정하였기에 관리가 되는 과거시험을 거부하고 부귀공명마저 경멸했다. 「서상기」·「모란정牧丹亭」을 읽을지언정 사서오경은 읽지 않았고, 팔고문을 추구하지 않았다. 가우촌賈雨村처럼 명리를 탐하는 무리들과 내왕하기를 원치 않았고, '벼슬길 출세仕途經濟'같은 "저급한 말混賬話"은 아예 듣고 싶어 하지 않았다. 불교나 도교를 비방하고 충효의 결점이나 지적하는 그에게 봉건교육 제도는 도무지 맞지 않았다. 원춘元春이 귀비貴妃에 봉해져 가부賈府의 모든 사람이 기뻐할 때도 보옥만은 못 들은 체 신경도 쓰지 않는다. 그는 대담하게 남존여비라는 봉건관념을 부정하였고, 모욕을 당하거나 피해를 입는 여자들을 항상 동정하였다. 이런 가보옥도 처음에는 일부 귀족자제들처럼 나쁜 습관에 젖어 있었다. 언젠가 그는 이홍원怡紅院에 돌아올 때 문을 조금 늦게 열어주었다는 이유로 시녀 습인襲人에게 발길질을 해댄 적도 있었던 것이다. 그러나 진가경秦可卿의 죽음과 임대옥의 외롭고 가난한 신세, 귀비 누님 원춘의 내면적 고통, 금천金釧의 죽음, 부친에게 매를 맞은 일, 청문晴雯의 죽음 등 일련의 사건들을 겪으면서 그는 점차 성숙해진다. 애정에 대한 그의 태도도 점점 경건해지며 임대옥에 대한 이해와 애정도 갈수록 깊어진다. 가부의 "생명줄命根子"인 그의 양어깨에 집안의 모든 희망과 책임이 걸리게 되었음에도 불구하고 그는 봉건 가장이 정해준 길을 단호히 거부하는데, 이는 곧 이 가문의 최대의 두려움이자 비극이 된다. 즉, 이 귀족 가문을 잇는 후계자가 없게 된 거나 마찬가지니 이제 이 집안은 앞날에 대해 아무런 희망을 가질 수 없기 때문이다. 가보옥은 가문의 명예나 미래는 전혀 고려하지 않고 가장의 염원을 저버린 채 "어려서부터 그에게 입신양명의 길을 걷도록 단 한 번도 권한 적이 없는自幼不曾勸他去立身揚名" 임대옥을 사랑하게 된다. 그의 가슴 속은 소원하고 서먹서먹한 설보채보다는 가련한 신세의 임대옥으로 채워진다. 반역적 색채를 띤 가보옥의 이러한 애정은 자신의 약점을 극복하는 데 정신적 역량이 되기는 했으나 한 개인의 힘으로 거대한 가족과 사회에 반항해나가는 일에서는 근본적으로 역부족이었다. 때문에 가보옥의 가슴속은 모순으로 가득차게 된다. 그는 삶을 사랑했지만 세상을 비관했고, 반항하고자 노력했지만 그 출구를 찾지 못했다. 그의 삶은 결국 비극적 색채가 농후할 수 밖에 없다.

임대옥의 형상은 가보옥보다도 비극적 색채가 한층 짙다. 그녀는 귀족가문에서 태어나 부모의 지극한 총애를 받았지만, 일찍이 어린 시절에 모친이 세상을 떠나는 아픔을 겪었다. 부친이 글방선생을 모셔 그녀에게 글을 가르쳤지만, 그녀는 몸이 쇠약하여 엄하게 대할 수도 없는 상황이었다. 이러한 환경 탓에 고결하면서도 주위에 아랑곳하지 않는 도도한 성품을 갖게 된 임대옥은 얼마 후 부친마저 세상을 뜨게 되자 어린 나이에 외조모 집에 얹혀사는 신세가 되고 만다. 학식과 재능이 뛰어난 임대옥은 자기 분수에 맞게 순응하면서 늘 가장의 안색을 정성껏 살피고 주위 사람들을 다정하고 살갑게 대하는 설보채와는 달랐다. 바람을 맞으며 눈물을 흘리고 달을 보며 상심하는 그녀는 근심도 많고 감정이 예민하여 늘 번뇌에 차 있다. 자존심이 강한 그녀는 솔직함과 순수함으로 세상의 비천함과 무례함에 맞서고자 한다. 평소 많은 서적을 두루 탐독했던 임대옥은 특히 「서상기」와 「모란정」을 즐겨 읽으면서 마음속 깊이 진실하고도 열정적인 애정을 동경하게 된다. 하지만 그녀 또한 문벌출신으로 봉건 예교와 전통 관념의 속박을 끝내 벗어나지 못했기에 정작 애정이 찾아왔을 때는 그것을 선뜻 받아들일 만한 용기가 부족하다. 가보옥이 그녀에게 솔직한 감정을 털어놓을 때마다 그녀는 오히려 '분노'와 '슬픔'에 젖는지라 오히려 가보옥을 난처하게 만든다. 임대옥도 가보옥과 마찬가지로 과거공부에 매달려 관리가 되는 '벼슬길 출세'를 혐오하였고, 그러한 명리를 탐하는 범속한 무리들을 경멸하였다. 그러한 관점은 가보옥으로 하여금 그녀와 뜻이 통한다고 여기게끔 만들었다. 임대옥은 애정을 자신이 가부賈府에서 버텨나가는 정신적 지주로 여긴다. 두 사람이 소꿉장난하던 어린 시절에는 천진난만하게 허물없이 어울렸지만 나이가 들어갈수록 어렴풋한 첫사랑으로 발전해간다. 물론 오해와 의견충돌도 많았지만 그러한 반복적 갈등을 통해 서로를 더 깊이 이해할 수 있게 된다. 가진 것 없는 외로운 신세이면서도 자존심이 강한 성격의 임대옥은 자신의 마음을 변함없이 이해해줄 것을 전제로 서로의 감정을 키워나가기를 가보옥에게 요구한다. 그리고 자신에 대한 가보옥의 진실한 감정을 확신한 후에야 임대옥은 비로소 평온해진다. 그녀와 가보옥의 애정은 한층 성숙한 단계로 접어들었지만, 어차피 시작부터 비극으로 운명 지워진 것이었다. 외롭고 가난한 신세라는 점이나 자기의 생각대로 일을 처리해버리는 성격이라는 점에서 임대옥은 이 기울어가는 귀족가문에서 결코 쉽게 받아들여질 수가 없다. 가보옥이 임대옥과 맺어진다면 가보옥이 한층 예교의 법도에서 어긋나는 방향으로 치닫는 상황을 조장할 것이기에 봉건가장으로서는 결코 허용할 수 없는 일이었다. 유일한 선택은 가보옥이 임대옥을 포기하고 부유하고 인간관계에 능숙하며 정통적인 사고를 지닌 설보채를 배필로 삼는 것이었다. 그것만이 정통적인 법도에서 벗어나고자 하는 가보옥의 성향을 바르게 되돌려서 가족의 몰락을 막는 길이었기 때문이다.

설보채

설보채는 대상大商 집안 출신으로 모친은 금릉金陵 왕씨 집안 규수였다. 또한 외삼촌 왕자등王子藤은 구성도검점九省都檢點으로 재력과 권세를 겸하고 있었다. 이렇듯 실리를 중시하며 활동적이고 민첩한 상인 기질과 예교를 숭상하는 관료적 기질을 두루 갖춘 집안 분위기는 설보채에게 고루 영향을 끼친다. 그녀는 임대옥에 비견되는 아름다운 용모와 출중한 재능, 수준 높은 문화적 소양을 갖추었을 뿐만 아니라 임대옥과는 판이하게 세상 물정에 사리가 밝고 인간관계에도 뛰어났다. 그녀는 누구에게나 호감을 갖게 행동하여 인정을 받았으므로 가부賈府에서도 물고기가 물을 만난 듯 순탄하게 생활하였다. "이지적 미인冷美人"이라 불리는 이 귀족아가씨는 가부賈府의 생활환경에 적응하기 위해 부단히 노력하였으며, 아무 것도 모르는 바보처럼 자신의 주장을 드러내지 않으면서도 결코 상황에 휩쓸리지 않는 냉철한 이성의 소유자이다. 그녀는 과묵하고 장식이나 치장을 좋아하지 않았으며, 활달하고 상냥하여 다른 사람이 그녀에 대해 뭐라고 하든지 간에 크게 괘념치 않는다. 평소에 자잘한 것까지 살피며 인정을 베풀어 아랫사람들의 두터운 신임을 얻었고, 특히 가장의 애호나 의중을 신통하게 잘 헤아렸다. 가모賈母가 그녀에게 연극을 선정하라고 시키면 그녀는 가모가 가장 좋아하는 극을 골라내어 공연하게 하였다. 또 금천金釧이 자살한 후 왕부인이 양심의 가책을 받을 때 설보채는 본심과 다르게 사실을 왜곡하면서까지 왕부인을 위로하면서 금천이 신중치 못하여 실족하여 우물에 빠진 것이지 화가 나서 몸을 던진 것이 아니라고 위로해 준다. 그녀는 자신의 새 옷을 금천의 수의감으로 쓰라며 왕부인에게 선뜻 내어줌으로써 왕부인의 어려운 문제를 해결해준다. 그녀는 사려가 깊어 자신의 감정을 말투나 얼굴빛에 드러내지 않았으므로 봉건사회가 바라는 완전무결한 규수의 전형이었고 가보옥을 위해 봉건가장이 선택한 더없이 이상적인 배우자였다.

왕희봉王熙鳳

왕희봉은 「홍루몽」 중에서 깊은 인상을 남기는 인물들 중 하나이다. 왕희봉의 친정집은 부귀와 권세를 두루 갖추어서 평범한 집안과는 확연히 달랐다. 그녀의 조부는 각 나라에서 온 공물을 전담하며 황제를 알현하는 관직에 있었고, 숙부인 왕자등은 경영절도사京營節度使·구성통제九省統制·구성도점검九省都檢點을 지낸 적이 있었다. 그녀의 큰 고모인 왕부인은 가모가 편애하는 며느리이며, 둘째 고모인 설이마薛姨媽는 어엿한 대상大商 집안사람이다. 왕희봉은 이러한 배경과 남다른 재능을 바탕으로 십팔구 세에 이미 가부의 집안업무를 장악하기 시작한다. 왕희봉은 "미모가 뛰어나고 언변이 유창한데다가 심성 또한 섬세하고 차분하였으며模樣又極標致, 言談又爽利, 心機又極深細", 시야가 사방에 두루 미치고 수완이 능란하여 매일 쌓이는 일들을 주도면밀하게 처리한다. 영국부寧國府에서 진가경秦可卿의 장례를 치를 때 특별히 그녀를 청하여 일을 주관하게 하였는데, 그녀는 일을 맡자마자 바로 영국부의 다섯 가지 큰 폐단을 간파하고 해결책을 제시해준다. 왕희봉의 진중하면서도 능력 있는 일처리는 "남녀 불문하고 모두 물러나 그녀보다 영향력 있는 인물은 더 이상 없는脂粉鬚眉齊却步, 更無一個是能人" 상황에 이른다. 왕부인의 이 조카딸은 또한 승부욕이 강하고 허영을 좇으며 강한 권세욕까지 가지고 있다. 가운賈芸이 가련賈璉에

〔紅樓夢散套〕清 嘉慶 二十年(1815年) 蟾波閣刊本 張泰 繪, 張浩三 刻

게 공무출장자를 안배해 주도록 청했을 때, 왕희봉은 그가 자신을 먼저 찾아오지 않은 것이 괘씸하여 고의로 그 자리를 가근賈芹에게 주어버린다. 후에 가운이 그 까닭을 알고 왕희봉에게 뇌물을 건네자 왕희봉은 오히려 가운을 비웃으며 "왜 그렇게 먼 길을 돌아서 가려 했나요! 먼저 내게 한마디만 했더라면 더 큰 일이라 해도 이렇게 꼬이지는 않았을 텐데!你們要揀遠道兒走麼! 早告訴我一聲兒, 多大點子事, 還値得耽誤到這會子!"라고 말한다. 또 그녀는 절도사인 운광雲光에게 편지를 띄워 장금가張金哥의 혼약을 취소하고 억지로 채하彩霞를 내왕來旺의 아들에게 시집가게 한다. 젊고 미모가 빼어나며 "봉 독종鳳辣子"이라 불리는 가부의 이 여주인은 무엇보다 언변이 뛰어났기에 가모와 왕부인의 환심을 사기 위해 온갖 수단으로 아첨하고 어처구니없는 행동을 하는 등 거칠 것이 없다. 가모의 의식주와 먹고 마시며 즐기는 모든 것에 대해 그녀가 직접 관여해 조금치도 소홀함이 없이 특별히 신경을 쓴다. 그녀는 또한 각계각층 사람들과의 관계도 능숙하게 처리한다. 예컨대, 하녀 가운데 평아平兒에 대해서는 강함과 부드러움을 병행하면서도 원앙鴛鴦에 대해서는 지극정성으로 좋은 관계를 유지하려고 애쓰는데, 이는 원앙이 가모의 신임과 총애를 깊이 받고 있기 때문이다. 습인襲人에 대해서도 정성을 쏟는데, 이는 습인이 왕부인의 눈에 들어 가보옥의 첩으로 내정되었기 때문이다. 또한, 왕희봉은 돈을 물 쓰듯 허비하는 습관이 있는 반면 목숨처럼 재물에 집착하기도 한다. 하녀들의 월급으로 고리대금을 하거나 소송을 도맡아 처리하여 이익을 챙기기도 하고, 장금가의 혼인에 개입하여 삼천 냥의 은자를 뇌물로 받기도 한다. 원앙이 그녀 대신 가모의 방에 있던 금은상자를 훔쳐오자 왕희봉은 이를 저당 잡혀 천 냥의 은자를 챙긴다. 거기다가 노비들의 지출은 줄이면서도 가모와 왕부인를 위한 지출은 전혀 줄이지 않는다. 이렇듯 왕희봉은 미모와 총명함, 능력과 탐욕스러움, 악랄함이 한데 어우러진 복잡한 형상이다.

탐춘探春

보옥의 형제자매들 중 탐춘과 보옥의 관계가 가장 친밀하다. 탐춘은 전통사상 면에서는 보옥과 조금도 다르지 않다. 그녀는 비록 보옥에게 '벼슬길 출세'에 대해 언급하지 않지만, 스스로는 "내가 남자로 태어났다면 집을 벗어나 사업을 일으켜 제 하고 싶은 일을 하고 있을 거예요.我但凡是個男人, 可以出得去, 我早走了, 立出一番事業來, 那時自有一番道理"라고 말한다. 탐춘이 말한 소위 '사업'이란 바로 벼슬길인 것이다. 그녀의 생모 조 씨가 탐춘의 친외삼촌 조국기趙國基의 장례비용을 더 요구했지만 탐춘은 전혀 고려치 않고 순전히 종법에 따라 일을 처리해버린다. 그리고 그 자리에서 생모를 비난하고 서출 신분이라는 자신의 분노를 표출하며 소리친다. "누가 외삼촌이란 말예요? 제 외삼촌은 설 쇠기 전에 벌써 구성점검九省檢點으로 영전돼 떠나셨어요. 그런데 어디서 도깨비처럼 외삼촌이 또 하나 튀어나왔단 말예요? 전 지금까지 예법에 따라 도리를 지켜 사람들을 대해왔건만 그러면 그럴수록 일가붙이들이 자꾸만 튀어나오니 정말 이상한 일이네요. 조국기라는 사람이 제 외삼촌이라면 왜 외삼촌 행세를 하지 못하고 매일 환아가 나갈 때마다 그애를 따라 공부하러 가는가 말예요! 왜 그 고생을 하는 건가요? 그리고 제가 작은 마누라 소생인 줄 모르는 사람이라도 있나요? 이렇게 두 세 달이 멀다하고 찾아와 생트집을 잡고 남들이 다 들으라고 바닥까지 다 내보이며 광고를 해대게. 도대체 누가 누구를 망신 주는지 알고나 있나요?誰是我舅舅? 我舅舅年下才升了九省檢點, 那裏又跑出一個舅舅來? 我倒素習按理尊敬, 越發敬出這些親戚來了. 既這麽說, 環兒出去爲什

麼趙國基又站起來，又跟他上學？爲什麼不拿出舅舅的款來？何苦來，誰不知道我是姨娘養的，必要過兩三個月尋出由頭來，徹底來翻騰一陣，生怕人不知道，故意的表白表白。也不知誰給誰沒臉？”이렇듯 그녀는 생모인 조 씨와 외삼촌인 조국기를 외면하면서 오직 가정賈政과 왕부인, 구성검점에 오른 '외삼촌' 왕자등 만을 인정함으로써 주인과 하인의 경계선을 확실하게 구분짓는다. 탐춘이 집안일을 처리하는 부분을 보면 그녀의 총명함과 과단성, 일 처리의 신중함을 알 수 있으며, 어느 면에서는 '봉 독종'마저도 그녀를 두려워할 정도이다. '대관원을 조사하는' 대목에서 그녀는 하녀들에게 "불을 켜고 문을 활짝 열어놓은 채 기다리라衆丫環并燭開門而待"고 명한 다음, 스스로 "도적들의 괴수窩主"임을 자인하며 "하녀들에게 상자를 모두 열어놓도록 분부하여命丫環們把箱一齊打開"맘껏 조사하라고 한다. 그러면서 그녀는 날카롭게 조소를 보내며 말한다. "서두를 것 없어요. 언젠가는 당신네들도 조사받을 때가 있을 테니까요. 오늘 아침만 해도 당신네들은 진 씨 댁 일을 입에 올려댔지요? 하릴없이 자기네 집안끼리 조사해대더니만 결국엔 오늘은 결국 이 집안을 조사한단 말이군요. 우리 집도 점점 그 꼴이 되어가고 있군요. 하긴 옛말에 왕지네는 죽어도 굳어지지 않는다고 했듯이 이런 명문가는 외압으로 아무리 없애려 해도 끄떡없을 거예요. 집안 내부에 망조가 들 무슨 이유라도 있다면 모를까.你們別忙，自然連你們抄的日子有呢！你們今日早起不曾議論甄家，自己家裏好好的抄家，果然今日眞抄了．咱們也漸漸的來了．可知這樣大族人家，若從外頭殺來，一時是殺不死的，這是古人曾說的 '百足之蟲，死而不僵'，必須先從家裏自殺自滅起來，才能一敗塗地！”탐춘은 또한 "권세를 등에 업고 남을 괴롭히는狗仗人勢" 왕선보王善保 집안사람의 따귀를 한 대 올려붙여 자신의 존엄을 지키고자 한다. 탐춘의 이러한 형상은 백년 전통의 명문귀족에 대한 작자의 무한한 그리움과 애절함을 반영하는 동시에 작자의 무너지는 "하늘을 보수해보려는補天" 환상을 반영한 부분이다. 이를 위해 작자는 정통 사상을 지녔으면서도 "재간 뛰어나고 기개 높은才自精明志自高' 복잡한 형상으로 탐춘을 그려냈던 것이다.

3. 예술적 성취

루쉰은 일찍이 "요컨대 「홍루몽」이 나온 이래 전통적인 사상과 글 쓰는 작법이 모두 타파되었다.總之, 自有 「紅樓夢」出來以後, 傳統的思想和寫法都 打破了."고 지적한 바 있다. 루쉰이 말한 소위 '모두 타파되었다'는 것은 "대담하게 사실처럼 묘사하여 결코 가식적이지 않고, 종전의 소설이 호 인은 무조건 좋고 악인은 무조건 나쁘다고 서술한 것과는 큰 차이가 있으며, 그 가운데 묘사된 인물들은 모두 실제적 인물 형상임"[2]을 말 한 것이다. 「홍루몽」은 인물을 어떤 사상이나 성격의 화신으로 그리지 않았고, 설교의 도구로 사용하지도 않았다. 작자는 세심한 필치로 생 활 자체가 지닌 생동감과 풍부함, 복잡함을 있는 그대로 전개하였다. 「홍루몽」은 수십 명이나 되는 인물들을 그려내고 있는데, 이들은 모두 가 이리저리 얽힌 복잡한 관계와 환경 속에서 생활하고 있고, 매 인물 마다 환경에 따른 사상과 성격을 가지고 있다. 이러한 사상과 성격이 환경과 어우러지는 모습은 마치 생활 그 자체처럼 진실되고 자연스러 우며 생동감이 있어서 가공한 흔적을 찾아내기가 힘들다.

「홍루몽」은 전통소설의 단선 구조를 타파했다. 보옥·대옥·보채의

---

2) 루쉰, 「중국소설의 역사적 변천·청 소설의 네 유파와 그 말류中國小說的歷史變 遷·淸小說之四派及其末流」: "敢于如實描寫, 幷無諱飾, 和從前的小說敍好人完 全是好, 壞人完全是壞的, 大不相同, 所以其中所敍的人物, 都是眞的人 物."(원주)

연애와 혼인관계를 중심 실마리로 삼는 동시에 대귀족 가문의 다른 인물들과 사건에 대한 묘사를 동시에 전개해 나갔다. 나아가 보옥·대옥·보채의 연애와 혼인비극을 중심축으로 삼아 이를 크게 벗어나지 않는 동시에 폭넓은 사회 환경에 대한 묘사를 전개함으로써 그러한 비극을 낳은 사회적 원인을 표출하였다. 작자는 중심인물 주위에 수십 명의 중요인물들을 설정하였는데, 이 수십 명의 중요인물들은 다시 더 많은 인물들과 연결되고 있다. 중요한 인물들은 모두 저마다의 인생 역정과 사연들을 가지고 있는 바, 이러한 인물들과 사연들은 제각각 독립적인 의미가 있을 뿐만 아니라 중심인물을 묘사할 때 적절한 호응과 보조 역할을 해준다. 이처럼 얽히고설키면서도 질서정연한 구조는 생활 본연의 다양성과 내재적 관계를 반영하는 것이다. 전체 내용에는 약 400여 명의 인물들이 등장하는데, 그 중 대부분은 수많은 보조인물들이다. 작자는 생활의 이치와 인물 표현, 주제 설명의 필요에 따라 이들 수많은 보조인물을 꼼꼼하게 안배하여 각 보조인물 그 자체로서 의의를 지니게 하였고, 그들을 통해 다양한 측면의 의미와 역할도 드러날 수 있도록 하였다. 유 씨 할멈劉姥姥이 세 차례나 대관원에 들어가는 것은 그 적절한 예이다. 유 씨 할멈이 처음 대관원에 들어간 것은 소설 제6회 내용에 보인다. 당시는 줄거리가 아직 충분히 전개되지 않은 시점인데, 작자는 이 보조인물을 통해 사회 최하층의 시각에서 본 가부의 눈부신 위세를 서술해낸다. 유 씨 할멈과 같이 빈천한 시골 노인네의 눈을 통해 봉저鳳姐의 허영과 교만을 서술하기도 한다. 그녀가 두번째로 대관원에 들어갔을 때는 가보옥과 임대옥·설보채 세 사람 관계가 미묘한 단계에 있었고, 가부는 표면상으로는 한창 번창한 시기였다. 작자는 유 씨 할멈과 가모라는 지위가 천양지차인 두 노부인을 교묘하게 대비시킨다. 가모는 이 기회를 틈타 자신의 우월감을 최대한 드러내고, 유 씨 할멈은 자그마한 무엇이라도 더 얻어가려고 사람들 앞에서 온갖 추태를 보이는 것도 서슴지 않으며 기꺼이 주인마님과 도련님, 아씨들의 웃음거리가 되고자한다. 유 씨 할멈이 마지막으로 대관원에 들어갈 때는 가부의 기세가이미 기울어버린 시점으로, 그녀는 교저巧姐를 구하게 된다. 이처럼유 씨 할멈은 생각지도 않게 가부가 극도로 흥성했다가 쇠락한 과정을 지켜보는 산 증인이 되고 있는 것이다.

위진의 지괴에서 당대 전기까지, 송원의 화본에서 명대의 영웅전기·역사연의·신마소설까지 모두 '고사 줄거리'의 곡절과 기이함을매우 중시하였다. 반면 「홍루몽」이 묘사한 것은 오히려 한 귀족 가문의 '일상생활'이다. 그 속의 인물들 또한 보통 사람들이다. 「홍루몽」의 작자는 매우 복잡한 일상생활 속에서 뚜렷한 사회적 의의와 고도의 심미 가치를 구비한 제재와 인물들을 창출해냈다. 명대 중·후기에 탄생한 장편소설 「금병매」에서 이미 서사 시각을 일상의 가정생활로 전환한 바 있지만 이 작품의 일상생활에 대한 묘사는 여전히 대상자체를 그대로 그려내는데 그치는 '자연주의적 결점'을 안고 있었으므로 그 사상적·미학적 가치는 「홍루몽」과 나란히 논의될 바가 아니다. 물론 「금병매」가 인정소설의 발단이라는 의미에서 고대소설의 발전사상 중요한 위치를 차지하고 있음은 응당 주목해야 한다.

「홍루몽」의 언어는 중국 고대소설 중에서 으뜸으로 꼽힌다. 북방의구어를 기초로 하여 전통 고문 중에서 생명력 있는 성분을 두루 흡수활용하였고, 나아가 자연스럽고 유려하면서도 간결명료한 문학 언어를 창조해냈다. 또한 인물 사이의 대화언어에서 드러나는 개성화는최고 수준의 경지에 도달하였다.

「홍루몽」은 출판된 직후부터 금세 폭넓은 독자층을 형성하였다. 청대 몽치학인夢痴學人은 "가경 초년에 이 책이 성행하기 시작했는데, 이후로 온 천하에 퍼져 집집마다 전해 읽으며 곳곳마다 앞 다투어 사갔다.嘉慶初年, 此書始盛行. 嗣後遍於海內, 家家傳閱, 處處爭購"(「몽치설몽夢痴說夢」) 고 했다. 후에는 또한 영어·불어·일어·독어 등으로 번역되어 세계 여러 국가로 전파되었다.3) 「홍루몽」의 탁월한 성취와 거대한 영향 때문에 「홍루몽」을 둘러싼 연구는 특수한 학문 갈래, 즉 '홍학紅學'이 라는 체계를 이루었고, 현재 '홍학'은 이미 국제성을 띤 학문분야로 변모하였다.

5. 「경화연鏡花緣」

청대 중기에 재학을 과시하는 소설들이 등장하였는데, 이여진李汝珍 이 가경嘉慶 20년(서기 1815년)에 완성한 「경화연」은 바로 이 갈래 소설의 대표작이다. 이여진은 자가 송석松石이고 대흥大興(오늘날은 북경 에 소속된 지방) 사람이며, 일찍이 하남현승河南縣丞을 지낸 바 있다.

---

3) 이 책 저자는 한국에서 이뤄진 「홍루몽」 번역 작업에 대해서는 미처 파악하 지 못하고 있는 듯하다. 외국에서 「홍루몽」을 번역한 삭업은 19세기 중반 이 래 영어와 일본어 등으로 된 부분 번역본이 나왔던 데 비해 우리나라에서는 고종高宗 때인 1880년대에 「홍루몽」 120회 전체를 완전하게 번역한 낙선재 본樂善齋本이 나왔다. 이는 「홍루몽」의 세계 최초 완역본이라 할 수 있다. 이 번역본은 원문과 번역문을 동시에 수록하는 상·하 대역對譯의 형태로 필사 하였고 주필朱筆로 기록한 방대한 원문 옆에는 또 한글자모를 이용하여 한자 의 발음을 표시했다. 당시 「홍루몽」과 더불어 그 주요 속서인 「후홍루몽後紅 樓夢」·「속홍루몽續紅樓夢」·「홍루부몽紅樓復夢」·「보홍루몽補紅樓夢」·「홍루몽 보紅樓夢補」 등 5종까지 함께 번역한 것도 의미 있는 일이다. 이후 비전공자 에 의한 번역본 몇 종이 출간되다가 최근 국내 '홍학紅學' 전문가인 최용철· 고민희 교수의 번역본이 나와 주목을 받고 있다. 이 책 저자는 이런 번역 상 황을 잘 알지 못한 탓인지 한국을 아예 언급하지 않고 있는 것이다.

능정감凌廷堪에게서 학문을 배웠고, "문장을 논하는 여가에 음운을 다루기도 했다.論文之暇, 傍及音韻"「경화연」 외에도 음운학 저서인 「이씨음감李氏音鑒」을 저술한 바 있다. 소설은 당대 무측천武則天 시기가 배경이지만 내용 가운데 가장 흥미로운 두 가지는 해외에서 자유로이 유람하는 일과 백 명의 재녀才女들이 과거에 응시하여 합격한 일이다.

수재 당오唐敖는 벼슬길이 순탄치 않자 처형인 임지양林之洋과 함께 해외로 장사를 나가 유람하는데, 그들은 수십 여 나라를 경유하면서 수많은 기이한 풍속과 기묘한 산천, 물산들을 접하게 된다. 재녀들은 과거에 합격한 후 종사부宗師府에서 축하연회를 성대하게 베풀면서 시와 그림, 거문고, 바둑, 시부詩賦, 음운, 의술과 점, 산술, 수수께끼, 벌술놀이 등 여러 항목을 공연한다.

이처럼 소설은 허구적인 해외 유람을 통해 진부한 서생의 습성을 풍자하는 한편 팔고문으로 인재를 선발하는 제도를 비난했고, 허위와 교활함을 지닌 기회주의자들을 질책하면서 인색하고 각박한 부호들을 조소했다. 재녀들이 과거에 응시한 일은 여성의 재능을 크게 드러내자는 것으로, "여성은 재능 없음이 곧 덕女子無才便是德"이라는 전통관념을 부정하는 일이다.

「경화연」은 「산해경」·「박물지博物志」 등으로부터 영양을 섭취하고 여기에 더욱 보충하고 수식하여 풍부한 상상력을 표현해냈다. 하지만 이 소설은 인물의 성격 묘사가 다소 미흡하고, 후반부는 해박함을 드러내는 데 지나치게 치중하여 작품의 예술적 감화력을 약화시켰다.

6. 「삼협오의三俠五義」

청대 민간 예술인인 석옥곤石玉昆의 설창본說唱本 「용도이록龍圖耳錄」

을 누군가 개편하여 「충렬협의전忠烈俠義傳」이라 했고, 이는 또한 「삼협오의」라고도 불렸다. 후에 유월俞樾이 이 작품에 다시 수정을 가하고 새롭게 쓴 제1회를 넣어 「칠협오의」라 개명하기도 했다. 적어도 동치同治 10년(서기 1871년)에는 「삼협오의」가 이미 책으로 만들어진 것으로 보인다. 전체 내용이 120회인 이 작품은 고대 공안협의소설의 대표작으로서, 그 이전까지 공안협의 소설 중에는 「삼협오의」와 같은 뛰어난 수준의 장편이 없었다. 「삼협오의」는 「삼국연의」·「수호전」·「서유기」와 마찬가지로 단순하게 어떤 한 작가가 독창적으로 써낸 작품이라 단정하기는 어렵다. 이들 작품은 모두 책이 만들어지기까지 오랜 시간 동안 무수한 사람들의 손을 거쳤으므로 많은 이들의 애증이 그 안에 스며들어 있다. 즉, 오래된 민간의 전설로부터 자양분을 취하고, 민간의 설창 중에서도 영감을 얻는 방식으로 이루어진 작품들이다.

「삼협오의」는 비록 문인의 윤색을 거쳤지만 여전히 민간 설화예술의 특수한 풍격을 유지하고 있다. 전체적으로 볼 때 어떤 확정적인 주인공은 없으며, 내용 속에서 긍정적으로 묘사되고 있는 인물들은 포증包拯·안사산顔査散 같은 청렴한 관리나 전조展昭·구양춘歐陽春·백옥당白玉堂 같은 협객이다. 잔혹한 전제정치 아래서 살아가는 민중들은 우선 청렴한 관리에게 그들의 희망을 기탁하였고, 그 다음으로는 협객에게, 마지막으로는 귀신鬼神에게 기탁하였다. 청렴한 관리는 사심 없이 법을 집행하여 악을 징벌하고 선을 권장하는 한편 마침내 흉악한 자를 제거하여 백성을 평안하게 한다. 협객은 강한 자를 제압하고 약한 자를 도우며 위험에 처한 자나 곤궁에 빠진 자를 도와주고 구제한다. 귀신은 있는 듯 없는 듯 하지만 어김없이 응보를 가져다 준다. 이것이 바로 「삼협오의」가 민중 속에서 오랫동안 살아남아 영향을 끼친 주요 원인이다. 루쉰은 일찍이 「삼협오의」에 대해 "이 같은 작품 속의 인물들은 분명 조정을 돕는다."[4], 협객은 "비록 흠차欽差 밑에 있지만 결국 평민의 위에 있으니, 한 편에게는 당연히 복종해야 하고 또 다른 편에게는 용맹을 크게 떨친다. (백성들의) 안전을 지켜 주는 정도가 강화될수록 (조정을 향한) 노예근성 또한 가중되는 것이다."[5]고 예리하게 지적한 바 있다.

「삼협오의」는 민간 설화예술에서 비롯되었으므로 줄거리는 곡절이 있으면서 일상생활의 색채가 짙고, 줄곧 복선이 이어지면서 연결되어 나가 경쾌한 리듬감 속에서 적당하게 긴장되고 이완된다. 포공包公의 강직하면서 아첨하지 않고 지극히 소소한 것까지도 살피는 품성, 전소의 넓은 도량과 깊은 속내, 장평蔣平의 임기응변과 뛰어난 지혜, 백옥당의 지나치게 자신을 과시하면서 이기려는 품성, 노방盧方의 성실하고 순박한 형님 같은 풍모 등은 세밀한 묘사 속에서 쉽게 잊혀지지 않는다. 루쉰은 "초야의 호걸들을 묘사한 것은 생동감이 넘쳐나면서 간혹 당시 세태를 보여주기도 하고 해학적인 요소가 섞여 있기도 하며, 강호의 무뢰한들마다 각별히 개성 있게 묘사하고 있다.寫草野豪傑, 輒奕奕有神, 間或襯以世態, 雜以詼諧, 亦每令莽夫分外生色."[6]라고 하여, 「삼협오의」중 협객 형상의 묘사에 대해 깊은 찬사를 보냈다.

「삼협오의」는 후대의 공안·협의소설에 큰 영향을 끼쳤고, 모방하

---

4) 루쉰, 「중국소설의 역사적 변천·제6강·청 소설의 네 유파와 그 말류中國小說 的歷史變遷·第六講·淸小說之四派及其末流」:"這一類書中底人物, 則幫助政府"(원주)

5) 「루쉰전집魯迅全集」 제4권, 제123-124쪽. : "雖在欽差之下, 究居平民之上, 對 一方面固然必須聽命, 對別方面還是大可逞勇, 安全之度曾多了, 奴性也跟 着加足."(원주)

6) 루쉰, 「중국소설사략」·제27편 '청의 협의소설 및 공안' 부분에 나오는 말 이다.(역주)

는 사람들이 끊이지 않아 거대한 소설 유파를 형성하였다.

*

　이상 살펴본 바와 같이, 중국 고대 소설은 문언에서 백화로, 줄거리 중심에서 성격 묘사로 나아갔으며, 성격 묘사에서 다시 성격이 만들어진 사회 환경을 폭로하는 쪽으로, 기이하고 신기한 것을 찾는 쪽에서부터 인생을 묘사하는 쪽으로 변화되어 나갔다. 명·청시기에 들어와서는 마침내 고대소설의 대풍작을 맞이하여 「삼국연의」·「수호전」·「서유기」·「요재지이」·「유림외사」·「홍루몽」 같은 뛰어난 거작들을 탄생시킴으로써 중국의 문화 보고에 진귀한 유산을 남길 수 있었다.

聊齋志異 卷四·促織

宣德¹⁾間, 宮中尙促織之戲²⁾, 歲徵民間. 此物故非西³⁾産. 有華陰令⁴⁾欲媚上官, 以一頭進, 試使鬪而才, 因責常供. 令以責之里正⁵⁾. 市中游俠兒⁶⁾, 得佳者籠養之, 昂其直⁷⁾, 居爲奇貨⁸⁾. 里胥猾黠⁹⁾, 假此科斂丁口¹⁰⁾, 每責一頭, 輒傾數家之産.

邑有成名¹¹⁾者, 操童子業¹²⁾, 久不售¹³⁾. 爲人迂訥¹⁴⁾, 遂爲

---

1) 宣德 : 明 宣宗 朱瞻基의 연호(1426-1435).

2) 尙 : 숭상하다. 좋아하다. ‖ 促織之戲 : 귀뚜라미를 싸움시키는 놀이. ‘促織’은 베 짜기를 재촉한다는 뜻으로 귀뚜라미의 별칭.

3) 西 : 陝西省을 가리킴.

4) 華陰令 : 華陰縣의 縣令. 華陰은 지금의 陝西省 華陰縣.

5) 里正 : 里長. 명대에는 110戶를 1里로 정하고 각 里마다 里長 1명을 두었는데, 里長은 관청을 대신하여 세금 징수나 부역 부과 등을 맡았다.

6) 游俠兒 : 원래는 어려움에 처한 다른 사람을 도와주는 협객을 뜻했지만, 여기서는 할 일 없이 놀고먹는 사람이란 뜻.

7) 直 : ‘値’와 같음. 값.

8) 居 : 여기서는 ‘간수하다’의 뜻. ‖ 奇貨 : 희귀하고 기이한 재물.

9) 里胥 : 향리의 胥吏. ‖ 猾黠(활힐 huá xiá) : 교활하고 간사하다.

10) 科斂 : 세금 징수. ‖ 丁口 : 호구. 인구.

11) 成名 : ‘成’이라는 이름.

12) 操童子業 : 과거시험을 준비한다는 뜻. ‘操’는 종사하다. ‘童子’는 童生이라고도 하며, 아직 秀才가 되지 못한 사람은 나이에 상관없이 모두 童生이라고 한다. ‘業’은 학업.

13) 售(수 shòu) : 원래는 ‘팔다’의 뜻이나 여기서는 시험에 ‘합격하다’의 뜻.

14) 迂訥(눌 nè) : 어수룩하고 말주변이 없다.

猾胥報充里正役, 百計營謀¹⁵⁾不能脫. 不終歲, 薄産累盡. 會徵促織, 成不敢斂戶口, 而又無所賠償, 憂悶欲死. 妻曰: "死何裨益¹⁶⁾? 不如自行搜覓, 冀有萬一之得." 成然之. 早出暮歸, 提竹筒、銅絲籠, 於敗堵¹⁷⁾叢草處, 探石發穴, 靡計不施¹⁸⁾, 迄無濟¹⁹⁾. 卽捕得三兩頭, 又劣弱, 不中於款²⁰⁾. 宰嚴限追比²¹⁾, 旬餘, 杖至百, 兩股間膿血流離²²⁾, 幷蟲亦不能行捉矣. 轉側床頭, 惟思自盡²³⁾.

時村中來一駝背巫²⁴⁾, 能以神卜. 成妻具資詣問. 見紅女白婆²⁵⁾, 塡塞門戶. 入其舍, 則密室垂簾, 簾外設香几. 問者爇香於鼎²⁶⁾, 再拜. 巫從旁望空代祝²⁷⁾, 唇吻翕闢²⁸⁾, 不知何詞. 各各竦

---

15) 百計營謀 : 온갖 방법을 다 모색하다.

16) 裨益 : 도움이 되다.

17) 敗堵 : 무너진 담장.

18) 靡計不施 : 써보지 않은 방법이 없다. '靡'는 '無'의 뜻.

19) 迄(흘 qì) : 결국. ‖ 無濟 : 성공하지 못하다. 귀뚜라미를 잡지 못했다는 뜻.

20) 不中(중 zhòng)於款(관 kuǎn) : 기준에 맞지 않다. '中'은 들어맞다, 부합하다. '款'은 기준, 표준의 뜻.

21) 宰 : 縣宰. 즉 縣令. ‖ 嚴限 : 엄격히 기일을 정하다. ‖ 追比 : 관청에서 명령한 일을 기한 내에 완수하지 못했을 때 곤장을 쳐서 경고하는 것을 말함. '追'는 재촉하다. '比'는 정해진 일이나 액수.

22) 流離 : 줄줄 흐르다. 흥건하다.

23) 自盡 : 자살하다.

24) 駝背巫 : 곱사등이 무당.

25) 紅女白婆 : 홍안의 젊은 여자와 백발의 노파. 많은 사람들이 점을 보러왔다는 뜻.

26) 爇(설 ruò)香 : 향을 피우다. 분향하다. ‖ 鼎 : 다리가 셋 달린 香爐.

27) 望空代祝 : 허공을 향하여 (점치러 온 사람) 대신 기도하다.

28) 唇吻(문 wěn) : 입술. ‖ 翕(흡 xī)闢 : 다물었다 벌렸다 하다. '翕'은 合, '闢'은 開의 뜻.

立²⁹⁾以聽. 少間, 簾內擲一紙出, 卽道人意中事, 無毫髮爽³⁰⁾. 成妻納錢案上, 焚拜如前人. 食頃³¹⁾, 簾動, 片紙抛落. 拾視之, 非字而畵: 中繪殿閣, 類蘭若³²⁾, 後小山下, 怪石亂臥, 針針叢棘³³⁾, 靑麻頭³⁴⁾伏焉, 旁一蟆³⁵⁾, 若將跳舞. 展玩³⁶⁾不可曉. 然睹促織, 隱中胸懷. 折藏之, 歸以示成. 成反復自念: '得無³⁷⁾敎我獵蟲所耶?' 細瞻景狀, 與村東大佛閣眞逼似³⁸⁾. 乃强起扶杖, 執圖詣寺後. 有古陵蔚起, 循陵而走, 見蹲石鱗鱗³⁹⁾, 儼然⁴⁰⁾類畵. 遂於蒿萊⁴¹⁾中, 側聽徐行, 似尋針芥⁴²⁾, 而心目耳力俱窮, 絶無蹤響. 冥搜⁴³⁾未已, 一癩頭蟆⁴⁴⁾, 猝然⁴⁵⁾躍去. 成益愕, 急逐趁之. 蟆入草間. 躡跡披求⁴⁶⁾, 見有蟲伏棘根. 遽撲之⁴⁷⁾, 入石穴中. 掭⁴⁸⁾以尖

---

29) 竦(송 sǒng)立 : 공손하게 서다.

30) 無毫髮爽 : 터럭만큼도 어긋나지 않다. '爽'은 '틀리다', '어긋나다'의 뜻.

31) 食頃 : 밥 먹는 동안의 시간. 즉 짧은 시간을 말함.

32) 蘭若(야 rě) : 사찰. 절. 梵語 '阿蘭若'의 음역.

33) 針針叢棘 : 가시나무가 바늘처럼 무성하다.

34) 靑麻頭 : 上品의 귀뚜라미 이름.

35) 蟆(마 má) : 개구리와 두꺼비 종류.

36) 展玩 : 이러 저리 곰곰이 생각하다.

37) 得無 : 莫非. '……이 아닐까?'

38) 逼似 : 흡사하다. 핍진하다.

39) 蹲(준 cún)石鱗鱗 : 돌들이 비늘처럼 빽빽이 들어서 있다. '蹲'은 '쪼그리고 앉다'의 뜻.

40) 儼然 : 완연히. 완전히 꼭 같이.

41) 蒿(호 hāo)萊 : 쑥과 명아주.

42) 針芥 : 바늘과 겨자씨. 아주 작은 사물.

43) 冥搜 : 진심진력하여 찾다. '冥'은 '深'의 뜻.

44) 癩(라 lài)頭蟆 : 두꺼비.

45) 猝(졸 cù)然 : 갑자기. 돌연히.

46) 躡(섭 niè)跡披求 : 두꺼비의 자취를 밟아 풀 속을 헤치며 찾다. '躡'은 '추

草, 不出; 以筒水灌之, 始出. 狀極俊健. 逐而得之. 審視, 巨身修尾, 青項金翅⁴⁹⁾ 大喜, 籠歸, 擧家慶賀, 雖連城拱璧不啻⁵⁰⁾也. 上於盆⁵¹⁾而養之, 蟹白栗黃⁵²⁾, 備極護愛, 留待限期, 以塞官責.

成有子九歲, 窺父不在, 竊發盆. 蟲躍擲徑出, 迅不可捉. 及撲入手, 已股落腹裂, 斯須就斃⁵³⁾. 兒懼, 啼告母. 母聞之, 面色灰死, 大罵曰: "業根⁵⁴⁾! 死期至矣! 而翁⁵⁵⁾歸, 自與汝復算⁵⁶⁾耳!" 兒涕而出. 未幾, 成歸, 聞妻言, 如被冰雪. 怒索兒, 兒渺然⁵⁷⁾不知所往. 旣得其屍於井. 因而化怒爲悲, 搶呼欲絶⁵⁸⁾. 夫妻向隅⁵⁹⁾, 茅舍無烟, 相對黙然, 不復聊賴⁶⁰⁾.

적하다'의 뜻.

47) 遽 : 황급히. ‖ 撲(박 pū) : 뛰어 들다, 때려잡다.

48) 捵(첨 tiàn) : 손가락이나 막대기 등으로 쑤시거나 찌르다.

49) 靑項金翅(시 chì) : 푸른 목덜미와 금빛 날개.

50) 連城拱璧 : 여러 城과 맞먹는 가치를 지닌 한 아름 크기의 寶玉. 전국시대에 趙 惠文王이 和氏璧을 가지고 있었는데 秦 昭王이 15개의 城과 맞바꾸자고 했다는 고사가 『史記·廉頗藺相如列傳』에 나온다. ‖ 不啻(시 chì) : ~에 그치지 않다. ‘啻’는 ‘止’와 같음.

51) 上於盆 : 그릇에 담다. 여기서 ‘上’은 ‘잘 모셔두고 받들다’는 의미를 담고 있다.

52) 蟹(해 xiè)白栗(율 lì)黃 : 삶은 게 다리 살과 밤 가루. 매우 귀한 귀뚜라미 사료를 가리킨다.

53) 斯須 : 잠시 후. 斃(폐 bì) : 죽다.

54) 業根 : 욕하는 말로, ‘禍根’의 뜻. ‘이 원수 같은 놈아!’ 정도의 뜻.

55) 而翁 : 너의 아버지. ‘而’는 이인칭대명사로 ‘爾’와 같음.

56) 復算 : 다시 따지다.

57) 渺然 : ‘杳然’과 같음. 온 데 간 데 없이.

58) 搶(창 qiāng)呼 : ‘呼天搶地’의 뜻. 머리를 땅에 부딪치고 하늘을 향하여 울부짖다. 대성통곡하다. ‘搶’은 ‘부딪히다’, ‘충돌하다’의 뜻. ‖ 欲絶 : 숨이 끊어지려 하다. 절명하려 하다.

59) 向隅 : (방의) 구석만 바라보다.

日將暮, 取兒藁葬[61]. 近撫之, 氣息惙然[62]. 喜置榻上, 半夜復蘇. 夫妻心稍慰. 但兒神氣癡木[63], 奄奄[64]思睡. 成顧蟋蟀籠虛, 則氣斷聲吞, 亦不復以兒爲念. 自昏達曙, 目不交睫[65].

東曦旣駕[66], 僵臥[67]長愁. 忽聞門外蟲鳴, 驚起覘視[68], 蟲宛然尚在. 喜而捕之. 一鳴輒躍去, 行且速. 覆之以掌, 虛若無物. 手裁擧, 則又超忽[69]而躍. 急趁之. 折過墻隅, 迷其所往. 徘徊四顧, 見蟲伏壁上. 審諦[70]之, 短小, 黑赤色, 頓[71]非前物. 成以其小, 劣之. 惟彷徨瞻顧, 尋所逐者. 壁上小蟲, 忽躍落襟袖間. 視之. 形若土狗[72], 梅花[73]翅, 方首長脛, 意似良. 喜而收之. 將獻公堂. 惴惴[74]恐不當意, 思試之鬪以覘之.

村中少年好事者, 馴養一蟲, 自名 '蟹殼靑', 日與子弟角[75],

---

60) 不復聊賴 : 더 이상 삶의 희망이 없다. '聊賴'는 '의지하다'의 뜻.
61) 藁(고 gǎo)葬 : 풀이나 거적 따위로 덮어서 장례를 치르다.
62) 氣息惙(철 chuò)然 : 숨이 깔딱거리다. 호흡이 약간 남아 있다.
63) 癡木 : 멍하다. 정신이 오락가락하다. 미친 듯하다.
64) 奄奄 : 호흡이나 기운이 희미한 모양.
65) 目不交睫(첩 jié) : 눈을 붙이지 못하다. 즉 한 숨도 못 잤다는 뜻.
66) 東曦(희 xī)旣駕 : 동방의 태양이 이미 떴다는 뜻. '東曦'는 태양신 義和를 말하며, 신화전설에 따르면 태양신 義和가 날마다 六龍이 끄는 수레에 태양을 싣고 동방을 출발한다고 한다.
67) 僵臥 : (편안치 못하여) 뻣뻣하게 누워서.
68) 覘(첨 chān)視 : 살펴보다. 관찰하다.
69) 超忽 : 갑자기 뛰어오르는 모습.
70) 審諦(체 dì) : 자세히 살펴보다.
71) 頓 : 금세. 돌연히.
72) 土狗 : 땅강아지.
73) 梅花 : 싸움을 잘하는 귀뚜라미를 '梅花土狗'라고 한다.
74) 惴惴(췌 zhuì) : 걱정하고 불안해하는 모양.
75) 角 : 비교하다, 겨루다.

無不勝. 欲居之以爲利, 而高其直, 亦無售者. 徑造廬⁷⁶⁾訪成. 視成所蓄, 掩口胡盧⁷⁷⁾而笑. 因出己蟲, 納比籠⁷⁸⁾中. 成視之, 龐然修偉⁷⁹⁾, 自增慚怍, 不敢與較. 少年固强之. 顧念: '蓄劣物, 終無所用, 不如拚博一笑⁸⁰⁾.' 因合納鬪盆. 小蟲伏不動, 蠢若木鷄⁸¹⁾. 少年又大笑. 試以猪鬣毛撩撥蟲鬚⁸²⁾, 仍不動. 少年又笑. 屢撩之, 蟲暴怒, 直奔, 遂相騰擊, 振奮作聲. 俄見小蟲躍起, 張尾伸鬚, 直齕⁸³⁾敵領. 少年大駭, 解令休止. 蟲翹然矜鳴⁸⁴⁾, 似報主知. 成大喜. 方共瞻玩⁸⁵⁾, 一鷄瞥⁸⁶⁾來, 徑進以啄. 成駭立愕呼. 幸啄不中, 蟲躍去尺有咫⁸⁷⁾. 鷄健進, 逐逼之, 蟲已在爪下矣. 成倉猝⁸⁸⁾莫知所救, 頓足⁸⁹⁾失色. 旋見鷄伸頸擺撲⁹⁰⁾; 臨視, 則蟲集冠

---

76) 造廬 : 집을 찾아가다.

77) 胡盧 : 몰래 웃다.

78) 納 : 집어넣다. 들여 넣다. ‖ 比籠 : 귀뚜라미의 크기와 우열을 비교할 수 있도록 만든 장.

79) 龐(방 páng)然 : 몸집이 큰 모양. ‖ 修偉 : 長大하다. ‘修’는 ‘長’의 뜻.

80) 拚(변 pàn)博一笑 : 웃음거리가 되도록 내버려 두다. ‘拚’은 ‘버리다’의 뜻.

81) 蠢(준 chǔn) : 우둔하고 동작이 굼뜨다. ‖ 木鷄 : 옛날 紀渻子가 齊王을 위하여 鬪鷄를 기르면서 나무로 만든 닭처럼 표정이나 감정에 아무런 동요가 없도록 투계를 훈련시켜 상대방을 제압할 수 있게 했다는 고사가 『莊子‧達生』에 나온다.

82) 猪鬣(렵 liè)毛 : 돼지 털. ‘鬣’은 짐승의 목덜미에 난 갈기털. ‖ 撩(료 liáo)撥 : 집적거리다. 자극하다. ‖ 蟲鬚 : 곤충의 더듬이.

83) 齕(흘 hé) : 깨물다. 물어뜯다.

84) 翹(교 qiáo)然矜鳴 : 날개를 높이 치켜들고 자랑스럽게 울다. ‘翹然’은 날개 따위를 치켜세우는 모양.

85) 瞻玩 : 보면서 즐기다.

86) 瞥(별 piè) : 눈 깜짝할 사이에. 갑자기.

87) 去 : 떨어지다. ‖ 尺有咫(지 zhǐ) : 1尺 정도. ‘咫’는 8寸.

88) 倉猝 : 倉卒. 갑자기. 황급히.

上⁹¹⁾, 力叮不釋⁹²⁾. 成益驚喜, 掇置籠中.

翼日⁹³⁾進宰, 宰見其小, 怒訶⁹⁴⁾成. 成述其異, 宰不信. 試與他蟲鬪, 蟲盡靡⁹⁵⁾. 又試之鷄, 果如成言. 乃賞成, 獻諸撫軍⁹⁶⁾. 撫軍大悅, 以金籠進上, 細疏其能. 旣入宮中, 擧天下所貢蝴蝶、螳螂、油利撻、靑絲額⁹⁷⁾……一切異狀, 遍試之, 無出其右者⁹⁸⁾. 每聞琴瑟之聲, 則應節而舞⁹⁹⁾. 益奇之. 上大嘉悅, 詔賜撫臣名馬衣緞. 撫軍不忘所自¹⁰⁰⁾, 無何¹⁰¹⁾, 宰以 '卓異'¹⁰²⁾聞. 宰悅, 免成役. 又囑學使¹⁰³⁾, 俾入邑庠¹⁰⁴⁾.

後歲餘, 成子精神復舊. 自言:"身化促織, 輕捷善鬪, 今始蘇耳." 撫軍亦厚賚¹⁰⁵⁾成. 不數歲, 田百頃, 樓閣萬椽¹⁰⁶⁾, 牛羊蹄躈

---

89) 頓足 : 발을 동동 구르다.

90) 旋 : 이윽고. ‖ 伸頸擺撲 : 목을 빼고 달려들다. .

91) 集冠上 : 닭벼슬 위에 앉다. ‘集’은 ‘머물다’의 뜻.

92) 力叮(정 dīng)不釋 : 힘껏 물고 놓지 않다. ‘叮’은 ‘물다’의 뜻.

93) 翼日 : 翌日. 다음 날.

94) 訶(가 hē) : 큰소리로 꾸짖다. 질책하다.

95) 盡靡 : 모두 쓰러뜨리다. 모두 이기다. ‘靡’는 ‘쓰러지다’, ‘패배하다’의 뜻.

96) 諸 : ‘之於’의 준말. ‖ 撫軍 : 明‧淸代 巡撫의 별칭으로 한 省의 民政과 軍政을 담당했다.

97) 蝴蝶、螳螂、油利撻、靑絲額 : 모두 上品 귀뚜라미의 명칭.

98) 無出其右者 : (成名이 새로 잡은) 그 귀뚜라미보다 나은 것이 없다는 뜻.

99) 應節而舞 : 박자에 맞춰 춤을 추다.

100) 所自 : 내원. 여기서는 황제의 은총을 받게 된 원인을 말함.

101) 無何 : 얼마 지나지 않아.

102) 卓異 : 재능이 탁월하다. 明‧淸代 지방관리의 공적 심사에서 주는 최우수 評語. 여기서는 巡撫使가 華陰縣 縣令을 이렇게 평가했다는 뜻.

103) 學使 : 淸代에 각 省의 學政과 과거시험을 주관하던 관원.

104) 俾 : ‘使’와 같음. ‖ 入邑庠(상 xiáng) : 縣의 학교에 입학하다. ‘庠’은 옛날 鄕學의 명칭.

各千計[107]. 一出門, 裘馬過世家[108]焉.

　　異史氏曰: "天子偶用一物, 未必不過此已忘[109], 而奉行者卽爲定例. 加以官貪吏虐, 民日貼婦[110]賣兒, 更無休止. 故天子一跬步[111], 皆關民命, 不可忽也. 獨是成氏子以蠹貧[112], 以促織富, 裘馬揚揚[113]. 當其爲里正, 受撲責時[114], 豈意其至此哉! 天將以酬長厚者, 遂使撫臣、令尹幷受促織恩蔭[115]. 聞之: '一人飛升, 仙及鷄犬.'[116] 信夫!"

---

105) 厚賚(뢰 lài) : 厚賜하다. '賚'는 賞을 내리다.

106) 萬椽(연 chuán) : 만 칸. 넓은 집을 뜻한다. '椽'은 서까래.

107) 蹄(제 tí)㖞(교 qiào)各千計 : 각 2백 마리가 된다는 뜻. '蹄'는 발굽. '㖞'는 '噭'와 같으며 입(口)을 말함. 즉 牛羊 등은 1㖞(口) 4蹄이므로 2백 마리는 2백 口와 8백 蹄를 합하여 천 마리가 된다. 여기서는 가축이 매우 많다는 뜻.

108) 世家 : 대대로 벼슬한 권세 가문.

109) 未必不過此已忘 : 한번 지나가고 나면 금세 잊어버리지 않는 경우가 없다. 즉 얼마 후엔 별로 신경을 쓰지 않는다는 뜻.

110) 貼(첩 tiē)婦 : 부인을 저당 잡히다.

111) 跬(규 kuǐ)步 : 半步. 반걸음. 여기서는 '一擧手 一投足'의 뜻으로 쓰임.

112) 以蠹(두 dù)貧 : 좀벌레 같은 관리 때문에 가난해졌다는 뜻. '以'는 '因'의 뜻. '蠹'는 원뜻은 좀벌레지만 여기서는 백성들의 재산을 갉아 먹는 관리를 비유했다.

113) 揚揚: 풍족하거나 득의만만한 모양.

114) 受撲責時 : 곤장을 맞고 문책당할 때.

115) 恩蔭 : 先代의 공적으로 인하여 자식이 관직을 받는 것을 말한다. 撫軍과 縣官이 귀뚜라미의 恩蔭을 받았다는 것은 풍자의 뜻이 담겨 있다.

116) 一人飛升, 仙及鷄犬 : 전설에 따르면 淮南王 劉安이 仙道를 닦아 승천한 뒤 남은 仙藥을 집에서 기르던 닭과 개가 핥아 먹고 모두 승천했다고 한다. 여기서는 撫軍과 縣官이 한 마리의 귀뚜라미 덕택에 顯達했음을 풍자하는 뜻이 담겨 있다.

紅樓夢

第一回 甄士隱夢幻識通靈 賈雨村風塵懷閨秀

此開卷第一回也. 作者自云: 因曾歷過一番夢幻之後, 故將眞事隱去, 而借"通靈"之說, 撰此『石頭記』[1]一書也. 故曰 "甄士隱[2]"云云. 但書中所記何事何人? 自又云: 今風塵碌碌[3], 一事無成, 忽念及當日所有之女子, 一一細考較[4]去, 覺其行止[5]見識, 皆出於我之上. 何我堂堂鬚眉, 誠不若彼裙釵[6]哉? 實愧則有餘, 悔又無益之大無可如何之日也! 當此, 則自欲將已往所賴天恩祖德, 錦衣紈袴[7]之時, 飫甘饜肥[8]之日, 背父兄教育之恩, 負師友規談之德, 以至今日一技無成、半生潦倒[9]之罪, 編述一集, 以告天下人: 我之罪固不免, 然閨閣中本自歷歷有人, 萬不可因我之不肖[10], 自護己短, 一倂使其泯滅也. 雖今日之茅椽蓬牖[11], 瓦灶繩

---

1) 石頭記 :「紅樓夢」의 원래 제목. 이 소설은 80회 手抄本에서는「石頭記」라 했으며, 후에 120회 활자본이 간행되면서「홍루몽」이라 고쳐 불렀다.

2) 甄士隱 : 잠시 후에 출현할 인명이지만 앞의 '眞事隱'과 발음이 비슷하기에 이 소설이 '진짜 있었던 일을 숨긴 것'이라는 의미를 담고 있다는 뜻이다.

3) 風塵碌碌(녹록 lù lù): 세속에서 쓸 데 없이 분주하게 오가다.

4) 考較 : 고찰하여 비교하다.

5) 行止 : 행동거지. 여기서는 품행을 가리킨다.

6) 裙釵 : 치마와 머리비녀. 부녀자의 代稱.

7) 錦衣紈袴 : 비단으로 지은 저고리와 바지. 즉 화려한 고급 복장.

8) 飫(어 yù)甘饜(염 yàn)肥 : 맛있는 음식을 너무 많이 먹어 싫증이 나다.

9) 潦倒 : 초라하게 되다.

床[12], 其晨夕風露, 階柳庭花, 亦未有妨我之襟懷筆墨[13]者. 雖我未學, 下筆無文, 又何妨用假語村言, 敷演出一段故事來, 亦可使閨閣昭傳[14], 復可悅世之目, 破人愁悶, 不亦宜乎? 故曰"賈雨村"[15]云云.

此回中凡用"夢"用"幻"等字, 是提醒閱者眼目, 亦是此書立意本旨.

列位看官[16]: 你道此書從何而來? 說起根由雖近荒唐, 細按[17]則深有趣味. 待在下[18]將此來歷注明, 方使閱者了然不惑.

原來女媧氏煉石補天[19]之時, 於大荒山無稽崖煉成高經十二丈, 方經二十四丈頑石三萬六千五百零一塊. 媧皇氏只用了三萬六千五百塊, 只單單剩了一塊未用, 便棄在此山靑埂峰下. 誰知此石自經煆煉[20]之後, 靈性已通, 因見衆石俱得補天, 獨自己無材不堪

---

10) 不肖 : 품행이 모자라다.
11) 茅椽蓬牖(유 yǒu) : 띠로 만든 서까래와 쑥으로 된 창. 초라하고 가난한 집을 비유한 말.
12) 瓦竈(조 záo)繩床 : 질흙으로 만든 부뚜막과 새끼로 만든 침대. 생활이 빈곤함을 비유한 말.
13) 襟懷筆墨 : 책을 쓰려고 가슴에 품은 뜻.
14) 使閨閣昭傳 : 여자들의 사적을 널리 전하다.
15) 賈雨村 : 지명이지만 앞의 '假語村言'의 '假語村'과 발음이 비슷하여 이 소설은 결국 '허구로 지어낸 이야기'임을 암시하자는 것이다.
16) 列位看官 : 독자 여러분. 明淸 장회소설에서 宋元 說話體를 이어받아 자주 쓰는 상용어.
17) 細按 : 자세히 살피다.
18) 在下 : 제가. 明淸 장회소설에서 자주 쓰는 상용어.
19) 女媧氏煉石補天 : 女媧氏는 전설에 나오는 三皇 중의 한 사람. 「淮南子·覽冥訓」에 女媧가 五色 돌을 정련하여 무너진 蒼天을 떠받치게 했다는 신화가 보인다.
20) 煆(하 xiá)煉 : 불로 제련하다.

入選, 遂自怨自嘆, 日夜悲號慚愧. 一日, 正當嗟悼之際, 俄見一
僧一道[21]遠遠而來, 生得骨格不凡, 豊神逈異[22], 說說笑笑來至峰
下, 坐於石邊高談快論. 先是說些雲山霧海神仙玄幻之事, 後便說
到紅塵[23]中榮華富貴. 此石聽了, 不覺打動凡心[24], 也想要到人間
去享一享這榮華富貴, 但自恨粗蠢, 不得已, 便口吐人言, 向那
僧、道說道:"大師, 弟子蠢物, 不能見禮了. 適聞二位談那人世間
榮耀繁華, 心切慕之. 弟子質雖粗蠢, 性卻稍通, 況見二師仙形道
體, 定非凡品, 必有補天濟世之材, 利物濟人之德. 如蒙發一點慈
心, 攜帶弟子得入紅塵, 在那富貴場中, 溫柔鄉裏受享幾年, 自當
永佩洪恩[25], 萬劫不忘也." 二仙師聽畢, 齊憨笑[26]道:"善哉, 善哉!
那紅塵中有卻有些樂事, 但不能永遠依恃; 況又有'美中不足, 好
事多魔'八個字緊相連屬, 瞬息間則又樂極悲生, 人非物換, 究竟
是到頭一夢, 萬境歸空, 倒不如不去的好." 這石凡心已熾, 那裏聽
得進這話去, 乃復苦求再四. 二仙知不可強制, 乃嘆道:"此亦靜極
思動, 無中生有之數也. 旣如此, 我們便攜你去受享受享, 只是到
不得意時, 切莫後悔." 石道:"自然, 自然." 那僧又道:"若說你性
靈, 卻又如此質蠢, 並更無奇貴之處. 如此也只好踮脚[27]而已. 也
罷, 我如今大施佛法助你助, 待劫終之日, 復還本質, 以了此案.

---

21) 一僧一道 : 불교의 스님과 도교의 도인.
22) 豊神逈異(형 jiŏng)異 : 정신이 왕성하고 두 눈에 생기가 있다.
23) 紅塵 : 불교에서 말하는 인간세상.
24) 凡心 : 불교에서 신선이 인간세상을 기리는 마음.
25) 永佩洪恩 : 큰 은혜를 영원히 기억하다. 佩는 원래 옷에 매다는 장신구를 의
    미하나 여기서는 '마음속에 기억하다'는 뜻.
26) 憨(감 hān)笑 : 시원스레 웃다.
27) 踮(점 diǎn)脚 : 발로 밟다. 밟히다.

你道好否?" 石頭聽了, 感謝不盡. 那僧便念咒書符, 大展幻術, 將一塊大石登時變成一塊鮮明瑩潔的美玉, 且又縮成扇墜[28]大小的可佩可拿. 那僧托於掌上, 笑道: "形體倒也是個寶物了! 還只沒有實在的好處, 須得再鐫上數字, 使人一見便知是奇物方妙. 然後攜你到那昌明隆盛之邦, 詩禮簪纓之族[29], 花柳繁華地, 溫柔富貴鄉去安身樂業." 石頭聽了, 喜不能禁, 乃問: "不知賜了弟子那幾件奇處, 又不知攜了弟子到何地方? 望乞明示, 使弟子不惑." 那僧笑道: "你且莫問, 日後自然明白的." 說着, 便袖了這石, 同那道人飄然而去, 竟不知投奔何方何舍.

後來, 又不知過了幾世幾劫[30], 因有個空空道人[31]訪道求仙, 忽從這大荒山無稽崖青埂峰下經過, 忽見一大塊石上字跡分明, 編述歷歷. 空空道人乃從頭一看, 原來就是無才補天, 幻形入世, 蒙茫茫大士[32]、渺渺真人[33]攜入紅塵, 歷盡離合悲歡炎涼世態的一段故事. 後面又有一首偈[34]云:

無材可去補蒼天, 枉入紅塵若許年.

---

28) 扇墜 : 부채꼭지,

29) 詩禮簪纓之族 : 선비나 관리 집안.

30) 幾世幾劫 : 世와 劫은 불교 용어로, 까마득히 긴 시간을 가리킨다.

31) 空空道人 : '空'은 불교 용어로, 우주만상의 실체가 텅 비어 있음을 가리킨다. 空空道人이란 바로 이런 이치를 깨달은 도인이란 뜻을 담고 있다.

32) 茫茫大士 : 茫茫이란 지극히 아득하다는 뜻. 大士는 덕행이 높은 사람, 불교에서 菩薩을 大士라 부른다. 이 이름 또한 아득한 우주의 이치를 깨달은 도인이라는 뜻을 담고 있다.

33) 渺渺真人 : 渺渺 역시 지극히 아득하다는 뜻. 真人은 도를 깨친 사람. 이 이름 또한 아득한 우주의 이치를 깨달은 도인이라는 뜻을 담고 있다.

34) 偈 : 梵文의 음역으로, '게타偈陀'를 생략한 것이며 일반적으로 四字句의 韻文을 가리킨다.

此係身前身後事, 倩³⁵⁾誰記去作奇傳?

詩後便是此石墜落之鄕, 投胎之處, 親自經歷的一段陳跡故事. 其中家庭閨閣瑣事, 以及閑情詩詞倒還全備, 或可適趣解悶; 然朝代年紀, 地輿邦國卻反失落無考. 空空道人遂向石頭說道: "石兄, 你這一段故事, 據你自己說有些趣味, 故編寫在此, 意欲問世傳奇. 據我看來, 第一件, 無朝代年紀可考; 第二件, 並無大賢大忠理朝廷治風俗的善政, 其中只不過幾個異樣女子, 或情或癡, 或小才微善, 亦無班姑、蔡女之德能³⁶⁾. 我縱抄去, 恐世人不愛看呢." 石頭笑答道: "我師何太癡耶! 若云無朝代可考, 今我師竟假借漢唐等年紀添綴³⁷⁾, 又有何難? 但我想, 歷來野史皆蹈一轍, 莫如我這不借此套者, 反倒新奇別致, 不過只取其事體情理罷了, 又何必拘拘於朝代年紀哉! 再者, 市井俗人喜看理治之書³⁸⁾者甚少, 愛適趣閑文者特多. 歷代野史, 或訕謗君相, 或貶人妻女, 奸淫兇惡, 不可勝數. 更有一種風月筆墨³⁹⁾, 其淫穢污臭, 屠毒筆墨⁴⁰⁾, 壞人子弟, 又不可勝數. 至若佳人才子等書, 則又千部共出一套, 且其中終不能不涉於淫濫, 以致滿紙潘安、子建、西子、文君⁴¹⁾, 不過作者要

---

35) 倩 : 請. 부탁하다.

36) 班姑、蔡女之德能 : 班姑는 東漢의 班昭를 가리키며, 사학가 班固의 여동생으로 博學하며 궁정의 교사를 맡기도 하였다. 蔡女는 蔡文姬를 가리키며, 이름은 琰으로 동한의 문학가 蔡邕의 딸로서 박학하고 음율에 정통한 才女이다.

37) 添綴 : 보충해 써넣다.

38) 理治之書 : 나라와 풍속을 다스리는 데 쓰이는 책.

39) 風月筆墨 : 원래 풍월과 인정을 묘사한 글을 말하나 여기서는 남녀의 애정을 주로 묘사한 작품을 가리킨다.

40) 屠毒筆墨 : 문장을 함부로 짓밟다.

41) 潘安、子建、西子、文君 : 才子佳人의 대표적 인물들. 潘安은 晉의 문인

寫出自己的那兩首情詩艷賦来, 故假擬出男女二人名姓, 又必旁出
一小人其間撥亂, 亦如劇中之小丑[42]然. 且鬟婢開口卽者也之乎,
非文卽理[43]. 故逐一看去, 悉皆自相矛盾, 大不近情理之話, 竟不
如我半世親睹親聞的這幾個女子, 雖不敢說强似前代書中所有之
人, 但事跡原委, 亦可以消愁破悶; 也有幾首歪詩熟話, 可以噴飯
供酒. 至若離合悲歡, 興衰際遇, 則又追蹤躡跡, 不敢稍加穿鑿,
徒爲供人之目, 而反失其眞傳者. 今之人, 貧者日爲衣食所累, 富
者又懷不足之心, 縱然一時稍閑, 又有貪淫戀色、好貨尋愁之事,
那裏去有工夫看那理治之書? 所以我這一段故事, 也不願世人稱奇
道妙, 也不定要世人喜悅檢讀, 只願他們當那醉淫飽臥之時, 或避
世去愁之際, 把此一玩, 豈不省了些壽命筋力[44]? 就比那謀虛逐
妄[45], 卻也省了口舌是非之害, 腿脚奔忙之苦. 再者, 亦令世人換
新眼目, 不比那些胡牽亂扯, 忽離忽遇, 滿紙才人淑女, 子建、文
君、紅娘、小玉[46]等通共熟套之舊稿. 我師意爲何如?" 空空道人
聽如此說, 思忖半晌, 將『石頭記』再檢閱一遍, 因見上面雖有些
指奸責佞[47]貶惡誅邪之語, 亦非傷時罵世[48]之旨; 及至君仁臣良,

潘安仁으로, 미남으로 유명하다. 子建은 삼국시대의 문학가 曹植의 字로,
재능이 뛰어났다. 西子는 春秋시대의 미녀 西施, 文君은 漢 卓王孫의 딸로
司馬相如와 야반도주한 일로 유명하다.

42) 小丑 : 어릿광대.

43) 非文卽理 : 文言의 어려운 글이 아니면 설교나 하는 것이라는 뜻.

44) 壽命筋力 : 시간과 정력.

45) 謀虛逐妄 : 허망한 功名利祿을 도모하다.

46) 紅娘、小玉 : 紅娘은 唐 元稹의 「鶯鶯傳」에 나오는 鶯鶯의 시녀, 小玉은
唐 蔣防의 「霍小玉傳」에 나오는 여주인공.

47) 指奸責佞 : 간사하고 아첨하는 자를 질책하다.

48) 傷時罵世 : 시대를 슬퍼하고 세상을 욕하다.

父慈子孝, 凡倫常所關之處, 皆是稱功頌德, 眷眷無窮, 實非別書之可比. 雖其中大旨談情, 亦不過實錄其事, 又非假擬妄稱, 一味淫邀艷約[49], 私訂偸盟[50]之可比. 因毫不干涉時世, 方從頭至尾抄錄回來, 問世傳奇. 從此空空道人因空[51]見色, 由色生情, 傳情入色, 自色悟空, 遂易名爲情僧, 改『石頭記』爲『情僧錄』. 東魯孔梅溪則題曰『風月寶鑒』. 後因曹雪芹於悼紅軒中披閱十載, 增刪五次, 纂成目錄, 分出章回, 則題曰『金陵十二釵』[52], 並題一絕云:

滿紙荒唐言, 一把辛酸淚!

都云作者癡, 誰解其中味?

出則旣明, 且看石上是何故事. 按那石上書云: 當日地陷東南, 這東南一隅有處曰姑蘇[53], 有城曰閶門[54]者, 最是紅塵中一二等富貴風流之地. 這閶門外有個十里街, 街內有個仁淸巷, 巷內有個古廟, 因地方窄狹, 人皆呼作葫蘆廟. 廟旁住着一家鄕宦, 姓甄, 名費, 字士隱. 嫡妻封氏, 情性賢淑, 深明禮義. 家中雖不甚富貴, 然本地便也推他爲望族[55]了. 因這甄士隱稟性恬淡[56], 不以功名爲念,

---

49) 淫邀艷約 : 남녀 간에 음란하게 초대하고 언약하다.

50) 私訂偸盟 : 남녀 간에 몰래 약속하거나 맹세하다.

51) 空 : 空은 아래의 '色'이나 '情'과 같이 모두 불교용어이다. 空은 천지만물의 본체, 色은 만물의 본체가 순식간에 生滅하는 假象, 情은 이 假象에서 나오는 모든 감정을 의미한다.

52) 金陵十二釵 : 金陵은 지금의 南京. 釵는 비녀와 같은 부녀들의 머리 장식물, 十二는 사람 수를 나타냄.「紅樓夢」의 다른 제목「金陵十二釵」는 제5회에 나오는 열두 명의 여자에서 제목을 취한 것이다.

53) 姑蘇 : 蘇州의 별칭. 蘇州의 서남쪽에 姑蘇山이 있다.

54) 閶門 : 蘇州城의 서북문. 破楚門이라고도 한다.

55) 望族 : 규모 있고 명망이 있는 집안.

56) 恬(념 tián)淡 : 조용하다.

每日只以觀花修竹、酌酒吟詩爲樂, 倒是神仙一流人品. 只是一件
不足: 如今年已半百, 膝下無兒, 只有一女, 乳名喚作英蓮, 年方
三歲. 一日, 炎夏永晝, 士隱於書房閒坐, 至手倦抛書, 伏几少憩,
不覺朦朧睡去. 夢至一處, 不辨是何地方. 忽見那廂來了一僧一道,
且行且談. 只聽道人問道: "你攜了這蠢物, 意欲何往?" 那僧笑道:
"你放心, 如今現有一段風流公案[57], 正該了結, 這一干風流冤
家[58], 尚未投胎入世. 趁此機會, 就將此蠢物夾帶於中, 使他去經
歷經歷." 那道人道: "原來近日風流冤孽又將造劫歷世去不成? 但
不知落於何方何處?" 那僧笑道: "此事說來好笑, 竟是千古未聞的
罕事. 只因西方靈河岸上三生石[59]畔, 有絳珠草[60]一株, 時有赤瑕
宮神瑛侍者, 日以甘露[61]灌漑, 這絳珠草始得久延歲月. 後來旣受
天地精華, 復得雨露滋養, 遂得脫卻草胎木質, 得換人形, 僅修成
個女體, 終日游於離恨天[62]外, 飢則食蜜青果[63]爲膳, 渴則飮灌愁

---

57) 公案 : 원래는 불교 용어로, 여기서는 '事案'의 뜻.

58) 風流冤家 : 불교용어로, 사랑하는 이에 대한 애칭.

59) 西方靈河岸上三生石 : 西方靈河岸上은 작가가 假想한 신선의 경지. 西方
은 불교의 발원지인 天竺을, 靈河는 인도의 恒河를, 三生은 前生·今生·
來生 등을 가리킨다. 三生石은 당대 李原과 스님 圓觀의 전설에 나오는 말
로 인연의 前定을 비유한 말이다. 당나라 때 혜림사라는 절에서 圓觀이라는
스님이 친구인 李原에게 13년 후에 杭州에서 다시 만나자는 약속을 남기고
죽었다. 후에 그 약속대로 이원이 항주 천축사 뒷산에 가보니 한 목동이 三
生石이라는 바위에 앉아 '三生石 위의 옛 정혼'이라는 시를 읊고 있었다. 그
는 목동으로 환생한 圓觀이었던 것이다.

60) 絳珠草 : '붉은 눈물방울의 풀'이라는 뜻을 담고 있다.

61) 甘露 : 天酒라고도 한다. 옛 전설에 의하면 甘露는 '神靈之精'이라 하여 이
것이 내리면 천하가 태평하다고 여겼다.

62) 離恨天 : 신화에서 서른세 층으로 된 하늘의 제일 위층으로, 서로 만나지 못
하는 원통한 마음을 품은 채 갈라져 사는 자들이 모이는 곳이라 한다. 남녀
간의 사랑에 따른 이별의 고통을 암시한다.

海⁶⁴⁾水爲湯. 只因尚未酬報灌漑之德, 故其五內⁶⁵⁾便鬱結着一段纏綿不盡之意. 恰近日這神瑛侍者凡心偶熾⁶⁶⁾, 乘此昌明太平朝世, 意欲下凡, 造歷幻緣⁶⁷⁾, 已在警幻仙子⁶⁸⁾案前挂了號. 警幻亦曾問及, 灌漑之情未償, 趁此倒可了結的. 那絳珠仙子道: '他是甘露之惠, 我并無此水可還. 他旣下世爲人, 我也去下世爲人, 但把我一生所有的眼淚還他, 也償還得過他了.' 因此一事, 就勾出多少風流冤家來, 陪他們去了結此案." 那道人道: "果是罕聞. 實未聞有還淚之說. 想來這一段故事, 比歷來風月故事⁶⁹⁾更加瑣碎細膩⁷⁰⁾了." 那僧道: "歷來幾個風流人物, 不過傳其大概, 以及詩詞篇章而已; 至家庭閨閣中一飮一食, 總未述記. 再者, 大半風月故事, 不過偸香竊玉, 暗約私奔而已, 並不曾將兒女之眞情發泄一二. 想這一干人入世, 其情癡色鬼、賢愚不肖者, 悉與前人傳述不同矣." 那道人道: "趁此何不你我也去下世度脫⁷¹⁾幾個, 豈不是一場功德?" 那僧道: "正合吾意. 你且同我到警幻仙子宮中, 將蠢物交割清楚, 待這

---

63) 蜜青果 : 원뜻은 '꿀처럼 달콤한 푸른 과일'이지만, '靑'은 '情'과 음이 같아 '애끓는 사랑의 열매'라는 뜻을 암시한다.

64) 灌愁海 : '근심을 부어넣는 바다'라는 뜻. 이처럼 離恨天・蜜青果・灌愁海 등은 사랑에 따른 여러 가지 근심을 암시하는 명칭들이다.

65) 五內 : 五臟, 즉 심장, 간, 비장, 폐, 신장을 말한다. 마음 속 깊은 곳을 의미하기도 한다.

66) 凡心偶熾(치 chi) : 인간생활을 흠모하는 마음이 갑자기 강렬해지다.

67) 造歷幻緣 : 인간 세상의 꿈같은 인연을 두루 맛보다.

68) 警幻仙子 : 이 작품 속에서 仙界인 太虛幻境의 주인으로 등장하며, 인간세상의 남녀 애정을 맡아보는 선녀라 한다.

69) 風月故事 : 남녀의 애정에 얽힌 이야기.

70) 瑣碎細膩 : 구체적이고 아기자기하다.

71) 度脫 : 불교 용어로, 濟度 해탈하다.

一干風流孽鬼下世已完, 你我再去. 如今雖已有一半落塵, 然猶未全集." 道人道: "旣如此, 便隨你去來." 卻說甄士隱俱聽得明白, 但不知所'蠢物'係何東西. 遂不禁上前施禮, 笑問道: "二仙師請了." 那僧道也忙答禮相問. 士隱因說道: "適聞仙師所談因果, 實人世罕聞者. 但弟子愚濁, 不能洞悉[72]明白, 若蒙大開癡頑[73], 備細一聞, 弟子則洗耳諦聽, 稍能警省, 亦可免沉倫[74]之苦." 二仙笑道: "此乃玄機[75], 不可預泄者. 到那時不要忘我二人, 便可跳出火坑矣." 士隱聽了, 不便再問, 因笑道: "玄機不可預泄, 但適云'蠢物', 不知爲何, 或可一見否?" 那僧道: "若問此物, 倒有一面之緣." 說着, 取出遞與士隱. 士隱接了看時, 原來是塊鮮明美玉, 上面字跡分明, 鐫着'通靈寶玉'四字, 後面還有幾行小字. 正欲細看時, 那僧便說已到幻境, 便强從手中奪了去, 與道人竟過一大石牌坊, 上書四個大字, 乃是'太虛幻境[76]'. 兩邊又有一副對聯, 道是:

假作眞時眞亦假, 無爲有處有還無.

士隱意欲也跟了過去, 方擧步時, 忽聽一聲霹靂, 有若山崩地陷. 士隱大叫一聲, 定睛一看, 只見烈日炎炎, 芭蕉冉冉, 所夢之事便忘了大半. 又見奶母正抱了英蓮走來. 士隱見女兒越發生得粉妝玉琢[77], 乖覺可喜, 便伸手接來, 抱在懷內, 逗他頑耍[78]一回, 又帶至街前, 看那過會的熱鬧. 方欲進來時, 只見從那邊來了一僧一道:

---

72) 洞悉: 철저하게 이해하다.

73) 大開癡頑: 우매하고 무지한 사람을 철저히 각성시키다.

74) 沉倫: 불교 용어, 생사의 輪廻에서 영원히 해탈하지 못하다.

75) 玄機: 도가 용어, 玄奧하고 미묘한 도리. 여기서는 天機와 의미.

76) 太虛幻境: 작가가 가상한 신선의 경지. 太虛는 허무란 의미.

77) 粉妝玉琢: 용모가 아름다움.

78) 頑耍(사 shuǎ): 頑은 玩. 놀다. 장난치다.

那僧則癩頭跣脚，那道則跛足蓬頭，瘋瘋癲癲，揮霍[79]談笑而至．
及至到了他門前，看見士隱抱着英蓮，那僧便大哭起來，又向士隱
道："施主，你把這有命無運、累及爹娘之物，抱在懷內作甚?"士
隱聽了，知是瘋話，也不去睬他．那僧還說："捨我罷! 捨我罷!"士
隱不耐煩，便抱女兒撤身要進去，那僧乃指着他大笑，口內念了四
句言詞道：

　　慣養嬌生笑你癡，菱花空對雪澌澌．

　　好防佳節元宵後，便是煙消火滅時．

士隱聽得明白，心下猶豫，意欲問他們來歷．只聽道人說道："你我
不必同行，就此分手，各幹營生去罷．三劫後，我在北邙山[80]等你，
會齊了同往太虛幻境銷號[81]．"那僧道："最妙，最妙!"說畢，二人
一去，再不見個蹤影了．士隱心中此時自忖[82]：這兩個人必有來歷，
該試一問，如今悔卻晚也．

　　這士隱正癡想，忽見隔壁葫蘆廟內寄居的一個窮儒——姓賈
名化、字表時飛、別號雨村者走了出來．這賈雨村原係胡州[83]人
氏，也是詩書仕宦之族，因他生於末世，父母祖宗根基已盡，人口
衰喪，只剩得他一身一口，在家鄉無益，因進京求取功名，再整基
業．自前歲來此，又淹蹇[84]住了，暫寄廟中安身，每日賣字作文爲

---

79) 揮霍(곽 huò)：마음대로. 거리낌 없이.
80) 北邙山：北芒山이라고도 함. 河南 洛陽城 북쪽에 있는 邙山. 東漢 이래
　　많은 王侯公卿들이 묻혀 있어 묘지의 代稱으로 쓰인다.
81) 銷號：銷差. 임무를 마치다.
82) 忖(촌 cùn)：헤아리다. 생각하다.
83) 胡州：실존하지 않고 작자가 꾸며낸 지명. '어찌 있는 고을'이란 의미가 담
　　겨 있다.
84) 淹蹇(건 jiǎn)：행동이나 활동이 순조롭지 못하고 지체하다.

生, 故士隱常與他交接. 當下雨村見了士隱, 忙施禮陪笑道: "老先生倚門佇望[85], 敢是街市上有甚新聞否?" 士隱笑道: "非也. 適因小女啼哭, 引他出來作耍, 正是無聊之甚, 兄來得正妙, 請入小齋一談, 彼此皆可消此永晝." 說着, 便令人送女兒進去, 自與雨村攜手來至書房中. 小童獻茶. 方談得三五句話, 忽家人飛報: "嚴老爺來拜." 士隱慌的忙起身謝罪道: "恕誑駕[86]之罪, 略坐, 弟卽來陪." 雨村忙起身亦讓道: "老先生請便. 晩生乃常造之客[87], 稍候何妨." 說着, 士隱已出前廳去了. 這裏雨村且翻弄書籍解悶. 忽聽得窗外有女子嗽聲, 雨村遂起身往窗外一看, 原來是一個丫鬟[88], 在那裏擷[89]花, 生得儀容不俗, 眉目清明, 雖無十分姿色, 卻亦有動人之處. 雨村不覺看的呆了. 那甄家丫鬟擷了花, 方欲走時, 猛抬頭見窗內有人, 敝巾舊服[90], 雖是貧窮, 然生得腰圓背厚, 面闊口方, 更兼劍眉星眼[91], 直鼻權腮[92]. 這丫鬟忙轉身回避, 心下乃想: "這人生得這樣雄壯, 卻又這樣襤褸, 想他定是我家主人常說的什麼賈雨村了, 每有意幫助周濟, 只是沒甚機會. 我家並無這樣貧窮親友, 想定是此人無疑了. 怪道又說他必非久困之人." 如此想來, 不免又回頭兩次. 雨村見他回了頭, 便自爲這女子心中有意於他, 便狂喜

---

85) 佇(저 zhù)望 : 오랫동안 서서 바라보다.

86) 誑(광 kuáng)駕 : 헛걸음하게 하다. 손님을 초청하고 접대를 할 수 없을 때 손님에게 하는 사과의 말.

87) 常造之客 : 常來之客과 같음. 자주 오는 손님.

88) 丫鬟(아환 yā huán) : 계집종.

89) 擷(힐 xié) : 꺾다. 따다.

90) 敝巾舊服 : 낡은 두건과 의복.

91) 劍眉星眼 : 칼 같은 눈썹과 별 같은 눈. 사람의 용모가 精明함을 의미함.

92) 權腮(시 sāi) : 광대뼈가 튀어나온 모양.

不盡, 自爲此女子必是個巨眼英雄[93], 風塵中之知己也. 一時小童進來, 雨村打聽得前面留飯, 不可久待, 遂從夾道中自便出門去了. 士隱待客旣散, 知雨村自便, 也不去再邀.

一日, 早又中秋佳節. 士隱家宴已畢, 乃又另具一席於書房, 卻自己步月至廟中來邀雨村.　原來雨村自那日見了甄家之婢曾回顧他兩次, 自爲是個知己, 便時刻放在心上. 今又正值中秋, 不免對月有懷, 因而口占[94]五言一律云:

未卜三生願, 頻添一段愁.

悶來時斂額, 行去幾回頭.

自顧風前影, 誰堪月下儔?

蟾光[95]如有意, 先上玉人樓.

雨村吟罷, 因又思及平生抱負, 苦未逢時, 乃又搔首對天長嘆, 復高吟一聯曰:

玉在匵中求善價, 釵於奩內待時飛.

恰值士隱走來聽見,　笑道: "雨村兄眞抱負不淺也!"　雨村忙笑道: "不過偶吟前人之句, 何敢狂誕至此." 因問: "老先生何興至此?" 士隱笑道: "今夜中秋, 俗謂 '團圓之節', 想尊兄旅寄僧房, 不無寂寥之感, 故特具小酌, 邀兄到敝齋一飮, 不知可納芹意[96]否?" 雨村聽了, 並不推辭, 便笑道: "旣蒙厚愛, 何敢拂此盛情." 說着, 便同士隱復過這邊書院中來. 須臾茶畢, 早已設下杯盤, 那美酒佳肴自不

---

93) 巨眼英雄 : 인재를 잘 알아보는 식견이 탁월한 사람.

94) 占 : (시를) 읊조리다.

95) 蟾(섬 chán)光 : 月光. 달에는 두꺼비가 산다는 전설이 있다.

96) 芹意 : 芹은 미나리. 흔한 나물로 손님을 대접한다는 뜻에서 접대할 때의 겸양어로 쓰인다.

必說. 二人歸坐, 先是款斟漫飲, 次漸談至興濃, 不覺飛觥限斝[97]
起來. 當時街坊上家家簫管, 戶戶弦歌, 當頭一輪明月, 飛彩凝輝,
二人愈添豪興, 酒到杯乾. 雨村此時已有七八分酒意, 狂興不禁[98],
乃對月寓懷, 口號一絶云:

時逢三五便團圓, 滿把晴光護玉欄.

天上一輪才捧出, 人間萬姓仰頭看.

士隱聽了, 大叫: "妙哉! 吾每謂兄必非久居人下者, 今所吟之句,
飛騰之兆已見, 不日可接履於雲霓之上[99]矣. 可賀, 可賀!" 乃親斟
一斗爲賀. 雨村因乾過, 嘆道: "非晚生酒後狂言, 若論時尙之
學[100], 晚生也或可去充數沽名, 只是目今行囊路費, 一概無措, 神
京[101]路遠, 非賴賣字撰文卽能到者." 士隱不待說完, 便道: "兄何
不早言. 愚每有此心, 但每遇兄時, 兄並未談及, 愚故未敢唐突.
今旣及此, 愚雖不才, '義利' 二字, 卻還識得. 且喜明歲正當大
比[102], 兄宜作速入都, 春闈一戰, 方不負兄之所學也. 其盤費餘事,
弟自代爲處置, 亦不枉兄之謬識矣!" 當下卽命小童進去, 速封五十
兩白銀並兩套冬衣. 又云: "十九日乃黃道[103]之期, 兄可卽買舟西

---

97) 飛觥(꿍 gōng)限斝(가 jiǎ) : 술잔을 흔들며 술 양을 정하다. 주인과 손님이
    술을 마실 때의 흥거운 정경을 형용하는 말. 觥과 斝는 옛날 술을 마시던
    그릇. 飛觥은 술잔을 흔들다. 限斝는 술의 양을 한정하다.
98) 狂興不禁 : 흥이 한껏 일어나 억제할 수가 없다.
99) 接履於雲霓(예 ní)之上 : 한 걸음 한 걸음 점점 더 높은 위치로 가다.
100) 時尙之學 : 지금 사람들이 받드는 학문. 과거시험에서 쓰이는 '八股文'을
     가리킨다.
101) 神京 : 황제가 사는 수도.
102) 大比 : 아래 春闈(위 wéi)와 같이 과거를 가리킨다. 과거는 院試, 鄕試, 會
     試 등으로 나누었는데, 향시와 회시는 3년에 한 번 있으며 大比라고도 했
     다. 향시는 가을에 있어 秋闈라 했고, 회시는 봄에 있어 春闈라 했다.

上, 待雄飛高擧, 明冬再晤, 豈非大快之事耶!" 雨村收了銀衣, 不過略謝一語, 幷不介意, 仍是吃酒談笑. 那天已交了三更, 二人方散. 士隱送雨村去後, 回房一覺, 直至紅日三竿方醒. 因思昨夜之事, 意欲再寫兩封薦書與雨村帶至神都, 使雨村投謁個仕宦之家爲寄足之地. 因使人過去請時, 那家人去了回來說: "和尙說, 賈爺今日五鼓已進京去了, 也曾留下話與和尙轉達老爺, 說'讀書人不在黃道、黑道, 總以事理爲要, 不及面辭了.'" 士隱聽了, 也只得罷了.

眞是閑處光陰易過, 倏忽又是元宵佳節矣. 士隱命家人霍啓抱了英蓮去看社火花燈[104], 半夜中, 霍啓因要小解, 便將英蓮放在一家門檻上坐着. 待他小解[105]完了來抱時, 那有英蓮的蹤影? 急得霍啓直尋了半夜, 至天明不見, 那霍啓也就不敢回來見主人, 便逃往他鄕去了. 那士隱夫婦, 見女兒一夜不歸, 便知有些不妥, 再使幾人去尋找, 回來皆云連音響皆無. 夫妻二人, 半世只生此女, 一旦失落, 豈不思想, 因此晝夜啼哭, 幾乎不曾尋死. 看看的一月, 士隱先得了一病, 當時封氏孺人[106]也因思女構疾, 日日請醫療治. 不想這日三月十五, 葫蘆廟中炸供[107], 那些和尙不加小心, 致使油鍋

---

103) 黃道 : 아래 黑道와 같이 天文 용어로, 黃道는 태양을 가리키고 黑道는 달을 가리킨다. 후에 점술가들은 하루의 陰陽干支를 살필 때 황도는 吉로, 흑도는 兇으로 여겼다. 여기서는 '길한 날'의 뜻.

104) 社火花燈 : 정월 대보름날의 치장한 등불. 社는 土地神, 社火는 정월 대보름에 土地神에게 제사 드린 후 신을 즐겁게 하기 위해 공연하는 雜戱를 말한다. 이날 저녁엔 다양하게 꾸민 등을 밝히고 구경하는 풍습이 있다.

105) 小解 : 소변을 보다.

106) 孺人 : 七品官의 모친이나 부인의 봉호.「禮記・曲禮下」: "천자의 비는 후라 부르고, 제후는 부인, 대부는 유인, 선비는 부인, 일반인은 처라 부른다. 天子之妃曰后, 諸侯曰夫人, 大夫曰孺人, 士曰婦人, 庶人曰妻." 여기서는 단순히 婦人이란 뜻으로 썼다.

火逸[108], 便燒着窗紙. 此方人家多用竹籬木壁者, 大抵也因劫數, 於是接二連三, 牽五掛四, 將一條街燒得如火焰山[109]一般. 彼時雖有軍民來救, 那火已成了勢, 如何救得下? 直燒了一夜, 方漸漸的熄去, 也不知燒了幾家. 只可憐甄家在隔壁, 早已燒成一片瓦礫場了. 只有他夫婦並幾個家人的性命不曾傷了. 急得士隱惟跌足長嘆而已. 只得與妻子商議, 且到田莊上去安身. 偏值近年水旱不收, 鼠盜蜂起[110], 無非搶田奪地, 鼠竊狗偸, 民不安生. 因此官兵勦捕, 難以安身. 士隱只得將田莊都折變了, 便攜了妻子與兩個丫鬟, 投他岳丈家去.

他岳丈名喚封肅, 本貫大如州[111]人氏, 雖是務農, 家中都還殷實. 今見女婿這等狼狽而來, 心中便有些不樂. 幸而士隱還有折變田地的銀子未曾用完, 拿出來托他隨分就價[112]薄置些須[113]房地, 爲後日衣食之計. 那封肅便半哄半賺, 些須與他些薄田朽屋. 士隱乃讀書之人, 不慣生理稼穡等事, 勉强支持了一二年, 越覺窮了下去. 封肅每見面時, 便說些現成話[114], 且人前人後, 又怨他們不善過活, 只一味好吃懶作等語. 士隱知投人不着, 心中未免悔恨, 再兼上年驚唬, 急忿怨痛, 已有積傷, 暮年之人, 貧病交攻, 竟漸漸

---

107) 炸(작 zhá)供 : 제사 때 쓰는 기름으로 튀긴 음식(을 만들다).

108) 火逸 : 화염이 갑자기 뿜어 나오다.

109) 火焰山 : 「西遊記」에 나오는 新疆 吐魯番에 있는 산. 붉은 바위산이라 이런 이름을 얻었다.

110) 鼠盜蜂起 : 작은 도둑들이 떼 지어 일어나다.

111) 大如州 : 실제 존재하지 않고 작자가 꾸며낸 지명. '대체로 그런 고을'이란 의미가 담겨 있다.

112) 隨分就價 : 당시의 시장가격에 근거하다.

113) 薄置些須 : 조금 사들이다.

114) 現成話 : 입에 발린 말.

的露出那下世的光景來. 可巧這日拄了拐杖掙挫¹¹⁵⁾到街前散散心時, 忽見那邊來了一個跛足道人, 瘋癲落脫¹¹⁶⁾, 麻屣鶉衣¹¹⁷⁾, 口內念着幾句言詞, 道是:

世人都曉神仙好, 惟有功名忘不了!

古今將相在何方? 荒塚一堆草沒了.

世人都曉神仙好, 只有金銀忘不了!

終朝¹¹⁸⁾只恨聚無多, 及到多時眼閉了.

世人都曉神仙好, 只有姣妻忘不了!

君生日日說恩情, 君死又隨人去了.

世人都曉神仙好, 只有兒孫忘不了!

癡心父母古來多, 孝順兒孫誰見了?

士隱聽了, 便迎上來道: "你滿口說些什麼? 只聽見些 '好' '了' '好' '了'." 那道人笑道: "你若果聽見 '好' '了' 二字, 還算你明白. 可知世上萬般, 好便是了, 了便是好. 若不了, 便不好, 若要好, 須是了. 我這歌兒, 便名 '好了歌'." 士隱本是有宿慧¹¹⁹⁾的, 一聞此言, 心中早已徹悟. 因笑道: "且住! 待我將你這 '好了歌' 解注出來何如?" 道人笑道: "你解, 你解." 士隱乃說道:

"陋室空堂, 當年笏滿床¹²⁰⁾, 衰草枯楊, 曾爲歌舞場. 蛛絲兒

---

115) 掙挫 : 가까스로 버티다.

116) 落脫 : 단정하지 못한 채 제멋대로.

117) 麻屣鶉(순 chún)衣 : 麻로 만든 신과 남루한 의복. 鶉은 메추라기. 꼬리에 털이 없기에 남루한 의복을 鶉衣라 한다.

118) 終朝 : 온종일. 唐 杜甫 「冬日有懷李白」詩: "적막한 서재에서 / 온종일 혼자 그대 생각했네. 寂寞書齋裏, 終朝獨爾思."

119) 宿慧 : 불교 용어로, 일반사람을 초월한 지혜. 宿은 宿世 곧 前世를 가리킴. 이러한 지혜는 전세에서 이어진 것으로 여긴다.

結滿雕梁, 綠紗今又糊在蓬窗上. 說什麼脂正濃、粉正香, 如何兩鬢又成霜? 昨日黃土隴頭[121]送白骨, 今宵紅燈帳底臥鴛鴦. 金滿箱, 銀滿箱, 展眼乞丐人皆謗. 正嘆他人命不長, 那知自己歸來喪! 訓有方, 保不定日後作強梁[122]. 擇膏粱[123], 誰承望流落在煙花巷[124]! 因嫌紗帽小, 致使鎖枷扛, 昨憐破襖寒, 今嫌紫蟒[125]長: 亂烘烘你方唱罷我登場, 反認他鄉是故鄉. 甚荒唐, 到頭來都是爲他人作嫁衣裳!"

　　那瘋跛道人聽了, 拍掌笑道: "解得切, 解得切!" 士隱便說一聲 "走罷!" 將道人肩上褡褳[126]搶了過來背着, 竟不回家, 同了瘋道人飄飄而去. 當下烘動街坊, 眾人當作一件新聞傳說. 封氏聞得此信, 哭個死去活來, 只得與父親商議, 遣人各處訪尋, 那討音信? 無奈何, 少不得依靠着他父母度日. 幸而身邊還有兩個舊日的丫鬟伏侍, 主僕三人, 日夜作些針線發賣, 幫着父親用度. 那封肅雖然日日抱怨, 也無可奈何了.

　　這日, 那甄家大丫鬟在門前買線, 忽聽街上喝道之聲, 眾人都說新太爺到任. 丫鬟於是隱在門內看時, 只見軍牢快手[127], 一對一

---

120) 笏(홀 hù)滿床 : 집안에 大官을 지낸 사람이 많다는 뜻. '笏'은 옛날 大臣이 조회할 때 손에 드는 옥이나 대나무로 된 작은 판.

121) 黃土隴頭 : 황토 언덕. 분묘를 가리킨다.

122) 強梁 : 강한 자. 횡포. 여기서는 강도를 가리킨다.

123) 擇膏粱 : 부귀한 집 자제를 선택하여 사위로 삼다. 膏粱은 精美한 음식을 가리키나 여기서는 膏粱子弟의 줄임말.

124) 煙花巷 : 옛날 기생집이 모여 있던 곳. 煙花는 歌女, 기생의 의미.

125) 紫蟒(망 mǎng) : 자색의 蟒袍. 옛날에는 관리의 등급에 따라 서로 다른 색의 옷을 입었는데, 자색은 親王이나 三品의 벼슬에 해당하는 사람이 입었다.

126) 褡褳(답련 dā lian) : 돈이나 물건을 담는 주머니나 자루.

127) 軍牢快手 : 옛날 관리들의 수하로 일을 집행하거나 전후에서 수행하는 隸卒.

對的過去, 俄而大轎抬着一個烏帽猩袍[128]的官府過去. 丫鬟倒發了個怔, 自思這官好面善, 倒像在那裏見過的. 於是進入房中, 也就丟過不在心上. 至晚間, 正待歇息之時, 忽聽一片聲打的門響, 許多人亂嚷, 說: "本府太爺差人來傳人問話." 封肅聽了, 唬得目瞪口呆. 不知有何禍事, 且聽下回分解.

---

128) 烏帽猩袍 : 검은 관모와 붉은 도포. '猩'은 성성이. 털이 붉은 색이다.

중국 소설의
개념과
기원*

이등연

1. 중국 소설 개념의 동명이실同名異實 현상

책 중의 모든 이야기 황당한 소리 같지만	滿紙荒唐言
온통 피눈물로 써낸 것이거늘	一把辛酸淚
사람마다 지은이를 미쳤다고 하는데	都云作者癡
이 속의 맛을 아는 이 그 누구일런가?	誰解其中味

이는 중국 고전소설 가운데 최고의 작품으로 손꼽히는 『홍루몽紅樓
夢』의 앞대목에서 이 작품의 유래에 대한 설명을 마감 지으며 내놓은
시이다. 『홍루몽』의 작자가 제시한 이 말을 오늘날의 상식적인 정의
로 바꿔 풀이하자면 소설이란 "'황당하게 보이는 이야기', 이른바 허
구를 통해 작가의 깊은 경험과 생각을 표현하여 독자에게 어떤 깊고
다양한 맛, 즉 감동을 제공하는" 문학 갈래라는 말이다. 오늘날 문학

---

* 한국중국소설학회 편 『중국소설사의 이해』(학고방, 서울:1994) 1-29쪽에서 전
  재했음.

의 한 갈래로서의 소설 작품을 일상적으로 감상하고 연구하는 우리에게 240년쯤 전에 쓰여진 이 말은 전혀 새삼스러울 게 없는, 그야말로 상식적인 얘기다. 우리 모두 이런 기본 인식도 없이 소설을 읽는 경우란 거의 없을 것이기 때문이다. 그러나 『홍루몽』의 작자가 제시한 이 말은, 뒤에서 살펴보겠지만, 중국에서 이뤄진 고전소설에 대한 인식 과정 속에 두고 보면 그렇게 쉽게 보아 넘길 것만은 아니다. 이런 간단한 인식에 도달하기까지는 수많은 논자들이 소설의 문학 갈래적 특성을 요모조모로 따져 온 길고 험난한 역사가 이어졌던 것이다. 이처럼 중국 고전소설 비평에서 이미 소설을 문학 범주 밖에서 범주 안으로 끌어들이고, 문학 범주 안에서 다시 다른 갈래와의 차이를 변별 짓기 위한 여러 논의가 활발히 진행되었고, 상당한 이론적 수준을 축적했음에도 불구하고 오늘날 중국소설 연구자들이 가장 먼저 만나는, 그리고 반드시 해결짓고 넘어가야 할 고충은 다름아닌 '소설'이라는 용어의 개념 범주라는 '해묵은' 문제이다.

우리가 지금 일반적으로 쓰고 있는 '소설'이라는 말은 사실 19세기 말 서구 문명의 진입에 따른 동양의 근대화 과정에서 '새롭게' 부각된 용어이다. '새롭게' 부각되었다는 뜻은 한·중·일 등 한자 문화권의 경우, 각국의 사정은 조금씩 달랐다 하더라도 고전문학 속에서 이미 정착된 바 있는 '小說'이라는 한자 용어를 새롭게 들어온 서구 소설을 지칭하는 데 끌어들였고, 그 결과 '소설'은 서구의 roman, novel, narrative 등 여러 형태의 서사 작품 및 이런 형식에 따른 자국의 작품을 가리키는 용어로 '탈바꿈'하여 정착해 버리고 말았다는 의미이다. 이런 일은 동양에서 서구 문화를 먼저 받아들였던 일본에서 이루어져 중국과 한국으로 전입되었다고 볼 수 있는데, 다른 분야의 여러 용어에서도 비슷한 예는 수없이 많다. 중국의 경우, 고전문학 속의 소설도 '소설'로, 현대문학에서 새롭게 시작된 '서구형 소설'도 '소설'로 혼용하여 부르게 되었다. 물론 중국 고전소설이나 새로 시작된 현대소설의 장르적 특징이 같거나 유사하다면 '소설'이라는 큰 범주 안에 '고전소설'과 '현대소설'을 다 아울러 담는다 하더라도 그리 문제될 게 없겠는데, 불행하게도 실상은 그렇지 않았다. '고전소설'과 '현대소설'은 기본 구성 형식 등 여러 가지 면에서 너무나 낯선 관계였다. 그리하여 역사의 전변기에서 서구 문화의 참신성에 충격을 받고 이를 우월성으로 받아들인 어떤 사람들은 이제 새로운 붐을 일으키며 다가온 '서구형 소설'의 기준에서 볼 때 '현대문학의 기점인 5·4 운동 이전에는 소설이 없었다'는 식의 주장을 보이기도 했다. 그 결과 이에 대한 시비 논의가 부단히 이어질 수 밖에 없었다.[1] 사실 생각해 보면, 서구의 소설 개념은 서구 문학사에 등장했던 소설 작품을 대상으로 삼아 연구, 축적된 이론적 결과임에도 불구하고 그와 다른 양상으로 전개되었던 중국 고전소설을 그러한 개념 규정의 틀에 올려놓고 시비를 벌인다는 자체가 '발을 깎아 신발에 맞추는〔削足適履〕' 꼴을 면할 수 없는 일이었다. 이렇듯 어찌 보면 서구의 roman, novel, narrative 등을 그대로 음역하거나 적당한 다른 용어를 부여했으면[2] 피할 수도 있었을 이런 동명이실同名異實 현상, 문자 그대로 '같은 말에 서로 다른 실체를 동시에 담는' 데서 생겨난 해괴한 혼란 현상은 지금까지도

---

1) 예컨대, 胡懷琛은 『中國小說槪論』(홍콩: 南國出版社, n.d., p.1) 서론에서 당시 유행하던 서양소설의 개념으로 보면 5·4 운동 이전에는 중국에 소설이 전혀 없었다는 결론에 이를 수도 있음을 지적하면서, 이는 '同名異實'에 대한 인식 부재 때문이라고 비판하였다.

2) 서양의 경우, 다음과 같이 각 언어권 및 작품 형태에 따라 '소설'의 명칭이 달라 동양의 '소설'이란 말에 곧바로 대응될 수 있는 총칭이 없기에 문제가 더욱 복잡하다.

많은 연구자들을 적지 않게 괴롭히고 있다. 요컨대, 근대화 이후로 제기된 소설의 개념 및 범위 설정 논의는 일견 '고금古今에 따른 소설 개념의 차이'에 관한 문제인 것 같지만, 실제적으로는 '중국과 서양에서의 소설 개념의 차이'로 귀결되는 문제이다.

다음으로, 중국 소설의 형성에 영향을 끼친 다른 문학 갈래와의 관계 문제, 즉 소설의 기원에 관한 논의 또한 사실은 소설의 개념을 어떻게 설정, 인식하느냐 하는 문제와 불가분의 관계를 맺고 있다. '본격적인' 또는 '진정한' 의미에서의 '소설'이란 어떤 모습인가에 대한 규정을 마련하고 나서야 이러한 소설이 있기까지 영향을 제공한 '기원'이 비로소 밝혀질 수 있기 때문이다. 이 경우, '본격적인' 또는 '진정한'이란 말의 기준 역시 논자마다 다르기 일쑤이다. 자주 볼 수 있는 현상 가운데 하나는, 상술한 5·4 이전 소설 존재 여부 논쟁에서 볼 수 있듯이, 상당수 연구자들이 '진정한'이란 말을 '근대적 또는 현대적 의미'라는 말로 암묵적으로 해석한다는 사실이다. 그렇다면 그런 잣대의 구체적 범주를 규정짓기 위해서는 '현대적 의미'의 소설이 갖추어야 할 최소한의 요건 문제가 다시 시비거리로 등장하고, 이 역시 새로운 논의를 야기시키는 출발이 된다.

구분	이탈리아	스페인	프랑스	독일	영국
중세소설	romanzo	romance	roman	roman	romance
근대소설		novela			novel
단편소설	novella	cuento	nouvelle, conte	novelle	short story

도표는 조동일, 〈自我와 世界의 小說的 對決에 관한 試論〉『韓國小說의 理論』(서울: 지식산업사, 1981) p.75에서 인용.

ㄹ. 중국 고전소설의 흐름과 소설 개념의 변천

이상 논의의 초점에 대한 이해를 바탕으로, 이제 중국 고전소설 비평계에서 다뤄온 소설 개념을 알아보기 위해 먼저 고전소설 연변의 커다란 흐름을 개괄한 다음, 이와 더불어 전개되었던 소설관의 변천 과정을 함께 살펴보기로 한다.

중국 고전소설은 고대 신화·전설·우언·사전史傳 등 여러 서사 문학의 영향 아래 형성, 발전되었다. 가장 빠른 소설 작품으로서 반고班固 『한서·예문지漢書藝文志』에 한대 소설 15종의 목록이 실려 있지만, 작품이 전하지 않아 자세한 실정을 알 수 없다. 위진 남북조 시기에는 신선·귀신 이야기의 성행과 함께 불교의 광범위한 전파가 이루어져 『수신기搜神記』 등 지괴志怪소설이 등장했다. 또한, 청담淸談 사상의 숭상에 따라 『세설신어世說新語』와 같은 지인志人소설도 출현하였다.

선진先秦·양한兩漢의 저작 가운데 당시인의 '소설'에 대한 관념을 알아볼 수 있는 주요 자료로는 다음과 같은 것들이 있다.

작은 말〔소설〕을 꾸며 고명高名이나 명예名譽를 구하자는 것은 대도와는 또한 먼 짓이다. 飾小說以干縣令, 其於大達亦遠矣.(『莊子·外物』)

자하子夏가 말하기를, "비록 소도라 할지라도 반드시 볼만한 것이 있지만 원대하게 나아감에 막힘이 있게 될까 염려하여 군자는 〔이를〕 하지 않는다." 子夏曰: 雖小道, 必有可觀者焉, 致遠恐泥. 是以君子弗爲也.(『論語·子張』)

그러므로 지혜 있는 자는 도를 논할 따름이니, 소가진설小家珍說

이 바라는 바는 모두 쇠망하게 된다. 故智者論道而已矣, 小家珍說之所願皆
衰矣.(『荀子・正名』)

소설가는 부스러기 같은 작은 말들을 모아 가까이에서 비유를
취해 단서短書를 짓는다. 〔그 이야기엔〕 몸을 수양하고 집안을 다스
리는 데 볼만한 말이 있다. 若其小說家, 合叢殘小語, 近取譬喩, 以作短書, 治身
理家, 有可觀之辭.(桓譚『新論』)[3]

소설가의 무리는 대개 패관에서 나왔으며, 길거리와 골목의 이야
기나 길에서 듣고 말한 것으로 짓는다. 공자가 말씀하시기를[4] "비
록 소도라 할지라도 반드시 볼만한 것이 있지만 원대하게 나아감
에 막힘이 있을까 염려하여 군자는 〔이를〕 하지 않는다."고 하셨다.
그러나 또한 없어지지 않는 것이다. 마을의 작은 지혜 있는 자들의
소행이지만 역시 엮어 놓아 잊지 않도록 하려는 것인데, 만약 한
마디 취할 만한 말이 있다면 이 또한 나무꾼이나 광부狂夫의 의론
이기 때문이다.[5]……제자 10가 중에서 볼만한 것은 〔소설가를 제외
한〕 9가 뿐이다. 小說家者流, 蓋出于稗官, 街談巷語, 道聽塗說者之所造也. 孔子曰:
'雖小道, 必有可觀者焉, 致遠恐泥. 是以君子弗爲也', 然亦弗滅也. 閭里小知者之所及, 亦
使綴而不忘, 如或一言可采, 此亦芻蕘狂夫之議也.……諸子十家, 其可觀者九家而已.(『漢
書』〈藝文志・諸子略〉)

---

3) 『文選』卷三十一〈江淹雜體詩・李都尉從軍〉李善注에서 인용한 말.
4) 앞 인용문에서처럼, 오늘날 전하는 『論語』에는 '子夏'의 말로 되어 있다.
5) 이 부분에 대한 기존의 해석은 대부분 '시골사람의 말에 지나지 않은 하찮은
   것'임을 강조하려는 측면으로 보았으나(金學主・李鍾振,『中國俗文學槪論』
   p.138) 『詩經・大雅・板』: "……先民有言, 詢于芻蕘.";『史記・淮陰侯傳』:
   "廣武君曰: 狂夫之言, 賢人擇焉."에서처럼 '쓸만한 내용이 있음'을 강조하는
   맥락으로 해석했다.

중국 고전소설 연구자들은 '소설'이란 말의 최초 용례를 하나같이 위 첫 인용문인『장자·외물편』에서 찾고 있다. 그러나『장자』원문의 '소설小說'은 '소설'이라는 문장 또는 문학 갈래를 가리키는 '하나의 명사 단어'가 아니라 '작은(즉 하찮은) 말'이라는 뜻의 '복합어(詞組)'로 새겨야 마땅하다. 이 점에 있어서는 비슷하게 인용되는『순자·정명편』의 '소가진설小家珍說'을 줄여 '소설'로 보는 경우도 마찬가지다. 즉, 두 책 해당 부분이 소설이라는 문장 갈래의 '발생'과 전혀 무관한 내용은 아니라 할지라도 엄밀히 말해 그 지칭하는 바가 곧 소설이라는 문장 갈래인 것은 아니다. 때문에,『장자』·『순자』의 '小說〔작은 말〕'·'小家珍說〔小家의 진기한 이야기〕'은 환담과 반고의 '小說家〔소설을 다루는 사람〕'라는 말과 유사한 표현이긴 하지만 그 지칭 대상은 분명 구별되어 논의되어야 한다. 그러나 문장 갈래 여부에 관계없이 선진 시기에 '小說'이라는 말은 결국 '부스러기 말'을 가리킨다는 의미에서 다함께 이를 '하찮게' 여기거나 부정해 버리는 경향을 띠었다.

한대의『신론』과『한서·예문지』의 관점 역시 기본적으로는 선진의 관점을 이어받아 '소설가'를 하찮게 여기고 있지만,『논어·자장편』의 '〔소도이지만〕 볼만한 것이 있다'는 말을 기초로 '볼만한 것'의 구체적인 측면을 아울러 제시하고 있다. 즉, 소설은 '몸을 수양하고 집안을 다스리는 데'나 '하층민들의 민심을 파악하는 데'에 유용하다는 것이다. 특히『한서·예문지』의 경우, 반고는 한편으로는 '제자 10가에서 볼만한 것은 〔소설가를 제외한〕 9가 뿐'이라고 그 가치를 경시하면서도, 다른 면에서는 '소도라 할지라도 반드시 볼만한 것이 있다.'는 공자의 말을 인용하고 '나무꾼이나 광부狂夫의 의론을 통해 민심을 알고자 했던' 선인先人의 예를 통해 이를 '엮어 놓아 잊지 않도록 해야 하는' 의의를 밝히고 있다. 이처럼 한대에 이르러서도 '소설'은 기본적으로 여전히 '부스러기 말'과 '하찮은 것'으로 경시되었으나, 이와 아울러 그 '효용성'에 대해서도 일부 언급되었음은 매우 중요한 일이다.

요컨대, 선진에서 양한까지 '소설'에 대한 당시의 관점은 주로 다음과 같은 특징으로 요약될 수 있다. 첫째, 소설의 형식은 골목길의 이야기를 모은 '단서短書'이다. 둘째, 소설의 내용은 부스러기 작은 말을 모아 비유를 취하거나 의론을 제시한 것이다. 셋째, 소설의 가치는 대도와는 결코 병론할 수 없는 것이지만, 개인적 수양이나 집안과 사회를 다스리는 데 도움되는 바가 없는 것은 아니다.

한편, 『한서·예문지』는 제자 출현의 원인을 '왕도王道'의 쇠미에 두면서 각 제자의 기원을 왕관王官과 관련시켰는데, 소설가의 경우는 위 인용문에서 보는 바와 같이 '패관稗官'에서 나온 것으로 보았다.6) 반고에 따른다면 소설은 '패관'이 '민간의 이야기'를 기록한 것으로 규정된다. '사서史書'의 '목록'에서 제시된 그의 이러한 관점은 후대의 사서는 물론, 대부분의 논자에 지대한 작용을 미치게 되었다.

육조에는 지괴志怪와 잡록식 필기소설이 흥행했지만 '소설'을 사실을 기록하는 사서의 일종으로 여기는 전대의 관념은 거의 변하지 않았다. 곽박郭璞은 〈주산해경서注山海經敍〉에서 세상 사람들이 기이하다고 여기는 『山海經』도 그 내용 자체가 기이한 것이 아니라 '희문希聞'을 '기奇'로 여기는 사람들의 습성 때문일 따름이라고 주장했는데, 이는 지괴소설이 '사실의 기록'임을 강조했던 당시인들의 관점을 잘 드러내 주는 예이다.

---

6) 『漢書·藝文志·諸子略』은 "儒家者流, 蓋出於司徒之官." 식으로 道家는 史官, 陰陽家는 義和之官, 法家는 理官, 名家는 禮官, 墨家는 淸廟之守, 縱橫家는 行人之官, 雜家는 議官, 農家는 農稷之官, 小說家는 稗官에서 나왔다고 밝히고 있다.

그러나 이 시대의 소설관 중에서도 이전과는 약간 다른, 다음과 같은 두 가지 관점은 주시할 만한 가치가 있다. 첫째, 소설이 전해지는 이야기를 채집한 것이라서 가끔 사실이 아닌 부분이 들어 있음을 인정했다.(干寶 『捜神記』 序文) 둘째, 소설에 문채文彩가 있어야 함을 요구하였다.(蕭綺 『拾遺記』 序文) 물론 이 두 서문의 기본 태도는 소설이 '사서'처럼 '기실記實'에 목적을 두고 있고, 그 효용은 '세덕世德에 도움되는 바'에 있다고 본 이전 관점에서 크게 벗어났던 것은 아니나, 소설 내용이 완전한 '사실'의 기록일 수만은 없다는 점, 소설 문장은 질박함과 미려함 둘 다 필요하다는 점을 지적한 부분은 이전과 다른 변화라 하겠다.

당대에 경제 발전과 도시 인구의 증가 등 사회적 변화가 생겨나면서 이를 반영한 많은 전기傳奇소설이 창작되었다. 우수한 전기 작품들은 사상성이 전시대 작품에 비해 심화되었고, 예술적인 면에서는 작품의 편폭이 길어지고 묘사가 세밀해지면서 완전한 이야기 줄거리와 개성이 선명한 인물 형상을 갖추고 있어서 소설 창작이 새로운 단계에 도달하고 있음을 말해 준다.

한편, 상술한 육조 시기 소설관의 부분적 변화는 당대 전기 작가들이 쓴 작품 전후의 소서小序나 논평에서 조금씩 구체화되었다. 심아지沈亞之는 『상중원사湘中怨辭』를 쓴 목적에 대해 "『상중원』은 사건이 원래 기이하여 학자들이 이를 기술한 적이 없었다. 그러나 이에 깊이 빠져든 자들은 잠을 잃기 일쑤였다. 이제 그 이야기를 대략 적고자 하니, 오직 그 참됨을 드러내기 위함일 따름"[7]이라고 적었고, 심기제沈旣濟는 『임씨전任氏傳』을 통해 "문장의 아름다움을 드러내어 오묘한

---

7) "『湘中怨』者, 事本怪媚, 爲學子未嘗有述. 然而淫溺之人, 往往不寤. 今欲槪其論, 以著誠而已."

정情을 전하고자"8) 한다고 강조했다. 그들의 소인小引을 보면 전기의 창작 목적을 애정의 '참됨을 드러내거나', '정절을 지키는' 주인공의 모습을 통하여 권계의 효과를 얻고자 했던 점에 둔 것은 기존의 효용론과 같은 맥락이지만, 뛰어난 문장으로 주제를 표현해 낸다는 지적은 소설관의 상당한 변화라 할 수 있다.

송·원에서 명초에 이르는 동안, 중국 고전소설은 또 하나의 전기를 맞게 된다. 민간예술의 흥성 속에서 출현한 '화본話本소설'은 여러 면에서 이전의 육조소설이나 당대 전기와 매우 달랐다. 후에 이러한 화본소설은 『삼국지통속연의三國志通俗演義』와 『수호전水滸傳』 등 장편 장회소설로 발전하게 된다. 이처럼 '설화인說話人'이 강창講唱할 때 쓰던 저본이었던 화본은 장·단편 백화소설의 발전에 결정적인 작용을 했다는 점에서 중국소설사에서 매우 중요한 지위를 차지한다.

육조 및 당대 소설관이 주로 문언소설의 흐름 속에서 제시된 것들이라면, 송대의 '설화說話'를 바탕으로 한 새로운 백화소설 형식이 등장하면서 '소설'이라는 말에는 새로운 의미가 첨가된다. 즉, 송대 이후로 소설이라는 말은 논자의 관점에 따라 첫째, 잡록·필기·전기 등 전통고수적 의미, 둘째, '설화4가說話四家'의 하나였던 '소설1가小說一家'와 이를 계승한 백화소설로서의 의미, 셋째, 앞 두 관점이 결합된 의미 등으로 복잡하게 쓰이게 된다.

송말 원초의 전기·화본소설집인 나엽羅燁의 『취옹담록醉翁談錄』〈설경서인舌耕敍引〉 중 〈소설인자小說引子〉와 〈소설개벽小說開闢〉이라는 두 편의 문장에서는 '[설화]소설'의 사회적 의의를 여러 면에서 강조했다. 〈소설인자〉에서는 소설이 "지난 세대의 현인을 말하여 스승으

---

8) "著文章之美, 傳要妙之情, 不止于賞玩風態而已."

로 삼게 하고, 오늘날의 어리석은 자를 꾸짖어 경계토록 해준다. 그 말이 근거 없다 하더라도 들으면 유익하다."[9])는 식으로 그 '권계적' 의의를 강조했고, 〈소설개벽〉에서도 "겨우 세 치 혀로써 시비를 포폄 褒貶하고, 만 마디 말을 간추려 고금을 강론한다."[10]고 말하고 있다. 이것은 바로 소설이 결코 차 마시고 밥 먹은 뒤에나 즐기는 황당무계한 얘기가 아니라, 분명한 의도를 지닌 엄숙한 예술 창작임을 강조하려는 말이다.

명대 중엽 이래 상품 경제의 발전에 따라 시민 계층이 대두하면서 이러한 사회 배경을 바탕으로 이지李贄·삼원三袁·풍몽룡馮夢龍 등 진보적 사상가 및 문인들이 기존의 성리학에 반발, 개성의 해방을 제창하고 소설 등 민간 문학을 중시했다. 여기에 인쇄업의 발전에 힘입어 소설은 전에 없던 번영의 길로 들어섰다. 그 결과,『삼국지통속연의』·『수호전』을 이어『서유기西遊記』·『금병매金甁梅』등 장편소설이 등장했고,『삼언三言』·『이박二拍』등 단편소설의 편찬, 정리가 이루어졌다.

명대에 와서 소설의 본질에 대한 논의는 그야말로 이전과 뚜렷한 획을 긋는 본격적 수준에 접어들었다. 대부분의 논의는 소설과 사서를 비교하거나 서로 다른 갈래의 소설, 예컨대 문언소설과 백화소설, 역사소설과 신마·세정소설 등을 서로 비교하는 과정을 통해 소설의 '존재 의미'나 '언어상의 차이' 및 내용의 사실성 여부-'허구 정도' 등에 대해 비교적 다양하고 심도 깊은 이론을 전개할 수 있었다.

명대에 이전『한서·예문지』의 관점과 분류에 따라 소설을 정리하

---

9) 羅燁,『醉翁談錄』〈舌耕敍引〉〈小說引子〉: "言其上世之賢者可爲師, 排其 近世之愚者可爲戒. 言非無根, 聽之有益."

10) "只憑三寸舌, 褒貶是非; 略?萬餘言, 講論古今."

고자 한 대표적 인물로서 호응린胡應麟이 있다. 그는 『소실산방필총少室山房筆叢』에서 『한서』 이래로 전해 온 전통적 소설 관념을 나름대로 분석·정리하였다. 그의 관점에 의하면 소설은 이렇게 규정된다.

소설은 자서류이다. 그러나 바른 이치를 말한 것은 혹 경전에 가깝고, 주소注疏와 비슷한 것이 있기도 하다. 사적을 기술한 것은 혹 사서와 통하며, 지志나 전傳에 비슷한 것이 있기도 하다. 小說, 子書流也. 然談說理道, 或近於經; 又有類注疏者. 紀述事迹, 或通于史; 又有類志傳者.(〈九流緖論·下〉)

소설류는 혹 문인묵객들이 장난 삼아 지은 것이기도 하고, 기사奇士나 견문 많은 사람들이 기이한 것들을 모아 놓은 것으로서, 보고들은 것을 기술함에 거리낄 것이 없고, 이치를 펼쳐 냄에 있어서 그윽하고 심오함을 다하려 했다. 잘 지은 것은 경전 주해의 이동異同이나, 사관이 탐구한 핵심을 전하는 등 세상에 보탬이 되고, 시속時俗에 해로움이 없다. 小說者類, 或騷人墨客, 游戱筆端; 或奇士治人, 蒐蘿字外. 紀述見聞, 無所回忌; 覃硏理道, 務極幽深. 其善者, 足以備經解之異同, 存史官之討核, 總之有補於世, 無害於時.(〈九類緖論·下〉)

그는 『한서·예문지·제자략』에서 제자 10가를 분류했던 방식과 내용을 검토하여 자신의 기준에 의해 9가로 나누고, 소설가를 지괴·전기·잡록·총담叢談·변정辯訂·잠규箴規 등으로 세분했다.

내가 새로이 정한 9류는 유가·잡가·병가·농가·술가·예가·설가·도가·석가 등이다.……'설가'는 주로 풍자와 경계를 주로하되, 허황되고 기이한 기록을 덧붙인 것이다.……'설가'는 패관에서

나왔는데, 그 말이 매우 터무니없고 사실적이지 못하지만 시용時用
에 있어서는 보고들은 바를 가득 담고 있어서 족히 쓸 만한 점이
있다. 余所更定九流: 一曰儒, 二曰雜, 三曰兵, 四曰農, 五曰術, 六曰藝, 七曰說, 八曰
道, 九曰釋……說主風刺箴規, 而浮誕怪迂之錄附之.……說出稗官, 其言淫詭而失實, 至時
用以洽見聞, 有足采也.(《九流緒論‧上》)

이와 같이 호응린의 소설관은 기본적으로 『한서』의 '패관설'에 기초
하고 있다. 즉, 소설은 '패관'에서 나왔고, 그 내용은 '허황되고 기이한
것들을 기록한 것'이지만 '경전의 이치'나 '사서의 지전志傳'과 비슷하
여 '견문에 도움되는 바가 있으니' '볼만한 게 있다'고 보는 것이다. 그
는 이러한 소설이 다른 어떤 저술보다 다양하게 전해 오는 까닭을 이
렇게 밝혔다.

　자서의 종류로는 대략 10가가 있다. 옛사람들은 대개 9가를 취하
고 소설 한 가지를 더불어 넣지 않았다. 그러나 고금의 저술은 소
설가가 특히 흥성했고, 고금의 서적에 있어서도 소설가만 유독이
전해지는 것은 무슨 까닭인가? 환상‧폭력‧음란‧미신에 관한 이
야기는 세속 사람들이 즐겨 말하는 것이니, 그 박물博物을 진귀하
게 여기기 때문이다. 허황되고 아득한 것들은 호사가들이 줄곧 익
혔으니, 넓은 견문을 즐기고자 했기 때문이다.……고상한 군자들도
그 허망함을 알면서도 입으로는 다투어 그것을 전하고, 아침에는
그 잘못됨을 배척하면서도 저녁에는 그것을 당겨쓴다. 소설의 음란
한 소리와 화려함을 꺼려하면서도 또한 좋아하지 않을 수 없기 때
문이다. 子之爲類, 略有十家. 昔人所取凡九, 而其一小說弗與焉. 然古今著述, 小說家
特盛; 而古今書籍, 小說家獨傳. 何以故哉? 怪力亂神, 俗流喜道, 而亦博物所珍也; 玄虛廣

莫, 好事偏攻, 而亦洽聞所昵也.……至于大雅君子, 心知其妄, 而口競傳之, 且斥其非, 而暮引用之, 猶之淫聲麗色, 惡之而弗能弗好也.(《九類緒論·下》)

이상 인용문들의 관점을 종합해 보면, 호응린은 『한서』이래 사서 목록에서의 소설 분류에 바람직하지 않은 부분이 있다고 여겨 나름대로 재분류를 시도함으로써 이전에 비해 보다 분명한 분류 성과를 이룰 수 있었지만, 소설에 대한 기본 관점 자체는 크게 변화된 것이 아니었다. 이점은 특히 그가 '소설가'를 분류한 항목 – 지괴·전기·잡록·총담·변정·잠규 등 여섯 종류 가운데 잡록·총담·변정·잠규 등은 고사성과는 이미 거리가 있는 잡술에 속한다는 점에서나, 그 자신 당시 유행하던 『수호전』·『삼국지통속연의』를 접했음에도 불구하고 이를 아예 소설로 보지 않고 경시했던 태도[11] 등에서도 분명히 드러난다.

앞서 언급한 바와 같이, 송대 설화문학의 흥성으로 '소설'이란 용어의 쓰임은 전통적인 의미를 벗어나 부분적인 변화를 맞게 되었고, 이에 따라 소설의 기원에 대한 논술에 있어서도 기존의 설법과는 다른 내용이 나타났다. 명대 낭영(郎瑛:1487-?)의 『칠수류고七修類稿』에는 다음과 같은 기술이 보인다.

'소설'은 송 인종 때부터 시작되었다. 무릇 그때는 태평성대가 계속되고 나라가 한가하여, 날마다 기괴한 일 한 가지씩을 등장시켜

---

11) 胡應麟, 『少室山房筆叢』〈庄岳委談·下〉: "今世傳街談巷語, 有所謂演義者, 盖尤在傳奇雜劇下. 然元人武林施某所編 『水滸傳』 特爲盛行, 世率以其鑿空無據, 要不盡爾也. 余偶閱一小說序, 稱施某嘗入市肆, 紬閱故書, 於敝楮中得宋張叔夜禽賊招語一通, 備悉其一百八人所由起, 因潤飾成此編. 其門人羅本, 亦效之爲 『三國志演義』, 絶淺鄙可嗤也."

오락으로 삼고자 했다. 그런 까닭에 소설의 득승두회〔앞 이야기〕다음엔 '이야기를 하자면, 송대 몇 년에……'라고 말하는 것이다. ……근래에 소각본蘇刻本 『기십가소설幾十家小說』이라는 것은 문장의 한 체제로서 시화·전기같은 부류이니, 앞서 말한 소설과 다른 것이다. 小說起宋仁宗時. 蓋時太平盛久, 國家閑暇, 日欲進一奇怪之事以娛之, 故小說得勝頭廻之後, 卽云'話說趙宋某年.'……若夫近時蘇刻 『幾十家小說』者, 乃文章家之一體, 詩話傳記之流也, 又非如此之小說.[12]

이 문장에서 낭영이 말하는 소설은 분명 한대 이래 기존의 '소설'이라는 말과 다른 의미로 쓰이고 있다. 즉, 그가 쓰고 있는 소설이라는 말은 설서4가說書四家 중의 '소설'에 한정된, 협의의 의미이다. 이렇게 분명히 구분한 결과, 『기십가소설幾十家小說』이라는 제목에 쓰이는 '소설'이란 사실 시화詩話나 전기류傳記類의 문장, 다시 말해 문언소설-전통적 의미에서의 소설을 가리키는 것이지 자신이 말하는 '소설'은 아님을 천명했던 것이다.

이와 같이 설화체 소설의 등장과 함께 '소설'이라는 용어는 논자에 따라 전통적 의미와 신흥의 의미로 구분되거나 아예 두 의미가 복합된 상태로 쓰여지게 되었다. 낭영에서와 같이, 설화체 소설을 가리키는 신흥 의미의 경우 소설의 기원은 전통 소설관과는 달리 '송대'로 규정된다. 또한, 그의 문장에서 보는 바처럼 소설의 기원을 '태평성대'의 오락으로 여기는 경우, 소설의 창작 동기와 존재 의미는 '오락'으로 한정되고 만다. 다시 말해, 『한서·예문지』이래 전통적 소설관에서 소설을 "패관이 민간의 이야기를 기록한 패사"로 보고, 9가에는 끼지 못하지만 나름대로 효용이 있음을 긍정한 반면, 소설을 완전히 오

---

12) 郎瑛, 『七修類稿』 卷二十二 〈辨證類·小說〉

락적 소일거리로 여기는 관점은 소설의 효용을 아예 '즐거움의 제공'에 두는 점에서 구별된다.

여기에서 우리는 녹천관주인綠天館主人 서명의 『고금소설古今小說』 서문에서의 소설의 기원과 유변에 대한 설명을 주목해 볼 필요가 있다. 이 서문은 "소설은 사서의 전통이 흩어지면서 일어난 것으로서, 주말周末 한비韓非와 열자列子 등에서 시작되어 당대에 흥성하다가 송대에 더욱 크게 유행했다."[13]고 보고, 설화에서 통속연의로의 발전 과정을 이렇게 기술했다.

생각건대 남송 공봉국엔 설화인이 있었는데 지금의 설서류와 같은 사람들이다. 그 문장은 반드시 통속적이었고, 그 작자에 대해서는 알 수가 없다. 송 고종이 효종에게 양위한 후 태상왕으로 있으면서 천하의 태평을 즐겼는데, 한가한 틈에 화본 읽기를 좋아하여 환관에게 매일 한 질씩 진상케 하여 마음에 들면 후대했다. 이에 환관무리들은 선대의 기이한 사적이나 여항閭巷의 새로운 소문거리를 널리 구했으며, 사람을 고용하여 어전에 진상, 부연케 함으로써 용안을 즐겁게 하였다. 그러다가 원대에 시내암·나관중 두 분의 진작에 힘입어 『삼국지』·『수호전』·『평요전』 등 여러 작품이 장관을 이루며 완성되었다. 이들은 숨은 옥玉이 시대를 만나지 못한 일이나 세월의 흥망을 담고 있으니 [이미] 태평성대의 소일거리가 아니었다. 按南宋供奉局, 有說話人, 如今說書之流. 其文必通俗, 其作者莫可考. 泥馬倦勤, 以太上亨天下之養. 仁壽淸暇. 喜閱話本, 命內璫日進一帙, 當意則以金錢厚酬. 於

---

13) "史統散而小說興, 始乎周季, 盛於唐, 而寢淫於宋. 韓非列御寇諸人, 小說之祖也. 『吳越春秋』等書, 雖出炎漢, 然秦火之後, 著述猶希. 迫開元以降, 而文人之筆橫矣."

是, 內瑠輩廣求先代奇迹及閭里新聞, 倩人敷演進御, 以怡天顔. 然一覽輒置, 卒多浮沈內庭, 其傳布民間者, 什不一二耳. 然如翫江樓雙魚墜記等類, 又皆鄙俚淺薄, 齒牙弗馨焉. 曁施羅兩公鼓吹胡元而三國志水滸平妖諸傳, 遂成巨觀. 要以韞玉違時, 鎖鏱歲月, 非龍見之日所暇也.

설화체 소설의 '흥성'을 송 인종仁宗으로 본 것은 낭영郎瑛의 관점과 같지만, 소설의 기원을 주周나라 말까지 소급한 것은 그들과 다르다. 즉, 이 서문의 작자가 사용하고 있는 '소설'이란 말은 『한서』 이래의 전통 개념과 낭영 등이 말하는 소설 개념을 포괄하는 개념이다. 또한, 연의소설을 설화체 소설과 비교하여 "숨은 옥이 시대를 만나지 못한 일이나 세월의 흥망을 담고 있으니 〔이미〕 태평성대의 소일거리가 아니었다."고 강조한 대목은 소설을 오락으로 여기는 관점에서 이미 벗어나 있다.

이처럼 명대에는 소설관의 변화에 따라 소설의 존재 가치에 대한 관점이 상당히 달라지는 현상이 있게 되었다. 전통 소설관에 의하면, 소설은 정사의 보충으로 인식되지만, 오락설에 따르면 소일거리로 인식된다. 또한, 내용이 비속하거나 음란한 경우가 많은 세정소설이나 화본소설 평론에서는 사서의 대의 전달이라는 효용성을 극대화한 '권계론'이 자주 등장하였다.

이와 더불어, 소설의 문학적 원리를 파악하는 과정에서 사서 등 다른 형식의 문장과 비교했을 때 드러나는 언어의 통속성 및 소재의 허구화에 대한 논의가 전개되었다.

원굉도袁宏道 서명으로 된 〈동서연의서東西漢演義序〉에서 제기된 "문언이면 통할 수 없지만 속어이면 통할 수 있으니, 이것이 바로 '통속연의'라는 이름의 유래인 것이다."[14]라는 주장에서 보듯이 소설의 통속성은 이해하기 힘든 경사經史와 소설을 구별짓는 근본적인 기준으로 평가되었다. 또한, 만명晚明 시기에 사조제謝肇淛는 『오잡조五雜俎』에서 소설의 허구 문제를 다음과 같이 구체적으로 다루었다.

> 소설이나 잡극雜劇·희문戲文은 허와 실이 반반이면 유희의 삼매에 이를 수 있다. 정경을 지극히 구체적으로 그리면 되는 것이지 그 존재 유무를 따질 필요는 없는 것이다. 근래에 등장한 소설이 조금씩 괴탄해지자, 사람들은 즉시 그 불경스러움을 비웃는다. 최근에 나온 『완사浣紗』·『청삼青衫』·『의유義乳』·『고아孤兒』 등 잡극의 경우, 사건마다 정사를 고증하여 연월이나 성명이 다른지를 따진다면 지을 수가 없을 것이다. 그런 식이면 사전史傳을 보면 되지 어찌 〔굳이〕 희극이라 이름할 필요가 있단 말인가! 凡爲小說及雜劇戲文, 須是虛實相半, 方爲游戲三昧之筆. 亦要情景造極而止, 不必問其有無也.……近來作小說, 稍涉怪誕, 人便笑其不經, 而新出雜劇, 若 『浣紗』·『青衫』·『義乳』·『孤兒』 等作, 必事事考之正史, 年月不合, 姓字不同, 不敢作也. 如此, 則看史傳足矣, 何名爲戲!

사조제가 제시한 '허실상반虛實相半'이란 이 명제는 소설 등 서사작품에서의 허구 정도에 대한 성찰에서 나온 관점이었다. '허실상반'이라 했지만, 허구와 사실이 꼭 반반 정도로 구성되어야 한다는 뜻이기보다는, 허실이 '섞여 있게 된다'는 점을 강조한 말이다.

사조제의 이러한 관점은 각 장르별 논자에 따라 적극적으로 수용되거나 혹은 반발하는 등 여러 형태로 전개되었다. 역사소설의 경우엔 작품에 수용된 소재의 사실성事實性 여부에 관한 논의로, 신마소설 등에서는 소재의 사실성과 작품 내용의 허환성虛幻性에 관한 논의로,

---

14) "文不能通而俗可通, 則又通俗演義之所由名也."

세정소설 등에서는 소재의 일상성과 기이성에 관한 논의 등으로 다양하고 구체적으로 진행되었다. 허실은 원래 생활 진실과 예술 진실, 두 관계 분석에서 제기된 논제였고, 그 경우 양자는 대립적 요소로 인식되지만, 신마소설의 진환론眞幻論이나 세정소설의 기상론奇常論으로 확대되면서 양자는 결합적 의미로 인식되는 경우도 있었다.

청초에 전반적인 사상문화상의 억압정책에 따라 소설 역시 침체되고 이후로도 내내 금지의 대상이 되곤 했지만, 이러한 지배층의 억압에도 불구하고 우수한 작품이 끊임없이 출현했다. 특히 청 중엽부터 경제의 회복이 이루어지면서 소설은 다시금 흥성 국면을 보였다. 당대 전기 이후로 빛을 보지 못하던 문언소설은 청초 『요재지이聊齋志異』·『열미초당필기閱微草堂筆記』 등에서 새로운 변화를 맞았고, 백화 장편소설은 『유림외사儒林外史』·『홍루몽紅樓夢』에 이르러 사상적·예술적으로 발전의 최고봉에 이르렀다.

또한, 1894년 갑오전쟁 이후 청조의 쇠멸과 근대화가 가속화되는 동안 어두운 사회에 대한 비판과 개량을 목적으로 일련의 작품들, 이른바 '견책소설譴責小說'이 쏟아져 나왔다. 또한 서구 소설 번역작업이 빈번해지면서 그러한 서구식 소설형식 수용이 확산, 정착된 결과 5·4 문학운동 이후로 고전소설은 결국 단절의 길로 접어들게 되었다.

청대에 와서도 평점비평을 확립시켰던 명대의 영향 아래 소설 평점이 더욱 활발하게 진행되어 모종강毛宗崗의 『삼국연의』 평점, 장죽파張竹坡의 『금병매』 평점과 『요재지이』에 대한 풍진만馮鎭巒과 단명륜但明倫의 평점, 『유림외사』에 대한 와한당본臥閑草堂本과 천목산초天目山樵의 평점, 『여선외사女仙外史』에 대한 집평集評, 『설월매雪月梅』에 대한 월암月巖의 평점, 그리고 지연재脂硯齋를 비롯하여 수십 가가 넘는 『홍루몽』 평점 등이 계속 출현하여 소설론의 대대적인 흥성을 이룩했다.

청대의 소설 작가들은 대부분 하층 지식인들이었기 때문에 관계에 진출하지 못한 채 회재불우懷才不遇한 삶을 살아가야 했던 사람들이었다. 이런 상황에서 그들은 대개 발분發憤의 심정으로 소설을 창작함으로써 당대 사회의 어두운 면을 폭로하고 가슴속의 울분을 토로했다. 따라서 이들의 소설 작품을 다루는 소설 이론에서는 '발분저서설發憤著書說'이 자주 등장했다. 예컨대, 포송령蒲松齡은 『요재지이』에서 자신의 작품을 '고분지서孤憤之書'라고 강조한 바 있고, 여집余集의 〈요재지이서聊齋志異序〉도 작가 포송령에 대해서 "그는 어려서 남다른 재주를 지녔는데, 기개와 절개로 자긍하고 홀로 우뚝 섰지만 때를 만나지 못하여 평생토록 고생스럽게 지내다가 삶을 마쳐야 했다. 결국 평생에 기이한 기질을 널리 알릴 바 없어, 이를 모두 이 책에 기탁하였다."[15]고 적고 있다.

이와 더불어, 권선징악론도 줄곧 계승되었다. 다만, 청대 소설 이론에서는 단순히 권징작용勸懲作用만을 강조하는 것이 아니라, 그와 동시에 작품의 예술성에도 주의해야 한다는 점, 권징작용의 실현은 독자들이 자신도 모르는 사이에 감화되는 것이므로 고리타분한 도덕 설교로는 이룰 수 없는 효과라는 점, 권징의 효과가 좋고 나쁨은 독자 이해의 정확성 여부에 달려 있다는 점 등을 강조하였다.

진환론眞幻論과 허실론虛實論의 경우, 사조제謝肇淛의 '허실상반虛實相半'이라는 견해는 청대에서도 계속 논의되었다. 유정기劉廷璣는 『여선외사女仙外史』에 대한 평어에서 다음과 같이 강조하고 있다.

---

15) "少負異才, 以氣節自矜, 落落不偶, 卒困于經生以終. 平生奇氣, 無所宣泄, 悉寄之于書."

『외사』의 절묘한 점은 유무가 서로 연결되고, 허실이 상생相生하는 데에 있다. 그 전체를 두루 읽다 보면 모든 게……허허실실, 유유무무, 허한 듯 실한 듯 한 사이, 유도 아니고 무도 아닌 바로 그 가운데에 있다. 『外史』之妙, 妙在有無相因, 虛實相生. 歷覽全部, ……在乎虛虛實實, 有有無無, 似虛似實之間, 非有非無之際.(『女仙外史』第98回評)

이처럼 역사연의라 할지라도 단순히 '정사의 나머지'나 '정사의 보충'이 아니고, 허실이 얽혀야 한다고 보았다. 김풍(金豊)의 〈설악전전서說岳全傳序〉 역시 허실상생虛實相生 문제를 이렇게 논술했다.

이야기를 지어내 말할 때 모두 허구에서 나와서도 옳지 않고, 모두가 사실에서 말미암은 것일 필요도 없다. 일마다 모두 허구라면 너무나도 황당무계해서 옛것을 살피는 마음을 설복시키지 못할 것이고, 일마다 모두 사실이라면 지나치게 평범하다는 단점에 빠져 당대의 귀를 즐겁게 할 수 없을 것이다.……사실인 것을 허구로, 허구인 것을 사실처럼 해야 사람들이 그것을 흥미진진하게 듣고 권태로움을 잊게 될 것이다. 從來創說者不宜盡出于虛, 而亦不必盡由于實. 苟事事皆虛則過于誕妄, 而無以服考古之心; 事事皆實則失于平庸, 而無以動一時之聽.……實者虛之, 虛者實之, 娓娓乎有令人聽之而忘倦矣.

정리하자면, 청대 소설이론은 이전 시기에 제기되었던 논제를 중심으로 심화의 길로 나아갔다. 허구가 소설의 특징이라는 것이 더욱 정확히 인식되었을 뿐만 아니라, 아울러 자질구레한 일을 묘사하고 속된 말을 사용하는 것이 소설의 원래 모습이라는 점도 계속 계승되었던 것이다.

그러나 보수적인 전통관념 옹호자도 있었다. 기윤紀昀이 바로 그 대표 인물이다. 그의 소설관은『사고전서총목제요・소설가류서四庫全書總目提要・小說家類序』에 집중적으로 나타나 있다.

……그 유파를 추적해 보면 무릇 세 갈래가 있다. 그 하나는 잡사들을 서술한 것이고, 또 하나는 기이한 이야기를 수록한 것이며, 나머지 하나는 자질구레한 말들을 엮어 놓은 것이다. 당송 이후로 소설을 짓는 사람들이 많아지면서 그 중에는 속이고 더러운 얘기들이라 진眞을 상실했거나, 요사하고 허황된 얘기들로 귀를 미혹시키는 것이 참으로 많았다. 그러나 권계를 기탁하거나 견문을 넓히며 고증에 보탬이 되는 것도 역시 그 중에 섞여 있었다. 반고班固는 소설가 부류를 일컬어 패관에서 나왔다 했고, 여순如淳의 주에서는 왕이 여염집과 골목의 풍속을 알고자 하여 패관을 세워 풍속을 말하게 하였다고 했다. 이러한 즉 두루 모으고 널리 수집한 바 역시 고제古制이니, 그 번거롭고 잡된 것 때문에 반드시 이를 폐할 필요는 없는 것이다. 이제 그 문사文辭가 바르고 숙련된 것만을 가려 수록하여 견문을 넓히고자 하되, 그 천하고 상스러운 얘기나 허황된 얘기, 눈과 귀를 헛되이 어지럽히는 것은 버리고 싣지 않았다. ……迹其流別, 凡有三派: 其一敍述雜事, 其一記錄異聞, 其一綴輯瑣語也. 唐宋而後, 作者彌繁, 中間誣謾失眞, 妖妄熒聽者固爲不少. 然寓勸戒, 廣見聞, 資考證者亦錯出其中. 班固稱小說家流盖出于稗官, 如淳注謂王者欲知閭巷風俗, 故立稗官, 使稱說之. 然則博采旁蒐, 是亦古制, 固不必以冗雜廢矣. 今甄錄其近雅馴者以廣見聞, 惟猥鄙荒誕, 徒亂耳目者則黜不載焉.

이 서문에서 알 수 있듯이 소설에 대한 그의 관점은 여전히 반고班

圃의 시대에 머물러 있다. 소설의 범위는 '잡사들을 서술한 것'·'기이한 이야기를 수록한 것'·'자질구레한 말들을 엮어 놓은 것' 등으로 국한되어 있고, 소설의 작용은 "권계를 기탁하거나 견문을 넓히며 고증에 보탬이 되는 것"으로 귀결되어진다. 소설 가운데의 허구적인 얘기는 "속이고 더러운 얘기들이라 진眞을 상실했거나, 요사하고 허무맹랑한 얘기들로 귀를 미혹시키는 것"으로 배척받았다. 소설에서의 통속적인 언어는 "천하고 상스러우며, 문사文辭가 바르지 못하고 숙련되지 않은 것"으로 간주된다. 바로 이러한 표준으로 소설을 가려내었기 때문에 대부분 필기만 수록될 수 있었고, 명청 소설 가운데에서 많은 우수 작품이 『사고전서총목』에는 전혀 실리지 못했던 것이다.

이상의 개괄을 통해 볼 때, 중국 고전소설은 대체로 사실의 기록을 중시했던 문언소설에서 허구 요소가 넓게 수용되는 백화소설로, 단편적 구성에서 다양한 편폭의 장편으로 이어졌음을 알 수 있다. 이러한 고전소설 변천에 따라 전개된 소설 개념의 특징은 다음과 같이 요약될 수 있다. 첫째, 반고 『한서·예문지』 등에서 제시했던 '골목길에서 수집한 야사 정도나, 개인적 수양이나 사회를 다스리는 데 도움되는 바가 있는 이야기'로 보는 태도; 둘째, 설화문학에서 제시했던 '오락에서 출발했으나 권계 등 효용가치를 지닌 실제 또는 허구적 이야기'로 보는 태도; 셋째, 이상 두 관점의 작품 범위를 아우르되 '허구성과 통속성(백화소설의 경우)을 본질적 특성으로 삼는 이야기'를 강조하는 태도 등으로 정리된다. 이 세 가지 관점에서 공통적인 점은 소설이란 '이야기'로 되어 있다는 점인 반면, 그 범주와 허구 정도에 대해서는 광·협의 차이가 있다.

3. 중국 소설 개념 규정 문제의 재조명

앞서 언급한 바처럼, 중국 소설의 개념 문제는 '소설이란 무엇인가' 에 대한 논자마다의 기준에 따라 다양한 관점이 제기될 수 밖에 없 다. 먼저, 반고 『한서 · 예문지』 등 선진 · 양한 시기에 이루어진 소설 관을 고수하기로 한다면 '경사經史에 속하지 못하나 나름대로 의미가 있는 일체의 문장'(심지어 비문학적 기록까지 두루 포함해서) 모두가 소설이므로 그 범위가 광대하기 그지없게 된다. 둘째, 설화문학에서 제시했던 '오락에서 출발했으나 권계 등 효용가치를 지닌 실제 또는 허구적 이야기'로 보는 태도를 견지하면, 소설을 백화소설에 한정하는 결과에 이를 수도 있다. 셋째, 이상 두 관점을 아우른 '허구성과 통속 성을 본질적 특성으로 삼는 이야기'라는 정의는 오늘날 관점에 상당 히 접근하면서도 다른 서사 갈래와의 변별 특징을 뚜렷이 제시하지 못한다는 한계를 안게 된다. 그렇다고 아예 5 · 4 이후 새로운 소설 형식에 기준을 두고 고전소설을 재단할 경우 극단적으로 고전문학에 서는 아예 '소설다운 소설'이 없었다고 강변할 수도 있다.

사정이 이러한 까닭에, 오늘날 고전소설을 다루는 연구자들의 '소 설' 범주 설정에 대한 인식을 살펴보면 매우 다양하다. 신화 · 전설까 지도 소설로 보아 이로부터 소설사를 시작하는 경우로부터, 구체적인 작품이 남아 있지 않고 목록만 전해 오는 한대 '소설가'의 작품, 육조 지괴와 지인, 당대 전기, 송대 화본, 명대 백화소설(예컨대 『금병매』) 등을 각각 본격적인 소설의 시작으로 보는 등 논자마다 시각이 각양 각색이다.

먼저, 신화 · 전설, 그리고 우언 및 사전史傳의 고사까지도 소설의 범주에 넣어 함께 다루는 경우, 근대 고전소설 연구사에서 가장 독보적인 성과라 할 루쉰魯迅 『중국소설사략中國小說史略』에서 이런 태도를 취한 이래 이후 많은 연구자들이 이를 따랐다. 루쉰은 자신의 소설에 대한 기준을 명시하지 않은 채 '옛날 사람들의 소설관'을 열거함으로써 이를 그대로 수용하는 듯한 태도를 보이고 있다. 즉, 그는 '고전소설사'에 신화·전설을 포함시켜 다루면서 신화·전설이 소설의 기원임을 언급하기도 했으나 그 구분에 대해서는 모호하게 처리하였다. 이 경우, 소설의 개념은 '이야기 구성을 갖춘 모든 기록'으로 인식되는 것임을 알 수 있다.

둘째, 육조소설을 소설의 등장으로 보는 경우다. 고전소설 연구자 가운데 거의 대부분은 이 관점을 따른다고 볼 수 있는데, 연구자들은 신화·전설·우언·사전 고사 등과 소설 발생과의 관계를 인정한 다음, 육조소설이 본격적인 소설이라는 근거를 "지괴소설과 지인소설 가운데 비교적 우수한 일부 작품에서는 인물의 성격이나 간단한 줄거리가 보이는데 이러한 작품들은 주제가 비교적 분명하고 구성도 점점 완정성을 갖추고 있어서 이미 '자질구레하고 짤막한 이야기'를 벗어나 조잡하나마 줄거리를 지닌 '소설 작품'으로 발전되었음을 의미한다. 〔······〕 이들의 출현은 마침내 중국 소설이 문학의 중요한 독립 갈래로 성립되었음을 말해 주는 것"[16]으로 제시한다.

셋째, 당대 전기를 소설의 등장으로 파악하는 연구자도 상당수인데, 그 근거로 명대 호응린이 지적했던 바처럼[17] '작자의 의도적 창작'이라는 점과, '작품의 주제·구성·인물형상 등이 완정되었다'는 점에서 전대의 육조소설과 이미 상당히 다른, 현대적 의미의 소설에 근

---

16) 北京大學 中文系 『中國小說史』(북경: 인민출판사, 1978) p.4.
17) 胡應麟 『少室山房筆叢』〈二酉綴遺·中〉: "凡變異之談, 盛於六朝, 然多是 傳錄舛訛, 未必盡幻設語. 至唐人乃作意好奇. 假小說以寄筆端."

접했음을 제시한다.

넷째, 송대 화본에서 출발한 백화소설을 본격적인 소설로 보는 견해도 적지 않다. 이들의 근거는 육조소설이나 당대 전기가 각기 정도는 다르지만 소설 형식을 갖추긴 했다 하더라도 편폭과 구성·세부묘사 등 여러 면에서 완숙하지 못한 상태인 반면, 송대 화본은 이러한 한계를 뛰어넘어 서구 소설과 견주어도 손색이 없는 '본격적인 작품'이라는 점 때문이다.

다섯째, 어떤 연구자는 명대 장편 백화소설, 특히 그 가운데에서도 『금병매』를 본격적인 소설로 평가하고자 한다. 이 경우, 그 근거는 『금병매』 이전의 소설은 결국 문언 단편이거나 『삼국연의』·『수호전』·『서유기』 등 장편소설 역시 사서나 전대의 전설을 바탕으로 한 강창문학의 기록물인 반면, 『금병매』는 개인의 일상을 대상으로 한 특정한 작자의 작품이라는 면에서 서구 장편소설 형식에 가장 걸맞는 작품이라고 보는 것이다.

중국 소설의 개념 범주와 기원에 대한 이상 연구자들의 관점과 경향을 살펴보았을 때, 앞으로 발전적 논의를 위해서는 다음과 같은 몇 가지 문제가 반드시 고려되어야 한다고 생각한다.

먼저, 소설의 범주를 논의할 때, 선진·양한 시기부터 있었던 소설에 대한 언급을 이론적 흐름의 맥락과 변화라는 면에서 고찰할 필요가 있긴 하지만 비문학적 기록까지를 포함한 언급 자체를 오늘날의 범주로 그대로 수용할 수 없음을 인정해야 한다. 그 시기에는 비록 문학과 비문학 사이 또는 문文·사史·철哲 사이의 뚜렷한 변별이 없었음을 고려하여 이해할 필요는 있지만, 결국에는 '문학' 범주에서 다룰 수 없는 대상은 논의의 범주에서 제외되어야 한다는 뜻이다. 오늘날 우리가 다루는 '소설'은 그 개념이 어떤 기준에 의해, 어떤 범주로 규정되었음을 불문하고 일단 공히 '문학'의 한 갈래로서의 소설이 아니면 안되기 때문이다. 물론 이 문제는 오늘날 문학사에서 문학의 범주를 넓게 잡든 좁게 잡든 어느 정도 공통 인식이 이루어졌고, 그에 따라 문학사가 기술되고 있다는 전제를 받아들여야 한다. 그렇지 않으면 '문학'의 범주에 대한 반문과 함께 자칫 순환논리에 빠질 수도 있기 때문이다.

둘째, 문학의 한 갈래로서의 소설 범주가 정해진 다음에는, 소설 이전에, 그리고 소설 등장 이후에 소설과 공존했던 다른 문학 갈래, 특히 서사 갈래와 소설을 구분해야 한다. 서사 문학이라는 큰 갈래 속엔 각 민족마다 독특한 여러 작은 갈래가 존재했던 바, 중국의 경우 신화·전설·우언·사전史傳 등이 그 예이다. 이들 작은 갈래들은 서사 문학이라는 큰 갈래에 속하면서 '서사'라는 공통적 특징을 보유한다는 점 때문에 일부 연구자들은 이들 서사 갈래와 소설을 동일시하는 경향이 있다. 그리고 바로 이 점이 소설 범주의 혼잡성을 두드러지게 만드는 가장 큰 요인이라 생각된다. 이들 각 갈래의 개별적 특성, 예컨대 등장인물의 능력〔神格 또는 人格〕·이야기의 존재 형태〔독립적 또는 보조적〕 …… 등에 따라 서로를 구분짓는 태도를 견지한 다음에서야 각 갈래의 특징을 더욱 명확히 규정지을 수 있는 길이 열릴 것이다.

셋째, 서사 문학의 작은 갈래로서의 소설 갈래에 요구되는 조건은 앞서 말한대로 논자마다 차이가 있을 수 있다. 그러나 각 주장의 공통 요건을 서로 비교·검토해 일단 소설 갈래의 범주를 규정한 다음, 더 구체적이고 발전적인 관점은 앞으로 계속적인 논의를 통해 천착해야 할 것이다. 오늘날 소설의 일반적 정의는 "예술적 허구를 빌어 일정한 이야기 줄거리를 통해 인물의 운명·성격·행위·사상·감정·

심리 상태·활동 환경·상호 관계 등을 구체적으로 묘사하는 산문 형식의 서사 갈래"[18] 정도로 요약될 수 있다. 이처럼 소설은 서사 문학의 한 갈래라는 점에서 허구가 가능하고, 산문 형식이라는 점에서 서정 갈래의 시가와 구별되고[19], 무대 공간의 제한을 받지 않는다는 점에서 희극과 다르다. 이 정의를 고려하며 고전 소설의 흐름을 살펴보면, 육조 지괴·지인부터 문학으로서의 소설 범주에 속하는 작품이 등장하지만, 앞의 일반적 정의에 근접하는 작품은 당대 전기에 와서야 가능해지며, 예술적 허구 사용과 구체적 묘사라는 측면에서 따져보자면 송대 화본소설에 와서야 그 본격적인 운용이 이루어졌음에 주목할 필요가 있다.

넷째, 오늘날 대부분의 소설사와 문학사에서 자주 사용하는 '본격적' 또는 '진정한', 그리고 '근대적 의미'의 소설이라는 용어의 의미를 분명히 밝혀 불필요한 혼란을 방지할 필요가 있다. 일단 문학 갈래로의 소설로 파악되는 시기 작품을 '등장 또는 형성' 범주로, 오늘날 일반적인 소설 정의에 '기본적으로' 부합되는 경우를 '본격적 또는 진정한' 작품으로, 나아가 이 정의에 '온전하게' 부합되는 경우를 '근대적 의미'의 작품 등으로 지칭하기로 한다면, 이는 중국 소설 전개의 특수성에 따른 실제와 현재적 개념 범주의 적용에 따른 고충을 아울러 고려할 수 있는, 그리하여 소설사 기술을 어느 정도 체계화 할 수 있는 한 방법이라 여겨진다.

이상의 논의에 따라, 중국 고전소설의 등장·발전·성숙 등 기본

---

18) 王向峰(主編) 『文藝美學辭典』(遼寧大學出版社, 1987) 344쪽과 『中國大百科全書·中國文學 II』(中國大百科全書出版社, 1986) 1085쪽 참조.

19) 중국 고전소설 가운데 일부 문언소설이나 강창 형식의 백화소설에서 작품 속에 운문이 삽입되는 경우가 있지만 이는 이야기 전개에 보조적 작용에 그친다는 점에서 주된 형식이 아니다.

흐름을 규정할 때 "소설의 기본 형태는 육조 시기에 형성되었으나 본격적인 소설은 당대 전기에서, 근대적 의미에서의 소설은 화본소설에서 이루어졌다."는 표현으로 정리할 수 있겠다.

4. 중국 소설의 기원

이처럼 중국 소설의 원시적 출발을 육조 시기의 지괴·지인소설로 규정했을 때, 이러한 초기 소설의 형성에 직·간접적 영향을 끼친 다른 문학 갈래가 소설의 기원이 되는 셈이다. 이 문제에 관한 최근 연구 작업을 살펴보면, 소설의 기원으로 신화·전설과의 연관성을 언급하는데 그쳤던 루쉰『중국소설사략』과 이를 답습했던 과거 연구자들의 관례에서 벗어나 우언·사전 등 다른 서사 갈래가 소설 형성에 끼친 영향에 대해서도 심도 깊은 토론이 이루어지고 있고, 선진·양한 시기의 사상적 흐름이 소설 양식의 형성에 끼친 영향을 밝히고자 하는 등 문학외적 측면에 대해서도 여러 가지 새로운 접근이 모색되고 있다.

동한 장형張衡의 〈서경부西京賦〉에서는 소설의 기원에 대해 "소설 9백九百은 『우초虞初』에서 비롯된다."[20]고 했다. 그러나 한대 방사方士가 썼다는 이 『우초』 이전에 소설의 기원 형태로 신화와 전설·우언·사전史傳 등 다양한 서사 갈래가 이어져 왔음은 자명한 사실이다.

---

20) "小說九百, 本之『虞初』" 우초는 한 무제 때의 方士로서 그가 썼다는 『우초주설』이 『한서·예문지』 소설가 목록에 들어 있다. 명·청대 소설 서발序跋에는 이와 비슷한 관점이 자주 보이는데, 예컨대 청대 張克達 〈唐人說薈序〉 : "『周說』 九百四十篇, 此小說家所由起也."; 瓶庵 〈中華小說界發刊詞〉 : "『虞初』著目, 始垂小說之名." 등이다.

신화란 사실 후대 여러 문학 갈래의 근원이라 할 수 있는데 소설 갈래에 끼친 영향 관계는 더욱 직접적이라 할 수 있다. 중국 고대 신화는 『산해경』에 주로 들어 있고, 기타 『목천자전』·『장자』·『열자』·『한비자』·『회남자』·『초사』 등에 일부 기록되어 있다. 특히 『산해경』의 서술 형식은 한대의 『신이경』·『십주기』·『동명기』[21], 위진남북조의 『박물지』·『현중기』·『술이기』 등에서 비교적 뚜렷한 전승 맥락을 찾을 수 있다. 또한 『산해경』과 『목천자전』 등에는 지리·박물에 관한 전설이 신화와 엇섞여 있는데, 그 주요 내용은 원국이민遠國異民·신산영수神山靈水·기화이수奇花異水·진금괴수珍禽怪獸 등 기괴하고 환상적이다. 이는 당시인의 인식 수준의 한계와 종교적 신비관을 배경으로 일부 무격방사巫覡方士들이 지리·박물 지식에 신비한 색채를 덧입힌 내용이라 할 수 있다. 이 역시 지괴소설의 중요한 제재로 계승되었다. 이처럼 신화에 나타나는 초현실적 소재와 더불어 풍부한 상상력은 육조 지괴는 물론 당대 전기, 명·청대의 신마소설, 『요재지이』·『경화연』 등으로 이어졌다는 점에서 후대 소설에 끼친 신화의 영향은 매우 중요하다.

춘추·전국 시대에 주 왕실의 쇠미에 따라 여러 제후 국가가 서로 약육강식하느라 널리 부국강병책에 밝은 인사를 찾았는데, 그 결과 제자들의 백가쟁명百家爭鳴 현상이 있었다. 제자들은 자신의 주장에 설득력을 강화시키는 수단으로 자주 우언을 사용한 탓에 이 시기에 우언이라는 독특한 서사 갈래가 크게 흥성했다. 이러한 우언은 특히 『맹자』·『장자』·『한비자』·『전국책』 등에 많이 들어 있다. 우언의 중요한 특징은 여러 가지 비유를 사용한 간단한 이야기를 통해 일정

---

21) 이러한 작품들은 한대인의 이름으로 되어 있지만 사실은 위진 시대의 작품으로 여겨진다.

한 이치를 밝히려는 데 있다. 그 목적이 말하는 사람이 강조하려는 이치 확인에 있다는 점에서 이야기 내용은 보충적 의미를 벗어나지 않으나 강한 '고사성'을 지닌 표현 양식과 독특한 풍자 수법은 후대 소설에 깊은 영향을 끼치게 된다. 우언의 특징인 고사성·허구성·짧은 형식·철리성 가운데 고사성과 허구성은 신화·전설의 영향을 받았으나 우언의 경우엔 자각적 창조와 허구임에 비해 신화의 허구는 비자각적이라는 점에서 차이가 있다. 이런 점에서 우언은 더욱 소설에 근접한 갈래라 하겠다. 또한, 우언은 제재 면에서도 위진남북조 지괴소설에 다수 전승되었고, 이는 이후의 『서유기』·『요재지이』까지 이어진다.

사전史傳이란 역사 기록에서 전기 부분을 말한다. 역사서에서 특히 인물의 전기 부분은 인물의 내·외면적 특징 묘사와 특정 사건에 대한 짜임새 있는 기술이 두드러지게 된다. 이러한 성과는 『좌전』·『전국책』에서 이미 확인되는 바이고, 이어 사마천의 『사기』, 특히 '열전' 부분은 인물 형상·사건 서술·전쟁 묘사 등에서 매우 다양한 표현 수법을 적절히 활용하여 역사의 단순한 기록을 뛰어넘어 풍부한 문학성을 담고 있다. 이러한 사전 문학의 성과는 특정 인물과 그 인물의 사건 줄거리를 바탕으로 삼는 소설 갈래에 또 하나의 전범으로 작용했다고 말할 수 있겠다.

5. 다시 생각해 볼 문제

중국문학 속의 여러 갈래 중에서도 소설에서만 유독이 개념 규정과 기원 문제가 심각하게 대두된다. 시가의 출발을 『시경』에, 산문의 경우엔 『상서』에, 희곡은 원극에 두는 데에는 별 이견이 없음에도 불구하고, 소설 갈래의 경우에서만 이처럼 논의가 분분한 까닭에 대해 이 글 첫머리에서 이른바 용어의 동명이실 현상 때문임을 지적한 바 있다. 그러나 근대 이후 본격적인 소설 연구가 시작된 이래 많은 문학사·소설사에서 줄곧 이 문제를 직·간접적으로 다루었지만 일반 독자나 연구자에게 아직 비교적 적절한 대안을 제시해 주지 못해 왔음을 부인하기 힘들다. 그런 의미에서 중국 소설의 개념 설정과 기원 문제는 중국 소설을 공부하는 우리들이 앞으로도 계속 연구해야 할 중요한 과제로 남아 있는 상태이다.

앞서 언급한 바 있지만 중국 소설을 다룰 때, 옛사람들이 '소설'이라고 불렀던 것들을 모두 수용하여 텍스트로 삼는 것은 일견 가장 객관적인 태도인 것 같지만 오늘날 문학 연구에서는 통용될 수 없는 일이다. 고전소설 역시 문학 연구의 한 분야임이 분명하다면 기존의 광범위한 텍스트 중에서도 문학의 범주에 들어서는 부분만을 우선적으로 고려해야 하기 때문이다. 아울러 오늘날의 소설관, 특히 서구식 소설을 모델로 삼는 태도로 이에 맞는 작품만을 엄격히 취사하는 일도 그리 환영할 만한 태도가 아니다. 중국 고전소설 흐름의 특성이 고려되지 못하기 때문이다. 여기에서 다시 강조하고 싶은 점은 소설의 범주 설정시 비문학 범주에서 문학 범주라는 협의로, 서사 갈래에서 소설 갈래라는 협의로 범위를 좁히며 분명한 기준을 설정하지 않으면 지금까지의 애매함을 벗어날 수 없다는 것이다. 특히, '이야기 곧 소설'이라는 식의 관점은 서사문학과 그 작은 갈래인 소설을 등치시켜 버리는 결과로 이어지므로 반드시 재고되어야 한다. '이야기'는 서사문학 갈래에 속하기 위한 최소 요건이지 소설만의 전유물이 아니다. 이런 불분명한 인식 때문에 일부 소설사와 작품선집에서는 신화·전설·우언·사전 등 소설 전단계 서사문학은 물론 심지어 서사성이 있다는 이유로 민가와 서사시까지도 소설 범주에서 '떳떳이' 다뤄왔다. 이런 태도를 불식하고 이제 소설이란 허구적 서사 문학의 한 갈래라는 커다란 전제 아래, 중국 고전소설이 펼쳐 온 독특한 장르적 특징을 여러 '작품 분석'과 과거 이론의 재점검을 통해 독립적으로 수립하고, 이를 타문화권의 경우와 비교, 종합하여 그 특수성과 보편성을 제시하려는 태도가 절실히 요구된다.

참고로 서구나 국내의 경우를 예로 들면, 서구에서는 근대적 의미의 소설의 출발로 보는 보카치오의『데카메론』을 이어 등장한 수많은 작품을 대상으로 참으로 다양한 논의가 전개되었고, 이런 논의 과정을 통해 소설의 장르론적 정의가 상대적으로 중국 쪽에 비해 상당히 진전된 상태라고 볼 수 있다. 그 가운데 근대소설 등장의 의미를 서구 문화·사상의 전체적 역사 속에서 뛰어난 관점으로 조명해 냈다고 평가되는 게오르그 루카치의『소설의 이론』에서는 소설에 대해 "[호머의 서사시가 선험적 좌표에 힘입어 총체성이 지배하던 형이상학적 고향 속에서 인간의 영혼이 아무런 문제없이 안주하던 그리스의 역사 철학적 산물임에 비해] 현대의 서사 형식인 소설은 이미 선험적 좌표와 형이상학적 고향을 상실하고 서사시적 총체성의 세계를 다시 찾으려는 고독한 현대인의 영혼이 직면하고 있는 역사 철학적 상황의 산물"이라는 식으로 파악했다. 또한, 발생 구조주의라는 새로운 접근법을 시도한 루시앙 골드만의『소설 사회학을 위하여』에서는 소설을 "타락한 세계에서 타락한 방식으로 진정한 가치를 추구하려는 작품"으로 요약한 바 있다. 한편, 국내 조동일 교수의『한국 소설의 이론』에서는 소설을 "자아와 세계가 상호 우위에 입각하여 대결하면서 자아와 세계 양쪽에 통용될 수 있는 진실성 즉 소설적 진실성을 추구하는 서사 갈래"로 정의하기도 했다. 이상 예를 든 몇 연구자들을 포함하여 여러 나라에서 이룩한 소설 장르론은 그 대상의 차이에도 불구하고 이론적 입각점은 대개 소설과 사회와의 관계·문체상의 특징과 구성 원리·존재론적 의미 등 여러 방향에서 진행되고 있다. 이러한 기존 성과는 앞으로도 계속 논의의 대상이 되는 것일 터인데, 지금 중국 고전소설을 읽고 연구하는 우리들도 중국 소설이라는 특수 분야에서의 논의를 심화시킴과 아울러 이들 서구나 국내 연구와도 연관을 맺어 소설 장르의 보편적 성격 규정에 대해 함께 고민하고 해결할 수 있는 자세를 가질 필요가 있는 것이다.

이런 뜻에서, 우리가 중국 고전소설을 감상하고 연구할 때 작품 속의 희로애락에 흠뻑 빠져들면서도 중국 소설만이 지니는 독특한 형식이나 언어 문체·사건 구성·인물 형상 등에 주의해 우리나라나 다른 나라 작품의 경우와 비교하는 태도가 필요하다. 그리하여 감상 속에서 길러진 그런 안목을 심화시켜 향후 중국 고전소설 연구, 특히 장르론 분야에서 중국을 포함한 다른 어떤 지역에서도 아직 제대로 마련하지 못한 연구 방향을 제시할 수 있을 때 한국에서의 중국 소설 연구가 진정한 의미를 획득할 수 있으리라 생각한다.

저자___ **장궈펑**張國風

1945년 장쑤江蘇 우시無錫 출생. 북경대학北京大學 박사. 중국인민대학中國人民大學
교수. 논저로 이 소설사 외에 「태평광기 판본 고증太平廣記版本考述」, 「전통의 곤궁
: 중국 고전시가의 본체론 해석傳統的困窮－中國古典詩歌的本體論詮釋」, 「유림외사 시
론儒林外史試論」, 「공안소설 이야기公案小說漫話」, 「삼국연의 이야기漫說三國」, 「유림
외사 이야기漫說儒林外史」 등이 있다.

편역자___ **이등연**

한국외국어대학교 중국어과를 나와 타이완臺灣 푸런대학輔仁大學에서 석사학위,
한국외국어대학교에서 박사학위를 취득했다. 현재 전남대학교 중어중문학과 교
수로 재직하고 있다. 「만명晩明 소설이론 연구」 등 논문 40여 편과 「중국소설사
의 이해」(공저), 「중문학, 어떻게 공부할까」(공저), 「붉은 콩」(공역), 「연안문예강
화」(역서), 「중국사상사」(공역) 등이 있다.

정영호

전남대학교 중어중문학과를 나와 경희대학교에서 석사학위, 전남대학교에서 박
사학위를 취득했다. 현재 서남대학교 중국어학과 교수로 재직하고 있다. 「이여진
의 『경화연』 연구」 등 논문 30여 편과 「중국영화사의 이해」(저서), 「중국고전소
설총목제요」 제2, 3, 5권(공역) 등이 있다.

중국고전소설사의 이해

초판1쇄발행 | 2011년 2월 20일
초판2쇄발행 | 2011년 9월 15일
초판3쇄발행 | 2013년 3월 15일

저자 | 張國風
편역자 | 이등연·정영호
발행인 | 지병문
발행처 | 전남대학교출판부

등록 | 1981. 5. 21. 제53호
주소 | 500-757 광주광역시 북구 용봉로 77
전화 | (062) 530-0571~3
팩스 | (062) 530-0579
홈페이지 | http://altair.chonnam.ac.kr/~cnup

값 14,000원

ISBN 978-89-7598-906-3 (93820)

이 도서의 국립중앙도서관 출판시도서목록(CIP)은 e-CIP홈페이지(http://www.nl.go.kr/ecip)와
국가자료공동목록시스템(http://www.nl.go.kr/kolisnet)에서 이용하실 수 있습니다.
(CIP제어번호 : CIP2011000694)